일본의 근대화와 일본인의 문화관

-여성·민족·계급-

김효순 지음

보고사

머리말

　최근의 국제정세는 교통과 통신의 발달로 인하여 국가와 국가, 문화와 문화 등의 경계가 희박해지면서 글로벌화가 진행되어 가고 있다. 한국과 일본의 관계도 최근의 문화개방으로 대표되는 국제정세의 큰 흐름에 힘입어, 이전과는 크게 변화된 양상을 보이고 있다. 즉 일본문화 수용에 있어 한국청소년들의 일본 대중문화 수용이나 일본 상품소비는 그 어느 때보다 활발하고 그 과정에서 과거와 같은 일본문화수용에 대한 저항감은 갈수록 희박해 지고 있다. 한편 90년대 말의 문화개방단계에서 문제가 되었던 일본문화의 일방적이고 무분별한 수용에 대한 우려와는 달리 한류열풍이라는 문화현상을 낳기도 하였다.

　그러나 최근의 독도문제나 역사교과서 문제는, 이상과 같은 자연스런 문화교류의 걸림돌이 되고 있다. 이는 문화교류를 통한 화해 분위기를 틈타, 한일관계에 있어 힘의 논리나 정치적, 경제적 원리를 통용시키려는 일본 보수세력의 시도와 관련이 있다. 실제로 일본 국내에서는 미국의 걸프전 승리, 구소련붕괴, 독일통일 등과 같은 일련의 역사적 사건으로 이어지는 냉전체제와 거품경제의 붕괴를 계기로, 1990년대 말부터 제2차 세계대전 이후 잠자고 있던 일본중심주의나 내셔널리즘이 전에 없이 그 목소리를 높여가고 있다. 또한 제2차 세계대전 전까지 일본제국주의와 침략주의의 상징으로 기능했던 일본 국기와 국가는 제2차 세계대전의 패배와 더불어 폐지되었으나, 2000년에 다시 국기와 국가로 제정되었다. 그리고 후지오카 노부카츠(藤岡信勝) 교수가 이끄는 '자유주의 사관회'나 그를 중심으로 하는 '새로운 역사교과서를 만드는 모임' 등은 아시아 침략과 식민지 지배를 직시하려는 태도를 희화화하여 '자학사관'이라 부르고, 이는 전에는 일부 우익보수파 정치가나 이론가들이 사용하던 특수한 용어였으나, 최근에는 일반학생과 시민들 사이에서도 유행어처럼 사용되고 있다.

그와 같은 상황에 대한 우려는 '<초강력 보수정권> 출범으로 개헌추진 탄력', '거세진 신보수 물결, 개헌으로 달리나'와 같은 기사의 제목만으로 그 분위기를 짐작할 수 있는 이번 9·11중의원총선에서의 자민당의 압승이라는 결과로 여실히 드러났다. 이 총선에서의 압승은 중국과 한국의 공세적 내셔널리즘에 짓눌려있던 일본국민들의 반발이라는 측면도 있어서 이로 인해 주변국과의 갈등은 한층 격화될 것이라는 전망이 나오고 있다. 양국 사이의 최대 화두가 되었던 역사교과서 개정문제나 독도문제는 이러한 배경 하에서 불거진 단적인 예에 불과하다. 또한 그들은 1990년대 들어서서 활발히 전개된 <종군위안부> 등 아시아 여러 국가들의 전쟁피해자들의 고발과 비판에 관해서는 극히 반동적인 태도로 거절 의사를 분명히 하였고, 이들의 주장은 신문, 잡지, 만화 등과 같은 매스 미디어를 타고 대규모로 선전되면서 대중들에게 받아들여지고 있다. 이와 같이 그들은 냉전체제의 붕괴와 거품경제의 파탄에 따른 민심의 동요를 틈타 <건전한 내셔널리즘의 복권>이라는 미명 하에 일본중심역사관을 유포시키고 있는 것이다.

이와 같은 상황에서 필요한 것은 왜 제2차세계대전 이후 잠자고 있던 일본중심주의나 내셔널리즘이 전에 없이 목소리를 높일 수 있었고 그것이 일본국민들에게 왜 별 저항감없이 수용될 수 있었는가에 대한 전문적이고 객관적인 원인과 배경을 규명하는 것이라 생각된다. 오늘날 일본중심주의나 내셔널리즘이 목소리를 높이고 그것이 일반 국민들에게 수용될 수 있었던 배경이 된 일본 국민들의 역사의식 형성에 가장 큰 역할을 한 것은 바로 신문, 잡지, 만화, 영상물, 문학작품 등과 같은 미디어를 통해 유포된 담론이라 할 수 있다.

본서는 이상과 같은 문제의식에서 일본중심주의의 허구성을 규명한 박사논문 「아쿠타가와 류노스케(芥川龍之介)의 문화관-여성·서구·아시아·계급을 둘러싸고-」(筑波大学, 2005년 2월)를 일반독자 대상으로 번역, 정리한 것이다. 아쿠타가와 류노스케(芥川龍之介, 1892~1927)는 일본근대의 확립기인 다이쇼시대(大正時代, 1912~1926)의 중류계급 지식인이자 그 시대를 대표하는 작가이다. 이러한 아쿠타가와의 문학에 나타난 문화관의 의의와 한계는, 그가 다이쇼시대의 문학을 대표했던 작가였다는 점에서 근대일본인들의 문화관의 단면을 보여준다. 이와 같은 연구결과가 일본적 오리엔탈리즘의 타자화의 대상이 되었고 아직도 교과서 문제로 대표되는 '건전한 내셔널리즘의 복권'에 의해 과거를 청산하지 못 하는 우리 한국인들에게 일본의 문학, 혹은 일본문화를 향유하는 하나의 시각과 방법을 제시할 수 있다면 저자로서는 더없는 보람을 느낄 것이다.

아울러 이상의 연구를 진행해 옴에 있어 부족한 필자를 석사과정부터 오늘날까지 늘 칭찬과 격려의 말씀으로 지도해 주신 지도교수님이신 고려대학교 일어일문학과의 김 춘미(金春美) 교수님, 보잘것없는 논문 하나만을 보시고 아무 연고도 없는 필자의 논문을 일본에 소개하여 연구성과를 인정받게 해 주신 쓰쿠바대학(筑波大学)의 나나미 히로아키(名波弘彰) 교수님, 아쿠타가와 연구의 선배로서 격려와 칭찬을 아끼지 않으셨던 경일대학교의 하 태후(河泰厚) 교수님, 그 외 여기 일일이 명기하지는 못 하지만 음으로 양으로 격려해 주시고 도와 주신 여러 선생님께 이 자리를 빌어 진심으로 감사드립니다. 또한 바쁜 일정에도 불구하고 보잘것없는 본서의 출판을 흔쾌히 허락해 주신 보고사 사장님과 직원 여러분께도 진심으로 감사드립니다. 마지막으로 본서가 나오기까지 어려운 환경 속에서도 연구에 정진할 수 있도록 꿋꿋이 참아주고 격려까지 해 준 가족들에게도 진심으로 미안함과 감사함을 전합니다.

2005년 8월

저자 김 효순

목 차

제1부 일본의 근대화와 여성표상

제1장 서구적 세계관의 수용과 여성인식 … 44
　　　　-「청년과 죽음과(靑年と死と)」를 중심으로 -

제2장 근대 국가 형성과 여성표상의 유형성 … 62
　　　　-「도적떼(偸盜)」를 중심으로 -

제4부 탈중심화 방법론의 실현의 좌절

제10장 국가·사회의 모순과 계급 … 307
－「주유의 말(侏儒の言葉)」을 중심으로－

제11장 문학의 예술성과 사회참여라는 이율배반 … 335
－「문예적인, 너무나 문예적인(文芸的な, 余りに文芸的な)」론－

결 장 … 368

서 장

제1절 일본의 근대화와 아쿠타가와(芥川) 문학

　1916년(다이쇼[大正] 5년) 당시 문단의 최고봉이었던 나쓰메 소세키(夏目漱石)의 격찬을 받으며 「코(鼻)」(「新思潮」創刊號, 1916, 2)로 화려하게 데뷔하여 1927년(쇼와[昭和] 2년) 7월 자살로 생을 마감한 아쿠타가와 류노스케(芥川龍之介, 1892~1927)는, '다이쇼시대(大正時代, 1912~1926)라는 시대의 문학정신을 한 몸에 구현한 문학자'[1]로 평가되는 작가이다. 즉, 다이쇼시대의 문학은 아쿠타가와라는 젊은 작가의 출현과 함께 시작되었다가 그의 자살에 의해 종언을 고한 문학이라는 것이다. 따라서 당연한 귀결이지만 아쿠타가와의 문학에는 다이쇼시대의 문학적 경향이 그대로 반영되어 있다 할 수 있다. 그렇다면 다이쇼시대란 어떠한 시대였을까.

　주지하는 바와 같이, 일본의 메이지시대(明治時代, 1868~1912)는 오래 쇄국에서 깨어나 <근대화는 곧 서구화>라는 인식 하에 부국강병을 위해 국가의 총력을 기울였던 시대라 할 수 있다. 그러나 급

---

1) 臼井吉見, 『大正文学史』, 筑摩書房, p.241.

속한 근대화의 왜곡된 모습으로서, 광적이고 피상적인 서구화 열기는 국내외의 빈축을 사기 시작했고 서구 오리엔탈리스트들의 담론의 대상이 되기도 한다. 예를 들어 프랑스의 피에르 로티(Pierre Loti)가 쓴 『가을의 일본(秋の日本;Japoneries d'automne)』(1889)의 한 장인 「에도의 무도회(江戸の舞踏会;Un Bal a Yedo)」는, 메이지 정부의 서구화 열기의 상징이라 할 수 있는 로쿠메이칸(鹿鳴舘)의 무도회에 대한 비판적 담론이다. 또한 이 시기에는 메이지 말기부터 다이쇼 초기에 국민교육에 의해 일반화되어 있던 가부장적 가족주의가 강조하는 성적역할분담이 강조되었다. 즉, 메이지 30년대는 일본이 근대 국가로서의 체재를 급속도로 갖추어간 시대로서 위정자는 고양되는 내셔널리즘 속에서 처음으로 여성 교육에 눈을 돌렸고, 그 가운데 현모양처 사상은 하나의 규범으로서 여성의 권한을 가정 내에 한정시켰다.[2] 이러한 현모양처 사상은 서구의 근대 국가가 여성을 국민의 재생산을 위한 도구로 이용했던 것처럼 일본에서도 천황제 가족주의를 체계화시켜 가는 이데올로기로 이용되었다.[3] 그리고 이러한 성적역할분담과 현모양처 사상은 의식적, 무의식적으로 당시

---

2) 무타 가즈에(牟田和惠)에 의하면, 근대 일본의 특히 메이지시대 후기부터 다이쇼시대라는 일본의 사회와 문화의 골격이 형성된 시기의 여성의 문화에 주목해 볼 때, 근대적인 국가체제가 확립되고 법제도가 정비되는 가운데, 여성에 대한 법적·경제적 차별이 제도화되었다고 한다. 그 중에서도 특히 메이지 민법은 가부장제적 가족제도를 국민 전체에 적용시켜 가정 내에서의 여성의 낮은 지위를 고정시켰다. 메이지 30년대 초에는 이러한 가족제도와 관련된 현모양처 사상에 기초하는 교육 정책이 개시되었고, 여성을 어머니나 아내의 역할에 가두어 두려는 성적역할분담이 미화되고 강조되었다. (「「良妻賢母」思想の表裏」, 『女の文化』, 近代日本文化論8, (岩波書店, 2000. 2))

3) 이와 같은 지적은 고야마 시즈코(小山静子)의 『현모양처라는 규범(良妻賢母という規範)』(勁草書房, 1991)에 자세하다.

일본인들을 지배하는 하나의 지식체계로 작용했다고 할 수 있다.

 그러나 다이쇼시대에는 청일전쟁과 러일전쟁의 승리로 인해 일본의 국제적 지위가 향상되면서, 문학자들은 전 시대인 메이지시대의 지식인들이 이루어 놓은 문학적 배경을 그 토대로 삼으면서도 위와 같은 메이지시대의 지식체계의 모순에 대한 반성과 비판을 촉구하기 시작한다. 우선 이 시기에는 히라스카 라이초(平塚らいてう, 1866~1971)[4]를 중심으로, 메이지시대에 공교육을 통해 일반화되었던 현모양처 사상에 비판을 가하며 여성의 주체로서의 자각을 촉구하게 된다. 또한 문학자들은 개화기 일본의 모습을 희화화하여 부정적으로 그려내는 서구 오리엔탈리스트들의 담론을, 백인들의 기준에 의한 자의적인 판단과 해석으로 보고 일본 민족이나 문화의 가치에 대한 주장을 문학에 담아내었다. 반면 그와 같은 사회적 분위기 속에서 근대 이전까지 일본인들의 세계관에서 중심적 위치를 차지하며 사대주의의 대상이 되어 있던 중국은 쇠퇴일로를 걷는 노대국이나 조소의 대상으로 인식되게 된다. 이러한 인식은 중국을 비롯한 아시아 국가들에 대한 우월의식으로 이어진다. 그리고 다이쇼시대 후반에 들어서서는 세계대전 후의 사회정세의 변화를 배경으로 사회주의가 세력을 얻고, 계급의식을 앞세우는 프롤레타리아문학이 문단의 새로운 세력으로 등장한다. 이러한 프롤레타리아문학은, 개인주의적 틀 속에서 문학을 즐기고 종래 문학의 혁신을 꾀하던 예술적 근대파 문학과 함께 다이쇼시대 말기부터 쇼와시대(昭和時代, 1926~

---

4) 여성해방운동가. 본명 하루(明). 잡지 「세이토」 창간. 자신을 '신여성'이라고 하며 여성해방과 여성참정운동에 진력했다. 자전에 『원시 여성은 태양이었다(元始、女性は太陽であった)』가 있다.

1989) 초기에 걸쳐 활발한 활동을 전개한다. 이러한 두 경향의 문학 특히 프롤레타리아문학의 등장은 다이쇼시대의 기성 문학자들에게 기존의 문학의 방법이나 내용에 대한 반성의 계기로 작용하게 된다.

아쿠타가와의 문학에는, 이상과 같은 메이지시대의 지식체계에 대한 비판과 반성을 보이면서도, 메이지시대가 구축시킨 보편적 여성관을 보여주는 담론, 주변국가의 민족이나 문화에 대한 담론, 계급의식을 앞세운 프롤레타리아문학에 대한 대항 의식과 같은 다이쇼시대의 문학적 특성이 그대로 반영되어 있다고 할 수 있다. 즉, 아쿠타가와에게는 「손수건(手巾)」(「中央公論」 第31年 第11号, 1916. 10. 1), 「개화의 살인(開化の殺人)」(「中央公論」 第33年第8号, 1918. 7. 1), 「개화의 양인(開化の良人)」(「中外」 第3年第2号, 1919. 2. 1), 「무도회(舞踏会)」(「新潮」 第32年第1号, 1920. 1. 1), 「히나(雛)」(「中央公論」 第38年第3号, 1923. 3. 1) 등과 같은 '개화(開化)'를 소재로 한 일련의 작품군들이 있어 이를 개화물(開化物)이라 하는데, 이 개화물에는 일본인・일본문화를 타자화하는 서구 오리엔탈리즘에 대한 비판의식이 반영되어 있다. 또한 그는 당시 오사카매일신문(大阪每日新聞)의 전속 작가로서 중국을 여행하면서, 「상해유기(上海游記)」(「大阪每日新聞」 1921. 8. 17~9. 12, 「東京日日新聞」 1921. 8. 20~9. 14), 「강남유기(江南游記)」(「大阪每日新聞」 1922. 1. 1~2. 13), 「장강유기(長江游記)」(「女性」 第6卷第3号, 1924. 9. 1), 「북경일기초(北京日記抄)」(「改造」 第7卷第6号, 1925. 6. 1), 「잡신일속(雜信一束)」(초출 미상) 등과 같은 중국에 대한 담론을 신문지상을 통해 발표하게 된다. 아쿠타가와는 이들 담론에, 중국여행 동안 중국 지식인들이나 중국의 현실을 접함으로써 함양된 현실인식을 바탕으로 일본중심주의에 대한 비판의식을 담아

내고 있다. 그러한 비판의식은 이후의 작품 세계에도 큰 영향을 미쳐, 「장군(將軍)」(「改造」第4卷第1号, 1922. 1)」, 「모모타로(桃太郎)」(「サンデー毎日」第3年第28号, 1924. 7. 1) 등의 직접적인 집필계기가 되기도 했다. 그러나 결벽에 가까운 철두철미한 인식의 소유자였던 아쿠타가와는 그 누구보다 자신의 문학의 한계에 의식적이었고 당시 급부상하던 프롤레타리아문학 현상에 대한 부담 등으로 인해 자살에 이르게 된다.

제2절 연구사

아쿠타가와가 1927년 7월 24일 생을 마감하자, 다음 날 「도쿄니치니치신문(東京日日新聞)」, 「오사카매일신문」, 「도쿄아사히신문(東京朝日新聞)」 등은 일제히 그의 유서와 「어떤 오래된 친구에게 보내는 편지(或旧友へ送る手紙)」 전문(全文), 작가들의 대담으로 일면을 장식하였고, 주요 잡지인 「중앙공론(中央公論)」, 「개조(改造)」, 「문예춘추(文芸春秋)」 등은 9월호를 아쿠타가와 추도 특집으로 편성하는 등 문단의 대부분의 작가, 저널리스트, 사상가 등이 그의 죽음에 대해 발언을 한다. 이는 당시 아쿠타가와라는 한 작가의 죽음이 문학사적인 사건을 넘어 하나의 사회문제로 받아들여졌음을 짐작케 한다. 이러한 아쿠타가와문학에 대한 평가는 어떠했을까?

먼저, 동시대의 평가로서, 당시 혁신적인 사상가였고 사회 운동가였던 야마모토 이쿠오(山本郁夫)의 평가를 보자.

　　아쿠타가와씨의 작품을 읽을 때 마다 내게는 그의 창조적 고뇌와
일종의 회고적 정취같은 것이 함께 느껴졌다. 게다가 그것들은 혼연
일체가 된 조화를 이루고 있는 것이었다. 왜일까? (중략) 그것은 아쿠
타가와씨가 살고 있던 세계가 소부르주아적 이데올로기의 그것이었
기 때문이다. 따라서 아쿠타가와씨는 마지막까지 의식적 혹은 무의식
적으로 부르주아적 문화의 긍정자 혹은 찬미자로 시종일관했다.5)

　이와 같이 당시에는 아쿠타가와의 문학을 '소부르주아적 이데올
로기의 한계 안에 있는 전형적 문인'6)에 의한 '실천적 자기 파괴의
예술'7)로 보는 견해가 일반적이었다. 미야모토 겐지(宮本顕治)가 감
정적으로는 공감을 하지만, 그의 고뇌를 '아쿠타가와씨의 생리적, 계
급적 규정에서 생기는 고뇌'라고 단정짓고, '우리들은 어떠한 때에도
아쿠타가와씨의 문학을 완전히 비판할 수 있는 야만적인 정열을 가
져야만 한다'8)라고 한 것도 위와 같이, 그의 죽음을 '계급적 비극'으
로 보는 견해라 할 수 있다. 이와는 좀 다른 입장에서 고바야시 히데
오(小林秀雄)는 다음과 같이 말하고 있다.

　　그는 결코 사람들이 믿는 것처럼 이지적인 작가는 아니다. 신경만

---

5) 山本郁夫,「実践的自己破壊の芸術」(「中央公論」, 1927. 9), p.93.
　　氏の書いたものを読む毎に、私には、氏の創造的苦悩と、一種の懐古的情趣
　といふべきものとが、共に感じられた。しかも、それらは一の渾然たる調和を
　なしてゐるものであつた。なぜか? (中略) それは、氏の住してゐた世界が、小ブ
　ルジョア的イデオロギーのそれであつたからだ。従つて氏は、最後まで意識的
　もしくは無意識的に、ブルジョア文化の肯定者或ひは賛美者として終始した。
6) 위의 책, p.95.
7) 위의 책, p.91.
8) 宮本顕治,「敗北の文学」(「改造」1929. 8)[「文芸読本芥川龍之介」(河出書房,
　　1955. 3)], p.68.

을 가지고 있는 작가이다. 「코(鼻)」에서 시작하여 「갓파(河童)」로 끝
나기까지, 그의 전 작품은 거의 역설적 심리의 정착으로 시종일관하
고 있다. 그러나 나는 일찍이 그의 작품에 이지의 정열을 느낀 적이
없다. 거기에 있는 것은 늘 신경의 정서이다.[9]

즉, 아쿠타가와의 지성주의의 헛점을 지적하고 역설만의 표현법,
신경에만 의존하는 인식의 불철저를 비판하고 있는 것이다. 또한 사
토 하루오(佐藤春夫)는 '쉽게 가슴을 열지 못 하는' '자기 도회자(自
己韜晦者)'로 평가하고 있다.[10] 즉 현실의 있는 그대로의 자신을 쉽
게 드러내지 못 하는 한계를 지적하고 있는 것이다. 이노우에 요시
오(井上良雄)는 아쿠타가와의 죽음을 두고 '일찍이 문제는 아리시마
다케오(有島武郎)씨의 죽음의 경우처럼 <남 일>이 아니었다. 그것
은 우리들 자신의 죽음의 문제였던 것이다'라고 깊이 공감을 표현하
면서도 '이미 아쿠타가와씨의 죽음으로써 증명된 것은 바로 우리들 지
성의 무력이었다'라고 하며 지성의 무력을 지적하고 있다.[11] 이와
같이 동시대 평가는, 긍정적 평가보다는 계급적 이데올로기라는 잣
대에 의한 부정적 평가 경향이 강함을 알 수 있다.[12]

---

9) 小林秀雄, 「芥川龍之介の美神と宿命」(「大調和」, 1927. 9)[「文芸読本芥川龍
之介」(河出書房新社, 1983)], p.12.
　　彼は決して人の信ずる様に理知的作家ではない。神経のみ持つてゐた作家な
のである。「鼻」に始まつて「河童」に終わるまで、彼の全作品は殆んど逆説的
心理の定着で終始してゐる。が、僕は嘗て彼の作品に理知の情熱を感じたこと
がない。そこに在るものは常に神経の情緒である。
10) 佐藤春夫, 「芥川龍之介を哭す」(「中央公論」, 1927. 9) [三好行雄編,「別作国
文学芥川龍之介必携」(学燈社, 1987)], p.151.
11) 井上良雄, 「芥川龍之介と志賀直哉」(「磁場」, 1932. 4) [「文芸読本芥川龍之
介」(河出書房新社, 1983)], p.70.
12) 이 외에도 사회주의적 입장의 평가는 아오노 스에이키치(青野季吉)의 「아쿠

이와 같은 부정적인 평가는 쇼와 10(1935)년대에 들어서서는, 전시 하(戰時下)의 문학 암흑기라는 특성으로 인해 다이쇼시대의 문학을 돌아보는 움직임에 힘입어 긍정적 평가로 바뀌게 된다. 예를 들어 야마기시 가이시(山岸外史)는 '지식파의 작가'나 '인간 생활의 부족'으로 비판받는 아쿠타가와에 대한 일반적 도식을 깨고, 아쿠타가와의 생애를 '순교자의 아름다운 비극'13)으로 보고 '작가의 배후에 한 줄기 흐르고 있는 센티멘털리즘'14)을 높이 평가하고 있다. 무로사이세이(室生犀生)편『아쿠타가와 류노스케의 삶과 문학(芥川龍之介の人と作)』(三笠書房, 1942. 7)도 아쿠타가와문학의 미를 '압착의 미', '기품', '청량'이라는 표현으로 높이 평가하고 있다. 또한 다이쇼 문학 연구회 편『아쿠타가와 류노스케 연구(芥川龍之介研究)』(河出書房, 1942. 7)는 이데올로기로부터 자유롭고 공정한 아쿠타가와관을 보여 주고 있으며, 요시다 세이치(吉田精一)의『아쿠타가와 류노스케(芥川龍之介)』(三省堂, 1942. 12)15)가 나옴으로써 아쿠타가와의 문

타가와 류노스케와 관련하여(芥川龍之介に聯関して)」(「新潮」, 1917. 9) 등이 있고, 사상사적인 입장에서의 논으로는 가라키 준조(唐木順三)의「아쿠타가와 류노스케의 사상사 상의 위치(芥川龍之介の思想史上に於ける位置)」(「思想」, 1929. 9) 및「아쿠타가와 류노스케에 있어서의 인간 연구(芥川龍之介のおける人間の研究)」(「生活者」, 1929. 11)가 있다. 만년의 아쿠타가와로부터 사랑을 받고 깊이 영향을 받은 호리 다쓰오(堀辰雄)처럼, 아쿠타가와에게 있어 '미가 선보다 중요하다'(「芥川龍之介論―芸術家としての彼を論ず」東大卒業論文, 1929) 라고 하며, 미적 견지에서 호의적인 평가를 내리는 경우도 있다.

13) 山岸外史,『芥川龍之介』(ぐろりあ・そさえて, 1940. 3), p.26.

14) 위의 책, p.30.

15) 본서는 '이 책은 아쿠타가와 류노스케를 알려고 하는 사람들에게 표준이 되는 것으로, 이 책을 빼놓고 아쿠타가와를 운운하는 것은 태만이 될 것이다'라는 작가의 자부가 지당하다고 여겨질 만큼 실증적이고 객관적인 연구서로 평가받고 있다.

학과 생애에 대한 본격적인 연구가 시작되어 아쿠타가와 연구의 한
전기(転機)가 된다.

　전후의 아쿠타가와 연구의 가장 큰 특징은, 이전까지의 자연주의,
사소설(私小說) 혹은 사회주의 기준의 비판을 떠나 현재의 아쿠타가
와 평가의 기초를 다진 후쿠타 쓰네아리(福田恆存)의『아쿠타가와 류
노스케(芥川龍之介)』I(『芥川龍之介全集』解説, 創元社, 1950. 12)와『아
쿠타가와 류노스케(芥川龍之介)』II(『作家の態度』中央公論社, 1927. 9),
그리고 나카무라 신이치로(中村真一郎)의『아쿠타가와 류노스케의
세계(芥川龍之介の世界)』(青木書店, 1956. 10)와 같은 아쿠타가와 긍
정론에 있다. 특히 나카무라 신이치로는 '작품을 구성하는 근본적인
골조를 작자 자신의 실생활에 두지 않고, 작자의 관념 속에서 골라
주제로 삼는 전통적인 서구 문학의 방법을 의식한 소수의 작가 중의
한 사람이다'라며 높이 평가하고 있다.16) 요시모토 류메이(吉本隆明)
는 아쿠타가와의 죽음을 '순전한 문학적 죽음'17)으로 간주하고, 아쿠
타가와를 '중산 하층 계급이라는 자신의 출신에 평생 구애받은 작
가'18)라고 하며 아쿠타가와문학을 다시 계급적 이데올로기로 해석
하고 있다. 미요시 유키오(三好行雄)는, 아쿠타가와에게 예술은 '인
생'의 '대상(代償)'이며, '예술가는 예술의 내부에 자신을 포기함으로
써 잔해로서 떼어버린 <인생>의 대상을 거기에서 발견한다'19)라고

---

16) 中村真一郎,『芥川龍之介』(青木書店, 1956. 10), p.57.
17) 吉本隆明,「芥川龍之介の死」(「国文学解釈と鑑賞」1958. 8), [「文芸読本芥
　　川龍之介」(河出書房新社, 1983) 所収], p.83.
18) 위의 책, p.85.
19) 三好行雄,「芥川龍之介における『実行と芸術』」(「国文学解釈と鑑賞」1958.
　　8), p.18.

있다. 또한 미요시는『아쿠타가와 류노스케론(芥川龍之介論)』(筑摩書房, 1976. 9)에서 아쿠타가와의 생을 '허구의 생'이라 하고, '창조 행위'에만 '진정한 인생'이 있다고 하는 예술지상주의적 태도로 인해 '화롯가의 행복'에 안주하지 못 하는 아쿠타가와의 비극, 숙명의 '어머니'와 '서양과 동양'에 대한 견해를 바탕으로 한 아쿠타가와상을 제시하여 현재까지 큰 방향을 제시하고 있다.

최근에는 에비이 에이지(海老井英次)가『아쿠타가와 류노스케 연구-자기각성에서 해체로(芥川龍之介論究-自己覚醒から解体へ)』(桜楓社, 1988)에서 아쿠타가와에게서 일본의 근대화 속에서 자아의 확립과 인간적 내면의 충족을 이루고자 했으나, 이룰 수 없었던 예술가의 비극을 보고 메이지 지식체계와 관련한 치밀한 작품론을 전개하고 있다. 또한 세키구치 야스요시(関口安義)의『아쿠타가와 류노스케의 실상과 허상(芥川龍之介実像と虚像)』(洋々社, 1988, 11),『아쿠타가와의 류노스케 -투쟁적 생애(芥川龍之介-戦いの生涯)』(毎日新聞社, 1992, 7),『특파원 아쿠타가와 류노스케 -중국에서 무엇을 보았는가(特派員芥川龍之介-中国で何を見たのか)』(毎日新聞社, 1997, 2),『아쿠타가와 류노스케의 부활(芥川龍之介の復活)』(洋々社, 1998, 11)과 같이 아쿠타가와와 현실과의 관계에 대해 실증적으로 고찰하고 거기에 긍정적인 의미를 부여하려는 연구도 있다. 그러나, 세키구치는 -예를 들어 중국여행 후의 현실인식의 변화나 관동대지진에 대한 반응 등- 아쿠타가와문학과 현실과의 관계를 지나치게 긍정적으로 평가하려는 경향을 보이고 그 한계에 대해서는 언급을 하지 않고 있다는 문제점이 있다.

한편 한국에서의 아쿠타가와 연구는 이한섭의 조사에 의하면,

1960년대에서 1970년대 후반까지 나온 아쿠타가와문학에 대한 석사 논문이나 「한국일본학회」의 잡지에 실린 논문은 총 4편뿐이었다. 그러나 1980년대에 들어서서는 10년 동안 29편이 되었고, 1990년대 에는 60편으로 급증했을 만큼 한국에 있어서 아쿠타가와 연구는 활발하다. 그 중에서 가장 많이 연구되고 있는 작품은 「갓파(河童)」 「라쇼몬(羅生門)」 「신자의 죽음(奉教人の死)」 「지옥변(地獄変)」 「톱니바퀴(歯車)」 「코(鼻)」 「서방인(西方の人)」 등이다. 연구 경향의 가장 큰 특징은 조사옥의 『아쿠타가와 류노스케의 기독교에 관한 작품연구(芥川龍之介のキリストに関する研究)』(二松学舎大学博士論文, 1995. 3), 하태후의 『아쿠타가와 류노스케의 기독교 사상(芥川龍之介の基督教思想)』(梅光女学院大学博士論文, 1997. 3), 최정아의 『아쿠타가와 류노스케의 기독교 관련 작품연구(芥川龍之介の基督教関連作品研究)』(奈良女子大学博士学位論文, 1997. 3) 등의 연구 제목에서도 알 수 있듯이 기독교 관련 작품 연구의 성행에 있다. 이와 같은 한국 연구자들에 의한 기독교 관련 작품 연구는 일본에서의 연구를 능가하여 일본어로 출판되어 소개되면서 일본 연구자들을 고무시킬 정도이다.

이상과 같은 연구사의 흐름에서 알 수 있는 아쿠타가와 연구의 특징은 무엇보다도 아쿠타가와의 문학과 현실에 대한 관계에 논의의 초점을 두고 긍정이나 부정으로 평가하려는 점을 들 수 있다. 그러나 아쿠타가와문학의 특징인 급속한 서구화의 소산인 메이시시대의 지식체계에 대한 비판과 반성에 대한 연구에 있어 아쿠타가와가 서구문명을 어떻게 받아들이고 있는지에 대한 연구는 거의 이루어지지 않고 있으며, 프롤레타리아문학과 관련해서는 계급적 이데올로기에 의한 부정적 평가 외에 아쿠타가와에게 프롤레타리아 사상이 어떤 의미를 지니는가에 대한 연구는 미흡한 편이다. 또한 동서고금에서 문학적 재료를 구했다는 측면에서 원전을 밝히는 비교 연구는 활발한 편이지만, 아쿠타가와가 그러한 자료를 수집하고 문학화하는 과정에서 주변국가의 민족이나 문화를 어떠한 시각으로 바라보았는지에 대한 연구는 전무에 가깝다. 여성상 연구에서도 대부분 전기 연구에서 실생활과의 관계를 규명하는 연구는 많이 있었지만, 아쿠타가와에게 여성이 어떤 의미를 지니고 있는가 하는 근본적인 문제는 별로 다루어지지 않았다고 할 수 있다.

이상과 같은 문제는 연구사에서 알 수 있듯이, 아쿠타가와의 사후에 계급적 이데올로기의 잣대에 의해 내려진 현실 관계에 대한 부정적인 평가의 영향에서 벗어나지 못 한 아쿠타가와관에서 비롯된 것이라 할 수 있다. 그러나 앞에서 살펴 보았듯이, 아쿠타가와의 문학에는 메이지시대의 지식체계에 대한 비판과 반성, 메이지시대가 구축한 보편적 여성관을 보여주는 담론, 주변국가의 민족이나 문화에 대한 담론, 계급의식을 앞세운 프롤레타리아문학에 대한 대항의식과 같은 다양한 문제의식이 반영되어 있다. 이와 같은 문제의식에서 본서에서는 기존의 연구에서 소홀하게 다루어 진 위의 네가지 문제들을 고찰해 봄으로써, 아쿠타가와의 작품세계에 새로운 시각과 방법으로 다가보고자 한다.

제3절 연구대상

이상과 같은 문제의식 하에, 본서에서는 제일 먼저 아쿠타가와문

학에서 '악의 근원'으로 그려지고 있는 여성상에 대해 살펴 보겠다. 그러기 위해 습작기의 작품인「청년과 죽음과(靑年と死と)」를 비롯하여 아쿠타가와의 다양한 여성상의 전형이 나타나 있는「도적떼(偸盜)」를 분석해 보고, 여성상의 조형에 남성작가의 시각이 어떻게 작용하고 있는지 규명해 보고자 한다.

두 번째로는「손수건」「개화의 살인」「개화의 양인」「무도회」「히나」등과 같은 개화물을 중심으로 일본인・일본문화를 타자화하는 서구 오리엔탈리즘에 대한 비판의식을 고찰해 본다. 그러기 위해서 먼저 서구 오리엔탈리즘의 성격을 규명하고, 프랑스나 영국인들의 손에 의해 쓰여진 일본에 대한 담론 중 아쿠타가와가 작품의 소재로 삼았거나 거론하고 있는 것들을 분석한다. 예를 들면 일본에 대한 대표적 오리엔탈리즘으로 거론되고 있으며 아쿠타가와가 작품의 소재로 삼고 있는 피에르 로티의『오키쿠산(お菊さん)』(1887),『가을의 일본』, 그리고 아쿠타가와가 비판적으로 거론하고 있는 찰스 마크 파랜(Charles mac Farlance)의『재팬(ジャパン;Japan)』(1852)과 러더포드 올코크경(Sir Rutherford Alcock)의『일본에서의 3년간(日本における三年間;A native of three year's in Japan)』등에 보이는 서구인들의 오리엔탈리즘을 분석해 보고 아쿠타가와는 이에 대해 어떠한 반응을 보이고 있는지, 그것이 그의 작품에 어떻게 반영되어 있는지를 고찰해 보고자 한다.

세 번째는 아시아 주변국가들을 소재로 한 작품들을 고찰해 보겠다. 우선 아쿠타가와의 인식 전환의 계기가 된 중국여행과 그 결과물인『지나유기(支那游記)』를 분석하고자 한다. 그러기 위하여 아쿠타가와가 중국을 여행했을 당시 즉 1920년대 초반의 국제정세와 중

일관계를 살펴 보고, 당시의 일본인들의 대중국관과 중국인들의 대
일본관을 살펴 볼 것이다. 그리고 아쿠타가와가 중국에서 만난 유명
인사나 지식인들을 통해 어떠한 의식의 변화를 보이고 있는지, 그것
이 위의 중국에 대한 담론에 어떻게 반영되어 있는지를 분석해 볼
것이다. 그리고 위와 같은 중국여행을 통한 현실인식의 변화가 이후
의 작품 세계에 어떠한 변화를 초래했는지를 「장군」「모모타로」등
을 통해 살펴 볼 것이다. 이러한 고찰을 통해 아쿠타가와의 대외관
이 당시 일본인들의 대외관, 특히 아시아를 중심으로 하는 대외관과
어떠한 함수관계에 있는지가 규명될 것이라 생각한다.

그리고 네 번째로는 위와 같은 작가 의식의 실현을 보지 못한 채
자살을 함으로써 생을 마감할 수밖에 없었던, 그럼으로써 다이쇼시
대라는 한 시대의 문학의 종언을 고하게 되는 과정을, 당시 문단의
강력한 주류 세력으로 등장하기 시작한 프롤레타리아문학과 관련하
여 규명해 보고자 한다.

제4절 연구방법

본서에서는 이상과 같은 아쿠타가와의 문학에 나타난 여성, 서구,
아시아, 계급의 문제를 '주체(主体, Subject)'와 '타자(他者, Other)'라
는 축을 설정하여 그 축을 중심으로 고찰해 보고자 한다. '주체'란
전통적으로는 데카르트의 '의식 혹은 사고하는 주체', 즉 '자기(自己,
Self)', '자아(自我)', 혹은 '코기토(Cogito)'를 의미한다. 그러나 포스트
구조주의 이후의 이론에서는 인간 주체가 그것보다 큰 역사적, 사회
적, 더 나아가서는 개인적인 운동이나 사건의 '기원'으로 여겨져 온

사실, 개체인 인간이 올바른 자기 인식을 갖고 스스로 행동할 수 있다고 믿어 온 사실에 대한 반동으로, 주체를 특권화하지 않고 탈중심화시키는 경향이 있다. 본서에서는 주체라는 말 안에 내재되어 있는 '종속된다(Subject to)'는 계기에 주목, 언어 혹은 이데올로기에 종속됨으로써 비로소 주체가 성립된다는 사실에 입각하여 논의를 전개하고자 한다. 한편 '타자'란 무엇인가? 라캉의 정신분석 이론에서 개인은 언어를 매개로 하여 욕망과 욕구를 억압하는 힘을 획득하여 구축되는 존재이고, '타자'는 주체가 소유하지 않은 모든 것을 일컬으며, 주체가 아닌 것을 가리키는 궁극적인 시니피에이다. 라캉에게 타자의 발견은 나와 상대를 구별하여 말하는 능력을 획득하는 것으로 파악된다. 팔로고센트리즘(Phallogocentrism)[20]과 서구중심주의, 프스트식민주의와 같은 문화적 담론이 정착되어 있는 현 상황에서 타자는 종종 여성, 혹은 아프리카나 아시아와 같은 주변적 존재로 정의된다.

　이와 같은 주체와 타자의 개념을 바탕으로, 에드워드 사이드(Edward W. Said)는 『오리엔탈리즘』[21]에서, 오리엔탈리즘(Orientalism)이란 서양에 의해 발견, 기록, 정의, 창조, 산출된 동양, 즉 서양인이 만들어낸 오리엔트 개념으로 원래부터 존재하는 오리엔트와는 상당히 동떨어진 것이며, 이러한 오리엔탈리즘이라고 하는 반복되는 '타자'의 이미지 증폭이 얼마나 서양의 제국주의에 의한 억압과 착취

---

20) Phallos(남근)+Logos(로고스)+Centrism(중심주의)의 합성어. 팔로센트리즘 (Phallocentrism;남근 중심주의)과 로고스 중심주의(Logoentrism)가 일체화되어 있는 상태를 가리키는 말.

21) Edward W. Said 저, 『오리엔탈리즘』, 박홍규 역(교보문고, 1991).

의 구조를 고정화시켰는지를 고찰하며 폭로하고 있다. 또한 '서양과 동양 사이의 관계는 권력관계, 지배관계, 그리고 다양한 헤게모니의 관계'이며, '오리엔탈리즘'이란 '오리엔트에 대한 유럽의 지배 양식'이자, '자의적인 신화'라고 하고 있다.[22] 그는 마지막으로, '동양인 학자는 오리엔탈리즘의 체계를 <조작>할 수 있게 되므로, 그들이 스스로 미국에서 받은 훈련성과를 이용하여 자기 국민에 대한 우월감을 갖게 되는 것은 불가피한 것이라고 할 수도 있다. 그러나 유럽인 또는 미국인 오리엔탈리스트라는, 자기보다 상위에 있는 인간과의 관계에서 말하자면, 그들은 단순히 <원어민정보원(Native Informant)>에 불과하다'[23]고 하고 있다. 이와 같은 사이드의 논을 근거로, 주뢰(周蕾)는『디아스포라(Diaspora)[24]의 지식인』[25]에서, 동양에서도 주변적 존재인 여성들은 위와 같은 남성 원어민정보원에 의해 '이중으로 타자화'되고 있음을 강조하고 있다. 또한 강상중은『오리엔탈리즘을 넘어서』에서,

---

22) 사이드는 위의 책에서, 그러한 오리엔탈리즘은 19세기 후반에 시작되어 오리엔트에서의 유럽의 식민지배 확대의 시대인 제2차 세계대전 때 정점에 달했다고 하고 있다.

23) Edward W. Said 저,『오리엔탈리즘』, 박홍규 역(교보문고, 1991), pp.516~517.

24) 고향 상실자, 이산자(離散者)의 뜻. 고국을 떠나 돌아갈 곳이 없이 사는 사람들, 혹은 그들의 거주 구역을 말한다. 원래 유태인들을 일컫는 말이었으나, 현대에는 널리 모든 민족의 이민(移民)에게 사용되며, 특히 팔레스티나인을 일컫는 경우가 많다. 디아스포라는 태어난 고향의 문화를 거주 지역으로 가지고 가서 지역과 문화의 필연적 결부를 무화시킨다. 현대사회가 점점 더 글로벌화되면서 국경선이 이문화 사이의 경계선이 될 수 없음을 전형적으로 나타내는 존재라 할 수 있다.

25) レイ・チョウ(周蕾) 著,『ディアスポラの知識人』, 高橋哲也訳(青土社, 1998).

> 근대 일본의 국민적 체험으로부터 생긴 대외관의 큰 특징은 <낡은
> 모욕적·양이적인 서양관>의 극복과 더불어 <구태의연한 근린 아시
> 아 국가들로부터 일본을 구별하려는 자의식>이 강화되어 두 가지 대
> 외관이 양극으로 분해되고 있었다는 점이다. 이 점에서 근대 일본의
> 오리엔탈리즘은 처음부터 이율배반적인 지향성을 가지고 있었다.26)

라고 하고 하며, 사이드의 오리엔탈리즘을 일본과 그 주변 아시아국
가들간의 관계에 적용시켜 일본중심주의에 대한 비판의 근거로 삼
고 있다. 그 결과 그는 '조선과의 관계에서 일본적 오리엔탈리즘은
노골적인 힘을 발휘하게 되었다'27)고 한다. 강상중이 지적하는 이러
한 일본적 오리엔탈리즘은, 바꾸어 말하면 서구의 오리엔탈리즘이
동양을 타자화시켰던 것처럼 일본의 침략적 제국주의적 내셔널리즘
이 근린 아시아 국가를 타자화시키는 이데올로기였다고 할 수 있다.
  이상의 논의에서와 같이 서양에 의해, 남성에 의해, 일본인에 의
해 타자화되고 있는 동양, 여성, 아시아 등은 '종속집단'의 개념으로
수렴될 수 있다. 여기서 종속집단이란 'Subaltern'의 역어로, '다음
자리(의 사람)', '부차적(인 자)'이라는 뜻으로 군대에서는 '준위, 소위'
를 일컫는 말이다. 근년에는 인도 지식인 그룹이 A. 그람시(Antonio
Gramsci, 1891~1937)28)의 영향을 받아 행한 '종속집단 연구'의 활동
에 의해 피식민자를 일컫는 말이 되었으며, G. C. 스피벅(Gayatri
Chakravorty Spivak, 1942~)29)에 의해 종속된 자 즉 피식민자, 여성,

---

26) 강상중, 『오리엔탈리즘을 넘어서』, 이경덕·임성모역(이산, 1997), p.87.
27) 위의 책, p.91.
28) 이탈리아의 정치가. 공산당 창립자의 한 사람. 마르크스주의를 다방면에 걸쳐
    독창적으로 발전시켜, 서구 마르크스주의의 원조로 평가받고 있다. 1926년 파시
    스트 정권에 의해 체포되어 옥사했다. 저서에 「옥중노트」 등이 있다.

인종적 타자, 노동자 계급 등을 일컫는 용어가 되었다. 스피벅에 의한 '종속집단은 말할 수 있는가?'라는 문제제기에서도 알 수 있듯이, '종속집단' 연구는 종속집단의 주체성이나 언어를 결정짓는 지배적 담론의 주도권을 장악한다는 정치적인 목표를 내걸고 있지만, 그 때 종속적인 지위를 고정화시키려는 어떠한 범주도 특권화하지 않는 것이 특징이다.

  본서에서는 아쿠타가와라는 작가의 아이덴터티를 중류계급의 남성 일본인으로 규정하고, 그의 문학에서 위와 같은 '종속집단'들 즉 여성, 일본, 아시아, 프롤레타리아 계급과 같이 타자화되고 있는 주체들이 어떻게 다루어지고 있는지를 고찰하고 그 의의 및 한계를 규명해 보고자 한다. 이와 같은 종속집단이라는 문화연구30)의 개념으로 아쿠타가와문학의 의의와 한계점을 규명하는 것은 단순히 아쿠타가와라고 하는 한 작가의 문학에 대한 규명이 될 뿐만이 아니라, 그가 다이쇼시대를 대표하는 지식인이었다는 점에서 그 시대의 정신을 규명하는 연구가 되기도 할 것이다. 그리고 아쿠타가와문학에 대한 이와 같은 견지의 연구는 아직 시작단계에 불과하다 할 수 있

29) 캘커타 출신의 미국 마르크스주의자. 페미니스트. 포스트 식민주의 비평가. 저서에 *In Other Worlds ; Essays in Cultural Politics*(1987), *The Post-Colonial Critic; Interviews, Strategies, Dialogues*(1990), *OutSaid in the Teaching Machine*(1993) 등이 있다.

30) 문화연구(cultural studies)란 사회와 여러 가지 문화현상(사회제도와 정치 체제에서 모든 영역의 미디어, 출판물까지)을 고찰의 대상으로 하는 교육프로그램을 말한다. 1950년대 이후의 영국의 노동계급 출신의 비평가들로부터 시작되었고, 버밍검 현대문화 연구센터의 창설(1964년) 이래 처음에는 철학, 사회학, 문학비평이 중심이었지만, 차츰 문화유물론과 깊은 관계를 갖게 되었다. 미국에서는 더 넓은 의미로 사용되어 젠더, 인종, 계급, 성적 우열 등의 문제를 취급하며, 다원문화주의 연구의 경향이 강하다.

으며, 간혹 있다고는 해도 같은 일본인으로서 의의를 부여하려는 데 중점이 놓여져 있어, 그 한계에 대한 지적은 거의 없다고 해도 과언이 아니다. 이러한 연구는 일본적 오리엔탈리즘의 타자화의 대상이 되었고 아직도 교과서 문제로 대표되는 '건전한 내셔널리즘의 복권'에 의해 과거를 청산하지 못하는 한국인의 입장에서 한국인의 시각으로 이루어지는 연구라고 하는 점에 큰 의의가 있다 할 수 있을 것이다.

제1부

일본의 근대화와 여성표상

아쿠타가와문학의 여성표상을 생각하기 위해서는 그 전에, 먼저 다이쇼시대의 여성에 대한 일반적 인식이 어떠했는지를 생각해 볼 필요가 있다.

서장에서 언급한 바와 같이 메이지시대에는 천황제를 정점으로 하는 가부장적 가족주의가 공교육을 통해 확고한 신념이 된 시대였다. 당시의 공교육에서는 가정 내에서의 여성의 역할을 자식을 낳아서 출산하고 양육하는 어머니로서 국가인력의 재생산자, 혹은 남성들의 사회적 역할을 보조하는 존재로 규정하였다. 그러한 사실은 일본의 문명개화기의 여자고등학교의 성립과정을 살펴 보면 알 수 있다. 당시 메이로쿠샤(命六社)[1]의 계몽 사상가였던 나카무라 마사나오(中村正直, 1832~1891)는 자녀 교육에 견식을 갖춘 어머니를 양성할 필요성을 역설하여, '남녀의 교육은 동등해야한다'[2]고 하며 초등 이상의 여자교육의 필요성을 시사했다. 그리고 그에 부응하듯이 1887년, 당시의 문부대신 모리 아리노리(森有礼, 1847~1889)는 '국가 부강의 근본은 교육에 있으며, 교육의 근본은 여자교육에 있다'고 하고, 그 교육의 목표는 '한 사람의 양처가 되고 한 사람의 현모가 되어 일가를 정리하여 자제를 훈도하기에 충분한 자질과 재능[3]의 양성에 있다고 했다. 이와 같은 모리 아리노리의 언급에 대해, 오키 모토코(大木基子)가 '모리의 이 언급이 고등 여학교 제도를 방향 짓게 되었다'[4]라고 지적하고 있듯이, 메이지시대의 여성교육의 목적은

---

1) 1873년 모리 아리노리(森有礼)의 발기에 의해 1874년 결성된 일본 최초의 학술단체.
2) 中村正直 「善良ナル母ヲ造ル説」(「明六雑誌」第33号, 1875, 3), p.2.
3) 森有礼 「第三地方学事巡視中の言説」(大久保利謙編著『森有礼全集』第一巻, 宣文堂書店, 1972), p.611.

현모양처의 양성에 있었고, 그 사상은 국가의 교육제도를 통해 근대
일본의 지식체계 속의 여성관으로 확립되어 갔다.

따라서 당시의 학교교육에서는 서구의 문화와 교양을 습득하게
하는 교육을 실시하였는데 그것은 여성들을 현모양처로 키우기 위
한 가정·가사 교육으로 수렴되었다. 그러한 현실을 아쿠타가와는
다음과 같이 인식하고 있다.

> 그래도 결혼하지 않는다면, 설령 이 도시에서처럼 한심한 비난을
> 받지 않는다고는 해도 자활은 필요하겠지? 그런데 우리들이 받고 있
> 는 교육은 자활과는 전혀 상관없는 교육 아니겠어? 우리들이 배운 외
> 국어로는 가정교사 노릇도 할 수 없을 것이고, 우리들이 배운 뜨개질
> 로는 하숙비도 제대로 낼 수 없어. 그러면 결국 경멸하는 남자와 결혼
> 할 수밖에 없게 되지.5)

이 글에서 확인할 수 있는 것은, 당시 공교육을 통해 이루어지는
여성교육은 현모양처를 길러내기 위한 가정·가사 교육에 편중되어
있고, 남성들의 세계로부터 독립하여 주체적으로 살아가는데 필요
한 경제적 자활에는 전혀 도움이 될 수 없었다는 사실이다. 아쿠타

---

4) 大木基子「明治の国家と女性」(脇田晴子·林玲子·永原和子編『日本女性
   史』古川弘文館, 2002), p.207.
5)「文放古」,『芥川龍之介全集』第11巻, p.95.
   본서에서 사용한 텍스트는『芥川龍之介全集』第1巻~第24巻(岩波書店, 1995
   ~1998)이다. 이하『전집』이라 한다.
   それでも結婚しないとすれば、たとひこの市にゐるやうに莫迦莫迦しい非難は
   浴びないにしろ、自活だけは必要になつて来るでせう。処があたしたちの受け
   てゐるのは自活に縁のない教育ぢゃないの？あたしたちの習つた外国語ぢゃ家
   庭教師も勤まらないし、あたしたちの習つた編物ぢゃ下宿代も満足に払はれは
   しないわ。するとやつぱり軽蔑する男と結婚する外はないことになるわね。

가와가 메이지 정부의 여성관의 본질을 예리하게 파악하고 비판하고 있음을 알 수 있다. 이러한 상황에서 여성의 삶은 어디까지나 아버지, 남편, 자식이라고 하는 남성을 통해 이루어지거나 유지되고, 따라서 여성은 그들에게 종속되는 삶을 살 수 밖에 없는 것이다. 현대사회의 문화비평이론으로 말하자면 그와 같은 존재양식의 강요가 바로 여성을 '종속집단'이 되게 하는 것이라 할 수 있다.

그러나 다이쇼시대에 들어서서 메이지시대의 전반적인 지식체계에 대한 반성과 비판이 고조되면서, 위와 같은 여성 인식에도 변화의 기운이 일어난다. 그러한 변화의 단적인 예가 히라쓰카 라이초들이 1911(다이쇼 원)년 9월에 시작해서 1916(다이쇼 5)년 2월 통권 52호로 끝낸 잡지「세이토(青踏)」를 중심으로 하는 여성해방운동이었다. 세이토(青踏, Bluestocking)란 1750경 영국의 몬타규(E. Montagu, 1720~1800)부인들 클럽의 인기자인 식물학자 스틸링플릿(B. Stillingfleet, 1702~1771)이 검은 견 양말 대신 푸른 모직 양말을 신은 데서 유래된 것으로 그 클럽의 이름이 되었고, 더 나아가 문예에 대한 소양과 학식이 있는 여성 혹은 이들을 본받고자 하는 여성들에 대한 호칭이 되었다. 일본에서는 입센의「인형의 집」[6]이 소개되면서, 히라쓰카 라이초를 비롯한 여성들이 남성들과 동등한 주체로서의 자각을 촉구하는 담론을 발표하는 잡지의 이름이 되었고, 이후

---

6)「세이토」창간 가을에 쓰보우치 쇼요(坪内逍遥)가 이끄는 문예협회(文芸協会)가 입센의 문제극「인형의 집」을 상연하여 사회적으로 큰 반향을 불러 일으켰고, 주인공 노라 역을 맡았던 마쓰이 스마코(松井須摩子)는 열광적인 인기를 모으게 된다. 가족제도 하에 현모양처주의를 여자교육의 지표로 삼았던 시대에 노라의 자각은 부덕(婦徳)과 정면으로 충돌하는 것이었다. 창간호부터 입센의 연극에 대해 발언을 한「세이토」는 3호에서「인형의 집」특집을 예고했고, 제2권 1호의「부록 노라」로 그것을 실현했다.

일본근대사에 있어 여성해방운동의 대명사가 되었다.

히라쓰카의 「원시 여성은 태양이었다」[7]라는 「세이토」 창간사는, 원래 여성은 다른 빛에 의지해서 빛을 발하는 달과 같은 존재가 아니라 스스로 빛을 발할 수 있는 태양이었는데, 불행히도 현대 여성은 남성중심주의 체제 하에서 비주체적인 달과 같은 존재가 되었다는 내용이었다. 그리고, 역사의 시원에 있어서 여성은 주체적인 입장에 있었다고 하는 마르크시즘의 유물론에 입각하여 여성의 주체에 대한 자각을 촉구하는 글이었다. 이후 그녀들은 여성의 입장에서 섹스와 젠더 양면에서 성의 자유와 평등을 주장하게 되었고, 그것들은 가족제도, 사회적 습관, 권력·국가의 논리와 충돌하게 되었다. 이러한 「세이토」에 대해 초기에는 호의적이었던 저널리즘이, 오타케 고키치(小竹紅吉)의 '오색술(五色の酒)'과 '유곽 요시하라(吉原) 체험'[8] 이후에는 그녀들 급진적인 여성해방운동에 대해 회의적으로 되어 비난을 퍼붓기 시작하였고, 야스 고치(安河内) 경보국장(警保局長)은 「도쿄아사히신문」(1914년 7월 8일)에서 그녀들을 '색욕의 아귀'

---

7) 平塚らいてう, 「原始女性は太陽であった-「青鞜」発刊に際して-」[堀場清子編, 「青鞜」女性解放論集」, 岩波書店, 1999)].

8) '오색술(五色の酒)'과 '유곽 요시하라(吉原) 체험': 1921년 오타케 고키치(尾竹紅吉=尾竹一枝)는 세이토의 광고 의뢰처인 '오도리노스(鴻の巣)'에서 서로 다른 색의 술을 섞이지 않게 유리잔에 담은 오색술을 마시고 그 아름다움에 감탄했다. 그 후 그녀는 「세이토」가 여성문제를 연구하기 위한 잡지라면 음지에서 일하는 여성들의 실태를 알아둘 필요가 있다고 생각하여 삼촌 오타케 다케사카(尾竹竹坂)의 주선으로 라이초, 나카노 하쓰코(中野初子) 셋이서 요시하라를 방문하여 '오모지루(大文字楼)'에서 에이잔(栄山)이라는 기녀와 회식을 했다. 이 사실을 「도쿄니치니치신문」의 사회부 기자 오노 란이치로(大野覧一郎)가 기사화하여 세이토를 뒤흔드는 대사건이 된다. (渡辺澄子『青鞜の女·尾竹紅吉』(不二出版, 2001) 참조)

로 매도하기에 이르렀다. 이후 이들의 인습을 타파하고 사회 및 가정의 내부에서 여성의 새로운 지위를 획득하고자 하는 담론이나 행적들은 가부장적 가족주의가 강조하는 현모양처 사상에 익숙해 있던 일반인들로부터 '신여성'이라는 이름으로 지탄의 대상이 되었다.

　아쿠타가와의 여성에 대한 인식은 이러한 '신여성'을 어떻게 생각하고 있는가를 지표삼아 생각해 볼 수 있다. 아쿠타가와 같은 지성작가가 위와 같은 「세이토」의 여성들의 주장을 접한 적이 있을 것이라는 가능성은 배제할 수 없다. 실제로 그는 '지금의 세상은 남자가 만든 제도나 습관이 지배하고 있기 때문에 남녀에 따라 매우 불공평한 점이 있다. 그 불공평을 교정하기 위해서는 여성 자신이 세상의 일에 관여해야 한다'9)고 하고 있는 점으로 미루어 여성해방운동가들이 주장하는 의견에 의식적으로 공감하고 있었음을 알 수 있다. 그러나 그는 '여성 자신은 남자와 생리적, 심리적으로 다른 점을 강조함으로써만, 세상일에 참가할 자격이 있다'10)고 하며 남성과 여성의 생리적, 심리적 차이를 인정하는 여성해방운동을 긍정하고 있다. 그리고 결과적으로 '자식을 키우거나 재봉을 하는 흰 암 늑대가 좋다'11)고 하며, 여성의 역할을 가정 내에 한정시키고자 하는 이데올로기에 무비판적 태도를 보이고 있다. 이와 같이 지식과 일상생활 사이에 괴리되어 있는 양의적 태도로 그는 다음과 같이 언급하고 있다.

　　요즘에는 일본 여자의 얼굴이 점점 서양인 같이 느껴집니다. 그것

---

9) 「世の中の女」, 『전집』 제9권, p.44.
10) 위의 책, p.45.
11) 위의 책, p.46.

은 체격이 좋아지거나 화장 때문이겠지만, 그 외에도 우리들의 눈이
서양인 같은 아름다움을 볼 수 있도록 교육을 받은 때문이겠지요.12)

아쿠타가와는 당시 사회의 전반적인 분위기가 서구중심의 가치를
추구한 결과 일본인의 여성의 미의 기준이 서양인의 그것에 맞추어
변해버렸다고 인식하고 그것을 조소적으로 파악하고 있음을 알 수
있다. 물론 이와 같은 여성의 미의 기준은 라이초가 주장하는, 가부
장적 가족주의가 강조하는 현모양처 사상에 반대하고, 인습을 타파
하여 여성의 새로운 지위를 획득하고자 하는 '신여성'들이 추구한 그
것에 영향을 받은 것이라 생각된다. 그러나 이와 같이 '신여성'들이
추구한 미의 기준을 서구중심의 가치로 보는 아쿠타가와는 '할머니
는 형태가 가지런하고 어딘가 다소곳한 곳이 있다. 그러나 요즘 여
성들은 형태가 다소곳하지 못 하다'13)라고 하며, 피상적인 서구화
때문에 현대여성의 자태가 나빠졌다고 생각하고 있다. 「장렬한 희생
(壯烈の犧牲)」(1925. 1)에서도 현대 여성의 양장과 화장은 모두 부조
화하며 그녀들을 과도기의 희생자라고 비판하고 있다. 이와는 반대
로 '모리 오가이 선생님의 야스이 부인이라는 역사소설의 여주인공
같은, 경박스럽게 유행을 따르지 않는 여자가 좋습니다'14)라고 하며,
전통적인 여성상에 대해서는 긍정적인 태도를 보이고 있다. 모리 오

---

12)「僕の好きな女」,『전집』제7권, p.28.
　　この頃は日本の女の顔が、だんだん西洋人じみて来るやうですね。あれは格
　が好くなつたり、御化粧がしからしめたりするんでしょうが、その外にも我の
　目の玉が、西洋人じみた美しさを見つける事が出来るやうに教育されて来たん
　でしょう。
13)「形」,『전집』제9권, p.140.
14) 위의 책, p.29.

가이(森鷗外, 1862~1922)의 「야스이 부인(安井夫人)」(「太陽」1914. 4)
은 시골 서생에게 시집가서 고생을 하면서도 아름다움을 잃지 않는
헌신적이고 희생적인 여성상을 그리고 있다. 아쿠타가와는 '가(家)'
를 위한 여성의 헌신과 희생을 미덕으로 보고 있는 것이다.

　이와 같이 생각해 보면 아쿠타가와의 여성에 대한 인식은 다이쇼
시대의 진보적인 새로운 여성인식에 대해 관심을 보이며 그에 동조
하면서도, 그것을 적극적으로 긍정하지는 않고 오히려 메이지시대
에 확립된 헌신적이고 희생적인 여성인식을 무비판적으로 수용하고
있음을 알 수 있다. 이에서 아쿠타가와의 '지'와 '신체'의 괴리를 볼
수 있는데, 제1부에서는 그와 같은 아쿠타가와의 여성인식이 작품
내의 여성표상에 어떻게 반영되고 있는지를 고찰해 보고자 한다.

　단 아쿠타가와문학의 여성표상을 논함에 있어 먼저 지적해 두고
싶은 것은, 「라쇼몬(羅生門)」(「帝国文学」第21卷第11号, 1915, 11)과
「코(鼻)」(「新思潮」創刊号, 1916, 2)의 집필 동기에 대한 작자자신
의 언급이다. 그것은 지금까지 많은 연구자들의 주목을 받았고 그에
대한 연구가들의 해석은 아쿠다가와 문학에 대한 여성론의 원점이
되고 있다. 그 문장은 다음과 같다.

　　　그리고 나서 내 자신의 상징과 같은 서재에서 당시 쓴 소설은, 「라
　　쇼몬(羅生門)」과 「코(鼻)」 두 작품이었다. 나는 반년 정도 전부터 복
　　잡하게 시달리고 있던 연애 문제 때문에 혼자 있으면 기분이 울적해
　　져서, 반대로 되도록이면 현실과 동떨어진 되도록이면 유쾌한 소설을
　　쓰고 싶었다. 그래서 우선 먼저 곤자쿠모노가타리(今昔物語)에서 재
　　료를 취해서 두 단편을 썼다.15)

이 문장에는 실연의 아픔, 즉 실생활에서의 요시다 야요이(吉田弥生, 1892~1957)16)와의 연애실패를 잊기 위해서 시대적으로도 감정적으로도 현실과는 멀리 떨어진 설화의 세계를 소재로 자기가 관심을 가지고 있는 주제를 소설 속에 구현하고 싶다는 작가의 심정이 잘 나타나 있다. 주지하는 바와 같이 요시다 야요이는 아쿠타가와의 첫사랑인데, 그녀가 미혼모의 자식으로 태어났다는 점, 요시다가가 사족(士族)이 아니라는 점, 아쿠타가와와 동갑이라는 점, 그녀의 혼담이 진행 중이었다는 점 등의 이유로 아쿠타가와가에서는 그녀와의 결혼을 반대했고, 아쿠타가와는 그녀와의 결혼을 단념한다. 아쿠타가와는 요시다 야요이와의 연애사건에서 드러나게 된 인간의 에고이즘이 「라쇼몬」과 「코」의 모티브가 되었다고 밝히고 있는 것이고 이는 두 작품의 집필계기로 통설이 되어 있다. 이와 같이 작자의 언급에 입각하여 실생활에서의 체험이 곧 작자의 인생에 대한 인식과 태도에 영향을 미치고, 그것이 작품의 모티브로 이어진다는 식으로 해석하는 것이 기존연구의 주된 흐름이다.

---

15)「あの頃の自分のこと」,『전집』제4권, p.146.
　　それからこの自分の象徴のやうな書斎で、当時書いた小説は、『羅生門』と『鼻』との二つだつた。自分は半年ばかり前から悪くこだわつた恋愛問題で、独りになると気が沈んだから、その反対になる可く現象と懸け離れた、なる可く愉快な小説がかきたかつた。そこでとりあえず先、今昔物語から材料を取つて、二つの短編を書いた。

16) 아쿠타가와가 결혼하기를 희망한 여성. 일반적으로 아쿠타가와의 첫사랑으로 알려져 있다. 도쿄 출생. 아버지는 요시다 조키치로(吉田長吉郎), 어머니는 요시코이다. 요시코가 미혼모로 낳은 아이로 호적에 오르고, 부모들의 결혼 후 조키치로에게 인지된다. 아버지 조키치로는 아쿠타가와의 생가 니하라가(新原家)가 우유를 납입하고 있던 도쿄병원의 서무과에 근무했다. 육군중위 긴다이치 데루오(金田一光男)와 결혼, 전후에는 데루오의 고향 모리오카(盛岡)에서 생활하다 여생을 마쳤다. (志村有弘編『芥川龍之介事典』(勉誠出版, 2002) 참조)

이와 같은 전기와 문학의 상즉적 해석으로 아쿠타가와문학의 여
성표상을 해석하는 방법은 작품의 특정 인물의 모델을 실존 인물에
서 구하는 연구경향을 낳는다. 예를 들면 「어느 바보의 일생(或阿保
の一生)」(「改造」第9卷第10号, 1927. 10)의 '수인(愁人)'과 '광인의 딸'
을 1919년 6월 '십일회(十日会)'에서 만난 히데 시게코(秀しげ子)라고
한다든가, '시바의 여왕'은 1916년 6월 「비취(翡翠)」를 쓴 가타야마
히로코(片山広子, 1878~1957)[17]라고 하는 식[18]이다.

아쿠다가와 문학의 여성론의 세 번째 특징으로는 작품에 등장하
는 여성의 성격을 '악의 원천'으로 간주하려는 경향을 지적할 수 있
다. 예를 들면, 에비이 에이지(海老井英次)는 「덤불 속(藪の中)」(「新
潮」第36卷 第1号, 1922. 1)론에서 아쿠다가와의 독창으로서, '남편 죽
이기'의 모티브를 지적하고 있고 그 원인을 실생활에서의 연애체험
에서 찾고 있다. 그러나 이와 같은 연구경향은 비판을 받아야 한다.
왜냐하면 아쿠타가와는 누구보다도 고백소설을 혐오한 작가였기 때
문이다. 그는 「조코도잡기(澄江堂雑記)」에서 다음과 같이 언급하고
있다.

　　　좀 더 자신의 생활을 써라, 좀 더 대담하게 고백을 하라」란 종종
　　제군이 권유하는 말이다. (중략) 그것만은 사양하지 않을 수 없다. 첫
　　째로 나는 고명하신 제군에게 내 생활의 깊은 곳을 보여주는 것이 불

---

17) 가인. 번역가. 미쓰무라 미네코(松村みね子)는 필명. 사사키 노부아미(佐々木
　　信綱)에게 사사하고 「마음의 꽃(心の花)」, 「죽백회(竹柏会)」의 가문집(歌文集)
　　에 참가한다. 1899년 가타야마 데이지로(片山貞次郎)와 결혼하지만 1920년에
　　사별한다.
18) 이와 같은 연구의 대표석인 예로는 모리모토 오사무(森本修)의 『신고 아쿠타
　　가와 류노스케(新考·芥川龍之介伝)』(北沢図書出版, 1977)가 있다.

쾌하다. 둘째로 그런 고백을 재료로 필요이상의 돈과 명성을 착복하는 것도 불쾌하다. ─ 생각하는 것 만으로도 소름이 돋는다. 누가 수고스럽게도 부끄러운 것을 고백소설로 만들 것인가?[19]

　아쿠다가와는 소위 소설의 소재를 작자의 체험에서 구하고 실생활의 적나라한 고백을 긍정하며, 허구의 문학을 모조품으로서 부정했던 당시의 자연주의 문학자들과는 대극점에 서 있었던 작가이다. 그는 소설을 기교의 예술로 보고, 현실을 이지(理智)에 의해 재구성한 허구의 세계에서 구현하려는 창작 방법을 고수했다. 이와 같은 그는 '예술가는 무엇보다도 작품의 완성을 기하지 않으면 안 된다'[20]라든가 '모든 예술가는 싫든 좋든 기교를 닦아야 할 것이다'[21]라고 하며 문학의 예술성을 추구했다. 그는 '내가 인생을 안 것은 사람과 접촉한 결과가 아니다. 책과 접촉한 결과이다'[22]라든가 '그는 인생을 알기 위해서, 거리의 행인을 바라보지 않았다. 오히려 행인을 바라보기 위해 책 속의 인생을 알려고 했다'[23]와 같이 '책'이 자기와 사회를 매개하고 있다고 자기언급하고 있다. 그는 독서를 통해 구축한 가공의 세계에서 자신의 문학을 만들어 내려고 한 작가적 자

---

19) 「澄江堂雜記」, 『전집』 제10권, pp.282~283.
　　もつと己れの生活を書け、もつと大胆に告白しろ」とは屢、諸君の勧める言葉である。(中略) それだけは御免を蒙らざるを得ない。第一に僕はものみ高い諸君に僕の暮しの奥底をお目にかけるのは不快である。第二にさう云ふ告白を種に必要以上の金と名とを着服するのも不快である。─ 考えただけでも鳥肌になる。誰が御苦労にも恥ぢ入りたいことを告白小説などに作るものか。
20) 「芸術とその他」, 『전집』 제5권, p.164.
21) 위의 책, p.170.
22) 「大導寺信輔の半生」, 『전집』 제12권, p.53.
23) 위의 책, p.53.

세와 문학의 방법을 주장했던 작가였던 것이다.

따라서 아쿠타가와문학의 여성론을 고찰할 경우에는 그와 같은 작가적 자세와 방법에 근거해야 할 것이다. 그럼에도 불구하고 종래의 아쿠다가와 문학의 여성론은 이상과 같이 실생활과의 관련을 규명하는 데 지나치게 치우쳐 있었다고 생각한다. 반면 작품의 내부에서 여성이 어떤 식으로 조형되고, 작품의 주제에 어떠한 의미 작용을 하고 있는가 등에 대한 연구는 미흡하다 할 수 있다. 또 여성에 대한 견해가 너무나 부정적인 것도 문제라고 할 수 있다. 그것은 앞에서 언급한 실생활과의 관련을 규명하는 연구방법에서 당연히 귀결되는 문제점일 것이다.

본서에서는 이상과 같은 문제의식에 기초하여 아쿠다가와 문학을 습작기에서부터 검토하면서 아쿠타가와문학에 나타난 여성표상을 재정립해 보고자 한다. 구체적으로는 초기 습작인 희곡「청년과 죽음과」와「도적떼」의 여성 등장인물들이 작품의 주제와 관련하여 어떻게 조형되고 있는지 살펴 보고, 그러한 여성의 조형에 남성작가인 아쿠타가와의 시각이 어떻게 작용하고 있는지 고찰해 보고자 한다.

제1장
서구적 세계관의 수용과 여성인식
-「청년과 죽음과(靑年と死と)」를 중심으로-

제1절 들어가며

　일반적으로 아쿠타가와에게 습작이라는 것은 진정한 의미의 성공작인 1915년의 「라쇼몬」이전의 작품을 말한다. 주요한 것으로서 전집에 수록되어 있는 것은 「발타자르(バルタザアル)」(「新思潮」第1巻第1号, 1914. 2), 「오가와의 물(大川の水)」(「心の花」第18巻第4号, 1914. 4), 「노년(老年)」(「新思潮」第1巻第4号, 1914. 4), 「봄의 심장(春の心臟)」(「新思潮」第1巻第5号, 1914. 6), 「청년과 죽음과(靑年と死と)」(「新思潮」第1巻第8号, 1914. 9), 「크라리몬드(クラリモンド)」(久米正雄訳, 『クレオパトラの一夜』, 「新思潮」, 1914. 10), 「횻토코(ひょっとこ)」(「帝国文学」第21巻第1号, 1915. 1) 등을 들 수 있다. 그 중에서 「청년과 죽음과」는 1914년 9월 1일에 발행된 「신사조(新思潮)」 제1권 제8호에 야나기가와 류노스케(柳川隆之介)라는 펜네임으로 발표되었다. 제재는 『곤자쿠모노가타리(今昔物語)』 제4권 「용수 속세에 있을 때 몸을 감추는 약을 만든 이야기 제24(龍樹俗時作隠形薬語第二

四)」이고, 형식과 주제는 모리 오가이(森鴎外)가 번역한 호프만스탈 (Hugo von Hofmannsthal, 1874~1929)[24]의 「바보와 죽음과(痴人と死 と)」에서 빌고 있다. 표제 아래에는 「희곡 습작(戯曲習作)」이라고 되어 있는데, 소설을 주된 창작의 대상으로 하고 있던 아쿠다가와에 게는 거의 유일한 희곡이라고 할 수 있다.

작품에 대한 평가는 '그 청신한 회화와 간결한 수법은 당시 우리 들 사이에서 평판이 높았다. 구메 마사오(久米正雄)군은 특히 나에게 글을 보내어 무샤노코지 사네아쓰(武者小路実篤) 이상이라고 격찬 했다'[25]라고 할 정도의 호평을 받았다. 그럼에도 불구하고 방대한 아쿠다가와문학 연구에 비해 이 작품을 다룬 경우는 의외로 적다. 「청년과 죽음과」를 작품론으로서 본격적으로 다루고 있는 것은 조 사한 바에 의하면, 구보 다다오(久保忠夫)의 「아쿠다카와 류노스케 의 「청년과 죽음과」의 재원(芥川龍之介の『青年と死と』の財源)」, 요시 다 도시히코(吉田俊彦)의 「「청년과 죽음과」의 새벽과 관념적 인식 지향(『青年と死と』の夜明けと観念的認識志向)」, 사코 준이치로(佐古 純一郎)의 「「청년과 죽음과」에 대해서(『青年と死と』について)」정도 이다. 그 외에는 습작기의 작품이나 희곡 작품으로서, 혹은 고전에 서 제재를 취한 작품으로서 단편적으로 언급되고 있을 뿐이다. 또한 작품연구의 방향성이라고 한다면 고보리 게이이치로(小堀桂一郎)의 '<죽음>의 형상화라는 착상을 이 작품(호프만스탈의 「바보와 죽음과」;

---

24) 오스트리아의 시인. 「시집」 외에 운문극 「바보와 죽음과」, 희곡 「엘렉트라」, 소설 「그림자가 없는 여자」 등이 있다.

25) 山本有三, 「芥川君の戯曲」(『文芸春秋』, 芥川龍之介追悼号, 第5年第9号, 1927, 9)[関口安義編, 『芥川龍之介研究資料集成』第4巻(日本図書センター, 1993). p.12.]

인용자 주)에서 얻고 있다'26)는 지적으로 대표되듯이 작품의 '재원'
을 밝히는 연구에 치중되어 있다.

이와 같은 연구상황은 야마모토 유조(山本有三)가 지적하고 있듯
이, '결벽한 아쿠다가와가 습작시절의 작품을 작품 속에 넣는 것을
좋아하지 않기'27)때문에 생전에 단행본에 수록되지 않았던 탓이기
도 할 것이고, 작품으로서의 기량도 그다지 좋지 않았기 때문이기도
할 것이다. 그러나 미요시 유키오(三好行雄)는 「청년과 죽음과」「홋
토코」「노년」을 가리켜, '모두 고유의 세계를 완결하면서, 각각 「라
쇼몬」의 주제를 획득하기 위한 도표였다'28)라고 평가하고 있다. 즉,
이 작품은 아쿠다가와문학의 맹아를 엿볼 수 있다는 점에서 중요한
작품이라고 할 수 있다. 그러나 이와 같은 새로운 평가의 축의 시사
가 있음에도 불구하고 선행연구는 여전히 종래의 연구경향에 머물
러 있음을 알 수 있다. 특히 이 작품에서 그려지는 여성표상은 이후
아쿠다가와문학의 여성표상의 맹아적 요소를 짙게 나타내고 있어,
아쿠다가와의 여성 인식을 고찰하기 위해서는 빼놓을 수 없는 작품
이라고 생각한다. 이하 이 작품에 나타난 여성표상의 특징을 아쿠타
가와문학의 조형(祖型)으로 검토해 보고자 한다.

---

26) 小堀桂一郎 「財源研究の意味－芥川龍之介・里見弴・その他－」(亀井俊介
   『現代比較文学の展望』研究社出版, 1972. 6), p.13.
27) 위의 책, p.12.
28) 三好行雄, 『芥川龍之介論』(筑摩書房, 1983), p.40.

제2절　악의 존재로서의 여성표상

「청년과 죽음과」의 여성표상을 논하기 전에 먼저 작품의 줄거리
를 언급해 두고자 한다. 장소는 이국의 궁궐이고 이야기는 두 내시
의 대화에서 시작한다. 이번 달에 들어와 산달이 된 후궁이 여섯 명
이고, 임신한 후궁을 세어 보면 몇 십 명에 이른다. 그러나 그것이
모두 상대를 모른다. 망을 보는 병사의 수를 늘려도 후궁의 임신이
끊이지 않는다. 후궁들에게 물어 보아도 몰래 숨어 들어오는 남자는
목소리만 들릴 뿐 모습은 보이지 않기 때문에 누군지 알 수가 없다
고 한다. 이것은 실은 두 청년이 입으면 눈에 보이지 않는 망토를 입
고 후궁에 몰래 숨어 들어오기 때문이었다. 내시들은 궁리 끝에 두
청년이 다닐만한 길에 모래를 뿌려 발자국을 표시 삼아 쫓아가기로
한다. 그런 줄도 모르고 궁궐에 숨어 들어온 두 청년은 죽음에 직면
하게 된다. 그런데 죽음을 피하려고 한 청년 B는 죽고, 죽음을 피하
지 않고 받아들이려고 했던 청년 A는 여명 속에 사라져 간다. 이것
이 작품의 스토리이다.

줄거리를 이와 같이 파악해 보면 두 청년과 후궁들의 관계가 작품
의 플롯의 대부분을 차지하고 있어, 이 작품에서 작가의 여성표상은
스토리의 플롯을 구성하는 그 자체가 되고 있다. 따라서 여기에서
우선 언급하고 싶은 것은, 두 청년과 후궁들의 관계이다. 원래 두 청
년은 '우파니샤드 철학'을 연구하고 있었다. 우파니샤드 철학은 고대
인도의 철학으로, 우주의 원리인 브라만과 아트만의 일체(梵我一如)
를 주창한 것이 특징이다. 그러나 이 두 청년은 그 연구를 하면서도
일년 전까지는 '유일실존이나 최고선이라는 말에 식상해 있었다'. 두

사람은 그와 같은 인생의 가치나 관념과 같은 진실 추구의 생은 '기망(欺罔)'이라고 생각하고, 그 '기망'을 타파하기 위하여 관능적 '쾌락(快楽)'을 추구하면서 궁궐의 후궁들을 찾는 생활을 시작한 것이다. 이 후궁들과의 '쾌락'적 생활 이래 청년 B는 '한 번도 죽음 같은 것'을 생각한 적이 없는, '죽음'을 망각한 생활을 계속하고 있다. 이러한 청년 B에게 의인화된 '죽음'은 다음과 같이 말한다.

> 너는 모든 기망을 깨고자 쾌락을 추구하면서, 네가 추구한 쾌락 그 자체가 결국 기망에 불과한 것이라는 사실을 몰랐다. 네가 나를 잊었을 때 네 영혼은 굶주려 있었다. 굶주린 영혼은 늘 나를 찾는다. 너는 나를 피하려다 오히려 나를 초래한 것이다.29)

조금이라도 '죽음'을 피하고 쾌락을 추구하며 오래 살고자 했던 청년 B는 작품의 결말에 이르러 헛되이 '죽음'에게 생명을 빼앗기는 것이다. 이에 반해 청년 A는 '죽음을 예상하지 않는 쾌락만큼 무의미한 것은 없지 않은가'라고 하며, '나는 무의미하더라도 죽음을 예상할 필요는 없다고 생각한다'고 주장하는 청년 B에게 '그것은 애써 기망적으로 살고자 하는 것 아닌가?'라며 반론을 제기한다. 청년 A에게 죽음을 예상하지 않는 쾌락은 무의미하며 기망인 것이다. 삶에 대해 이와 같은 태도를 지니고 있는 청년 A는 '죽음'이 찾아와도 '나는 너를 기다리고 있었다'라든가 '네 얼굴이 그렇게 아름다울 줄은

---

29) 위의 책, p.72.
　お前はすべての欺罔を破らうとして快楽を求めながら、お前の求めた快楽其物が矢張欺罔にすぎないのを知らなかった。お前が己を忘れた時、お前の霊魂は餓えてゐた。餓えた霊魂は常に己を求める。お前は己を避けやうとして反て己を招いたのだ。

몰랐다'라며 그를 직면하고자 한다. 이와 같은 청년 A에게 '죽음'의
목소리는 제3의 목소리가 되어 다음과 같이 말한다.

> 바보 같은 소리 하지 마. 내 얼굴을 잘 봐라. 네 목숨을 구할 수 있
> 었던 것은 네가 나를 잊지 않았기 때문이다. 그러나 모든 너의 행위를
> 시인해서는 안 된다. 내 얼굴을 잘 봐라. 네 잘 못을 알겠느냐? 이제
> 부터 살 수 있느냐 없느냐는 네 노력 여하에 달려 있다.[30]

　이 말을 한 후 '죽음'은 '삶'으로 바뀐다. 그리고 '삶'이 된 제3의 목
소리는 '새벽이다. 나와 함께 큰 세계로 가자'라고 하며 청년 A를 여
명의 세계로 이끈다. '죽음'을 피하여 쾌락만을 추구하려던 청년 B는
생명을 빼앗기고, '죽음'과 직면하여 진실을 추구하고자 했던 청년 A
는 생명을 지킨다고 하는 것이다.

　이와 같은 진실한 삶을 추구하고자 하는 청년 A에게 있어 후궁들
은 진실한 삶과는 대극점에 있는 '무의미'하고 '기망'적인 세계에 있
는 존재이다. 즉 여성은 진실을 추구하는 남성의 생에 방해가 되는
존재라는 것이다. 지금까지 두 청년과 '죽음'의 갈등이라는 플롯은
작품의 주제에 작용하는 여성이란 어떠한 존재인지를 부각시키기
위해 구성되어 있음을 알 수 있다.

　남성의 눈에 비쳐지는 여성상을 이상과 같이 정리할 수 있다고 한
다면, 다음으로 주목하고 싶은 것은 두 청년의 침범에 대한 후궁들

---

30) 위의 책, p.73.
　　莫迦な事を云ふな。よく己の顔を見ろ。お前の命をたすけたのはお前が己を
　　忘れなかつたからだ。しかし己はすべてのお前の行為を是認してはゐない。よ
　　く己の顔を見ろ。お前の誤りがわかつたか。是からも生きられるかどうかはお
　　前の努力次第だ。

의 태도이다. 작품의 원전이 되고 있는 『곤자쿠모노가타리』에서는 남자들에게 겁탈당하고 나서, '후궁들, 형태는 보이지 않는 자가 찾아와서 만지니, 두려워서 국왕에게 삼가 아뢰기를 "근자에 들어 보이지 않는 자가 찾아와서 만지려 하옵니다"라고 한다'[31]라고 되어 있다. 즉 후궁들은 남자들의 침범에 대해 일방적인 피해자로서 국왕에게 그 사실을 고발한다. 그러나 「청년과 죽음과」의 후궁들의 태도는 『곤자쿠모노가타리』의 후궁들의 태도와는 완전히 반대이다. 물론 후궁들도 처음에는 두 청년의 침범을 무서워했었다. 그러나 현재의 그녀들은 앞장서서 '나체로 앉거나 서거나 뒹굴거나 하며' 두 청년의 방문을 기다리고 있다. 아니, 단순히 기다리고 있는 것만이 아니라 '―기쁘군요. /―이쪽으로 오세요. (중략) ―언제까지나 사랑해 주세요./―오늘 밤엔 다른 데 가시면 안 돼요'라고 하면서 적극적으로 청년들을 유혹한다. 이와 같은 후궁들의 태도는 어디에서 오는 것일까. 그것은 후궁들의 다음과 같은 대화에서 알 수 있다.

> ―나도 어머니가 되고 싶어./ ―아, 싫어. 나는 조금도 그런 생각은 없어./ ―그래?/ ―응, 싫지 않아? 나는 그저 남자에게 사랑받는 것이 좋아.[32]

후궁들은 두 청년에 의해 자신의 성을 침범당하는 것을 일방적인 피해로 혐오하는 것이 아니라, 그녀들도 두 남자들과 마찬가지로 관

---

31) 『今昔物語集』日本古典文学大系22 (岩波書店, 1959), p.307.
32) 「靑年と死と」, 앞의 책, pp.68~69.
　　―私も母親になりたいわ。/―おゝいやだ、私はちつともそんな気はしないわ。
　　/―さう?/―えゝ、いやじやありませんか?私はたゞ男に可哀がれるのがすき。

능적인 쾌락을 즐기려고 하는 것이다. 이와 같은 후궁들에게 있어서 자신의 성은 단순히 한 왕의 소유물이 아니라 자신들의 쾌락의 도구가 되어 있고, 또한 자식을 낳는 도구(모성)가 되어 있다. 주목해야 할 점은 곤자쿠 설화에서는 여성의 성은 결단코 여성 자신의 소유가 아니었는데, 아쿠타가와는 그것을 여성의 소유로 보고 여성이 그것을 자신이 주체가 되어 도구화하고 있다고 해석하고 있다는 점이다. 그녀들은 그러한 자신의 성을 도구로 두 청년을 적극적으로 '무의미'하고 '기망'적인 세계로 유혹하려 한다. 즉, 여성들은 남성의 진실 추구의 생에서 방해가 되는 존재에 머무르지 않고, 이기적 발상에서 적극적으로 그들을 악의 세계로 이끄는 존재로 전도되고 있는 것이다. 이러한 사실이 무엇을 의미하고 있는지 이하에서 살펴 보겠다.

제3절 습작기의 여성표상과 동시대의 독서체험

이상에서 보이는 여성표상은 「청년과 죽음과」 집필 전후의 번역 작품에 나타나는 여성표상과 유사하다. 아쿠타가와는 1914년 2월 제3차 「신사조」창간호에 아나톨 프랑스(Anatole France, 1844~1924)[33]의 「Balthasarr」를 「발타자르(バルタザアル)」라는 제목으로 번역하여 발표하고, 「청년과 죽음과」의 집필 직후 테오필 고티에(Theophile Gautier, 1811~1872)[34]의 「Morte Amoureuse」를 「크라리몬드(クラ

---

33) 프랑스 작가. 작품의 특색은 조소와 신랄한 풍자에 있다. 사상적으로는 회의적 합리주의였지만, 드레퓌즈 사건 이후 만년에는 사회주의를 지지했다. 작품에 소설 「실베스톨 보나르의 죄」「타이스」「빨간 백합」 등이 있다. 노벨상 수상.
34) 프랑스의 시인, 소설가. 초기에는 낭만파, 후기에는 '예술을 위한 예술'을 주창

リモンド)」라는 제목으로 번역한다.

「발타자르」의 내용은 다음과 같다. 이디오피아 왕인 발타자르는 즉위 제3년 향년 22세 때, 시바의 여왕인 발키스를 사랑한다. 22세의 젊은 발타자르는 여왕과 유리한 상업상의 조약을 맺는 것을 잊지 말라는 그의 종자 셈보비티스의 충고도 잊고 여왕을 사랑한다. 왕으로서의 책무도 잊은 그는 여왕을 위해 '과일조림 만드는 방법'을 가르쳐주기도 하고, '과인에게 당신의 목에 떨어진 깃털을 주신다면, 과인은 그 대신 과인의 왕국의 절반을 드리지요. 저 현명한 셈보비티스도 환관 멘켈라도 드리지요'라는 엉뚱한 약속을 해 버린다. 그리고 그녀의 유혹에 따라 노예복장으로 술집에 가서 돈도 없이 안주를 먹고 도망치는 도중 도적을 만나 결국은 시력을 잃고 배에는 칼을 찔리게 된다.

이와 같은 발타자르의 헌신적인 사랑에도 불구하고 그녀는 다른 남자와 같은 침실에 있으면서 발타자르를 만나주지 않는 사건이 발생한다. 그러자, 발타자르는 그녀는 '요부'이며 그녀에게 배신당했다고 사실을 깨닫고, '이 세상에 행복이라는 것은 없다'고 하며 '여자의 변심'에 괴로워한다. 그러나 그는 셈보비티스로부터 지식을 얻어 발키스에 대한 음욕(淫慾)을 잊고 "진실한 것만이 성스럽다", "과인도 경들이 가는 곳으로 가야만 한다. 과인은 낙욕(樂欲)을 극복했기 때문에 별이 과인에게 말을 걸어 준 것이다"라고 말하며, '교만을 극복한' 멜케올과 '잔악한 행위를 극복한' 가스퍼와 함께 그리스도의 탄생을 맞이할 수 있게 된다. 즉 「발타자르」는 발타자르라는 22세의

하여 고답파의 선구가 된다. 『칠보나전집』, 「모판앙」 등이 있다.

청년이 요부 발키스와의 '낙욕'의 생활을 극복하고 '성(聖)'의 세계에 들어가는 이야기이다. 이 과정에서 시바의 여왕 발키스라는 여성은 아름다움으로 발타자르라는 남성을 '낙욕'의 세계로 유혹하여 그의 육체와 영혼을 파괴시킴으로써, 그가 그리스도의 탄생을 맞이한다고 하는 '성'의 세계에 들어가기 위해서 극복해야 하는 존재로 표상되고 있다.

「크라리몬드」는 66세의 목사 '나'의 젊은 날의 체험담이다. '나'의 생활은 '대학과 연구실의 벽에 한정되어 있던' '순진무구한 생활'이었고, '승려가 되는 것보다 유쾌한 일은 없는' '희열과 초조함으로 가득 찬' 것이었다. 그러나 24세 때 성찬식에서 '단 한번 깜빡이는 것으로 간단히 한 남자의 운명을 결정할 것임에 틀림없는' '고혹'적인 '교태'를 지닌 창부 크라리몬드로부터 요혹의 편지를 받은 이후 '나'의 생활은 급변한다. 즉 '나'는 마음 속에서 그녀와의 '음란한 환락'을 추구하는 생활과, 승려로서 '신성한 사명'을 추구하는 생활 사이에서 괴로워 하게 된다. 이와 같은 '나'의 괴로움은 크라리몬드가 죽은 후 꿈에 나타나고서부터는 더 심해진다. 마침내는,

> 어떨 때 나는 자신이 밤이 되면 신사가 된 꿈을 꾸는 승려라고 생각하지만, 또 어떨 때는 승려가 된 꿈을 꾸는 신사라고 생각하는 경우가 있다. 나는 꿈과 현실을 구분할 수도 없고 어디에서 현실이 시작되고 어디에서부터 꿈이 시작되는지조차 알 수 없었다.[35]

---

[35] 「クラリモンド」, 『전집』 제1권, p.116.
　或時はわしは自分が夜になると紳士になつた夢を見る僧侶だと思ふが、又或時には、僧侶になつた夢を見てゐる紳士だと思ふこともある。わしは夢と現実とを分かつ事も出来なければ、何処に現実が始まり、何処に夢が定るかさへも見出す事が出来なかつた。

와 같은 상태가 된다. 즉, 꿈속에서 성(聖)과 속(俗)의 차이의 감각을
잃고 크라리몬드와의 '쾌락'적인 생활에 의해 성(聖)을 모독하는 행
위가 '나'의 생활의 절반을 차지하게 된다. 그리고 그와 같은 '이면
(二面)의 생활' 때문에 '나'는 '사실이든 몽환이든 이와 같은 음란한
환락(淫樂)으로 더러워진 마음과 부정한 손으로는 도저히 그리스도
의 몸을 만질 수 없었다'는 죄의식으로 괴로워하기에 이른다. 그래
서 '나'는 그 '환혹(幻惑)'을 벗어나고자 잠들지 않으려고 했지만, 극
도의 피로에 견디지 못 하고 잠이 들면 '낙욕'의 세계에 빠지게 되어,
영혼은 물론 육체까지 소진하게 된다. 이와 같은 '나'의 이중생활은,
승려원장 '세라피온'이 크라리몬드의 시체와 관을 향해 '아아, 이곳
에 있었군, 악마가, 부정한 창부가, 황금과 피를 빠는 것'이라는 노기
에 찬 말을 하고 성수(聖水)를 뿌린 후에야 비로소 끝난다.

　요컨대 「크라리몬드」는 66세가 된 목사가 과거 타락체험담을 고
백(참회)하는 형식을 빌어 24세의 젊은 청년 '나'가 그리스도의 목사
로서 '신성한 사명'을 다하는 삶과 창부 크라리몬드와의 쾌락적 '낙
욕'을 추구하는 삶 사이에서 괴로워하다가 결국 그리스도의 목사로
서 '신성한 사명'을 다하는 삶을 택한다고 하는, 성과 속의 갈등의
고뇌를 들려주는 이야기이다. 그 과정에서 크라리몬드라고 하는 창
부(여성)는 '나'라고 하는 젊은 남성을 '고혹'적인 '교태'로 '음탕한 환
락'의 세계로 유혹함으로써, 그가 그리스도의 목사로서 '신성한 사
명'을 수행하기 위해 극복해야만 하는 '낙욕'의 세계를 표상하고 있
다. 말할 것도 없이 그 여성표상은 「발타자르」와 유사한 패턴을 보
이고 있음을 알 수 있다.

　위의 두 번역작품의 주제는 주인공인 청년 즉 남성들이 육체적 쾌

락을 추구하는 삶을 극복하고 종교적 인생의 진리를 추구하는 데 있다 할 수 있다. 그리고 이 두 작품은 두 주인공이 각각 22세, 24세의 젊은 청년이라는 점, 그 청년들이 종교적으로 '성(聖)'을 추구함에 있어 발키스와 크라리몬드라는 두 젊은 여성은 그들을 '쾌락'의 세계로 유혹하는 장애가 되어 극복해야 하는 존재를 표상하고 있다는 점에서 공통점을 보이고 있다. 이와 같은 공통점은 바로 아나톨 프랑스와 테오필 고티에라는 서구작가가 공유하는 기독교적 세계관에서 비롯된 것이며, 그것은 그대로 서구의 기독교적 여성관을 반영하는 것이라 볼 수 있다. 주지하는 바와 같이 서구 기독교적 세계관과 인간관에 있어 여성이라는 존재는 창세기의 이브가 표상(대표/표시)하고 있듯이, 남성들의 생에 있어 욕망의 대상이고 그들을 죄악으로 이끄는 악의 원천이며, 남성중심주의 사회로부터 인내와 절제를 강요받게 되는 존재들인 것이다.

아쿠타가와의 「청년과 죽음과」의 궁녀는 위와 같은 서구 기독교 세계의 여성표상을 수용하여 여성이 남성의 진실 추구에 있어 그들을 '쾌락'의 세계로 이끌어 방해가 되거나 극복해야 되는 대상으로 그려진 것이었다. 따라서 그 표상은 결코 당시의 일본 현실의 여성과는 거리가 있는 것으로 보일지도 모른다. 그러나 청년 아쿠타가와의 입장에서 진실추구의 삶을 구도(求道)라 한다면 사랑 혹은 성욕의 분출은 부정되어야 하는 것이다. 그렇다면 사랑 혹은 성욕이라는 악이 일본여성의 책임으로 귀결되는 것은 어떤 의미에서 자연스러운 것일지도 모른다.

제4절 「청년과 죽음과」의 여성표상과 초기작품에 대한 영향

지금까지 고찰해 온 희곡 「청년과 죽음과」, 그리고 「발타자르」와 「크라리몬드」 세 작품의 여성표상을 정리해 보면, 첫째 주인공이 20대 초반의 청년이라는 점, 둘째 그들이 모두 종교적 '성(聖)'의 세계를 추구한다는 점, 셋째 '성(性)'을 '쾌락'이나 '죄악'으로 간주한다는 점, 넷째 여성들은 남성을 유혹하여 죄의 세계인 '쾌락'의 세계로 이끎으로써 극복의 대상으로 표상되고 있다는 점에서 공통점을 보이고 있다. 이와 관련하여 아라키 마사즈미(荒木正純)도 '(전략) 이 전통에 아쿠타가와의 「코(鼻)」를 위치시키면 나이구(内供)의 <코>의 문제란 <성직자>와 <여범(女犯)>의 문제이다'36)라고 하고 있다. 그리고 이어서 아쿠타가와문학에서 「코」를 비롯한 「도조문답(道祖問答)」(「大阪朝日新聞」 1917. 1. 19), 「마죽(芋粥)」(「新思潮」 第21年第9号, 1916. 9), 「고독지옥(孤独地獄)」(「新思潮」 第1年第2号, 1916. 4) 등의 작품을 예로들어 남성의 생에 있어 '성(性)'과 '성(聖)'의 대립의 모티브를 지적하고 있다. 이와 같이 남성을 유혹하여 죄의 세계인 '쾌락'의 세계로 이끄는 여성표상의 특징은 「청년과 죽음과」뿐만 아니라, 이후 아쿠다가와 문학의 여성표상을 관철하는 특징이라 할 수 있다.

예를들어, 「횻토코37)(ひょつとこ)」(「帝国文学」 第21巻第4号, 1915.

---

36) 荒木正純 『ホモテキスチュアリス : 二十世紀欧米文学批評理論の系譜』(法政大学出版局, 1997), p.56.

37) 한 쪽 눈이 작고 입이 튀어나온 남자의 우스꽝스런 가면. 또는 그 가면을 쓰고 추는 우스꽝스런 춤. 남자를 저주하는 말로도 쓰인다. 본 작품에서는 위의 세 가지 모두의 뜻으로 사용되며 주인공 야마무라 헤이키치를 가리킨다.

4)의 경우를 보자. 주인공 야마무라 헤이키치(山村平吉)는 '생리적' 필요가 아니라 '심리적' 필요에 의해 술을 마시며, 취하면 홋토코 가면을 쓰고 우스꽝스런 춤을 추고 도박을 하며 여자를 산다. 맨 정신일 때는 '의식하지 못 하는 사이에' '매일 천연덕스럽게 거짓말을 하며' 타락적 삶을 살고 있다. 이와 같은 비정상적인 삶을 사는 헤이키치는 11살 때 고용살이를 하던 종이가게 주인이 아내가 도망을 가자 일연종(日蓮宗)의 신심(信心)을 버리고 서둘러 신앙을 바꾼 사실, 20세 무렵 사귀고 있던 여자로부터 동반 자살을 부탁받지만 그것이 그에 대한 사랑 때문이 아니라 다른 남자에게 배신을 당하고 자포자기의 심정으로 아무하고나 죽고 싶었기 때문이었다는 사실, 20세 되던 해 부모 대부터 쓰고 있던 점장에게 부탁을 받아 편지를 써주었지만 그것은 점장이 돈을 훔쳐 여자와 집을 나가기 위해 필요했었다는 사실 등을 경험한 적이 있다. 이들 경험은 모두 믿고 있던 여자들에게, 혹은 여자 문제로 인해 믿고 있던 사람들에게 배신을 당하는 내용이다. 20대 전후에 이러한 경험을 한 헤이키치는 세상에 대한 신뢰를 잃고 이후 세상의 정상적인 삶으로부터 멀어진다. 그 결과 거짓말과 술에 의지하는 비정상적인 삶을 살며, 45세에 덧없이 죽는 것이다. 이와 같이 헤이키치라는 남성의 삶이 거짓말과 술에 의지하는 파탄으로 치닫게 된 배경에는 여자로부터의 배신이 있었던 것이다. 헤이키치에게 있어 여성이 악의 근원임은 말할 필요도 없을 것이다.

이와 같은 여성표상은 「라쇼몬」(「帝国文学」 第21卷第11号, 1915. 11)에서도 볼 수 있다. 주지하는 바와 같이 이 작품은 교토(京都)의 지진과 회오리바람, 화재, 기근과 같은 재해 때문에 해고당한 하인이 시체의 머리카락을 뽑아서라도 목숨을 연명해야 한다고 하는 노파의 변명을 듣고, '도둑이 되는 수밖에 없다'고 결의하고 악의 세계를 적극적으로 살아간다고 하는 인간의 에고이즘을 그리고 있다. 그런데, 여기에서 노파에게 머리카락을 뽑히고 있는 시체의 주인은 '뱀을 토막 내어 말린 것을 말린 생선이라 하며 무사들의 진에 팔러 다녔'으며 '역병에 걸려 죽지 않았더라면 아직도 팔러 다녔을', 나쁜 여자로, '그 정도 일쯤은 당해도 싼 인간'으로 묘사되고 있다. 하인이라는 남성이 '도둑이 되는' 악행을 합리화 할 수 있었던 배경의 출발점에는 여자의 악행이 있었던 것이다. 「마죽(芋粥)」(「新思潮」第21年第9号, 1916. 9)에도 역시 악녀가 등장한다. 이는 세상으로부터 경멸당하고 박해를 받는 '불쌍하고 고독한' 고이(五位)가 '5, 6년 전부터 마죽이라는 것에 이상한 집착을 가지고 있다'와 같이 설명되는 유일한 욕망을 가지고 있는데, 어느 날 마죽을 실컷 먹을 수 있게 되자 오히려 그 마죽을 먹고 싶은 마음이 사라진다는 이야기이다. 고이는 동료와 연하의 무사를 비롯한 주위 사람들로부터 늘 조롱을 당한다. 그런데 여기서 주목해야 할 것은 '그가 5, 6년 전에 헤어진 주 격택의 마누라와 그 마누라와 관계한 술을 먹는 중도 그들의 화제가 되었다'는 사실이다. 물론 고이가 '마죽'에 이상한 집착을 가지게 된 원인은 작품에서는 직접적으로는 언급되지 않고 있다. 그러나 가장 신뢰해야 할 아내에게 배신을 당하고 그것이 주위 사람들로부터 화제가 되는 것은 '주변머리 없고 겁 많은 인간이었던' 그에게는 견디기 힘든 충격이었을 것이다. 따라서 고이가 '마죽'에 이상한 집착을 가지게 된 주된 원인에는 아내의 부정이 있었다고 추측할 수 있다. 고이가 '마죽'에 이상한 집착을 가지기 시작한 시기가 '5, 6년 전부터'이고 아내와 헤어진 시기도 '5, 6년 전'이라는 사실이 그것을 뒷받

침한다. 이와 같이 이 작품에서도 여성의 악은 주인공 고이라는 남
성의 이상한 굴절된 욕망의 주된 원인이 되고 있다. 여자가 남자를
타락으로 이끄는 모티브는 「원숭이(猿)」(「新思潮」第1年第7号, 1916.
9)에서도 볼 수 있다. 이는 군함 안에서 도둑질을 한 나라시마(奈良
島)라는 해병이 석탄 창고에서 비참하게 자살하려 했지만, 그것도
실패하여 해군감옥으로 보내진다는 이야기이다. 그 감옥에서는 '죄
수에게 8척정도 서로 떨어져 있는 대(台)에서 대로 다섯관 쯤 되는
철환을 계속 되풀이하여 옮겨 놓게 하는' 고문이 가해진다고 한다.
그 이야기를 듣고 '나'는 '도스토예프스키의 「유령의 집」에도 "갑
(甲)의 양동이에서 을(乙)의 양동이에 물을 붓고 그 물을 다시 갑의
양동이에 붓는 일처럼 쓸데없는 일을 몇 번이고 반복시키면 그 죄수
는 반드시 자살한다"─이런 내용이 쓰여 있었다'는 사실을 떠올린
다. 즉 나라시마가 보내진 해군감옥은 '죄수는 반드시 자살할' 만큼
괴로운 지옥이었던 것이다. 그런데 그 나라시마가 도둑질을 한 것은
'역시 여자 때문'이었다는 말로 작품은 끝이 난다. 요컨대 나라시마가
지옥만큼 괴로운 감옥에 갇히게 된 것은 여자 때문이었던 것이다.
　이상과 같이 적어도 아쿠타가와의 초기 작품에서는 「청년과 죽음
과」 이외에 여성의 악이─주제가 아니라 후경화되고 있는 것은 사
실이지만,─작품전체를 둘러싸는 틀이 되어 주인공 남성의 악의 원
흉이 되고 있음을 알 수 있다. 즉 초기 작품의 모든 여성의 이미지는
남성의 죄악이나 불행의 원인이 되는 악을 표상하고 있다는 점에서
공통점을 보이고 있다. 중요한 것은 그와 같은 여성표상이 초기 작
품부터 나타난다고 하는 사실이다. 이러한 사실은 여성표상이 작가
의 실생활과 직접적으로는 관계가 없다는 증거가 되기 때문이다.

　오히려 이미 언급했듯이 이와 같은 여성표상이 「청년과 죽음과」 집필 전후의 번역작품의 여성표상으로부터 깊은 영향을 받고 있다는 사실에 주목해야 할 것이다. 그렇게 되면 요시다 야요이와의 연애 실패가 여성을 이기적이고 부정적인 존재로 인식시킨 것이 아니라고 생각할 수 있게 된다. 반대로 「발타자르」나 「크라리몬드」를 비롯한 독서세계에서 체험한 서구의 기독교적인 여성인식이, 그 작품의 주인공과 거의 같은 연령(22세)이었던 청년작가 아쿠타가와로 하여금 요시다 야요이와의 연애실패라는 사건을 매개로 여성의 이기적이고 부정적인 측면을 인식케 했던 것은 아닐까 라고 생각한다. 이와 같이 해석할 때 '내가 인생을 안 것은 사람과 접촉한 결과는 아니다. 책과 접한 결과이다'[38]라든가 '그는 인생을 알기 위해 거리의 행인을 바라보지 않았다. 오히려 행인을 바라보기 위해 책 속의 인생을 알고자 했다'[39]고 하는 인생태도로 일관했던 아쿠타가와의 여성표상의 특이성이 부각된다고 생각한다.

제5절 맺음말

　서구의 기독교적이고 구도적인 여성관은 남성중심주의에서 온 것으로, 여성의 부정적인 측면을 강조함으로써 그녀들을 주체적인 존재가 아니라 수동적이고 순종적일 것을 강요한다. 그와 같은 여성인식은 서구의 근대국가 형성기에 여성을 국가의 주요구성원인 남성

---

38)「大導寺信輔の半生」,『전집』제12권, p.53.
39) 위의 책, p.53.

에게 부속된 존재로 보고 국가인력의 재생산과 교육에 동원시키는 이데올로기로 이용되었다. 그리고 그와 같은 인식은 근대일본에서는 현모양처 사상의 형태로 천황제라는 국가제도를 유지하는 이데올로기로 수용되었다. 이에 서구 기독교에서는 볼 수 없는 가(家)의 제도가 일본의 여성을 더 한층 억압하는 매개가 되었음도 간과할 수 없을 것이다.

청소년 시절에 동서고금의 도서를 읽고 기독교적 세계관에 입각한 「발타자르」와 「크라리몬드」를 번역까지 한 아쿠타가와에게 있어, 그와 같은 서구의 기독교적 인간관에 입각한 여성인식이 이상과 같은 시대사조와 함께 작용하여 큰 영향을 미쳤다고 생각할 수 있다. 아쿠타가와에게 있어 시대사조와 독서체험의 교착으로부터 「청년과 죽음과」의 '악의 근원'으로서의 여성표상이 형성된 것이었다. 다음 장에서는 그와 같은 여성인식이 이후의 작품 안에서 여성의 등장인물 조형에 어떻게 기능하는지를 고찰해 보고자 한다.

제2장
근대 국가 형성과 여성표상의 유형성
-「도적떼(偸盜)」를 중심으로 -

제1절 들어가며

「도적떼(偸盜)」는 1917년 4월과 7월 두 번에 걸쳐「중앙공론」제
32년 제4호(1-6) 및 7호(7-9)에 발표된 작품이다. 이는 일찍부터 매
너리즘에 빠져 있던 아쿠타가와가 새로운 돌파구를 찾기 위해 집필
한 야심작이라 할 수 있다. 그러나 발표 직후 작가 자신의 '「도적
떼」는 한심하네. 싸구려 그램 책 같아. (중략) 그 외에 여러 가지 말
도 안 되는 거짓된 성격 따위는 지리멸렬하다네'[40]라는 언급에 의해
'미완성'이라는 낙인이 찍힌 결과, 개작 의지가 있으면서도 끝내 이
루어지지 못 하고 사후에 전집에 수록되기 전에는 어느 작품집에도
실리지 못 하였다.

이에 대한 기존의 평가는 작가의 위와 같은 부정적 평가를 출발점
으로 하여, 요시다 세이치(吉田精一)의 '라쇼몬 계통의 왕조물이지만,

---

40)「大正六年三月二九日付・松岡讓宛て書簡」,『전집』제18권, p.95.

평면적이고 회화적이라서 구성상으로도 의욕적인 힘이 부족하다'[41] 와 같이 대부분 실패작이라는 것이 정설화되어 있다. 긍정적으로 평가하는 경우라도 예를 들면, 시오다 료헤이(塩田良平)의 '아쿠타가와 왕조물의 이색적인 작품으로 이를 존중해야 한다'[42] 정도로, 흥미가 있거나 이색적인 작품이라는 평정도이다. 논의의 흐름에는, 첫째 아쿠타가와 자신이 언급한 '지리멸렬'이라는 말을 중심으로 구성과 주제의 파탄을 규명하려는 입장이 있다. 예를 들면, 이러한 작품론으로는 에비이 에이지(海老井英次)의 「「도적떼」-낭만에 대한 야심과 그 좌절」[43], 요시다 세이치의 『아쿠타가와 류노스케(芥川龍之介)』(三省堂, 1942), 나가노 쇼이치(長野嘗一)의 『고전과 근대작가-아쿠타가와 류노스케-(古典と近代作家-芥川龍之介-)』(有朋堂, 1967) 등이 있다. 둘째는 미요시 유키오의 '「도적떼」의 모티브의 근원은 「라쇼몬」의 하인의 행방을 묻는 것'[44]이라고 하는 견해나 에비이 에이지의 '이 <강도 짓을 하러> <교토로> 사라져 간 <하인>의 그 후의 모습을 우리들은 「도적떼」 안에서 볼 수 있다'[45]고 하는 논처럼, 같은 해 5월에 간행된 「라쇼몬」의 연장선 상에서 작품을 이해하려는 입장이다.[46]

그러나 이상과 같은 부정적인 평가에도 불구하고 「도적떼」에 등

---

41) 吉田精一, 『芥川龍之介』I(桜楓社, 1979. 12), p.96.
42) 塩田良平, 『芥川龍之介』(学灯社, 1954. 3), p.75.
43) 海老井英次, 『芥川龍之介論究-自己覚醒から解体へ-』(桜楓社, 1989).
44) 三好行雄, 『芥川竜之介』(筑摩書房, 1983), p.100.
45) 海老井英次, 앞의 책, p.142.
46) 이 외에도 위와 같은 시각의 작품론에는 오치 하루오(越智治雄)의 「도적떼(偸盗)」(浅野洋編, 『芥川竜之介作品論集成』第一巻, 翰林書房, 2000. 3)가 있다.

장하는 여성들은 아쿠타가와문학의 다양한 여성상의 전형을 보여주고 있다는 점에서, 중요한 작품이라 할 수 있다. 일반적으로, '여인은 우리들 남자에게는 인생 그 자체이다. 즉 제악(諸惡)의 근원이다'[47]라는 아쿠타가와 자신의 언급에서 알 수 있듯이, 아쿠타가와에게 있어 여성상의 원점은 철저한 여성 경시 혹은 죄악의 근원이라 할 수 있다. 예를 들어 이와 같은 아쿠타가와문학의 여성상에 대해 요시모토 류메이(吉本隆明)는 「개화의 살인(開化の殺人)」(「中央公論」第33年第8号, 1918. 7), 「개화의 양인(開化の良人)」(「中外」第3卷第2号, 1919. 2)은 아쿠타가와문학의 여성 불신과 의혹의 모티브를 잠재시키고 있다[48]고 하고, 니시다 도모미(西田友美)는 「도적떼」의 샤킨(沙金), 「게사와 모리토(袈裟と盛遠)」(「中央公論」第33年第4号, 1918. 4)의 게사(袈裟), 「덤불 속(藪の中)」(「新潮」第36卷第1号, 1922. 1)의 마사고(真砂)에게서 '남편 죽이기'의 모티브[49]를 보고 있다.

그와 같은 지적은 제1장의 결론부분에서 파악되었을 것이다. 그러나 아쿠타가와의 문학에는 간단히 '악의 근원'이라고만 할 수 없는 좀 더 다양한 여성들이 등장한다. 「도적떼」에는 결코 불신이나 의혹의 대상만으로 파악할 수 없는, 아쿠타가와문학에 일관되게 나타나는 다양한 여성상의 원형이 나타나 있다.

본 장에서는 작품의 기본 구도와 주제를 분석해 보고, 그러한 과정에서 각 등장 인물들의 성격이 어떻게 조형되어 있는지 살펴 보고자 한다. 그리고 그러한 고찰을 통해 드러난 여성상의 특징과 문제

---

47) 「侏儒の言葉(遺稿)」, 『전집』 제16권, p.68.
48) 吉本隆明, 「芥川竜之介における虚と実」(「国文学」1977. 3)
49) 西田友美 「女性論から何を読むかー「袈裟と盛遠」の展開」(「国文学」1996. 4)

점에 대해 생각해 보고 아쿠타가와문학 전체의 여성상과 어떤 관계에 있는지를 살펴 보겠다.

제2절 「도적떼」에 보이는 등장인물간의 갈등과 그 배경

1) 「도적떼」의 갈등의 구조

「도적떼」의 구성에 대해 미요시 유키오는 다음과 같이 말하고 있다.

> 플롯의 주축을 이루는 샤킨 관련의 이야기가 고음부의 주제를 제시하면서, 아코기와 얽힌 이노쿠마 할아범의 움직임이 그것에 부수되고 또는 교차하는 저음부의 주제를 나타내고 있다.[50]

미요시 유키오의 분석에 의하면, 작품의 기본 구도가 도적떼의 여두목인 샤킨(沙金)을 둘러싼 다로(太郎)·지로(次郎) 형제의 갈등과 그들의 화해에 의한 갈등 해소에 있다고 한다. 그 구성(이야기)에 평행하는 형태로, 샤킨의 부모인 이노쿠마(猪熊)의 할아범·할멈과 그들의 백치 하녀 아코기(阿濃)의 이야기가 있다는 것이다. 이와 같이 두 개의 이야기가 평행하게 진행되는 구성을 하고 있다면 그러한 구성이 의미하는 바는 무엇일까?

우선 다로형제의 갈등 원인부터 검토해 보자. 샤킨과 다로의 관계

---

50) 三好行雄,『芥川竜之介』(筑摩書房, 1983), p.97.
　　プロットの主軸を占める沙金系のものがたりが高音部の主題を提示しながら、阿濃にからむ猪熊の爺らの動きが、それに追随し、また交叉する低音部の主題をひびかせる。

는 샤킨이 도둑질로 인해 옥에 갇힌 것을, 포졸이었던 다로가 그녀
의 탈옥을 묵인해 준 것이 계기가 되어 애인 사이가 된 것이 원인(遠
因)이다. 그 후, 다로는 동생 지로가 도둑 혐의로 옥에 갇히자 샤킨
일당의 도움을 받아 사람 하나를 죽이고 탈출시켰다. 그 다음부터
형제는 샤킨과 함께 살며 그녀가 시키는 대로 도둑질을 하며 방화,
살인 등 악행을 일삼게 되었다. 그러는 동안 결국 악행을 저지르는
것이 오히려 '인간의 자연스런 본능'이라 생각하게 되었다. 그런데
샤킨은 도적떼의 두목이기도 하지만, 평소에는 색을 팔아 생활을 하
고 있다. 즉 많은 남자들에게 자신의 육체를 팔고 있는 것인데, 그것
이 단순히 생활을 위해서만이라고는 할 수 없었다. 다로의 말에 의
하면, '샤킨 자신이 관계한 벼슬아치의 이름이나 법사의 이름을 몇
번이나 나(다로; 인용자 주)에게 이야기 한 적이 있다'51)고 할 정도로
음란한 여자다. 즉 그녀에게 있어 성은 남성들의 욕망의 대상이 아
니라 그녀 자신의 욕망으로 즐기는 대상이 되어 있었다고 할 수 있
다. 따라서 그녀는 다로 뿐만 아니라 지로, 심지어는 자신의 양아버
지인 이노쿠마 할아범과도 육체적 관계를 맺고 있다. 그리고 마침내
샤킨은 동생인 지로와 음모하여 다로를 죽이려 한다.

이러한 음모를 실행하는 과정에서 지로는 샤킨과 함께 음모의 주
역이었던 후지(藤) 판관의 하인의 질투에 의해 공격을 받는다. 그 때
서야 지로는 어쩌면 자신도 샤킨에게 형처럼 속고 있다는 의혹이 일
고 샤킨에 대한 복수심에 불타게 된다. 한편 들개들 사이에 상처를
입고 서 있는 동생을 보고 지나갔던 다로는 갑자기 혈육의 정(형제애

---

51) 「偸盗」, 『전집』 제2권, p.142.

혹은 육친애)을 깨닫고 동생을 구출한다. 그 장면을 보면 다음 같다.

> 그러자 금방 또 그는 그리운 말이 흘러 나왔다. <동생>이다. 육친
> 인, 잊을 수 없는 <동생>이다. (중략) 바로 지금 이 말이 번개처럼 그
> 의 심금을 울린 것이다.[52]

즉, 샤킨이라는 여성을 둘러싼 욕망에서 비롯된 다로형제의 갈등
과 배반이 다로가 혈육의 정을 자각함으로써 해소되는 장면이라 할
수 있다. 이러한 다로의 자각을 계기로 둘은 화해를 하고 그 징표로
샤킨을 처참하게 살해한다.

이상이 이야기의 중심축이라면, 그 주변부에는 이노쿠마 할아범
부부와 아코기의 이야기가 있다. 이노쿠마 할아범 부부의 관계는 할
아범이 사헤이부(左兵衛俯)의 하인이었을 때 시작되었다. 그러나 할
멈이 정부(情夫) 사이에 아이를 낳고 행방불명이 되자, 할아범은 다
음과 같은 생활을 한다.

> 나는 그리고 나서 갑자기 이 세상이 의미가 없어져 버렸지. 그러자
> 술도 마시고 도박도 하게 되었네. 마침내는 사람들의 유혹에 넘어가
> 강도짓을 할 정도로 신세를 망쳤지. 갖은 비단을 훔쳐도 그 비단에 부
> 쳐 생각나는 것은 오로지 할멈뿐이었네.[53]

---

52) 위의 책, pp.193~194.
　　すると忽ち又、彼の唇を衝いて、なつかしい語が、溢れて来た。「弟」であ
　　る。肉親の、忘れる事の出来ない「弟」である。(中略) 直下にこの語が電光の
　　如く彼の心を打つたのである。
53) 위의 책, p.166.
　　わしは、それから俄に、この世が味気なくなつてしまうた。されば、酒も飲
　　む、賭博も打つ。遂には、人に誘はれて、まんまと強盗にさへ身を落したがな。

할아범의 이야기에 의하면 할멈이 행방불명이 되고나서 자포자기하여 파탄에 빠진 생활을 하게 했다는 것이다. 더 나아가서 할아범은 할멈의 잔영이 보인다는 이유에서 의붓딸인 샤킨이나 백치 하녀 아코기와 육체적 관계를 맺는 등 본능적인 정욕에 몸을 맡기는 짐승 같은 삶을 산다. 이러한 할아범의 짐승과 같은 삶은 할멈의 죽음과 아코기에 의한 새로운 생명의 탄생으로 구제된다.

이러한 할아범 부부와 아코기의 이야기는 샤킨과 다로형제를 둘러싼 이야기의 기본 구조에 어떤 의미를 지니는 것일까? 그것은 할멈의 다음과 같은 독백이 시사하는 바가 많다.

> 그러나 한편 생각해 보면 또 모든 것이 변한 것 같지만 사실은 변하지 않았어. 지금 딸이 하고 있는 일하고 옛날에 내가 한 일은 의외로 비슷한 데가 있지. 그 다로하고 지로만 해도 역시 지금 내 남편이 젊었을 때와 하는 일에 큰 차이는 없어. 이렇듯 인간은 언제까지나 같은 짓을 반복해 가는 것일 게야.[54]

이 회상에 의하면 젊은 샤킨은 할멈이 젊었을 때 했던 일을 반복하고 있고, 다로형제는 할아범이 젊었을 때의 일을 반복하고 있음을 알 수 있다. 이렇게 보면 세대를 초월하여 인간의 행위는 아무 변화가 없는 것이며, 할멈에게 있어 인간은 태어난 이상 어쩔 수 없이 악

綾を盗めば綾につけ、錦を盗めば錦につけ、思ひ出すのは、唯、お婆の事ぢゃ。
54) 위의 책, pp.129~130.
　が、一方から見れば又、すべてが変つたやうで、変つてゐない。娘の今してゐる事と、自分の昔した事とは、存外似よつた所がある。あの太郎と次郎とにしても、やはり今の夫の若かつた頃と、やる事に大した変りはない。かうして人間は、いつまでも同じ事を繰り返して行くのであらう。

행을 반복하는 본능을 가진 존재에 불과한 것이다. 이것을 이 이야기의 구성으로 보면, 할아범 부부의 이야기는 다로형제의 미래상의 구현이라 할 수 있다. 이 두 이야기는 악행의 반복이라는 인간의 본능을 개별적 인간을 넘어 세대간에 걸친 부모와 자식, 혹은 인간 일반으로 확대시키기 위한 장치인 것이다. 즉 이야기에 등장하는 인물들이 짐승과 다를 바 없는 지옥적 삶을 살고 그러한 삶이 반복되는 것이라면, 인간은 출생의 순간부터 죽음의 순간까지 고통스런 삶을 살아가야만 하는 존재임을 보여주는 것이다.

인간의 삶이 태어나는 순간부터 고통의 연속이라는 사실은 '그녀(아코기;인용자)의 삶이 인간의 고통을 벗어나려 몸부림치듯이, 뱃속의 아이 또한 인간의 고통을 맛보러 나오려고 몸부림치고 있다'는 표현에 웅변적으로 드러나 있다. 할아범은 어쩌면 삶은 태어나는 순간부터 고통이라는 사실을 체념하고 있었을 것이다. 그것은 갓 태어난 아코기의 아기를 할아범이 '추악한 살덩어리'라 묘사하는 것을 보면 알 수 있다. 인생의 고통은 그 첫순간부터 '추악한' 모습을 띠는 것이다. 할아범이 아코기의 아이를 낙태시키려 한 것은 할멈을 의식한 행동이기는 하지만, 이야기의 주제에 비추어 할아범의 심리를 분석하면, 태어날 자식의 고통스런 운명에 대한 체념에서 나온 행동이라 생각할 수 있을 것이다. 인간의 삶에 대한 체념이 태어날 인간의 고통스런 인생을 미리 통찰하여 의식적으로 고통스런 인생을 살지 않게 하기 위한, 어떤 의미에서 할아범의 애정의 표현이라 할 수 있을 것이다.

다로형제의 갈등과 이노쿠마 할아범 부부의 삶은 바로 그러한 세대를 넘어 반복되는 인간의 고통(업보)의 일면을 보여 주며, 샤킨을 두목으로 하는 도적떼들의 세계는 그러한 삶의 극단을 보여 주고 있다. 이러한 인간의 숙명은 죽어서나 벗어날 수 있는 것으로, "'산 얼굴보다 죽은 얼굴이 좋아 보이네." / "어쨌든 전보다 진정한 인간 표정을 하고 있군."'라고 하는 할아범의 죽음의 역설적인 묘사에서도 엿볼 수 있다. 이 작품에서 죽음은 인간고로부터의 해방을 의미한다.

작품의 구도를 이와 같이 파악해 본다면 작품의 주제는 출생에서 죽음의 순간까지 짐승과 다를 바 없이 지옥적 상황을 살아야만 하는 인간의 숙명과 그 해결에 있다 할 수 있다. 다음 항에서는 그와 같은 상황에서 구제의 방법은 없는가 하는 문제를 검토해 보고자 한다.

2) 갈등의 근본 원인과 그 해소

이상과 같이 작품의 기본 구조는 샤킨을 둘러싼 다로형제의 갈등과 그 해소에 있고, 그 주변에 이노쿠마 할아범 부부와 아코기의 이야기가 있다고 할 수 있다. 그리고 주제는 지옥적 상황을 살아가야만 하는 인간의 숙명과 그것의 해결에 있다고 할 수 있다. 그런데 여기서 중요한 것은, 다로형제의 갈등은 샤킨이라는 여성의 음란함과 사악성으로 인하여 인간성이 파괴된 데에 그 원인이 있고, 할아범의 삶의 파탄 역시 할멈이 다른 남자와 아이를 낳고 행방불명이 된 데 그 원인이 있다는 것이다.

그러나 이들 문제의 원인이 과연 샤킨과 할멈에게 있다고 할 수 있을까? 우선 다로형제의 갈등 원인부터 살펴보자. 다로는 샤킨과의 관계가 계기가 되어 도둑질, 방화, 살인 등을 일삼게 되었다고 한다. 물론 다로가 샤킨의 탈옥을 도와주고, 또한 그녀의 도움을 받아 동생의 탈옥을 도와준 것은 사실이다. 그러나 그가 그 행동으로 인하여 포졸이라는 자신의 직업을 잃은 것은 아니며, 그 외에 도둑, 살인, 방화 등을 일삼아야만 되는 필연적 이유는 될 수 없다. 더구나 지로는 샤킨과의 관계 이전에 도둑질 혐의로 옥에 갇힌 일이 있으므로, 지로의 악행과 샤킨의 존재는 별개의 문제라 할 수 있다.

그렇다면 다로형제의 악행의 원인은 무엇인가? 「라쇼몬」의 경우 하인의 갈등의 배경에는 계속되는 가뭄, 기근, 전염병, 해고라고 하는 필연적 상황이 외부에 존재했다. 그 사실을 본 작품의 이해의 배경으로 삼는다면, 다로형제의 삶의 파탄은 오히려 그러한 외부적 환경에 원인이 있는 것은 아닐까? 그러한 배경은 모두(冒頭)의 황폐한 모습과 함께, 할멈과 지로가 한담을 나누며 걸어가는 길가의 다음과 같은 풍경에 잘 나타나 있다.

> 걸을 때마다 교토의 황폐함은 점점 더 눈 앞에 펼쳐져 온다. 집과 집 사이에 무성한 쑥밭, 군데군데 이어지는 낡은 토담, 그리고 예전 그대로 드문드문 남아 있는 소나무나 버드나무—어느 것을 봐도 어렴풋이 떠도는 죽은 시체의 냄새와 함께 멸망해 가는 이 큰 도시를 생각하게 하지 않는 것이 없다. 도중에 단 한 사람, 손에 신발을 신은 앉은뱅이 거지가 스쳐갔다.[55]

---

55) 위의 책, p.135.
　歩く毎に、京の町の荒廃は、愈、目のあたりに開けて来る。家と家との間に、草いきれを立ててゐる蓬原、その所々に続いてゐる古築土、それから、昔の儘の、僅に残つてゐる松や柳－どれを見ても、かすかに漂ふ死人の臭ひと共に、亡びて行くこの大きな町を、思はせないものはない。途中では、唯一人、手に下駄をはいてゐる、躄の乞食に行きちがつた。

이러한 교토 시내의 황폐한 모습은 「라쇼몬」에 나오는 교토의 모습을 방불케 한다. 즉 다로나 할아범이 샤킨이나 할멈과의 관계에 의해 악행을 시작하기 이전에, 그들은 이미 생존을 위해 정상적인 방법으로는 살아가기가 몹시 곤란한 생활환경에 처해 있었음을 알 수 있다. 이러한 생활환경으로서의 경관은 다로의 눈을 통해서도 확인되고 있다.

> 다로는 죽은 사람의 취기가 코를 찌르는데 놀랐다. 그러나 그의 마음 속 죽음이 냄새가 났다는 것은 아니다. 옆을 보니, 이노쿠마의 골목가에 어느 댓개비 울타리 밑에 썩은 어린아이의 시체가 두 구 맨발인 채로 포개져서 버려져 있다.[56]

이러한 처참한 경관은 다로형제가 악행에 가담하게 된 근원적인 계기가 불공정한 사회구조나 자연재해를 견뎌낼 수 없는 허술한 도시구조에 있었음을 말해준다. 단 주의해야 할 점은 자연재해는 불공정함 때문에 학대받는 나약한 생활방어력으로는 방어할 수 없는 것이기 때문에 피해를 더 한층 확대, 심화시켰다는 것이다. 아쿠타가와의 필치는 왕도에서 사회의 불공정함을 응시하고 있음을 지적해 두고 싶다.

다로형제 사이의 갈등의 원인도 샤킨의 음모와 상관없는 다로형제의 욕망에서 비롯된 것이라고 할 수 있다. 그럼에도 불구하고 다

---

56) 위의 책, pp.146~147.
　太郎は、死人の臭ひが鼻を打つたのに、驚いた。が、彼の心の中の死が、臭つたと云ふ訳ではない。見ると、猪熊の小路の辺、とある網代の塀の下に腐爛した子供の屍骸が二つ、裸の侭、積み重ねて捨ててある。

로는 다음과 같이 생각한다.

> 그의 염두에는 샤킨이 있다. 동시에 지로도 있다. 그는 스스로를 속
> 이는 나약함을 꾸짖으며 또한 샤킨의 마음이 다시 그에게 기울어질
> 날을 꿈처럼 가슴에 그렸다. (중략) 나도 손을 더럽히지 않고 지로를
> 죽일 수 있다면, 그것은 단지 그의 양심을 괴롭히지 않는 것일 뿐만
> 아니다. 결과적으로 말하면, 그 때문에 샤킨이 나를 미워할 염려도
> 사려져 버린다. 그렇게 생각하면서 그조차 자신의 비겁함을 부끄러워
> 했다.[57)

다로의 내면의 갈등은 그의 외부세계 즉 샤킨에게 그 원인이 있는
것이 아니라, 청춘기의 육체적 욕망이 외부의 다양한 성적 대상에
과잉반응하는 데서 오는 것임을 알 수 있다. 다로형제의 갈등하는
모습에서 젊은이의 억누를 수 없는 '질풍노도'의 모습을 보는 것은
바로 그 때문이라 할 수 있다.[58) 그것은 무의식의 욕망이 아니다. 오
히려 왜곡된 욕망으로서 다로의 마음을 사로잡고 있다. 그것은 다로

---

57) 위의 책, p.192.
　　彼の念頭には、沙金がある。と同時に又、次郎もある。彼は、自ら欺く弱さ
　　を叱りながら、しかも猶沙金の心が再び彼に傾く日を、夢のやうに胸に描い
　　た。(中略) 自分も手を下さずに、次郎を殺す事が出来るなら、それは独り彼
　　の良心を苦しめずにすむばかりではない。結果から云へば、沙金がその為に、
　　自分を憎む惧れもなくなつてしまふ。さう思ひながらも、彼は、流石に自分の
　　卑怯を恥ぢた。
58) 아사노 요(浅野洋)는 「「도적떼」론의 전제(「偸盗」論の前提)」(海老井英次・
　　宮坂覚編,『作品論芥川竜之介』双文出版社, 1990, 12)에서「도적떼」는 J.C.
　　Friedlich von Schiller의 "Die Rauber(일본제목「군도(群盗)」)"에서 제명을 딴
　　것이고, 데마도 "Die Rauber"의 칼과 프란츠 형제의 질풍노도기의 갈등과 유사
　　하다고 하고 있다.

가 동생과의 갈등 원인에 대해 다음과 같이 인식하고 있는 점으로
미루어 알 수 있다.

> 나는 악행을 쌓아감에 따라, 더욱 더 샤킨에게 애착을 느껴 왔다.
> 사람을 죽이는 것도 도둑질을 하는 것도 모두 그 여자 때문이다. –
> 참으로 탈옥을 한 것도 지로를 도우려 한 것 외에 하나 밖에 없는 동
> 생을 죽게 내버려 두면 샤킨에게 비웃음을 당하게 될 것을 두려워했
> 기 때문이었다. – 그렇게 생각하자 더욱 더 나는 그 여자를 그 무엇
> 과도 바꾸고 싶지 않다.59)

다로 자신이 악행에 가담하기 시작한 것은 순전히 샤킨 때문이라
는 그의 의식이 잘 나타나 있다. 즉 여러 여성에게 작용하는 남성으
로서의 욕망은 억압을 받고 있기 때문에 욕망의 폭발은 일방적으로
성적 대상인 샤킨의 책임으로 귀결된다. 그러나 그와 같은 의식은
다로의 자기도취, 혹은 샤킨의 내면세계에 대한 자의적 판단에 불과
하다. 실제로 샤킨이 다로형제를 어떻게 생각했는지는 한 번도 이야
기되지 않고, 그녀의 내면세계는 다로형제의 자의적 판단에 의해 해
석되고 상상되고 있을 뿐이다.

이와 같은 서술구조로 볼 때 주의해야 할 것은 작품의 시점의 문
제이다. 작품의 세계를 응시하는 시점은 완전히 남성들의 그것에 의
해 독점되어 있다. 그에 따라 여성은 보여지는 존재에 머물고 있다.

---

59) 위의 책, p.145.
　己は、悪事をつむに從つて、益沙金に愛着を感じて來た。人を殺すのも盗み
をするのも、みんなあの女の故である。一現に牢を破つたのさへ、次郎を助けよ
うと思ふ外に、一人の弟を見殺しにすると、沙金に晒れるのを、惧れたから
であつた。一さう思ふと、猶更己は、何かに換へても、あの女を失ひたくない。

이와 같은 '보는/보여지는' 관계는 실은 시점의 권력성이라는 정치적 의미를 포함함으로써 '지배/피지배'의 관계로 전환된다. 남자가 여자를 지배하는 시점의 권력을 말한다. 그것이 남성중심사회가 소설의 구조를 규제하는 사실의 구체화임은 말할 필요도 없을 것이다. 이러한 시점의 제한에 의한 '지배/피지배'의 정치성이 어떤 의미를 가지고 있는가 하는 것은 본 연구의 중요한 문제이다.

이야기와 시점의 관계는 형제의 이야기에서 할아범의 이야기로 옮겨갈 때도 일관되고 있다. 즉 할아범의 삶이 파탄으로 치닫게 된 원인 역시 할멈에게서 찾는 것은 할아범의 자의적인 자기변명에 지나지 않는다. 할아범의 시점이 한정된 것이라면 이야기의 세계가 모든 진실, 사실을 밝힐 수는 없다. 그렇게 말할 수 있는 근거는 할멈이 다른 남자 사이에서 샤킨을 낳게 된 것은 할멈에게 원인이 있는 것이 아니기 때문이다. 오히려 그녀는 웃전인 권력자로부터 강간을 당한 피해자이다. 할멈은 할아범의 오해에 의해 삶이 파탄에 이르렀을 뿐 아니라 자신의 신체마저 남성이라는 타인에 의해 지배받은 것이다. 또한 할멈의 행방불명으로 할아범의 삶이 파탄에 이르게 되었다고 하는데, 그것 역시 위기에 몰린 할아범의 궁색한 변명에 지나지 않는다. 오히려 할아범 부부의 불행은 남녀관계는 남자가 끊임없이 여자의 신체뿐만이 아니라 정신도 지배하고 있다는 일본사회의 남성중심의 사회구조의 문제라 할 수 있다. 이 작품에서 남자가 여자를 지배하고 싶다는 욕구는 성욕의 폭력이라는 형태를 띤다. 할아범에 의하면 친 딸은 아니지만, 샤킨과 육체적으로 관계를 맺는 것을 순전히 할멈의 잔영 때문이라고 하고 있는데 그것도 남자로서 성욕으로 치달은 결과에 지나지 않으며 변명은 단지 자기 합리화에 지나지 않는 것이다. 그것은 다로형제가 자신들 내부의 욕망으로 샤킨을 사이에 두고 갈등을 겪는 것처럼, 할아범 내부의 욕망의 문제라 할 수 있다. 만약 그렇지 않다면, 할아범과 아코기와의 관계는 어떻게 설명할 것인가?

이와 같이 다로형제와 할아범 부부의 갈등의 원인은 사회구조나 자연재해, 인간 본연의 욕망 등 인간이 살아가기 위해 능동적인 형태든 수동적인 형태든 생명을 지키고자 하는 본능의 노골적인 충돌에서 오는 필연적인 문제이다. 그럼에도 불구하고 작가 아쿠타가와는 문제를 여성에게 환원시키고 있다. 그러나 페미니즘 입장에서 보면 그것은 그야말로 남성중심적 이데올로기의 발로이며 여성은 일방적으로 남성에게 종속되는 존재로서 '지배/피지배'의 관계를 감수해야 한다고 하는 것이다. 아쿠타가와는 전시대의 가부장적 사회구조를 무비판적으로로 받아들이고 그러한 사회를 '자연'으로 받아들이고 있는 것이다. 그렇기 때문에 형제애의 확인에 의한 샤킨의 살해[60]를 설정하거나, 새로운 생명의 탄생이 할멈의 희생, 아코기의 백치성을 근간으로[61]한다고 해석함으로써 할아범의 삶만 구제하고

---

60) 이와 관련하여 에비이 에이지는 「「도적떼」에 대한 시각(『偸盗』への視覚)」 (『芥川竜之介論究－自己覚醒から解体へ－』桜楓社, 1989)에서 형제애의 확인에 의해 다로형제의 '아집(我執)'이 '구제(救済)'되었다고 하고 있다. 그러면서 동시에 상대를 죽이고 싶을 만큼의 애증관계가 형제애의 확인에 의해 지양된다고 하는 것은 너무 진부하고 통속적이라고 하고 있다. 그리고 아사노 요(浅野 洋)는 「「도적떼」론의 전제(「偸盗」論の前提)」(海老井英次・宮坂覚編, 『作品論芥川竜之介』双文出版社, 1990. 12)에서 '너무 비약적인 형제의 감상적인 화해와 같은 두 사람에 의한 샤킨 살해의 소문이 반쯤 앞뒤를 맞춘듯 어수선하게 묘사된데 지나지 않는다'고 하고 있다. 이러한 해석은 작품 내의 갈등의 원인과 그 해결 방법의 불일치에서 오는 것이라 생각한다.

61) 아이의 탄생에 의한 어둠의 세계를 구제하려는 모티브에 대해 기요미즈 야스

자 한다. 이와 같은 모순되는 이중구조는 작가의 세계관의 반영이라
할 수 있다. 그에 의하면 남녀관계는 '지배/피지배'의 권력관계를 인
간의 '자연' 혹은 '세계'로 받아들이고 있는 것이다. 그렇다면 여성은
복종과 피지배라는 부당함을 감수해야 한다. 작중인물의 주관과 그
들을 둘러싼 세계의 현실이 크게 모순되고 있는 것이다. 따라서 이
야기 구조의 대부분이 작중인물(남성)의 주관에 의한 자의적 해석인
이상 갈등이 해소되었다고는 해도 그것은 완전한 해결이 되지 않는
다. 예를 들어 가장 중심이 되고 있는 문제인 다로형제의 갈등은 샤
킨의 살해로 해결되고, 그들은 다른 지방으로 가서 하급 관리가 된
다. 그러나 이와 같은 다로형제의 운명에 대해 도모다 에쓰오(友田悦
生)는 다음과 같이 설명하고 있다.

> 다로는 샤킨 밑에 있을 때 직면해야 했던 <절대 자유의 공포>를
> 포기하고 지로와의 형제애를 획득하지만, 그 형제애는 '황폐'한 상황
> 을 허락하는 세계의 틀로의 귀의를 초래한다. <먼 세계>란 세계의
> 외부가 아니라 '황폐'한 상황을 영양원으로 하는 귀족 사회의 말단을
> 의미하고 있기 때문이다.[62]

쓰구(清水康次)는 「「도적떼」와 풍경(「偸盗」と風景)」(『芥川竜之介方法と世
界』和泉書院, 1994, 4)에서 '어제까지는 아무런 관계도 없었던, 오히려 <관계>
를 맺고 싶지 않았던 <아이>가 갑자기 할아범의 생을 지탱하게 된다고 생각하
기는 힘들다. 그 이름만으로는 오늘날까지의 허위와 추악함을 지닌 생이 일거에
회복된다고 생각하기 힘들다. 죽음의 순간이라는 극한 상황에 의해 지탱되는 것
이라고 해도 여전히 현 상태의 할아범의 삶과 획득되려는 <여념>의 거리가 너
무 크다'라고 하며 그 모순에 대해 지적하고 있다. 이러한 지적 역시 작품 내의
갈등 원인과 그 해결 방법의 불일치에서 오는 것이라 생각한다.

62) 友田悦生,「「偸盗」の挫折と真理ー沙金と阿濃の場所ー」[浅野洋編, 『芥川竜
之介作品論集成』第一巻(翰林書房, 2000. 3)」, p.282.
太郎は、沙金のもとにあるとき直面せざるをえなかった<絶対自由の恐怖>

　도모다의 견해에 의하면 다로형제가 화해를 했다고는 하지만, 그들은 다시 '황폐'를 영양원으로 하는 귀족사회의 말단세계로 돌아가는데 불과하다고 하는 것이다. 여기서 '황폐' 혹은 사회환경—도모다가 말하는 '귀족사회'—이란 남성중심사회를 전제로 하는 여성의 인종(忍從)/피지배/희생(죽음)에 의해 구제된다는 왜곡된 사회구조를 의미한다고 할 수 있다. 아쿠타가와가 이 작품에서 그와 같은 고전세계에 있어서의 귀족사회의 '황폐'를 재생산, 혹은 보존했다고 한다면, 그것은 고전의 모방에 불과할 것이다. 그러나 그것이 과연 아쿠타가와 작품의 근대적 해석에 의한 이야기라고 할 수 있을까?

　그렇다면 그들이 악행을 저지르게 된 근본적인 원인인 사회구조나, 자연재해, 인간 본연의 욕망 등도 역시 고전의 소재와 조금도 다름이 없다. 결국 작품은 문제에 대한 아무런 근본적 해결을 보지 못하고 종결되는 것이다. 이 작품의 구성상의 파탄에 대한 지적[63]이 있는데 그 원인은 이상과 같은 문제의 크기와 그 해결방법의 불균형에 있다고 생각한다. 그렇다면 그러한 구성상의 파탄은 어떤 이유에서 오는 것일까. 시점이 남성에게 한정되어 있는 작품의 구조가 작자의 전략이라 한다면 그것을 구성상의 파탄이라 할 수 없을 것이다. 그것은 오히려 작품의 등장 인물상의 조형에 보이는 작가의 인간관을 검토해 봄으로써 하나의 해답을 얻을 수 있을 것으로 보인다.

　を放棄し、次郎との兄弟愛を獲得するが、その兄弟愛は、＜荒廃＞した状況を許す世界の枠組みへの帰依をもたらす。＜遠い世界＞とは世界の外部ではなく、＜荒廃＞した状況を栄養源とする貴族社会の末端を意味しているからである。

63) 이와 같은 구성상의 파탄을 지적하는 논으로는 오쿠노 마사모토(奧野政元)의 「「도적떼」—모성적인 것(「偸盜」—母なるもの)」(『芥川竜之介』翰林書房, 1993. 9)이 있다.

제3절 여성등장인물군에 보이는 표상의 유형성
- 샤킹(沙金) · 아코기(阿濃) · 할멈(お婆) -

1) '악의 근원' - 샤킨(沙金)

샤킨은 본 작품의 이야기 전개 과정에서 가장 중심 위치에 존재하는 인물이다. 그녀의 이름의 유래부터 살펴 보면, 중세의 설화문학집인 「고콘쵸몬쥬(古今著聞集)」[64] 제16의 575에 '샤킨(沙金)', 「짓킨쇼(十訓抄)」[65] 제4의 3에 '샤킨(砂金)'이라는 여자가 나오는데 세상에 더 없는 미인으로 그려져 있다. 그러나 본 작품에서의 샤킨은 단순히 미인으로만 그려져 있지는 않다. 우선 그녀의 외모는 다음과 같이 묘사되고 있다.

> 몸집이 작은, 손발의 움직임에 고양이 같은 민첩함이 있는, 알맞게 살이 찐 스물대 여섯의 여자이다. 얼굴은 대단한 야성과 이상한 아름다움이 하나가 되었다고나 할까, 좁은 이마와 넉넉한 볼과 선명한 이와 음란한 입술과 예리한 눈과 음전한 눈썹－모두 하나가 될 수 없어 보이는 것이 신기하게도 하나가 되어 있고, 게다가 거기엔 눈꼽만큼의 무리도 없다. (중략) 지로는 언제 봐도 변함없는 여자의 요염함을 오히려 얄밉게 느꼈다.[66]

---

64) 가마쿠라시대(鎌倉時代, 1254년)에 제재별로 분류하여 수록한 설화집. 다치바나노 나리스에(橘成季) 편찬.
65) 1252년 교훈적인 설화를 10항목으로 나누어 수록한 설화집. 편자 미상.
66) 「偸盗」, 앞의 책, p.153.
　小柄な、手足の動かし方に猫のやうな敏捷さがある、中肉の、二十五六の女である。顔は恐ろしい野性生と異常な美しさとが、一つになつたとでも云ふのであらう、狭い額とゆたかな頬と、鮮な歯と淫な唇と、鋭い眼と応揚な眉と、－すべて、一つになり得さうもないものが、不思議にも一つになつて、しかもそこに、爪ばかりの無理もない。(中略) 次郎は、何時見ても変わらない女のな

샤킨은 요염한 아름다움 속에 음란함을 함께 지닌 존재이다. 이러한 샤킨의 성격은 중세 불교세계의 승려들이 구도의 장애가 되는 여성존재를 경계하여 '내심여야차(内心女夜叉)' 즉 여체(女体)의 야차, 혹은 '외면여보살내심여야차(外面如菩薩内心如夜叉)' 즉 얼굴은 보살처럼 유화하고 아름답지만, 마음은 사악하고 무서운 존재라고 표현한 것을 현대어로 번역한 인물조형이라 할 수 있다. 지로에게 있어그러한 그녀는 어떤 존재였을까?

> 나는 샤킨을 사랑하고 있다. 그러나 동시에 미워하고도 있다. 그 여자의 헤픈 성질은 생각만으로도 화가 난다. (중략) 그 여자처럼 추악한 혼과 아름다운 육신을 가진 인간은 없을 것이다.[67]

추악한 내면과 아름다운 외모를 지닌 존재라는 사실에 대응하듯이, 샤킨은 지로에게 사랑하면서 동시에 미워해야 하는 혼돈스럽고 불가해한 존재이다. 이 인용에서 주목해야 할 것은 샤킨의 내면세계는 지로의 시선으로 파악되고 있을 뿐, 그에 대해 그녀가 어떻게 반응했는가 하는 그녀의 내면세계가 없다고 하는 사실이다. 그녀는 남자인 지로의 시선을 빌어,

> 그 여자의 눈빛 하나로 신세를 망친 남자들의 수는 이 염천에 살아나는 제비의 수보다 많다. 실제로 이러한 내 자신조차 단 한번 그녀를

まめかしさを、寧憎いやうに感じたのである。

67) 위의 책, p.150.
    自分は、沙金に恋をしてゐる。が、同時に憎んでもゐる。あの女の多情な性
    質は、考へただけでも、腹立たしい。(中略)あの女のやうに、醜い魂と、美し
    い肉身とを持つた人間は、外にゐない。

본 것만으로 결국 지금처럼 신세를 망치게 되었다.[68]

라고 파악되고 있다. 즉, 여성측의 '눈빛'의 지배력을 언급하고 있는
것으로, 그것으로 인해 남성들은 파탄에 이르게 된다고 단언되고 있
다. 다로 역시 다음에서 알 수 있듯이, 그녀 때문에 자신이 지금 악
행을 일삼고 있다고 생각한다.

> 내가 미기노 옥의 포졸을 하고 있을 때 일을 생각하면, 먼 옛날 같
> 은 느낌이 든다. 그 때의 나와 지금의 나를 비교하면 나 자신조차 같
> 은 인간으로 생각되지 않는다. 그 무렵의 나는 삼보(三宝)를 공경하
> 는 일도 잊지 않았는가 하면, 왕법을 존중하는 일도 잊지 않았다. 그
> 것이 지금은 도둑질을 하는가 하면, 때로는 방화도 한다. 사람을 죽인
> 일도 한 두 번이 아니다.[69]

다로는 샤킨을 만나기 전에는 보통 인간으로서 인간다운 삶을 살
았지만, 샤킨 때문에 인간적인 삶에서 멀어져 파탄에 이르게 되었다
고 믿는 것이다. 그와 같이 다로형제의 시선으로 그려지는 샤킨의 이
미지는, 뱀의 유혹에 빠져 아담을 파탄으로 이끌어 원죄를 짓고 벌

---

68) 위의 책, pp.138-139.
　あの女の眼ざし一つで、身を亡ぼした男の数は、この炎天にひるがえる燕の数
　よりも、沢山ある。現にかう云ふ己でさへ、唯一度、あの女を見たばかりで、
　とうとう今のやうに、身を堕した。
69) 위의 책, pp.139 140.
　己が右の獄の放免をしてゐた時の事を思へば、今では、遠い昔のやうな、心
　もちがする。あの時の己と今の己とを比べれば、己自信にさへ、同じ人間のや
　うな気はしない。あの頃の己は、三宝を敬ふ事も忘れなければ、王法に遵ふ事
　も怠らなかつた。それが、今では、盗みもする。時によつては、火つけもする。
　人を殺した事も、二度や三度ではない。

을 받는 여성의 전형인 이브의 이미지와 오버랩된다. 본 작품에서는 1장부터 6장에 걸쳐 전염병에 걸려 길바닥에서 죽어가는 여자와 몸 뚱이가 잘려 죽어가는 뱀의 모습이 반복적으로 강조되고 있다. 이는 말할 것도 없이 고전문학의 전통을 계승한 뱀과 여인을 교환하는 메 타퍼를 원용한 것으로 확실히 원죄를 저지른 여자가 천벌을 받는 이 미지의 형상화로 볼 수 있을 것이다. 먼저 모두의 풍경을 살펴보자.

　　무더운 여름 안개가 낀 하늘이 집들을 뒤덮은 7월의 어느 한 낮이 다. 남자의 발걸음을 멈추게 한 길가에는 가지가 몇 안 되는 껑충한 잎버드나무가 한 그루 요즘 유행하는 역병에라도 걸린 모습으로 명색 뿐인 그림자를 땅 위에 드리우고 있는데, 그곳에 조차 햇살에 말라버 린 잎을 움직이려는 바람은 없다. 하물며 햇볕이 쨍쨍 내려쬐는 대로 에는 너무 더워서 기가 죽은 탓인지 지금은 인적도 뚝 끊겼고, 단지 방금 전에 지나간 수레바퀴 자국이 길게 이랑을 이루고 있을 뿐, 그 수레바퀴에 치인 작은 뱀도 잘린 자국에 푸른빛을 띠며 처음에는 꼬 리를 꿈틀꿈틀 했지만, 어느 사이엔가 기름진 배를 위로 향하고 이제 는 비늘하나 움직이지 않게 되었다. 어디를 둘러 봐도 염천의 먼지를 뒤집어쓴 이 마을의 거리에서 간신히 한 방울 습기를 띤 것이 있다면 그것은 이 뱀의 잘린 몸뚱이에서 흘러나온 비린내 나는 썩은 물 뿐일 것이다.[70]

---

70) 위의 책, pp.123~124.
　　むし暑く夏霞のたなびいた空が、息をひそめたやうに、家々の上を掩ひかぶ さつた、七月の或日ざかりである。男の足をとめた辻には、枝の疎な、ひょろ 長い葉柳が一本、この頃流行る疫病にでも罹つたかと思ふ姿で、形ばかりの影 を地の上に落してゐるが、此処にさへ、その日に乾いた葉を動かさうと云ふ風 はない。まして、日の光に照りつけられた大路には、あまりの暑さにめげたせ いか、人通りも今は一しきりとだえて、唯さつき通つた牛車の轍が長々とうね てゐるばかり、その車の輪にひかれた、小さな蛇も、切れ口の肉を青ませなが

경관은 7월의 혹서 속에 바람 한 점 없고 물 한 방울 없는 지옥같은 모습이다. 이러한 지옥같은 풍경은 천벌의 메타퍼 그 자체라 할 수 있고 그 천벌의 대상은 바로 염천 아래 몸뚱이가 잘려 죽은 뱀이다. 주의해야 할 것은 그 풍경이 '남자의 발걸음을 멈추게 한 길가'와 같이 남성의 시선에 의해 포착되고 있다는 점이다. 천벌을 받고 있는 뱀의 존재는 역병에 걸려 죽어가는 여자와 같은 이미지로 그려진다. 그 수사법이 의식적이라는 것은 예를들면 '노파는 코끝으로 웃으면서 지팡이를 들어 길바닥의 뱀의 시체를 쿡 찔렀다'나 '노파는 이렇게 말하고 지팡이를 쭉 뻗어 멀리서 쿡 여자의 머리를 찔러 보았다'처럼 뱀과 여자가 같은 이미지로 묘사되고 있는 데서 알 수 있다. 이와 같이 여자와 뱀의 이미지가 교환되면서 『성서』의 천벌을 받는 여자라는 조형적(祖型的) 이미지는 다음과 같이 1장에서만 4번이나 반복적으로 강조되고 있다.

① 마침 구름걸린 봉우리 하나가 태양이 가는 길을 막아선 모양이다. 주위가 갑자기 어두워졌다. 그 속에 뱀의 사체만이 전보다 더 한층 배의 기름을 번득이고 있는 것이 보인다.[71)]

② 두 사람이 헤어진 후에는 예의 뱀의 사체에 들끓는 쉬파리가 변함없이 햇볕 속에 희미한 날갯소리를 내며 날아갔나 했더니 앉아 있

ら、始めはを尾をぴくぴくやつてゐたが、何時か油ぎつた腹を上へ向けて、もう鱗一つ動かさないやうになつてしまつた。どこもかしこも、炎天の埃を浴びたこの町の辻で、僅に　滴の湿りを点じたものがあるとすれば、それはこの蛇の切れ口から出た、腥い腐れ水ばかりであらう。

71) 위의 책, p.126.
　折から、雲の峰が一つ、太陽の道に当つたのであらう。あたりが愾然と、暗くなつた。その中に、唯、蛇の死骸だけが、前よりも一層腹の脂を、ぎらつかせてゐるのが見える。

다.72)

③ 노파는 개구리다리 모양으로 벌어진 지팡이에 턱을 올려놓고 다시 한번 유심히 여자의 몸을 보았다. 아까 개가 먹다 만 것은 이것일 게다.─뜯어진 다타미 위에서 길가의 모래 속으로 비스듬히 뻗친 팔뚝에는 물기를 머금은 흙색 피부에 날카로운 이빨 자국이 서너개 거므스름하게 남아 있다. 그러나 여자는 지긋이 눈을 감은 채, 숨이 붙어 있는지 없는지 알 수가 없다. 노파는 다시 격심한 혐오감에 뺨을 맞은 것 같은 느낌이 들었다.73)

④ 나뭇가지 끝에 뱀 사체를 건 마을 아이들이 서너명 환자의 오두막 곁을 지나다, 그 중에서도 짓궂은 아이 하나가 멀리서 엉거주춤한 자세로 그 뱀을 여자 얼굴 위에 내던졌다. 파란 기름이 낀 배가 여자의 얼굴에 찰싹 들러붙었고, 거기서 썩은 물에 젖은 꼬리가 줄줄 턱 아래로 미끄러지는가 싶더니 아이들은 일시에 으악 하며 겁이 난다는 듯이 사방으로 흩어졌다.74)

---

72) 위의 책, p.128.
　二人の分れた後には、例の蛇の死骸にたかつた青蠅が、不相変日の光の中に、かすかな羽音を伝へながら、立つかと思ふと、止つてゐる。
73) 위의 책, p.132.
　老婆は、蛙股の杖に頤をのせて、もう一度しみじみ、女の体を見た。さつき、犬が食ひかかつたと云ふのは、これであらう。―破れ畳の上から、往来の砂の中へ、斜にのばした二の腕には、水気を持つた、土気色の皮膚に、鋭い歯の痕が三つ四つ、紫がかつて残つてゐる。が、女は、ぢつと目をつぶつたなり、息さへ通つてゐるかどうかわからない。老婆は、再、はげしい嫌悪の感に、面を打たれるやうな心もちがした。
74) 위의 책, p.137.
　楚の先に蛇の屍骸をひつかけた、町の子供が三四人、病人の小屋の外を通りかかると、中でも悪戯な一人が、遠くから及び腰になつて、その蛇を女の顔の上へ抛り上げた。青く脂の浮いた腹がぺたり、女の頬に落ちて、それから、腐れ水にぬれた尾が、ずるずる頤の下へ垂れるーと思ふと、子供たちは、一度にわつと喚きながら、怯えたやうに、四方へ散つた。

위와 같은 수사법에 의한 뱀과 여자의 이미지의 교환은 마침내 다음과 같이 양쪽에 시선을 둔 남자의 상념 속에서 연합되어 직접 오버랩된다.

　　오두막 안에는 땅 바닥에 바로 깐 찢어진 다타미 한 장 위에 사십 정도 되는 작은 체구의 여자가 돌을 베고 누워 있다. 그것도 살을 덮고 있는 것은 허리까지 걸친 삼베 땀받이 한 장 뿐으로 거의 벌거숭이나 마찬가지다. 보니 그 가슴이나 배는 손가락으로 눌러도 피고름이 섞인 물이 찐득찐득 흘러내릴듯 노랗게 미끈거리며 부어올라 있다. 특히 찢어진 거적 사이로 빛이 비치는 곳을 보자 겨드랑이 아래와 목에 마치 썩은 은행 같은 거무스름한 반점이 있고 거기서 뭐라 말할 수 없는 이상한 냄새가 나는 것 같았다. (중략) 그것을 보자 어기찬 이노쿠마 할멈조차도 얼굴을 찌푸리며 뒤로 물러났다. 그리고 그 찰나에 갑자기 방금 전의 뱀의 사체를 떠올렸다.[75)]

이와 같이 역병에 걸려 죽어 가는 여자는 악의 근원으로, 뱀과 마찬가지로 천벌을 받는 모습으로 그려지고 있다. 그 무참한 뱀의 모습은 다로형제에 의해 처참하게 살해되는 샤킨의 운명을 예고한다

---

75) 위의 책, p.131.
　　小屋の中には、破れ畳を一枚、ぢかに地面へ敷いた上に、四十恰好の小柄の女が、石を枕にして、横になつてゐる。それも、肌を掩ふものは、腰のあたりにかけてある、麻の汗衫一つぎりで、殆ど裸と変りがない。見ると、その胸や腹は、指で押しても、血膿にまじつた、水がどろりと流れさうに、黄いろく滑に、むくんでゐる。殊に、蓆の裂け目から、天日のさしこんだ所で見ると、腋の下や頸のつけ根に、丁度腐つた杏のやうな、どす黒い斑があつて、そこから何とも云ひやうのない、異様な臭気が、漏れるらしい。(中略) それを見ると、気丈な猪熊の婆も、流石に顔をしかめて、後へさがつた。さうして、その刹那に、突然さつきの蛇の屍骸を思ひ浮べた。

할 수 있다.

이들 수사법에 주목해 보면 여기에서 아쿠타가와의 '지'의 전형을 엿 볼 수 있다. 즉 그의 안에서 문학 형식—이라기 보다는 이야기 형식—으로서의 일본고전 문학의 전통과 인간관으로서의 서구 기독교의 구도적인, 그만큼 결벽한 사고방식이 융합되어 있음을 알 수 있다. 단 그것들이 모두 독서체험을 바탕으로 하는 지식적인 점이라는 사실도 기억해 두어야 할 것이다. 그 독서체험을 어떻게 돌파하여 현실과 만날까 하는 것이 아쿠타가와의 초기 작품 이후의 과제이기 때문이다. 그러나 문제는 다음과 같은 다로의 샤킨 파악방법에 있다.

> 나와 동생은 성질이 다른 것 같지만, 보기처럼 그렇게 다르지는 않다. 물론 얼굴 모습은 7, 8년 전의 마마가 나는 심했고 동생은 가벼웠기 때문에 지로는 태어났을 때 용모 그대로 아름다운 남자가 되었지만, 나는 그 때문에 한 쪽 눈이 멀어 보기에도 무참한 불구가 되었다. 그 추악한 애꾸눈인 내가 지금까지 샤킨의 마음을 사로잡고 있었다고 한다면(이것도 나 혼자 만의 착각일까?), 그것은 나의 혼의 힘임에 틀림없다.76)

지금까지 본서에서는 일관되게 샤킨을 '악의 근원'으로 단정짓는 서술을 문제삼아 왔는데, 중요한 것은 이미 언급한 바와 같이, 샤킨

---

76) 위의 책, p.145.
　　　己と弟とは、気立てが変つてゐるやうで、実は見かけ程、変つてゐない。尤も顔貌は、七八年前の痘瘡が、己には重く、弟には軽かつたので、次郎は、生まれついた眉目をその侭に、うつくしい男になつたが、己はその為に隻眼つぶれた、生まれもつかない不具になつた。その醜い、隻眼の己が、今まで沙金の心を捕へてゐたとすれば、（これも、己のうぬ惚れだらうか。）それは己の魂の力に違いない。

이 다로를 어떻게 생각하고 있는지에 대해 샤킨의 내부에 들어가서 이야기하는 것이 아니라 다로의 마음 속에서 자의적으로 해석되고 있을 뿐이라는 사실이다. 남성의 시선에 의한 일방적 단죄라 할 수 있는 가혹한 여성표상이라는 것이다. 그것은 남자에 의한 여자의 지배를 전제로 하고 있기 때문이다. 위 예문뿐만이 아니라, 주요 등장인물의 내면세계가 모두 그려지고 있는데 비해서, 유일하게 샤킨의 내면은 한 번도 그려지지 않고[77] 늘 다로나 지로의 내면에서 자신들의 악행을 합리화하는 형식으로 이야기된다.

그러나 이러한 다로형제에 의해 인식되는 샤킨의 이미지는 현실의 샤킨의 이미지와 크게 다르다. 사실 죽을 위기에 처한 아코기를 구제한 것도 샤킨이고, 도둑질을 하기 바로 전에 아코기를 돌아보며 '그럼 너는 여기서 기다리고 있어, 한 두 시각 후에 돌아올 테니까'라고 말할 만큼 상냥한 마음의 소유자도 그녀이다. 그리고 그렇게 말하는 그녀에게 아코기는 '어린아이처럼 황홀하게 샤킨의 얼굴을 보고 조용히 끄덕'이며 유일한 인간적 신뢰를 보이고 있는 것도 샤킨이다. 아코기에게 뿐만이 아니라, '그리고 미리 말해 두는데, 여자나 어린아이를 인질로 잡으면 안돼'라고 명령하는, 여자와 아이와 같은 약자를 배려할 줄 아는 인간미의 소유자이다. 무엇보다 샤킨은

---

77) 이와 같은 샤킨상에 대해, 히라오카 도시오(平岡敏夫)는 '그 언동은 기록하지만, 마음의 내부에는 들어가지 않는' 사실에 주목하며, 그것은 '여자의 마음은 이해할 수 없다는 여성인식'이라고 하고 있다. 그리고 '「도적떼」의 배후에는 「두개의 편지(二つの手紙)」(1917. 9), 「게사와 모리토(袈裟と盛遠)」(1918. 4), 「덤불 속(藪の中)」(1922. 1)과 같은 작품에서 볼 수 있는, 이후의 아쿠타가와문학의 중요한 모티프의 발단뿐만이 아니라, 그와 밀접하게 관련되는 새로운 여성인식·인간인식이 담겨져 있다'고 하고 있다.(『芥川竜之介抒情の美学』大修館書店, 1982, pp.180~189)

왕조 말기의 황폐한 세상에서 20여명의 도적떼의 우두머리로서 그
들을 거느릴 수 있는 늠름하고 적극적이며 능동적인 여성이다. 사실
다로를 비롯한 그녀의 수하에 있는 남자들은 그녀에게 복종하며, 생
계를 유지하고 있다. 아쿠타가와의 여성인식은 결코 일면적이지 않
은 것이다. 양면적인 샤킨을 그림으로써 작중의 남자들의 시선으로
는 포착되지 않는 여성의 복잡한 주체로서의 굴절을 보여주려 하고
있다.

그러나 이와 같은 긍정적인 샤킨상은 부각되지 않고, 예를 들어
본장의 제1절에서 언급한 '남편 죽이기의 모티브'나 삼각관계를 만
들어 내는 육감적인 육체[78]로 해석되고 있을 뿐이다. 남성의 시선에
의한 여성표상의 진부한 유형이라 할 수 있다. 이에 대해, 히라오카
도시오는 '도적떼들의 인간적인 구제와 인식을 감상적일 만큼의 아
름다움으로 그리면서도 실은 그 과정에서 구제도 인식도 불가능한
여성을 역으로 그려냈다'[79]고 하고 있다. 이는 샤킨이 다로나 지로
와 같은 남성들에 의해 자의적으로 해석되고 그러한 과정에서 남성
들을 애욕에 의해 파탄의 세계로 이끄는 악의 근원으로 인식되고 있
는 점을 지적한 것이라 할 수 있다. 이는 여성표상이 완전히 남성중
심의 시점을 바탕으로 하고 있음을 파악한 견해로, 타당한 지적이라
할 수 있다. 단 그 편향성은 아쿠타가와 자신 충분히 의식적이었다
는 사실에서 그와 같은 여성표상은 작품의 구조 혹은 주제와도 관련

---

78) 이러한 논의로는 아사노 요(浅野洋)의 「「도적떼」론의 전제(「偸盗」論の前
    提)」(海老井英次·宮坂覚編, 『作品論芥川竜之介』 双文出版社, 1990. 12)가
    있다.
79) 平岡敏夫, 『芥川竜之介』(大修館, 1982), p.189.

된다고 생각한다.

2) 모성과 순진무구의 구현자 - 아코기

아코기는 외모부터 '곱슬머리이면서 얼굴색이 검고 살이 찐 열 예닐곱의 하녀'로, 부모도 모르고 태어난 곳도 모른다. 성격을 보면, '백치에 가까운 천성을 가지고 태어났'으며, 그러면서도 '괴로움을 괴로움으로 인식할 줄 아는 마음'은 있는 것이다. 이러한 아코기는 아이들에게 따돌림을 당하고, 굶주림에 지쳐 도둑질을 하다 잡혀 벌거벗긴 채 지장보살이 모셔져 있는 사당의 동량에 매달려 죽을 뻔했다가 샤킨에게 구조된다. 그 후 샤킨 일당과 함께 도적떼에 합류하게 되었다. 그렇지만 사는 것이 고달프기는 이전과 매일반이었다. 이노쿠마 할멈의 신경에 거슬렸다가는 처참하게 매를 맞고, 할아범에게는 술주정을 당하고, 평소에는 친절하게 대해주는 샤킨도 짜증이 나면 머리채를 쥐어 잡고 질질 끌고 다닌다. 하물며 다른 도둑들은 용서 없이 때리기를 일삼는다. 한 마디로 아코기의 삶은 세상에 고통을 맛보기 위해 태어나기라도 한 것처럼 모든 불행한 삶의 상징이라 할 수 있다.

이와 같이 불행한 삶의 상징인 아코기는 작품 안에서 어떤 역할을 하고 있는 것일까? 우선 그녀는 '백치에 가까운 천성'을 지녔다는 표현에서 단적으로 알 수 있듯이, 지적인 능력이 결여된 비이성적인 존재라 할 수 있다. 이와 같이 비이성적인 존재인 여성성은 아코기뿐만 아니라, 작품에 등장하는 다른 여성들에게서도 공통적으로 보인다. 예를 들어, 그녀들의 다로와 지로에 대한 이해를 보자. 할멈과

샤킨은 다로는 매우 질투심 많은 인물로 생각하고 있고, 지로는 이
해심 많고 상냥한 인물로 생각하고 있다. 아코기 역시 지로를 매우
상냥한 사람이라 인식하고 있다. 그러나 실제로 도적떼들과 합세하
여 동생의 탈옥을 돕기도 하고, 샤킨과 함께 자신을 죽이려는 음모
를 꾸몄다가 오히려 위험에 처한 동생을 도와 결정적으로 화해를 이
끌어낸 것도 다로이다. 그리고 지로는 스스로 '나는 형을 질투한다'
고 생각하고, 실제로 샤킨과 함께 형을 살해할 음모를 꾸밀 만큼 질
투심이 많은 인물이다. 그럼에도 불구하고 여자들이 다로를 질투심
많은 남자로 인식하고, 지로는 상냥하고 마음이 넓은 남자로 인식하
고 있는 것이다. 이 점에 대해 다로는 다음과 같이 생각하고 있다.

> 그 여자가, 현재의 의붓아버지한테조차 몸을 맡긴 그 여자가 마마
> 자국이 있고 애꾸눈인 그러면서 못 생긴 나를 버리고, 햇볕에 좀 그을
> 리긴 했지만 이목구비가 반듯한 젊은 동생에게 마음이 끌리는 것은
> 전혀 이상할 것이 없다.[80]

다로는 샤킨이 자신의 추악한 외모 때문에 지로를 선택할 것이라
고 생각하고 있다. 다시 말해, 할멈, 샤킨, 아코기 등 여성들은 행동
을 보고 신중하게 생각하는 것이 아니라, 외모에 의해 내면을 판단
한다는 것이다. 결국 그녀들은 외면적인 것에 사로잡혀 세상의 진실
을 제대로 파악하지 못 하는 비이성적인 존재로 그려지고 있음을 알

---

[80] 위의 책, p.138.
　あの女が、一現在養父にさへ、身をまかせたあの女が、痘痕のある、隻眼
　の、醜い己を日にこそ焼けてゐるが目鼻立ちの整つた、若い弟に見かへるの
　は、元より何の不思議もない。

수 있다. 그와 같은 사실은 샤킨의 죽음과 할멈의 죽음, 아코기에 의한 생명의 탄생 등에 의해 문제가 해결된 후에도 여전히 변함이 없다. 그 증거로, 사건이 있은 지 10여년 후 다로가 지나가자, 아코기는 '지로님이라면 내가 당장 달려가서 만나겠지만, 그 사람(다로; 인용자 주)은 무서워서 말이야─'81)라고 중얼거림으로써 여전히 다로와 지로의 성격 즉 남성들의 세계를 제대로 이해하지 못 하는 존재로 그려진다.

그러나 주의해야 할 것은 이러한 아코기로 상징되는 여성들의 비이성은 본 작품에서는 부정적인 것이 아니라 '순진무구'한 것으로 혹은 자기 희생적인 삶으로 미화되며 지옥같은 남성들의 세계를 구제하는 기능을 한다는 것이다. 그리고 인간고로부터의 구제는 이 작품의 주제로 이어진다. 이 작품의 구제구조는 아코기가 낳은 아기를 보고 난 후의 할아범의 모습에 단적으로 나타나 있다.

　　노인의 얼굴이, 핏기를 잃은 이 술살이 찐 노인의 얼굴이 그 때만은 평소와 다른 범접할 수 없는 엄숙함으로 빛나는 느낌이 들었기 때문이다. (중략) 단지 그의 얼굴에는 비밀스런 기쁨이 때마침 불어오는 새벽에 가까운 바람처럼 조용히 기분 좋게 흘러 넘쳐 온다. 그는 이 때 어두운 밤 저편에, ─인간의 눈길이 미치지 않는 먼 하늘에 외롭고 차갑게 밝아지는 불멸의 여명을 본 것이다.82)

---

81) 위의 책, p.208.
82) 위의 책, p.204.
　　老人の顔が一血の気を失つた、この酒肥りの老人の顔が、その時ばかりは、平生とちがつた、犯し難い厳さに、かゞやいてゐるやうな気がしたからである。(中略) 唯、彼の顔には、秘密な喜びが、折から吹き出した明け近い風のやうに、静に、心地よく、溢れて来る。彼はこの時、暗い夜の向うに、─人間の眼

인간의 도리와 이성을 무시하고 짐승 같은 어두운 삶을 살았던 할아범은 아코기가 낳은 새로운 생명을 보고, 거기서 삶의 여명을 보는 것이다. 할아범은 '이 아이는 —이 아이는 내 아이야'[83]라고 말하며, 숨을 거두고는 살아 있을 때보다 더 인간적인 모습이 된다. 즉 아코기라는 백치성을 지닌 여성이지만, 그녀의 새로운 생명의 출산이라는 모성의 구현에 의해 할아범의 황폐한 지옥같은 삶이 구원을 받는 것이다. 이러한 모성이 구원의 모티프가 되는 것은 할아범에게서만이 아니라, 다로형제의 화해의 순간에도 보인다.

> 형의 얼굴이 상냥하고 엄숙하게 비치고 있다. 한없는 안식이 서서히 마음을 충족시켜 오는 것을 느꼈다. 어머니의 품을 떠나 몇 년 동안 느껴 본 적이 없는 조용하면서도 강력한 안식이다.[84]

그들은 화해를 하는 순간 '어머니의 품'에서 느꼈던 '안식'을 떠올리고 있다. 다로형제에게도 모성은 지옥같은 삶의 구원으로 작용하고 있는 것이다. 모성은 지옥같은 인간(남자)의 삶을 구원하는 것이다. 이와 같이 아코기로 대표되는 모성에 대해 미요시 유키오는,

> 축생도에 빠진 악을 <인간의 슬픔>까지 정화하는 구제, 모든 악을

のとゞかない、遠くの空に、さびしく、冷かに明けて行く、不滅な、黎明を見たのである。

83) 위의 책, p.204.
84) 위의 책, p.195.
　　兄の顔が、やさしく、厳に映つてゐる。限りない安息が、徐に心を満して来るのを感じた。母の膝を離れてから、何年にも感じたことのない、静な、そかも力強い安息である。

감싸고 그것을 <슬픔>으로 떠안는 포옹자=<어머니>에 의한 구제
의 모티브가 선명하게 나타나 있다.[85]

고 하며, 모성에 의한 구원의 모티브를 보고 있다. 그러나 위에서 고
찰해 왔듯이 아코기로 상징되는 모성에 의한 구원의 모티브는, 다름
아닌 여성들의 하등한 백치성 즉 그녀들의 비이성과 고통스런 삶을
바탕으로 하는 것이다.

3) 인종과 자기 희생의 구현자 - 할멈

할멈은 할아범이 젊었을 때 만나 사랑을 나누었던 여자로, 현재
샤킨의 모습에서 할멈의 잔영을 보고 있다는 할아범의 진술로 미루
어 볼 때, 그녀 역시 샤킨과 같이 미모의 소유자였을 것으로 추측된
다. 그러나 부엌데기였던 그녀는 신분이 높은 사람에게 겁탈을 당해
샤킨을 낳게 되고 그 사건으로 행방불명이 되어 할아범의 파탄적 삶
의 원인이 된다. 이러한 젊은 날의 할멈의 존재는, 뭇 남성들의 삶을
파탄으로 이끌어 악의 근원이 되고 있는 샤킨의 현재 모습과 비슷하
다 할 수 있다.

그러나 현재 즉 나이 들어 늙어 버린 할멈은 남편과 자기 딸의 관
계를 알고 괴로워하면서도 다음과 같이 생각한다.

---

85) 三好行雄, 『芥川竜之介』(筑波書房, 1983), p.102.
　　畜生道に落ちた悪を<人間の悲しみ>にまで浄化する救済、あらゆる悪をつ
　つみのんで、それを<悲しみ>としてひきうける抱擁者=<母>による救済の
　モチーフがあざやかに示されている。

얼굴도 변했고, 마음도 변했다. 딸과 지금의 남편의 관계를 처음 알았을 때, 나는 울고불고 한 기억이 있다. 그러나 이렇게 되고 보니, 그것도 당연한 일이라고만 생각된다. 도둑질을 하는 일도 사람을 죽이는 일도 익숙해지면, 가업이나 마찬가지가 된다. 말하자면, 교토의 대로소로에 잡초가 돋듯이 내 마음도 이미 황폐해진 것을 괴로워 하지 않을 만큼 황폐해졌다. 그러나 한편 다시 보면, 모든 것은 바뀐 것 같지만, 바뀌지 않았다. 딸이 지금 하는 일과 내가 옛날에 했던 일은 의외로 비슷한 데가 있다. 다로와 지로만 해도 역시 지금의 남편이 젊었을 때와 일에 큰 차이는 없다.[86]

인간의 삶이 악행의 반복이라 생각하는 할멈은 남편과 딸의 관계에 대해 어차피 삶이란 다 그런 것이라며 체념하고 괴로운 삶을 인내하고자 한다. 이에서 인내와 복종, 자기희생이라는 숭고한 여성성을 볼 수 있을 것이다. 그렇기 때문에 그녀는 위기에 몰린 할아범을 자신의 목숨을 걸고 구제하는 자기희생적인 삶을 구현한다. 그러나 할아범을 구한 할멈은 정작 '"영감. 영감"하며 희미하게 그리고 그리운 듯이 자기 남편의 이름을 부르'지만, 위기를 모면한 할아범은 그녀를 돌아보지 않고 도주해 버린다. 결국 그녀는 '그때마다 대답이 없는 외로움을 다친 상처의 고통보다 더 아프게 맛보았을' 뿐이다.

---

86) 「偸盜」, 앞의 책, p.129.
　　貌も変われば、心も変つた。始めて娘と今の夫との関係を知つた時、自分は、泣いて騒いだ覚えがある。が、かうなつて見れば、それも、当り前の事としか思はれない。盜みをする事も、人を殺す事も慣れれば、家業と同じである。云はば京の大路小路に、雑草がはへたやうに、自分の心も、もう荒んだ事を、苦にしない程、荒んでしまつた。が、一方から見れば又、すべてが変つたやうで、変つてゐない。娘の今してゐる事と、自分の昔した事とは、存外似よつた所がある。あの太郎と次郎とにしても、やはり今の夫の若かつた頃と、やる事に大した変りはない。

그녀는 남편의 악행을 견디고 자기 희생적인 삶을 구현하지만, 그에 대해 아무런 보답도 받지 못 하고 쓸쓸한 최후를 맞이하는 것이다.

이와 같이 할멈은 샤킨의 미래상을 보여주고 있으며, 만약 그것이 인종과 자기희생 정신의 구현이라 한다면, 그것은 고전문학의 주제의 반복이 아니라 아쿠타가와의 동시대의 이데올로기로서의 현모양처상을 표상하고 있다고 할 수 있을 것이다. 이와 같이 아코기의 모성과 할멈의 인종과 자기희생을 긍정하는 아쿠타가와에게는 그 전제로 가부장적 사회의 재생산이라는 근대국가의 이데올로기가 있었음은 말할 필요가 없을 것이다. 그러나 아쿠타가와의 의식은, 그것이 '남성/여성'의 관계를 '지배/피지배'의 권력관계로 규정짓고 있다는 사실에까지는 미치지 못 했던 것이다.

제4절 맺음말을 대신하여
-「도적떼」에 보이는 여성표상의 문제점 -

이상에서 「도적떼」의 기본구도와 등장인물의 특징을 살펴 보았는데, 이를 통해 이 작품에서는 여성표상과 주제가 밀접하게 관련되어 있음을 알 수 있었다. 이 작품의 주제는 부조리한 사회구조나 천재지변, 인간 내부의 욕망과 같은 인간이 태어난 이상 살아가기 위해서 어쩔 수 없이 감수해야 하는 인간의 운명에 있다고 할 수 있다. 그리고 그 안에서 여성존재는 남성을 그와 같은 운명으로 몰아넣는 '악의 근원'이 되고 있다. 그러나 그러한 여성상은 모두 남성의 시선을 통해 이야기되어지는 것으로 여성자신의 항변은 없다. 따라서 다로형제는 자신들의 삶의 파탄의 원인이 샤킨에게 있고, 할아범은 할멈의 음란함과 사악함에 있는 것으로 믿고 있다. 그러한 남성중심의 이야기 세계에서 주체적인 삶을 살고 약자를 배려할 할 줄 아는 샤킨은 악의 근원으로 인식되어 처참하게 살해되고, 남편의 악행을 인내하는 할멈은 남편을 구하고도 쓸쓸한 최후를 맞이한다. 그에 반해 천성적인 백치성으로 고통스런 삶을 살아야만 하는 아코기는 '순진무구'나 '모성'으로 미화되며 어둠의 세계를 구원하는 존재가 된다. 그리고 결과적으로는 고통스런의 인간의 운명은 형제애의 확인이나 샤킨의 살해, 새로운 생명의 탄생으로 해결된다.

그러나 그와 같은 해결은 인간(남성)의 운명에 대한 근본적인 해결이 아니라, 동시대 이데올로기를 바탕으로 하는 일시적이며 진부한 해결 방법이다. 왜냐하면 도모다 에쓰오(友田悅生)가, 한 인간으로서 샤킨은 부당하게 악마의 시선을 받고 있고 아코기는 인격적으로 무책임한 취급을 받고 있다고 하며 '여성상을 아름다운 악녀와 바보스런 성녀의 양극으로 분해한 후, 세계로부터 소외시켜 가는 알레고리의 시도는 낭만의 좌절로 귀착된다'[87]고 하듯이, 정작 샤킨, 아코기, 할멈 등 여성들의 지옥같은 삶은 구제의 대상이 되고 있지도 않고, 죽음 이외에는 아무런 해결이 이루어지지 않고 있기 때문이다.

이러한 모순은 작가가 습작기의 독서 체험에서 영향을 받은 서구 기독교의 남성중심적 세계관에서 나온 것으로, 그 안에서 여성은 원죄의 근원이 되고 있고, 따라서 주체적인 존재가 아니라, 수동적이고 순종적인 존재일 것을 강요받고 있는 것이다. 작가의 '지리멸렬'

---

87) 友田悅生, 「「偸盗」の挫折と眞理—沙金と阿濃の場所—」(浅野洋編, 『芥川竜之介作品論集成編』第一卷, 翰林書房, 2000, 3), p.285.

이라는 평가는 바로 이러한 문제의식과 그 해결의 불균형에 대한 인식에서 오는 것이라 생각된다. 이와 같이 「도적떼」의 여성상은 전체적 작품 구조의 실패의 원인으로 작용하면서 동시에 아쿠타가와라는 작가의 남성중심주의적 세계관, 인간관의 반영으로 다른 작품들 속에서도 일관되게 등장하며 하나의 유형을 이루고 있다 할 수 있다.

제2부

일본의 근대화와 서구문명과의 만남

―아쿠타가와의 개화물(開化物)을 통하여―

1868년의 메이지 유신(明治維新) 이후 일본은 급속하게 근대화 즉 서구화의 길을 걸었는데, 그 요람기에 해당하는 개화·계몽의 시대는 특히 격변의 시기였던 만큼 드라마틱한 요소가 존재하고 있었다. 서장에서도 간단히 언급하였듯이, 일본에 있어 메이지시대는 오랜 쇄국에서 깨어나 근대화는 곧 서구화라는 인식 하에 부국강병을 위해 국가의 총력을 기울였던 시대라 할 수 있다. 이렇게 서구의 문화를 모델로 근대화를 추구하는 과정에서 일본인들은 의식적이든 무의식적이든 서구중심의 세계관에 노출이 될 수밖에 없었다. '탈아입구(脱亜入欧)'라는 슬로건에 의미가 있다고 한다면 그것은 일본이 지금까지의 유교적 세계관을 벗어나 대신 서구의 기독교적, 혹은 과학적이고 합리적인 세계관을 수용했다는 것이었다. 그와 같은 국가목적의 실현과정에서 청일전쟁과 러일전쟁의 승리는 큰 영향을 미친다. 일본은 국제적 지위가 향상되고 서구열강의 뒤를 따라 제국주의 국가의 길을 걷게 되었다. 그와 동시에 세계 속의 일본이라는 국가와 사회의 독자성을 모색하게 되었고, 다이쇼시대에 들어서서는 그러한 서구중심의 세계관에 대한 반성과 비판의식이 대두되게 되었다.

그와 같은 분위기는 문학 분야에도 침투하여, 다이쇼시대의 문학자들은 메이지시대 서구화 열기를 서구중심의 세계관의 확장으로 보고 그 모순에 대한 반성과 비판을 촉구하였다. 그들은 우선 개화기 일본의 모습을 희화화하여 부정적으로 그려내는 서구 오리엔탈리스트들의 담론을 서구 백인들의 기준에 의한 자의적인 판단과 해석으로 보고 일본 민족이나 문화의 가치에 대한 주장을 문학에 담아냈다.

아쿠타가와 역시 메이지시대의 서구화 일변도의 문화정책에 강한 비판정신을 발휘한 다이쇼시대 작가의 대표였다. 아쿠타가와가 태어난 곳은 쓰키지 이리후네초(築地入舟町)이며 그곳은 메이지 유신부터 외국인 거류지였다. 일본 속의 서양이었던 그곳 일대는 서양가옥이나 공공 건축물이나 호텔이 즐비했고 일본인이 사는 집은 겨우 세 채 뿐이었다. 그 중 한 채가 아쿠타가와의 생가인 니하라가(新原家)였고 그 집 주인은 목장을 경영하며 거류지의 외국인들에게 우유를 공급하고 있었던 것이다. 그러한 고향을 배경으로 하고 있는 아쿠타가와가 서양의 문화나 문학에 남다른 관심을 갖게 된 것은 당연한 결과일 것이다.

  그와 같은 사조와 문학환경을 배경으로 하는 아쿠타가와의 작품 중에는 메이지 초기의 즉 개화기의 화양절충(和洋折衷) 풍속이나 분위기를 재현하면서 메이지시대의 개화를 소재로 한「손수건(手巾)」(「中央公論」第31年第11号, 1916. 10. 1),「개화의 살인(開化の殺人)」(「中央公論」第33年第8号, 1918. 7. 1),「개화의 양인(開化の良人)」(「中外」第3年第2号, 1919. 2. 1),「무도회(舞踏会)」(「新潮」第32年第1号, 1920. 1. 1),「히나(雛)」(「中央公論」第38年第3号, 1923. 3. 1)와 같은 일련의 작품군들이 있는 것은 결코 우연이 아닐 것이다. 이들 작품을 일괄하여 개화물(開化物)이라 하는데, 그것들은 서구중심주의가 여성의 생활양식, 가치관, 사회의식에 큰 변화를 주는 내용물이 담고 있다. 아쿠타가와의 개화물의 대부분이 서구주의나 여성과 관련이 있는 모티브를 담고 있음을 알 수 있다. 그와 같은 개화물을 쓴 아쿠타가와의 작가로서의 문제의식은 서구 백인중심주의적인 시각에 대한 작가의 비판의식에서 출발했다고 할 수 있다.

  그와 같은 문제의식에서 제2부에서는「손수건」,「무도회」,「히나」를 중심으로, 아쿠타가와의 서구문명 인식의 의의와 문제점을 규명해 보고자 한다.

제3장
서구의 오리엔탈리즘에 대한 비판
-「무도회(舞踏會)」를 중심으로-

제1절 들어가며

　「무도회(舞踏会)」는 1920년 1월「신초(新潮)」제32권 제1호에 발표되었다가, 1921년 3월에 개고되어 제5단편집인「야라이노하나(夜来の花)」에 실린 아쿠타가와의 개화물의 대표작이다. 이 작품은 근년까지 소설교재로서 고등학교 교과서에도 채용될 만큼, 근대 소설의 명작으로 정평이 나있는 작품이라 할 수 있다.

　작품에 관한 연구는 미시마 유키오(三島由紀夫)의 '아름다운 음악적 단편'[1]과 에토 쥰(江藤淳)의 '모든 도구는 이 <불꽃(花火)>을 위해 존재한다'[2]고 하는 메타퍼적 평가로도 알 수 있듯이 불꽃놀이로 상징되는 순간적인 미의 표현의 기발함에 집중되어 있다. 그러나 본서에서는 이 작품의 가치가 단순히 표현의 미에만 있는 것이 아니라 오히려 다이쇼시대의 작품으로서 서구화주의에 대한 아쿠타가와의

1) 三島由紀夫,「『手巾』『南京の基督』ほか」(『文芸読本芥川竜之介』河出出版社, 1975), p.39.
2) 江藤淳,「芥川竜之介」(『江藤淳著作集』講談社, 1967. 10), p.168.

태도를 문제삼아야 한다고 생각한다.

그것은 작품의 제재에 대해 작가 자신이 '단지 내가 로티의 책에서 재미있다고 생각한 것은 그들 일본인이 모두 로코코 복장을 하고 있다는 것입니다. 즉 그 무도회는 왓트의 냄새가 나는 일본'3)이라고 밝히고 있듯이, 『오키쿠산(お菊さん)』(1887)의 작가로 유명한 피에르 로티(Pierre Loti, 1850~1923)의 『가을의 일본(秋の日本 ; *Japoneries d'automne)*』(1889)의 한 장인 「에도의 무도회(江戸の舞踏会;*Un Bal a Yedo)*」를 바탕으로 하고 있기 때문이다.

피에르 로티라고 하는 작가는 라프카디오 한(Lafcadio Hearn, 1850~1904)4)과 함께 일본에 관한 전형적인 오리엔탈리스트 작가로, 아쿠타가와가 제재로 삼은 『가을의 일본』은 『오키쿠산』과 함께 그의 오리엔탈리즘이 전형적으로 표출된 담론이다. 즉 메이지시대의 서구화주의에 대한 반성과 비판의식을 품고 있던 아쿠타가와가 그들 담론을 「무도회」의 소재로 삼은 것은 로티의 일본에 관한 오리엔탈리즘에 대한, 네이티브 작가로서의 대응이라고 할 수 있다.

그와 같은 전제 하에 본장에서는 '머리로는 서를 가슴으로는 동을 지향하며, 늘 동과 서로 찢겨 안주할 수 없었던'5) 아쿠타가와가 로티의 오리엔탈리즘에 어떻게 반응하여 이 작품을 집필했는가, 그러한 아쿠타가와의 반응은 오늘날의 독자에게 어떠한 의미를 갖는가

---

3) 「1925年11月13日, 神崎清宛書簡」, 『전집』 제20권, pp.190~191.
4) 신문기자, 교사, 평론가, 수필가. 그리이스 태생 영국인으로 1890년 방일하여 고이즈미 세쓰(小泉せつ)와 결혼한 후, 고이즈미 야쿠모(小泉八雲)라는 이름으로 일본에 귀화한다. 「마음(心)」, 「괴담(怪談)」, 「영의 일본(霊の日本)」 등 일본에 관한 담론을 발표한다.
5) 進藤純孝, 「芥川竜之介における西と東」(「国文学芥川竜之介」学燈社, 1968), p.22.

하는 문제를 고찰해 보고자 한다. 방법적으로는 로티가 묘사한 일본 문화·일본인과 아쿠타가와가 묘사한 그것들을 비교하는 방법을 취해 보겠다.

제2절 오리엔탈리스트로서의 피에르 로티와 아쿠타가와

「무도회」의 제재『가을의 일본』은, 프랑스 태생 작가 피에르 로티의 작품이다. 그의 본명은 루이 마리 줄리앙 비오이며, 프랑스 서부의 항구 도시 로슈폴에서 1850년 1월 14일, 프로테스탄트 가족의 3남으로 태어났다. 집안은 대대로 해군을 배출해낸 유서깊은 집안이었고, 젊은 시절부터 해군이 될 것을 꿈꾸어 17세에 해군 학교에 입학, 19세에 해군 사관 이등후보생으로 지중해에서 남북 아메리카에 이르는 연습 항해를 시작으로 60세에 해군 대좌로 물러날 때까지 세계 각지를 돌았다.

그가 일본에 처음 온 것은 1885(메이지 18)년이며, 7월 8일부터 8월 12일까지 나가사키(長崎)에 체재했다. 소설『오키쿠산』의 주인공 '오키쿠산'의 모델이 된 '오카네산(おかねさん)'과 함께 산 것은 이 때의 일이다. 그 후 로티는 12월까지 교토(京都), 가마쿠라(鎌倉), 도쿄 등지에 체재했는데, 그 때의 인상을 기록한 것이『가을의 일본』이다. 다음 해 그는 브랑슈 프랑 드 파리엘이라는 여성과 결혼했다. 그 후에도 문필활동과 해군활동을 계속 병행하다가 1892년에는 아카데미 프랑세즈에서 일하게 된다. 또한 1900년 말부터 다음 해에 걸쳐 일본을 다시 방문, 그 경험은『오키쿠산』의 후일담에 해당하는『오

우메산 세 번째 봄(お梅さん三度目の春)』(1905)으로 결실을 맺게 된
다. 이상 3권의 서적은 인상파풍의 감각적 문장과 이국적인 이국취
향으로 인해 유럽의 많은 독자를 매료시킨다.

　이러한 로티의 행적과 그의 일본에 관한 담론의 성격은 현대문
화·문학비평이론서인『오리엔탈리즘』에서 사이드가 말하는 백인
남성 오리엔탈리스트와 그들의 오리엔탈리즘의 전형적인 양상을 보
여주고 있다. 사이드는 오리엔탈리즘(Orientalism)이란 서양에 의해
발견, 기록, 정의, 창조, 산출된 동양, 즉 서양인이 만들어낸 오리엔
트 개념으로 원래부터 존재하는 오리엔트와는 상당히 동떨어진 것
이라고 하고 있다. 그것은 르네상스 이후 특히 18세기 이래 서양인
(특히 영국인과 프랑스인)의 마음속에 축적되어 온 동양을 둘러싼 서
양의 담론을 말하는 것으로 문학, 사회학, 언어학, 정치, 인류학, 지
지학(地誌学) 등 모든 영역에 이른다. 그것은 서양의 외부에 있는 광
대하고 알 수 없는 기분 나쁜 것, 이질적이고 적대적인 것(근동, 중동,
극동과 같은 대별법)을 관찰하고 그것에 형태를 주고, 포섭하여 이해
가능한 것으로 하려는 노력의 결과물이라고도 할 수 있다. 그리고
사이드는 오리엔탈리즘이라고 하는 반복되는 타자의 이미지의 증폭
이 얼마나 서양의 제국주의에 의한 억압과 착취의 구조를 고정화시
켰는지를, 칼 마르크스에서 괴테에 이르기까지 폭넓은 범위에 걸쳐
고찰하며 폭로하고 있다.

　로티의『가을의 일본』은 그와 같은 사이드가 말하는 오리엔탈리
즘의 개념으로 보면, 첫째 서양의 백인남성의 시선을 바탕으로 하고
있으며, 둘째로 동양의 일본을 대상으로 하고 있고, 셋째로 그 자세
는 서양의 규범에 비추어 이상하고 불가해하기 때문에 호기심은 갖

지만 존중보다는 서양보다 하등한 인간·사회·문화라는 자세로 일관하고 있다는 특징이 있다. 이와 같은 세 가지 특성으로 판단하면 『가을의 일본』은 오리엔탈리즘의 전형이라 할 수 있다. 그러나 사이드는 로티를 그와 같은 오리엔탈리스트 중에서도 언급할 가치조차 없는 이류작가로 다루고 있다. 또한 아쿠타가와가 오리엔탈리즘이라는 용어를 알았을 리는 없었겠지만, 그가 개화물을 통해 대항하고자 한 것은 분명 사이드의 용어로 말하자면 이러한 오리엔탈리즘이었다고 할 수 있다.

본장에서는 그와 같은 전형적인 오리엔탈리즘 작가인 피에르 로티의 일본에 관한 담론을 아쿠타가와가 어떻게 이해하고 그의 개화물에 어떻게 반영하고 있는지를 검토해 보기로 하겠다. 전술한 바와 같이 '머리로는 서를 가슴으로는 동을 지향하며, 늘 동과 서로 찢겨 안주할 수 없었던' 아쿠타가와에게 있어 그와 같은 문제는 확실히 절실한 문제였을 것이다. 다이쇼시대의 작가인 아쿠타가와는 이미 메이지시대의 지식인들처럼 서구(서양)의 근대문명을 그대로 받아들이는데는 거부감을 보이고 있으며, 동양의 일국인 일본의 독자성을 자각하면서 서구문화를 어떻게 수용해야 할지를 진지하게 생각했다. 다이쇼시대의 작가에게 있어 서구의 문화와 어떤 식으로 거리를 유지해야 하는지를 규정하는 것은 그가 놓인 역사적 요청에서 온 것이었다.

그러면 이하에서 『가을의 일본』에서 로티가 일본인·일본문화를 어떻게 그리고 있는지 검토해 보겠다. 인가작가였던 로티의 『가을의 일본』은 유럽인들을 매료시킨 만큼 일본에서도 1889년 3월 이례적으로 빨리 번역·출판된다. 아쿠타가와가 「무도회」를 집필하기 전까지는, 멘카도진(眠花道人) 역「에도의 무도회」(「女学雑誌」제2권부터 6회에 걸쳐, 1892년), 이이다 하타로(飯田旗郎) 역『훈수(岡目八目)』(春陽堂, 1895년), 다카세 도시로(高瀬俊朗) 역『일본인상기(日本印象記)』(新潮社, 1914년)와 같은 복수의 번역서가 간행되었다. 이이다는 번역 곳곳에서 자신의 의견을 삽입하며, 일본정부의 극단적 서구화 정책을 비난하고 있어 번역서로서는 이례적인 것이 되고 있다. 또한, 아쿠타가와가 참고했을 가능성이 가장 높다고 하는 다카세의 번역은 정부의 검열로 일본인에 관한 부정적 표현 부분이 상당히 삭제되었을 만큼, 그것은 일본인들에게는 근대국가 국민으로서의 치부로 인식되었다. 이이다의 반발 혹은 다카세의 번역에 대한 검열은 단순히 정부뿐만 아니라, 지식인에게도 로티가 목격하고 서술한 일본과 일본인의 모습이 근대국가로서는 어울리지 않는 일본전통의 치부로 인식되고 있음을 말해 준다.

그와 같은 로티의 일본에 관한 담론을 접한 아쿠타가와의 불만과 반발은 일본의 예술에 대한 서양인의 감상력의 천박함에 대한 토로로 나타난다. 그것은 본장에서 검토 대상으로 하는「무도회」이외에도「피에르 로티의 죽음(ピエル・ロティの死)」(「時事新報」夕刊, 1923. 6)과「일본의 여자(日本の女)」(「婦人画報」第234, 235号, 1925. 4. 5)라는 기사에서도 확인할 수 있다.[6]

먼저「일본의 여자」를 보면, 아쿠타가와는 오리엔탈리스트들에 대한 신랄한 비판을 전개하고 있다. 그곳에서 기론되는 담론은 찰스

---

6) 이 외에도 로티나 유럽인들에 관한 담론에 대한 아쿠타가와의 직접적인 언급은, 「강남유기(江南游記)」(「大阪毎日新聞」1922, 1, 1-2, 13), 「나가사키(長崎)」(「婦女界」第25巻第11号) 등이 있다.

마크 파랜(Charles mac Farlane)의 『저팬(ジャパン;*The Japan*)』(1852)
과 서 러더포드 올코크(Sir Rutherford Alcock, 1809~1897)의 『일본에
서 3년간(日本における三年間;*A native of a three year's in Japan*)』
(1863)이다.

아쿠타가와에 의하면 마크 파랜은 일본에 와 본 적이 없으며, 보
급선 총감인 제임스 드라만드가 일본에 관한 서적 수집물을 보여 주
자, 일본사정에 흥미를 갖게 되었다고 한다. 그리하여 라틴어로 된
일본소개기사, 혹은 포르투갈, 스페인, 이탈리아, 프랑스, 네덜란드,
독일, 영국 등의 일본에 관한 기사 및 일본소개 문헌을 모아 그것을
집대성하여 『저팬』을 저술한 것이라고 한다. 그와 같은 집필사정을
소개함으로써 아쿠타가와가 무엇을 의식했는지는 다음과 같은 문장
을 보면 알 수 있다.

> 이 책은 이러한 인연으로 생긴 것이므로 도저히 실제 일본의 땅을
> 밟아 본 여행가의 기행만큼 정확한 것은 아니다. 정말이지 동판 삽화
> 를 보더라도 조선의 풍속을 일본의 풍속인양 대충 넣어두었을 정도이
> 다. 그러나 그 만큼 오늘날 우리들 입장에서 보면 일종의 흥미가 없는
> 것은 아니다. 예를 들면 일본의 황제는 담뱃대를 많이 가지고 있어 매
> 일 다른 담뱃대를 물고 있을 정도라는 사실을 진지하게 기록해 놓고
> 있는 것은 매우 애교스럽다고 해야 할 것이다.7)

---

7)「日本の女」,『전집』제12권, p.179.
　この本はこういふ因縁の下に出来あがつたものであるから到底実際日本の土
を踏んだ旅行家の紀行ほど正確ではない。現に銅板の挿絵なども朝鮮の風俗を
日本の風俗として、すまして入れてゐるくらいである。しかしそれだけに今日
のわれわれから見ると一種の興味のない訳ではない。例へば日本の皇帝は煙管
をたくさん持つてゐて、毎日違つた煙管をのむなどといふことを真面目に記載
してゐるのは頗る御愛嬌といはねばならぬ。

아쿠타가와는 일본에 관한 간접자료를 바탕으로 하고 있는 서적
이기 때문에 거기에는 당치도 않은 잘 못된 정보가 들어 있다고 비
판하고 있는 것이다. 이와 같은 전제 하에서 마크 파랜의 일본여성
의 사회적 지위에 관한 담론에 착목하고 있는 점은 매우 흥미로운
사실이다. 긴 인용이 되겠지만 인용해 보겠다.

　　여성이 사회적으로 어떠한 지위를 차지하는가 하는 문제는 저자
　마크 파랜에 의하면, 문명의 고저를 알 수 있는 진정한 척도인데 일본
　여성의 사회적 지위는 동양의 다른 어떤 국가들보다 월등히 높다. 일
　본의 여자는 다른 동양 국가들의 여자처럼 유폐생활에 가까운 불행한
　삶을 살지 않는다. 상당한 사회적 대우를 받고 있을 뿐만 아니라, 그
　아버지가 남편의 도락에도 관여할 수 있다. 아내의 정조나 처녀의 순
　결같은 것은 완전히 그들의 명예관념에 일임되어 있지만, 부정한 아
　내는 거의 한 명도 없다고 할 수 있다. 물론 이것은 정조를 잃으면 그
　순간 죽음을 면치 못 한다는 사실 때문에 더 한층 엄수되고 있음은
　사실이다.
　　일본에서는 신분이 가장 높은 자에서 가장 낮은 자에 이르기까지
　누구나 반드시 학교교육을 받는다. 들은 바에 의하면 일본 전국에 있
　는 학교의 수는 세계 어느 나라의 학교 수보다 많다고 한다. 또한 농
　부 및 빈농조차 읽기가 가능하다고 한다. 따라서 여자의 교육도 남자
　의 교육처럼 완비되어 있다. 실로 일본에서 매우 유명한 시인, 역사가,
　기타 저술가 중에는 여자도 매우 많다.8)

---

8) 위의 책, pp.179~180.
　　女が社会的にどういふ地位を占めてゐるかといふことは、著者マック・フ
　ア－レーンによれば、文明の高低をはかる真の尺度であるが、日本の女の社会
　的地位は、如何なる他の東洋諸国よりも、数等高い。日本の女は、他の東洋諸
　国の女のやうに、幽閉同義の憂き目を見てゐない。相当の社会的待遇を受けて

이 문장은 마크 파랜의 일본여성론에는 일본사회의 내부 및 일본인의 입장에서 보면 상당히 과장되고 왜곡된 상상의 산물로 여겨지는 부분이 있다는 사실을 설명하기 위해 소개된 것이라고 생각된다. 아쿠타가와는『저팬』에서 이 외에도 일본여성의 사회적 지위와 관련하여 일본여성의 정조, 교육, 명예 등에 관한 에피소드를 소개하고 있는데 그것을 아쿠타가와는 어떻게 받아들이고 있는지 다음 문장을 통해 살펴 보자.

> 『저팬』의 저자 마크 파랜이 전하는 일본의 여성은 거의 유토피아의 여성이다. 아무리 1860년대의 일본의 여자라도 처녀나 아내의 정조가 그렇게 훌륭하게 지켜졌다는 사실은 믿을 수가 없는데도 말이다. 이것도 마크 파랜의 순진함을 그냥 웃어넘기면 그 뿐인 것으로 외국의 세태를 전하는 경우에는 오늘날에도 다소 그런 희극이 발생하기 마련인 것은 사실이다.9)

ゐるのみならず、その父が夫の遊楽にあづかることも出来るものである。妻の貞操や処女の童女の如きは、全然、彼等の名誉の観念に一任されてゐるが、不貞の妻などといふものは、殆んど一人もゐないといつてもいゝ、尤もこれは、貞操を破つたが最後、直ちに死を受けるといふ事実のために、一層厳守されてゐることは事実である。

日本では、一番身分の高いものから、一番身分の低いものに至るまで、誰でも必ず学校教育を受ける。伝ふるところによれば、日本国中の学校の数は、世界中のどの国の学校の数よりも多いといふことである。且つまた、農夫並びに貧農さへ、少なくとも読むことは出来るといふことである。従つて、女の教育も男の教育と同じやうに完備しゐる。現に、日本で非常に有名な詩人歴史家、その他の著述家等のうちには、女も非常に多いくらゐである。

9) 위의 책, pp.183~184.

『ジャパン』の著者マック・フアーレーンの伝へた日本の女は、殆んどユートピアの女である。如何に一八六〇年代の日本の女でも、処女や妻の貞操がそれほど立派に保たれたといふことは、信用出来ないのに。これも、マック・フアーレーンの馬鹿正直を笑つてしまへばそれだけであるが、外国の人情を伝へ

마크 파랜의 일본여성에 대한 유토피아적 서술 자체가 오리엔탈리즘 담론으로 아쿠타가와는 그것을 '그냥 웃어넘기면 그 뿐인 것'이라고 거리를 두고 소개하며 부정하지 않으면서도, '신용할 수 없는' '순진함'이라고 비판하는 것은 이 저자가 잘 못된 정보를 담은 간접자료를 바탕으로 하는데 기인한다고 추측하고 있기 때문이다.

다음으로 「일본의 여자」에서는 『일본에서의 3년간』이 거론되고 있다. 그것을 아쿠타가와는 그 제목에서 알 수 있듯이, 저자 올코크의 학식의 산물로 마크 파랜의 책보다는 일본의 진상을 더 정확히 전하고 있다고 한다. 그리고 이어서 '두 번째로 러더포드 올코크경은 마크 파랜처럼 무학이 아니다. 상당한 학문적 능력이 있으며 특히 당시 유행한 밀의 철학에도 통달하고 있다. 그렇기 때문에 일본에서 보고 들은 여러 사건에 대해서도 각각 그 자신의 견해를 덧붙이고 있다. 그 견해 중에는 오늘날 우리들로서는 실소를 금할 수 없는 것도 있지만, 경청해야 할 것이 없는 것도 아니다'[10]라고 하고 있다. 이와 같은 지적으로 보면 아쿠타가와는 『저팬』보더 훨씬 현실감 있는 일본문명론으로 평가하고 있음을 알 수 있다. 일본의 여성론에 대해서도 '러더포드경의 일본여성론은 어쨌든 마크 파랜의 그것보다 정곡을 찌르고 있다'[11]고 하며 올코크의 일본여성론에 대해 그 정확함을 인정하고 있다. 그러나 아쿠타가와는 올코크가 '일본인은 스스로는 음악을 이해하지 못 한다'[12]라며 조소한 것에 불쾌감을 표하며

る場合は今日でも多少かういふ喜劇の行はれやすいのは事実である。

10) 「日本の女」, 앞의 책, p.184.

11) 위의 책, p.184.

12) 위의 책, p.186.

다음과 같이 언급하고 있는 사실에 주의를 기울여야 할 것이다.

아버지가 매춘을 위해 딸을 팔거나 고용살이를 보내도 법은 이를 벌하지 않는다. 뿐만 아니라 그것을 인가(認可)한다. 또한 그들의 이웃조차 그들을 전혀 비난하지 않는다. 그런 나라에 건전한 도덕적 감정이 존재한다고는 나로서는 믿을 수 없는 바이다.[13]

정확하다고 평가를 하는 올코크의 일본여성론이라도 결국 아쿠타가와는 서구 백인의 기준에 의한 자의적 판단으로 보고 그에 거리를 두려는 자세를 취하고 있음을 알 수 있다. 그리고 결론적으로 아쿠타가와는 마크 파랜이나 올코크의 일본인론에 대해 외국인이 이국의 문화, 문물, 사람을 기록할 때는 잘못이 있을 수 있다고 인정하고 있다. 그러나 간과해서는 안 될 것은 그 한편 서양인의 일본인론이 서양의 규범으로 또한 서양의 우월감을 확인하는 형태로 전개될 때 그 일본인론이 실제의 일본인을 왜곡하여 그리게 된다는 사실에 대한 비판을 보이고 있다는 점이다. 그것은 말하자면 사이드류의 포스트콜로니얼 비판의식이라 할 수 있을 것이다. 이는 당시 서구의 오리엔탈리즘이 식민지 대상으로서 일본을 비롯한 동양에 대한 자료를 수집하여 정리하고 해석하는 과정에서 많은 오해와 왜곡[14]이 있

---

13) 위의 책, p.187.
  父が、淫売のために娘を売つたり、或ひは雇はせたりしても、法律はこれを罰しないのである。のみならず、それを認可するのである。且つまた、彼らの隣人さへも全然、彼れ等を非難しない。かういふ国に健全な道徳的感情が存在するといふことは、私の信じられぬところである。
14) 당시에 서구의 오리엔탈리즘이 얼마나 근거 없이 동양을 오해하고 왜곡시켰는지는, 이사벨라 버드 비숍의 '1894년 겨울, 내가 막 한국으로 떠나려 할 때 관심을 가진 많은 친구들은 한국의 위치에 대해 과감한 추측들을 했다. 한국은 적도

었음을 생각할 때, 아쿠타가와의 이러한 비판은 타당한 것이라 할
수 있다.

「피에르 로티의 죽음」은 1923년 6월 10일의 로티 사망 기사를 읽
고 쓴 글로, 아쿠타가와는 그 글에서 로티의 죽음에 대해 다음과 같
이 언급하고 있다.

> 로티가 죽었다고 한다. 로티가 『오키쿠 부인』 『가을의 일본』의 저
> 자임은 새삼 거론할 필요도 없을 것이다. 고이즈미 야쿠모 한 명을 제
> 외하면 어쨌든 로티는 후지산이나 동백꽃, 일본 전통옷을 입은 여자
> 와 가장 인연이 깊은 서양인이다. 그 로티를 잃은 것은 우리 일본인들
> 로서는 전혀 남의 일처럼 여겨지지만은 않는다.[15]

로티가 일본의 문화, 풍물, 인간을 유럽의 무대에 소개한 공로를
인정하고 일본과 인연이 깊음을 지적하고 있음을 알 수 있다. 그러
나, 아쿠타가와는 이어서 '로티는 위대한 작가는 아니다'[16]라고 하며
작품의 예술적 가치나 리얼리티에 관해서는 단호하게 부정적 입장

에 있다. 아니다 지중해에 있다. 아니 흑해에 있다 하는 식의 별의별 말들이 있었
다. 그리스 연안의 다도해 가운데에 있으리라는 견해가 자주 등장했다. 생각하
면 그것은 참 놀라운 일이었다. 이들 교육받은, 어떤 의미에선 유식한 사람들이
한국의 실제 위도와 경도로부터 아무도 2천마일 이내로 들어가 보지 못 했다'
(이사벨라 버드 비숍 지음, 『한국과 그 이웃나라들 : 백 년 전 한국의 모든 것』
이인화 옮김, 살림, 1994. p.17) 고 하는 표현에서 가히 짐작할 수 있을 것이다.

15) 「ピエル・ロティの死」, 『전집』 제10권, p.87.
ロティが死んだそうである。ロティが「お菊夫人」「日本の秋」等の作者たる
ことは今更弁じ立てる必要はあるまい。小泉八雲一人を除けば、兎に角ロティ
は不二山や椿やベベ・ニッポンを着た女と最も因縁の深い西洋人である。その
ロティを失つたことは我我日本人の身になるとまんざら人ごとのやうには思は
れない。

16) 위의 책, p.87.

을 표명하고 있다. 그 부정적 평가는 무엇을 의미하는 것일까?

> 로티는 새로운 감각묘사를 주었다. 혹은 새로운 서정시를 주었다. 그러나 새로운 인생의 발견이나 새로운 도덕을 주지는 못 했다. 물론 이는 예술가인 로티에게는 치명적인 것이 아님은 분명하다. (중략) 우리들은 소나기가 쏟아지는 길을 걷는 일꾼들이다. 그러나 로티는 우리들에게 우비 한 벌을 주지 못 했다. 그래서 우리는 로티에게 '훌륭하다'는 수식어를 붙이지 않는 것이다. 물론 고래로 작가란 우비를 베푸는 사람에 불과하다.17)

진정으로 훌륭한 예술가는 현실에 밀착된 인생의 발견이나 도덕을 제공해야 한다. 그러나 로티는 그것을 무시하고 일본인을 그림에 있어 감각묘사나 서정성에 치우쳤다는 것이다. 여기서 말하는 감각묘사나 서정성이란 아마도 서구 백인으로서의 로티의 이국취향을 만족시키는 것이었을 것이다. 이와 같이 아쿠타가와가 로티에 대한 불만으로 지적한 저술태도는 그가 다름 아닌 사이드가 말하는 전형적인 오리엔탈리스트였던 데서 온 것이라 할 수 있다. 아쿠타가와는 올코크와 마크 파랜과 같은 지평에서 로티의 일본에 관한 담론을 서구백인의 자의적 가치판단에서 온 오리엔탈리즘이라 비판한 것이다. 그와 같은 아쿠타가와의 오리엔탈리즘에 대한 비판의식은 「나가

---

17) 위의 책, pp.87~88.
　　ロティは新しい感覚描写を与へた。或は新しい抒情詩を与へた。しかし新しい人生の見方や新しい道徳は与へなかつた。勿論これは芸術家たるロティには致命傷でも何でもないものに違いない。(中略)我々は土砂降りの往来に似た人生を辿る人足である。けれどもロティは我々に一枚の合羽をも与へなかつた。だから我我はロティの上に「偉い」と云ふ言葉を加へないのである。古来偉い作家と云ふのは、勿論合羽の施行をする人に過ぎない。

사키(長崎)」(「婦女界」第25卷第6号, 1922. 6)나 「나가사키 소품(長崎
小品)」(「サンデー毎日」第1卷第10号, 1922. 6)에서 가장 첨예하게 구
체화된다. 남만(南蛮)[18]과 기독교 문화에 관심이 많았던 아쿠타가와
는 1919년과 1922년에 걸쳐 나가사키를 방문하고 「나가사키」와 「나
가사키 소품」을 썼다.

아쿠타가와는 「나가사키」에서 로티에 대해 언급하고 있는데 그
가 나가사키를 여행하면서 로티를 떠올린 것은 로티가 나가사키에
체재한 사실을 『오키쿠산』을 통해 알고 있었기 때문일 것이다. 또한
「나가사키 소품」의 공간적 배경은 '회화, 도기, 당피(唐皮), 상아조
각, 주조물 등 다종다양한 이국관계사료가 빼곡히 진열되어 있는'
'어두컴컴한 유리문 속'으로, 그것에 의해 서구화된 일본 현실의 일
면을 표상하고 있다. 주된 스토리는 의인화된 물건들의 대화로 구성
되어 있다. 그것은 '사마간한(司馬江漢筆)이 그린 네덜란드인'(=일본
화된 서구문명)이 네덜란드에서 구운 접시 속에 있는 여자(=서구문
명)를 짝사랑하지만, 그녀가 '얼굴은 예쁘지만 상당히 자존심이 센'
탓에 사랑을 받아주지 않아 슬퍼한다는 내용으로 전개된다. '일본이
나 중국 태생의 것은 왠지 마음이 끌리지 않는다'고 말하는 '네덜란
드 태생 여자'에게 '마리아 관음(麻利耶観音)'은 '그 분도 당신처럼
서양문명의 생명의 불을 가슴 속에 담고 있는' '형제같은 분'이라고
설득한다. 그러나 '네덜란드 태생 여자'는 화가 난다는 듯이,

---

18) 남만(南蛮)은 원래 고대 중국에서 남해제국을 일컫는 명칭이었으나, 여기서는
무로마치시대(室町時代) 말기부터 에도시대(江戸時代)에 걸쳐 남양제도를 경
유하여 도래한 서구 사람이나 그 문물을 일컫는다. 특히 네덜란드를 홍모(紅毛)
라고 하는데 대해 포르투갈이나 스페인을 말하며 기독교도와 같은 뜻으로 사용
되었다.

첫째 당신도 나가사키의 히라도(平戸) 근처의 시골 출신 아닌가
요? 그림이 그려진 창문이나 분수, 장미, 벽에 걸린 양탄자, ―그런 것
들은 본 적도 없으시죠? 얼굴도 당신은 우리 나라의 마리아님과는 많
이 다릅니다. 하물며 그 분을 보세요. 당신 말대로 그 분도 이 나라에
서는 네덜란드인이라고 할지 모르겠습니다. 하지만 실은 네덜란드인
이기는커녕 일본인인지 서양인인지 구별이 안 되는, 즉 이 나라의 그
림쟁이가 만들어낸, 검둥이보다 기분 나쁜 사람입니다.[19]

라고 말하며 들으려 하지 않는다. '네덜란드 태생 여자'는 서구 출신
으로 '사마강한이 그린 네덜란드인'을 비롯한 일본 태생 물건들―거
기에는 서구풍의 것도 포함되어 있다―에 대한 우월감에서 그들을
경멸한다. 또한 경멸당하는 일본 태생의 것들은 비굴한 태도를 보이
며 그녀와 대등하게 맞서지 못 한다. 이 대화에 포함된 의도는 극히
단순한 것으로, 일본이나 중국에 수용된 말하자면 혼종(混種)의 서
구문명보다 서구에서 태어난 순수한 서구문명이야말로 진정한 문명
이라는 서구중심주의를 바탕으로 하고 있음을 알 수 있다.

그러나 이야기는 여기서 끝나지 않는다. 물건들이 대화를 나누고
있는 장소에 그들 물건의 주인이 손님과 나타나서 다음과 같은 말을
한다.

---

19) 「長崎小品」, 『전집』 제9권, p.147.
　　第一あなたさへ平戸あたりの田舎生まれではありませんか？硝子絵の窓だの
　　噴水だの薔薇の花だの、壁にかける氈だの、―そんな物は見た事もありますま
　　い。顔もあなたはわたしの国のおん麻利耶とは大違ひです。ましてあの方を御
　　覧なさい。成程あの方もこの国では、阿蘭陀人と云ふかも知れません。しかし
　　ほんたうは 阿蘭陀人どころか、日本人とも西洋人ともつかない、つまりこの国
　　の絵描きの拵へた、黒ん坊よりも気味の悪い人です。

손님 한 명, 참으로 일본에서 만들어진 남만물에는 서양에서 만들
어진 물건에는 없는 독특한 맛이 있군요.

주인, 바로 그 점이 일본인 것이지요.

손님 한 명, 그렇습니다. 거기서 오늘날의 문명도 태어난 것이죠.
앞으로는 더 훌륭한 것이 태어나겠지요?[20]

지금까지 물건들의 대화에 나타나 있던 시각은 역전되어 일본태
생의 이국취향—사이드가 말하는 혼종—의 문물에는 본래의 서양의
문물에는 없는 독특한 잡종적, 혼혈적 개성이 존재한다는 것이다.
일본의 서구문명은 서구의 문명보다 열등한 것이 아니라 그 혼종성
으로 인해 앞으로 더 위대한 문명을 낳을 가능성을 가지고 있다는
것이다. 이 주인과 객의 대화에 나타나 있는 시각은 서구화 일변도
의 서구주의와는 거리를 두려는 다이쇼시대의 작가 아쿠타가와의
혼종문명관의 주장으로 봐도 될 것이다.

이상과 같은 「나가사키 소품」에 나타난 문명관은 로티와 인연이
깊었던 나가사키를 방문하며 그곳의 문물을 직접 소재로 삼거나 배
경으로 삼고 있다는 점에서, 로티를 비롯한 오리엔탈리스트를 의식
하여 그에 대한 비판을 일본화된 서구문명을 표상하는 '남만물'로 구
체화한 것이라 할 수 있다.

그리고 이상과 같은 오리엔탈리스트 로티의 담론에 대한 비판의

---

20) 「長崎小品」, 『전집』 제9권, p.149.
    客の一人、一体日本出来の南蛮物には西洋出来の物にない、独特な味があり
ますね。
    主人、其処が日本なのでせう。
    客の一人、さうです。其処から今日の文明も生まれて来た。将来はもつと偉
大なものが生まれるでせう。

식으로 그 문명관을 표상한 것이 다름 아닌 「무도회」인 것이다. 그러면 다음 절에서는 로티가 『가을의 일본』에서 일본인과 일본문화를 어떤 시각으로 그리고 있는지, 그에 대해 아쿠타가와는 「무도회」에서 그것을 어떻게 바꾸어 그리고 있는지를 검토해 보도록 하겠다.

제3절 『가을의 일본(秋の日本)』에 나타나는
일본문화 · 일본인을 보는 서구인의 시선

피에르 로티의 『가을의 일본』은 『최신문학비평용어사전』에 라프카디오 한의 일본에 관한 담론과 함께 '피에르 로티의 『오키쿠산』(1887)과 『가을의 일본』(1889) 등도 오리엔탈리즘의 작품이다'[21]라고 소개되어 있을 만큼, 일본에 관한 오리엔탈리즘의 전형적인 담론이다. 그 개념 규정은 앞 절에서 소개한 바와 같다.

그렇다면 로티는 『가을의 일본』에서 일본인과 일본문화를 어떻게 그렸고 그것이 어떤 점에서 아쿠타가와의 반발과 비판을 사게 되었는지를 고찰해 보자. 본서에서는 무라카미 기쿠이치로(村上菊一郎) · 요시나가 기요시(吉永淸)역 『가을의 일본』(초판본 靑磁社, 1942년, 후에 平凡社, 1961. 11)을 텍스트로 로티의 오리엔탈리즘에 대해 고찰해 보기로 한다.[22] 단 엄밀하게 말하면 아쿠타가와의 「무도회」

---

21) 川口喬一/岡本晴正編 『最新文学批評用語辞典』(研究社出版, 1998), p.43.
22) 이 중 아쿠타가와가 어느 것을 참조했을 지에 대해, 미요시 유키오(三好行雄)는 「「무도회」에 대하여(「舞蹈会」について)」(『立教大学日本文学』第8号, 1962. 6)에서 영역본을 들고 있으며, 가사이 아키후(笠井秋生)는 「아쿠타가와

는『가을의 일본』중「에도의 무도회」를 원전으로 삼고 있으나, 본
서에서는「에도의 무도회」를 중심으로 하되,『가을의 일본』전체에
나타나 있는 로티의 오리엔탈리즘에 대해 고찰한다. 왜냐하면 아쿠
타가와가 직접 소재로 채택한 것은「에도의 무도회」이지만, 그가 문
제 삼은 것은 로티의 일본 및 일본문화에 대한 태도였다고 보기 때
문이다.

표제 밑에 알퐁스 도데 부인에게 바친다고 하는 단서가 붙어 있는
『가을의 일본』은 해군장교인 '나'가 서술하는 여행기의 형태를 취
하고 있다. 사이드가 오리엔탈리즘의 저작 형태의 하나로 들고 있는
형식이다. 원래는 6개의 장으로 구성되어 있으나 무라카미 기쿠이치
로・요시나가 기요시 역『가을의 일본』에는「성스런 도시・교토」,
「에도의 무도회」,「닛코레잔(日光霊山)」,「국화 연회(観菊御宴)」의
4장만 게재되어 있다. 모두 부분은 다음과 같다.

> 최근까지 그것은 유럽인에게는 다가갈 수 없는 신비의 나라였으나,
> 이제 지금은 철도로 갈 수 있다. 그 만큼 평범해지고 칠이 벗겨져 한
> 계를 드러냈다고도 할 수 있을 것이다.[23]

이에는 백인남성의 극동아시아의 나라 일본에 대한 이국취향의

류노스케의「무도회」의 전거와 주제(芥川竜之介の「舞踏会」の典拠と主題)」
(『立教大学日本文学』第47号, 1988. 12)에서 다카세 도시로 역『일본 인상
기』에 수록된「에두의 무두회」를 참조했을 것이라 주장하여 지금까지 통설이
되고 있다.
23) ピエル・ロティ,『秋の日本』, 村上菊一郎・吉永清訳(平凡社, 1961), p.7.
　　つい近年まで、それはヨーロッパ人には近寄れない神秘な町だったが、いま
はもう鉄道でいける。それだけに、平凡化して、箔が落ちて、そこが見えたと
も言えるであろう。

기대감이 나타나 있는 한편, 그 '성스러운 도시'는 기항한 항구 즉 고베(神戶)에서 '이제 지금은 철도로 갈 수 있게' 되었다는 실망감도 나타나 있다. 이국취향과 실망감은 '신비'한 것을 기대하는 오리에탈리즘의 주된 요소이다. 게다가 일본이 전력을 다해 이루어낸 자랑스런 근대화의 상징 '철도'는 로티에게는 '평범해지고 칠이 벗겨져 한계를 드러낸' 존재에 불과한 것이다. 이러한 작가의 이국취향에 대한 기대와 그에 대한 실망, 환멸은 『가을의 일본』을 일관하고 있다. 따라서 그는 도처에서 일본의 근대문명에 대해 신비한 동양이라는 이국취향을 손상시키는 것이라는 비판적 시각을 노정시키고 있다.

> 이 일본이라고 하는 나라는 천오백 년 내지 2천 년의 전통을 고수하면서도, 갑자기 현기증처럼 그를 엄습한 근대적 사물에도 심취하여 너무나 뒤죽박죽인, 나무에 대나무를 이은 듯한, 가짜같은 나라이다.[24]

로티에게 일본이 받아들인 서구문명은 '전통(문명)'을 무시한 형태로 유럽의 문명을 모방했고, 그 결과 '나무에 대나무를 이은 듯한' 뒤죽박죽인 것으로 일본에는 어울리지 않는 것으로 비쳐진다. 왜냐하면 그것은 서구문명으로 동양인 일본에는 도저히 충분히 수용할수 없는 것이기 때문이다. 여기서 다시 한 번 확인해 두어야 할 것은 로티와 아쿠타가와의 문제의식은 공통되고 있다는 사실이다. 즉 서구문명과 전통문화의 혼종이라는 문제는 그들 공통의 문제이며 그

---

24) 위의 책, p.8.
　　この日本という国は、千五百年ないし二千年の伝統を墨守しながら、しかも突然、眩暈のように彼を襲った近代的事物にも心酔して、いかにもちぐはぐな、木に竹をついだような、ほんとうとは思えない国である。

것을 어떻게 평가하느냐 하는 시각 만이 그들의 차이이다. 일본의 근대화는 다양한 문화의 상대적 병존이 아니라 이문화의 혼종이라는 역사적 한계가 있다고 할 수 있다. 그렇기 때문에 로티에게 그것은 가짜처럼 보인다. 왜냐하면, 그것은 일본의 근대화라는 것은 서구의 그것을 모방한 열등한 형태에 불과하며, 일본인 자신이 전통문화를 폄하했다고 로티는 생각하기 때문이다. 이는 서구백인의 문명만이 진정한 문명이며, 일본의 문명은 그것을 모방한 열등한 형태에 지나지 않는다고 하는 우월의식에서 오는 인식이라 할 수 있다. 그러한 우월의식에서 로티는 일본의 문명·문화를, '제아미 호텔에서는 식사는 반드시 지극히 정확한 영국식이다'[25]라고 하는 식으로 자국의 그것들과 끊임없이 비교하며 관찰한다. 그리고 그러한 백인 우월주의의 기저에는 단순한 시대 차이가 아니라, 지리적으로 멀리 떨어져 있기 때문에 자신들과 개념이나 관념상으로 이질적이며 낯선 존재라고 하는 의식이 있다. 다음 예문을 보자.

> 시대차이가 너무 많이 나 있는 탓 뿐만이 아니라, 주로 지구상의 제민족 간의 거리가 너무 멀게 배치되어 있기 때문이다. 즉, 이는 우리들에게 있어 서구적인 개념과는 너무나도 동떨어져 있고, 여러 가지 사물들에서 우리가 이어 받아 온 모든 세습적 관념의 범주 밖에 있다.[26]

---

25) 위이 책, p.15.
26) 위의 책, pp.120~121.
　時代があまりにも隔たっているせいばかりでなく、主として地球上の諸民族の配置があまりにも隔たりすぎているからである。つまり、これは、われわれにとって西欧的な概念からあまりにもかけ離れており、種々の事物からわれわれが受け取ってきたあらゆる世襲的概念の埒外にあるのである。

일본이 아무리 근대문명을 모방해도 유럽을 따라갈 수 없는 것은 시대의 차이, 지정학상의 차이를 도저히 메꿀 수 없기 때문이라는 것이다. 그리하여 로티는 '서구의 근대문명에 의해 침범을 당한' 일본의 문화, 문물, 사람을 자신들의 '범주 밖에 있는' 존재, 즉 '타자'로 파악하고, 그것을 기괴한 문화의 소산으로 평가한다. 예를 들면 교토(京都)의 자기와 그림은 '기분 나쁘고 심술맞으며 조소하는 듯한 또는 그로테스크한 신들이나 수천마리의 괴물의 얼굴'[27]이라고 묘사하고 있으며, 기요미즈데라(淸水寺)는 '불타, 아미다, 관음, 변재천(辯才天), 진리를 의미하는 신도(神道)의 거울에 이르기까지 상징과 표어의 혼잡. 모든 것이 일본의 신의 계보의 엄청난 혼돈을 생각나게 하는 것뿐이다'[28]와 같이 무질서한 혼돈으로 묘사하고 있다. 그리고, 인력거꾼은 '아까부터 우리들을 기다리고 있었던 것 같은, 온 몸을 검은 색으로 차려 입은 낯선 사내들의 한 무리가, 우리들을 맞이하여 뛰어 온다. 그것은 인력거꾼이다. 인간말(hommes-chevaux), 인간 질주자(hommes-coureurs)이다. 그들은 까마귀 떼처럼 우리들을 덮쳐 왔고, 그래서 광장은 어두워진다'[29]와 같이 인간말(馬)이나 까마귀 같은 동물에 비유되고 있다. 순수한 미가 '근대화'에 의해 오염됨으로써 추악하게 되는 것은 여자아이들의 묘사에서도 찾아볼 수 있다.

평소처럼 예쁜, 이들 일본의 유아들은, 그러나 결국은 몹시 보기 싫어 질 것이다. 그리고 다음에는 엄청 웃기는 모습이 될 것이다. 그 에

---

27) 위의 책, p.13.
28) 위의 책, p.14.
29) 위의 책, p.39.

나멜색 눈이 쭉 치켜 올라가거나 잡색의 헐렁헐렁한 하오리를 착용하
거나 군데군데 이상하게 머리를 묶거나 엉뚱하게 머리를 밀어 젖히거
나 해서 말이다.30)

당시 일본문화의 대부분을 근대문명이라는 서구문화에 오염된 무
질서하고 이해 불가능한 불쾌한 것으로 인식하고 있음을 알 수 있
다. 그것은 말할 것도 없이 유럽의 미의식, 미의 가치를 기준으로 하
고 있기 때문이며 그와 같은 로티의 담론은 오리엔탈리즘 담론의 전
형이라고 할 수 있다. 신비적인 이국취향을 발견한다고 하는 것은
백인 우월주의의 확인에 지나지 않는 것이다.

물론 로티는 그가 생각하는 순수한 일본문화의 전통을 발견했을
때는 그 기쁨을 바로 표현한다. 예를들면 그는 일본 황족들의 화려
한 의상이나 닛코(日光)의 아름다운 경관처럼 자신의 이국취향을 충
족시키는 것에 대해서는 감탄을 아끼지 않는다. 로티의 미의 판단
기준은 무엇인가 하는 것은 극히 자의적이다. 그 자세를 일관하는
것은 일본문화 혹은 일본인을 타자화시키는 것이었다. 「에도의 무도
회」의 다음과 같은 결말에는 그러한 로티의 일본에 대한 인식이 집
약적으로 나타나 있다.

　　나는 그 의상, 그 몸짓, 그 의례, 그 무도가 황실의 명령에 의해 아

---

30) 위의 책, p.28.
　　いつもながらきれいである、これらの日本の幼児たちは、しかしやがては、ひ
どくみにくくなっていくことだろう。そして次には、すこぶるこっけいなものと
なるだろう。そのエナメル色のめがおおぎょうにつり上がったり、雑色のだぶだ
ぶな羽織を着用したり、ところどころおかしな髪束を残し、思いもよらぬ剃髪
をやってのけたりして

마 마음에도 없이 속성으로 주입식 교육을 받은 것이라고 상상할 때 조차, 그들이 완전한 멋진 모방자라고 하는 사실을 생각한다.[31]

이와 같이 로티의 눈에는 문명개화를 맞이하여 한 시라도 빨리 서구 열강과 대등해 지고 싶어서 안간힘을 쓰는 일본인의 모습은 서구 문명을 속성으로 교육받은 모방자들에 불과한 존재이며, 오히려 전통문화가 혼종되어 추악하고 이상한 존재에 지나지 않은 것으로 비쳐 지고 있다. 로티의 입장에서 일본인의 혼종문명은 부정되어야 하는 존재일 뿐이었다. 이러한 인기 작가 로티의 『가을의 일본』에 나타난 오리엔탈리즘은 유럽인들에게 그대로 전달되어, 한편으로는 혼종문화의 열등성을 과장함으로써 백인의 우월감을 만족시킴과 동시에 또 한편으로는 순수한 일본의 전통 문화에서는 동양에 대한 이국취향을 이끌어 내며 일본문화・일본인에 대한 담론 형성에 기여했던 것이다.

제4절 「무도회」에 나타난 서구인의 시선에 대한 대항의식

「무도회」는 1부와 2부로 구성되어 있다. 1부는 아름다운 무도회에서 있었던 일이 그려지고 있다. 17세의 아키코(明子)는 아버지의 손에 이끌려 처음으로 로쿠메이칸(鹿鳴館)의 무도회에 참가한다. 그

---

31) 위의 책, p.51.
　わたしはあの衣装、あの物腰、あの儀礼、あの舞踏が、皇室の命令によって、おそらく心にもなく速成的に教えこまれたものであろうと想像するときにさえ、彼らがまったくすばらしい真似手である事を思うのである。

녀의 풋풋한 아름다움은 많은 사람들의 이목을 집중시킨다. 그 중에
서 프랑스 해군장교 한 명이 그녀에게 춤을 출 것을 부탁하고 둘은
화려한 분위기 속에서 한 껏 춤을 춘다. 마침내 달빛이 비치는 발코
니에 나온 두 사람의 눈에 색색의 불꽃이 비쳤다 사라져 갔다. 잠시
침묵을 하고 있던 해군장교는 아키코에게 '나는 불꽃을 생각하고 있
었습니다. 우리들의 삶과 같은 불꽃을요'라는 말을 한다. 2부는 그로
부터 32년 후인 1918(다이쇼 7)년의 일이다. 이제 50을 바라보는 H노
부인이 된 아키코는 기차 안에서 한 청년 소설가를 만나고 옛날 무
도회의 추억을 이야기한다. 그녀의 이야기를 들은 청년 소설가는 그
해군장교의 이름을 묻는다. 줄리앙 비오라고 대답하는 아키코 앞에
서 그는 흥분하며 '그럼 『오키쿠산』을 쓴 피에르 로티였군요'라고
확인한다. 그러나 그녀는 '아니요, 로티라는 분이 아닙니다'라고 몇
번이나 중얼거릴 뿐이었다.

　이상과 같은 줄거리를 갖는 「무도회」는 백인남성의 오리엔탈리
즘에 대한 작가 아쿠타가와의 반발과 비판의 실천작이라 할 수 있
다. 이 작품은 한 눈에 로티의 「에도의 무도회」를 의식하고 있음을
알 수 있다. 즉 「에도의 무도회」의 일본표상에 대한 반조정으로서
의식적으로 일본의 문물을 혹은 일본의 여성을 미의 극치로 조형하
고 있다. 그 점에 이 작품의 모티브가 있다고 할 수 있다. 따라서 그
자세는 어떤 의미에서 국수주의적 독단이 개입할 수도 있을 것이다.
단 서양에 대한 반발을 통해 다이쇼시대의 작가가 일본 근대의 문화
와 문물을 미적으로 성찰하고자 한 것은 중요하다. 아쿠타가와의 시
선은 서양백인의 눈을 의식함으로써 상대적으로 객관화되고 있기
때문이다.

　그와 같은 아쿠타가와의 시선은 우선 이 작품의 주요 무대인 로쿠
메이칸의 묘사에 집중된다. 1879년 외무경에 취임하여 조약 개정 교
섭을 하고 있던 이노우에 가오루는(井上馨, 1835~1915)은 이토 히로
부미(伊藤博文, 1841~1909)와 함께 제도, 문물, 관습을 서구화하여
구미제국에 일본의 개화를 인식시킴으로서 교섭을 촉진시키려 했다.
로쿠메이칸은 그 일환으로 상류사회의 서구화를 꾀하는데 있어, 외
국귀빈을 접대하고 숙박시켜 주는 시설로 사용하기 위해 건설되었
다. 그곳에서는 화려한 원유회, 무도회, 가장회, 바자회가 빈번히 개
최되어, 서구화 풍조의 상징이 되었고 마침내 로쿠메이칸 시대를 연
출해 내기에 이른다. 그와 같은 로쿠메이칸은 역사적 사실로서 급속
한 근대화의 왜곡도 집약되어 있으며 가장무도회에 전형적으로 보
이는 광적이고 피상적인 서구화 열기는 세상의 빈축을 산다. 게다가
1887년 이노우에가 조약개정에 실패하자, 서구화 정책에 대한 비판
도 높아져 로쿠메이칸 시대도 막을 내린다. 그러한 로쿠메이칸을 아
쿠타가와는 「무도회」에서 다음과 같이 묘사하고 있다.

　　밝은 가스등 불빛에 비쳐진, 폭 넓은 계단의 양쪽에는, 거의 인공에
　가까운 큰 송이의 국화꽃이 삼중의 울타리를 이루고 있었다. 국화는
　가장 안 쪽의 것이 연홍빛, 가운데 것이 진노랑, 가장 앞 쪽의 것이
　새하얀 꽃잎을 흘려보내듯 흐드러져 있다. 그리고 그 꽃 울타리가 끝
　나는 언저리에 있는, 계단 위의 무도 공간은, 벌써 경쾌한 관현악 소
　리가 참을 수 없는 행복의 숨결처럼 쉼 없이 흘러넘치고 있었다.[32]

---

32) 「舞踏会」, 『전집』 제5권, p.248.
　　明るいガスの光に照らされた、幅の広い階段の両側には、殆人工に近い大輪
　の菊の花が、三重の籬を造つてゐた。菊は一番奥のがうす紅、中程のが濃い黄

아쿠타가와의 로쿠메이칸 표상은 전체적인 조감도에서 시작되는
것이 아니라 곧바로 '계단 양쪽'에 늘어선 '송이가 큰 국화꽃'을 초점
화시키고 있으며 그 점경묘사로 채워져 있다. 이 '국화꽃'이 천황제
를 상징하고 있음은 말할 것도 없을 것이다. 천황과 서구식 건물의
조화, 그리고 '송이가 큰 국화꽃'의 점경묘사는 압도적인 미를 다투
고 있다는 점에서 천황의 권위가 서구식 건물을 위압하고 있는 상징
성을 가지고 있다고 볼 수 있다. 이러한 로쿠메이칸 표상의 불균형
한 묘사는 아쿠타가와의 미의식에 의한다기 보다는 로티의 오리엔
탈리즘에 대한 반발에 기인하는 것이라 할 수 있다. 로티는 로쿠메
이칸을 다음과 같이 묘사했다.

> 로쿠메이칸 그 자체는 아름다운 것은 아니다. 유럽식 건축으로, 생
> 긴 지 얼마 안 된 것이며, 새하얀, 갓 지어낸 새 것으로, 정말이지, 우
> 리나라의 어느 고장의 시골 온천장에 있는 오락장 같다.33)

로티는 자신이 본 로쿠메이칸은 아름답지도 않고 시골 오락장 같
다고 하며 비하하고 있다. 이는 어디까지나 유럽의 도시(수도)의 궁
전이나 정부와 관련된 건축물을 이상적인 건축의 기준으로 두고 그
것을 일본의 서구풍 건축물에 적용시킴로써, 로쿠메이칸이 서구의

色、一番前のがまつ白な花びらを流す如く乱しているのであつた。さうしてそ
の菊の籬の尽きる辺り、階段の上の舞踏室からは、もう陽気な管弦楽の音が、
抑へ難しい幸福の吐息の様に、休みなく溢れて来るのであった。
33) 『秋の日本』、앞의 책, pp.40~41.
　ところで、ロク・メイカンそのものは美しいものではない。ヨーロッパふうの
建築で、出来たてで、真っ白で、真新しくて、いやはや、われわれの国のどこ
かの温泉町の娯楽場に似ている。

그것을 모방한 아직 미숙한 단계에 있는 아류적인 것이라고 생각하는, 오리엔탈리스트 로티의 우월의식에서 온 조소적 표현이라 할 수 있다. 일본의 근대화의 상징인 로쿠메이칸은 로티에 의해 유럽의 문물을 열등한 형태로 모방한 건축물로 폄하되는 것이다.

이와 같이 로티가 아름답지도 않고 단지 하등한 서구풍 건물의 모방에 지나지 않는다고 한 로쿠메이칸은 아쿠타가와의 묘사에 의해 '행복한 숨결'을 간직하고 있는 화려하고 완벽한 유미의 세계를 표상하고 있다. 그리고 그 유미의 세계의 중심에는 '송이가 큰 국화꽃'으로 표상되는 천황제가 자리잡고 있다. 로쿠메이칸에 대한 그와 같은 아쿠타가와의 태도는 「무도회」를 일관하고 있어, 로티의 오리엔탈리즘의 전형이라 할 수 있는 조소적 표현과는 대조를 이루고 있다. 아쿠타가와의 「무도회」가 확실히 로티 등의 오리엔탈리즘에 대한 통렬한 비판과 반발을 바탕으로 하고 있음은 일본인에 대한 묘사에서도 찾아볼 수 있다. 로티는 일본인들의 양장에 대해 다음과 같이 언급하고 있다.

　　상당히 단정하게 넥타이를 매고는 있지만, 거의 눈이 없는 노랗고 우습게 생긴 작은 얼굴을 한, 연미복 차림의 웨이터들이 조심스럽게 접대하고 있다.[34]

유럽백인 남성의 미적 기준에 비추어 볼 때 서양의 문화는 서양의 백인 남성/여성에게만 어울리는 것이다. 따라서 로티는 서양의 문화

---

34) 위의 책, p.41.
　　かなりきちんとネクタイを結んではいるが、ほとんど目のない黄色っぽいこっけいな小さな顔をした、燕尾服の召使たちが慇懃に接待する。

를 열심히 모방하여 동일화하고자 하는 일본인의 모습을 우스운 존재로 그리고 있는 것이다. 외견상 아무리 완벽한 복장을 하고 있어도 그것을 감싸고 있는 신체는 백인의 눈으로 보면 어디까지나 작은 눈과 노란 피부를 지닌 열등한 황인종에 불과한 것이다. 따라서 그 황인종들은 접대할 때도 조심스럽게 저자세를 취하고 있다. 노골적인 우월의식을 태도로 나타내려고 하는 것이다. 서양인은 거만하게 일본인은 공손하게 하는 식으로 말이다. 이 역시, 유럽의 민족이야말로 우수하고 미의 기준이 되어야 한다고 하는 로티의 백인 민족 우월의식에서 온 표현이라 할 수 있다. 특히 일본의 여성들에 대해서는 그러한 백인의 시각에 남성의 시각까지 덧붙여져 더 한층 자의적 판단에 의한 묘사를 서슴지 않는다.

> 얼굴 표정은 모두 똑같다. 음전하게 덮은 눈썹 아래에서 좌우로 움직이고 있는 아몬드같이 쭉 찢어진 눈을 한, 퍽이나 둥글고 넓적한, 고양이 새끼 같은 우스꽝스런 조그만 얼굴.35)

여기서는 무엇보다도 로티의 눈에 비친 낯선 이국 여성의 타자표상을 볼 수 있다. 그녀들은 개성적인 존재로 파악되는 것이 아니라, '똑같은 얼굴 표정을 하고 있는' 몰개성적인 존재로 그려지고 있다. 개성과 인격이 깊은 관련을 가지고 있다고 한다면 이들 표현은 일본 여성들에게 인격을 인정하지 않는다고 하는 것이다. 이러한 일본여

---

35) 위의 책, p.46.
　顔付はみな同じである。淑やかに伏せた睫毛の下で左右に動かしてゐる巴旦杏のやうにつるし上った目をした、大そう丸くて平べったい、子猫みたいなおどけたちっぽけな顔。

성들은 외형적으로만 몰개성적인 것이 아니다. 그것은 다음과 같은 논리에 노골적으로 드러나 있다.

> 그녀들은 상당히 정확하게 춤을 추고 있다. 파리 풍 복장을 한 우리 일본의 아가씨들은. 그러나 그것은 주입식으로 교육을 받은 것으로, 조금도 개성적인 자발성이 없이, 단지 태엽인형같이 춤을 추고 있을 뿐이라는 느낌이 든다.[36]

즉, 일본여성들은 외형뿐만이 아니라, 내면적으로도 몰개성적이고 자발성이 없는 그래서 자신의 의지를 지니지 않는 비주체적 존재로 그려져 있다. 타자표상의 극한을 볼 수 있다. 한편 그와는 대조적으로 중국 대사 일행을 보았을 때 로티는 그들을 '긴 의복이나 그들의 몽고인 같은 수염으로 만들어 낸 위풍당당한' 모습으로 그리고 있다. 이는 언뜻 보면 일본여성에 대한 묘사와는 대조적으로 보이지만, 서양문명에 오염되지 않은 엑조티시즘이 이 오리엔탈리스트의 마음을 차지하고 있는데 불과하며 타자표상임에는 아무런 차이가 없다. 철저한 비개성적인 묘사는 일본인이 전통에서 멀어져 서구열강의 문화를 모방하기 위해 필사적인 우스꽝스런 모습을 하고 있기 때문이며, 그에 비해 중국대사 일행은 대국의 전통을 고수하기 때문에 오리엔탈리즘의 관점에서 보면 '위풍당당한' 모습으로 그릴 수 있는 것이다. 이 부분은 다카세의 번역에서는 전면적으로 삭제되었을 만큼

---

36) 위의 책, p.46.
　彼女たちはかなり正確に踊る。パリ風の服を着たわが日本娘たちは。しかしそれは教へ込まれたもので、少しも個性的な自発生がなく、ただ自動人形のうに踊るだけだといふ感じがする。

일본인들로서는 노출하고 싶지 않는 치부, 아니 일본인에 대한 모멸로 인식된 것이다. 이러한 중국인과 일본인의 위상이 「무도회」에서는 역전되고 있다. 그것은 1부의 중심인물 아키코의 인물상 조형으로 구체화되고 있다.

> 그날 밤 아키코의 모습은, 이 긴 변발을 늘어뜨린 중국 대관의 눈을 휘둥그레 하게 할 만큼, 개화의 일본 소녀의 미를 유감없이 갖추고 있었다.[37)

아키코가 '개화의 일본 소녀의 미'를 실현하고 있는 것으로 그 모습은 변발을 한 중국인을 경악시킬 만큼 아름답다. 또한 그녀는 프랑스어로 말할 수도 있고, 정식으로 무도도 배웠기 때문에 태엽인형처럼 춤추지 않는다. 그녀가 춤을 추는 모습은 다음과 같이 아름답게 그려지고 있다.

> 그녀의 화사한 장미색 무도 구두는 신기한 듯 바라보는 상대의 시선이 가끔 발끝으로 떨어질 때마다, 더 한층 가볍게 매끄러운 바닥 위를 미끄러져 갔다.[38)

로티라는 백인 남성의 시각에 의해 외형적으로, 내면적으로 철저

---

37) 「舞踏会」, 앞의 책, p.249.
　　その夜の明子の姿は、この長い辮髪を垂れた支那の大官の眼を驚かすべく、開化の日本の少女の美を遺憾なく具へてゐた。
38) 위의 책, p.252.
　　彼女の華奢な薔薇色の踊り靴は、もの珍しさうな相手の視線が折々足もとへ落ちる度に、一層身軽く滑らかな床の上を辿つて行くのであつた。

히 미의 기준으로부터 소외되었던 일본여성은, 자국의 작가에 의해 외국어실력과 자연스런 무도실력을 갖춘 내면세계를 겸비하고, '발끝' 즉 날씬한 발목의 아름다움이라는 외모까지 갖춘 완벽한 존재로 미화되고 있는 것이다. 이와 같은 아키코의 미화는 청일전쟁이나 러일전쟁 등 강대국과의 대등한 전쟁으로 인하여 상당히 높아진 국가 위상에 대한 자부심이 기저를 이루는 다이쇼시대의 에토스의 반영이라 할 수 있다. 그리고 그 미란 문명화에 의해 수용한 서양(서구) 문명이 일본의 전통문화와 뒤섞인 혼종문화의 결정(結晶)의 표상임은 말할 필요도 없을 것이다.

그러나 「무도회」의 주인공은 아키코가 아니다. 주인공은 어디까지나 해군장교이다. 물론 작품 전반부의 중심인물은 아키코이다. 그러나 해군장교가 아키코의 아름다움을 칭찬하여 왓츠(George Frederic Watts, 1817~1904)[39]의 그림 속의 공주에 비교했을 때 아키코가 '왓츠를 몰랐다'고 하자, 그 순간 작품의 중심인물은 해군장교로 넘어간다. 그는 자신도 파리의 무도회에 가보고 싶다는 아키코의 말에 '무도회는 어디나 똑같은 것'이라며 '비웃는 미소'로 응대한다. 이와 같은 아키코의 무지는 그녀와 해군장교 사이에 깊은 골을 만들며, 작품의 주제는 해군장교의 인식을 통해 드러나게 한다.

해군장교는 인간의 삶이란 '사방으로 어둠을 가르며, 막 사라지려 하는' '불꽃'과 같은 존재에 불과한 것이라고 인식하며, 공허감을 느낀다. 삶이란 '불꽃'처럼 순간적인 감동에 불과한 공허한 것이라는 해군장교의 인식이 이 작품의 주제인 것이다. 그 주제는 2부에서 청

---

39) 영국의 화가, 조각가. 라파엘로 전파에 속하며, 작품은 시적이며 우화적인 것이 특징이다. 초상화나 역사화를 많이 제작하였다.

년 작가와 32년 후 H노부인이 된 아키코와 대화에서 확연해 진다.

> "부인께서는 그 프랑스 해군장교의 이름을 모르십니까?"
> 그러자 H노부인은 뜻하지 않은 대답을 했다.
> "알고 있고 말구요. Julien Viaud라는 분이셨습니다."
> "그러면 로티였군요."
> 청년은 유쾌한 흥분을 느꼈다. 그러나 H 노부인은 이상하다는 듯
> 이 청년의 얼굴을 바라보면서 몇 번이나 이렇게 중얼거릴 뿐이었다.
> "아니요, 로티라는 분이 아니었습니다. 줄리앙 비오라는 분이었습니다."[40]

여기서 중요한 것은 H노부인이 된 아키코가 32년 전 무도회에서 함께 춤을 춘 줄리앙 비오라는 해군장교가 「오키쿠산」의 작가 피에르 로티라고 하는 사실을 모른다고 하는 아이러니이다. 이러한 아이러니는 H노부인에게 17세 소녀 시절의 무도회 추억은 지식으로서가 아니라 찰나적 감동으로 남아있는 만큼 지금은 기억에 남아있지 않다는 사실을 의미한다. 주목해야 할 것은 위와 같은 아키코상을 어떻게 이해해야 하는가이다. 그 문제를 개고의 문제와 관련지어 조금 더 자세히 검토해 보자. 위 인용문 세 번째 줄 이하가 「신초(新潮)」

---

[40] 위의 책, pp.256~257.
「奥様はその仏蘭西の海軍将校の名を御存知ではございませんか。」
するとH老夫人は思ひがけない返事をした。
「存じておりますとも。Julien Viaudと仰有る方でございました。」
「ではLotiだつたのでございますね。」
青年は愉快な興奮を感じた。が、H老夫人は不思議さうに青年の顔を見ながら何度もかう呟くばかりであつた。
「いえ、ロティと仰有る方ではございませんよ。ジュリアン・ヴィオと仰有る方でございますよ。」

에서 발표된 초출고에서는 다음과 같이 종결되고 있다.

> "알고 말구요. 줄리앙 비오라는 분이셨습니다. 당신도 알고 계시겠
> 지요? 이는 그 『오키쿠부인』을 쓰신 피에르 로티라는 분의 본명이니
> 까요."41)

여기서는 H노부인은 32년 전에 자신과 춤을 춘 사관이 피에르 로
티라는 사실을 확실히 알고 있는 것으로 되어 있다. 이러한 개고의
문제는 정반대의 아키코상을 만들어냄으로써, 지금까지 작가의 의
도나 작품의 평가와 관련하여 많은 논란을 불러 일으켰다. 우선 부
정적인 입장으로는

> 외국 사관이 피에르 로티였다는 사실을 당시의 한 소녀로 하여금
> 말하게 하고 있는데, 그것은 단지 입을 빌린 것일 뿐으로, 그것은 작
> 자가 독자를 향해 대변하고 있다는 사실이 너무 빤히 보여 모처럼의
> 발상의 감흥도 반감되고 있다고 생각된다.42)

와 같이 작자의 실수로 보는 것이 지배적이었다. 이에 대해, 미요시
유키오(三好行雄)는 '다른 어떤 소설의 주인공보다, 아키코는 류노스

---

41) 위의 책, pp.379~380.
　　「存じて居りますとも。Julien Viaudと仰有る方でございました。あなたも御
　　承知でゐらつしやいませう。これはあの『お菊夫人』を御書きになつた、ピエ
　　ル・ロティと仰有る方の御本名でございますから。」
42) 水守亀之助,「新春の創作を評す」(「文章世界」1920. 2), p.150.
　　外国士官がピエル・ロティであつた事を当時の一少女して語らせてゐるが、
　　それは唯口を借りた迄であつて、それは作者が読者に向かひ代辯してゐるのが
　　見え透いて、折角の思ひ付きも半ば興奮を感殺すると思ふ。

케에게 사랑받고 있다. 그녀는 가장 수려한 의상을 입혀 놓은 마네
킹이다'43)라고 하며 개고의 문제를 작가의 실수로 보는 것은 작자의
치밀한 기교를 부당하게 해석한 과소평가라 하고 그것의 정정을 주
장하고 있다. 미요시 유키오는 아키코의 '무지'조차 그녀의 미의 조
건으로 보며, 그녀를 '마네킹'과 같은 완벽한 미의 상징으로 파악하
고 있는 것이다. 이러한 파악이 발단이 되어 지금까지 아키코상은
일본개화의 완벽한 미의 상징으로 보는 것이 정설화되어 있다. 이에
대해 재반론한 것이 미야사카 사토루(宮坂覚)로 그는 작가가 추구한
아키코의 완벽한 미화와, 그녀가 당시 일본에 널리 알려져 있던 왓
츠를 모른다거나 줄리앙 비오가 피에르 로티였다는 사실을 모른다
는 무지에서 구성상의 파탄을 지적하며 그것은 메이지시대의 개화
에 대한 다이쇼시대인으로서의 비판에서 비롯된 것이라고 하고 있
다.44)

이와 같이 개고의 문제는 아키코상과 구성의 문제를 중심으로 여
러 가지 논의를 불러일으켰다. 그러나, 아키코를 완벽한 미의 상징
으로 파악하든, 피상적 개화의 상징으로 파악하든 그것은 어디까지
나 아쿠타가와라고 하는 남성작가에 의한 글쓰기와, 남성 비평가들
에 의한 글읽기에서 비롯된 결과라 할 수 있다. 그 근거는 첫째로 이
소설은 역사적으로 메이지 천황의 생일을 축하하는 천장절(天長
節)45)의 행사인 무도회를 배경으로 하고 있다는 점에서 찾을 수 있

43) 三好行雄,「青春の<虚無>ー「舞踏会」の世界ー」(『芥川竜之介作品論集
成』第四巻, 翰林書房, 1999), p.23.
44) 宮坂覚,「「舞踏会」試論ーその構成の破綻をめぐってー」(『芥川竜之介作品論
集成』第四巻, 翰林書房, 1999. 6)
45) 천황 탄생의 축일. 1868년(메이지 1년) 제정. 제2차 세계대전 후 천황탄생일로

다. 즉, 작가는 남성의 지배 논리인 가부장제의 정점인 천황제를 그대로 긍정·수용하여 작품의 베이스로 삼고 있는 것이다. 둘째로, 미요시처럼 아키코를 철저히 미화된 여성상으로 파악할 경우, 화려한 외모, 외국어 실력, 무도 실력과 함께 왓츠가 누구인지, 줄리앙 비오가 누구인지를 모른다는 지성의 결여도 그녀의 미의 요소가 된다는 것이다. 그녀의 미는 '풋풋한' 즉 아직 성숙하지 않은 미숙성을 지니고 있으며, 그녀는 사랑받는 '마네킹'과 같은, 그래서 스스로는 경험하고 판단할 수 없는 존재이다. 그러한 아키코에 비해 로티는 그녀보다 세상을 많이 경험하고 판단할 수 있는 성인남성으로 그려지고 있다. 따라서 그는 '상냥하게 아키코의 얼굴을 내려다보며, 가르치는 듯한 어조'로, 그녀에게 '저는 불꽃에 대해 생각하고 있었습니다. 우리들의 생과 같은 불꽃을' 과 같은 태도로 말하고 있다. 이와 같은 장소와 인물 묘사로 볼 때 아키코에게는 젊었을 때 함께 춤을 춘 상대가 누구이든간에 아름다운 추억만이 중요한 것이다. 그것은 감정의 문제이다. 그녀의 삶의 방법은 찰라적 감동으로 살아가는 비이성적인 것으로 조형되어 있다. 그에 대해 2부에 등장하는 청년작가는 대조적인 삶의 자세를 보이고 있다. 청년작가는 삶을 지식으로 이해하고자 한다. 그는 실제 줄리앙 비오와 만난 적은 없지만 지식으로서 피에르 로티와 줄리앙 비오가 동일인물임을 알고 있다. 이러한 청년의 삶의 자세는 그 당시의 감동만을 추억으로 기억하는 아키코의 삶과는 대조적으로 구성되어 있는 것이다. 그에 비해 미야사카와 같이 그녀를 피상적인 개화의 상징으로 파악한다고 해도 그에

개칭. 여기서는 메이지 천황의 생일.

는 다분히 남성비평가의 시선이 개입된다. 피상적 개화의 상징이 여성이어야 할 필연성은 존재하지 않는다. 피상적 개화의 상징으로 여성을 텍스트화하고 해석하는 것은 남성 위주의 논리에서 온 것이라 할 수 있다.

본서의 제2장에서 「도적떼」의 아코기가 '모성과 순진무구의 구현자'임을 검토했다. 아쿠타가와에게 있어 가부장적인 천황제 가족주의의 이론을 배경으로 하는 여성조형의 하나로 아코기형을 만들어냈음을 여기서 상기해도 좋을 것이다. 여성의 무지는 남성중심주의 이데올로기 입장에서는 결코 부정적인 것이 아니었다 그와 같은 여성성은 남성에 의해 교화됨으로써 성숙해 가야 하는 존재였다. 피상적인 개화의 상징을 여성을 통해 구현하고자 하는 것은 남성중심주의 논리로 여성을 해석한 결과에 불과하다. 이와 같은 남성원리에 의한 소설 서술과 인물비평은 이 작품이 2부의 청년 작가의 시점에서 이야기가 종결되고 있는 점에서도 엿볼 수 있다. 즉, 1부에서 철저한 미의 구현체로 작품의 중심 역할을 했던 아키코는, 2부에서는 청년 작가의 시점에서 피상적인 개화의 상징으로 해석의 대상이 되고 마는 것이다. 아키코의 인물조형의 분열은 아쿠타가와라는 남성작가가 다이쇼시대의 시점에서 메이지시대의 풍속과 인간을 파악하려 한데 근본적인 원인이 있었다고 해야 할 것이다.

따라서 아키코를 완벽한 미의 상징으로 파악하든 피상적인 개화의 상징으로 파악하든 그녀는 어디까지나 아쿠타가와라는 남성작가, 미요시 유키오, 미야사카 사토루라는 남성비평가의 눈이라는 남성원리에 의해 조형되고 해석되는 존재인 것이다.

제5절 맺음말

이상에서 살펴 본 바와 같이, 「무도회」는 오리엔탈리스트로서의 로티의 『가을의 일본』을 의식한 네이티브 작가의 담론이라 할 수 있다. 따라서 『가을의 일본』에서 로티가 중심문화로서의 유럽의 문화, 유럽의 사람과 비교하며 끊임없이 해석하며 타자화시켰던 일본문화, 일본인을, 아쿠타가와는 「무도회」에서 로쿠메이칸의 무도회, 아키코의 미화에 의해 대응하고 있다. 그것은 어디까지나 혼종문화를 전제로 하며 요는 그것을 긍정할지 말지에 있었다. 그러나 중요한 것은 오리엔탈리즘보다 페미니즘일 것이다. 남성작가에 의해 주연적 존재로 타자화되었던 일본여성은 자국의 남성작가에 의해 다시 한 번 타자화되고, 그러한 여성상에서 이상적인 여성상, 혹은 피상적 개화의 상징을 읽는 비평가, 독자들에 의해 이중 삼중으로 타자화되고 있다 할 수 있다.

이러한 아키코의 타자화의 원인은 앞에서 살펴 본 작가의 부정적인 여성인식에서 비롯된 것이라 할 수 있으며, 또 한편으로는 메이지시대에 공교육을 통해 확고해 진 천황제를 정점으로 하는 가부장적 가족주의가 강조하는 현모양처주의의 영향도 있었을 것으로 생각된다. 그것은 본서의 1부에서 확인해 둔 바와 같다. 아쿠타가와는 그와 같은 당시의 여성관에 무비판적이었고 그 결과 작품 안에서 여성은 사회적으로 비주체적이고 열등한 존재로 타자화된다. 단 그에게 있어 여성의 미의 가치는 오히려 그와 같은 타자화된 존재와 관련이 깊다. 그 점에서 아쿠타가와의 여성표상의 모순을 보아도 좋을 것이다. 이와 같은 문학에 있어서의 여성의 이중, 삼중의 타자화는

여성들을 남성중심주의 문화로부터 소외시키고 사회적으로 열등한
존재로 억압하는 기능으로 작용하게 된다.

제4장
캐리컬처화되는 '원주민 정보원'
-「손수건(手巾)」을 중심으로-

제1절 들어가며

「손수건(手巾)」은 1916년 10월 1일에 발행된 「중앙공론」 제31년 제2호에 발표된 아쿠타가와의 초기작이다. 소재에 대해서는 구메 마사오(久米正雄)가 「비쿠쇼수필(微苦笑随筆)」에서의 언급을 살펴보자.

이 「손수건」이라는 것은 이치노미야(一宮)에서 쓴 것인데, 원래 그 소재는 제 것이었습니다. 니토베(新渡戸)씨에 대해 쓴 것으로 이치노미야에서 잡담하고 있는 동안 제가 이런 것을 쓰려고 한다고 하자, 「나에게 그 소재를 주지 않겠나? 중앙공론에서 원고를 청탁받았네」라고 해서 제가 이야기해 준 것입니다.46)

---

46) 久米正雄, 「微苦笑随筆集」(文芸春秋新社, 1953), pp.185~186.
　この「手巾」といふは、一宮にゐて書いたものですが、元々、あの材料は僕のものだつたのです。新渡戸さんのことを書いたもので、一宮で雑談してゐるうちに、僕がかう言ふものを書かうと思つてゐるといつたら、「僕にそれをくれないか、中央公論から頼まれて来てゐるんだ」といふ訳で僕が話してやつたものです。

즉, 「손수건」은 니토베 이나조(新渡戶稻造, 1862~1933)를 모델로
한 작품임을 알 수 있다. 아쿠타가와 자신도 1916년 9월 25일 하타
도요키치(秦豊吉)에게 보낸 서간에 '중앙공론에는 니토베 이나조(新
渡戶稻造)씨에 대해 썼기 때문에 사회적 반향이 저에게 불쾌하지 않
을 것을 기도하고 있습니다'[47]라고 했고, 이와모리 기이치(岩森亀一)
가 소장한 초고의 제목도 「무사도(소품)-구메에게 바친다(武士道(小
品)-久米に献ず)」라고 되어 있는 것을 보면 같은 니토베를 모델로
한 구메의 「어머니(母)」(「新思潮」, 1916. 8)를 의식하여 집필된 것을
알 수 있다.

주제는 '신사조를 읽을 수 있는 독자는 대개 중앙공론도 보겠지만,
신이지파라고도 할 수 있는 그의 소설중 특히 문명비판을 목적으로
한 「손수건」같은 것은 특히 주의해서 읽어 주었으면 좋겠다'[48]라는
언급에서 알 수 있듯이, 일반적으로 무사도에 대한 비판과 같은 문
명비판으로 알려져 있다. 그러나 작품의 완성도에 관해서는 연구자
에 따라 의견이 분분하다. 우선 아쿠타가와 자신은 '작품으로서는
거칠어서 못 쓰겠다'[49]고 하면서도 '「손수건」은 나로서는 그다지
자신은 없지만 세평은 좋다'[50]고 말하는 것으로 보아 어느 정도는
만족하고 있음을 알 수 있다. 긍정적인 평가로서는 에구치 기요시
(江口渙)가 처녀창작집 『라쇼몬』 간행 당시 '특출나게 신선한'[51] 작

47)「1916年 9月25日秦豊吉宛書簡」,『전집』제18권, p.53.
48)「新思潮」第一年第八号「編輯の後に」(平野清介『雑誌集成芥川龍之介全像』
　一, 明治大正昭和新聞研究会, 1983), p.152.
49) 위의 책, p.53.
50)「10月8日井川恭宛手紙」,『전집』제18권, p.55.
51) 江口渙,「芥川君の作品」(「東京日日新聞」1917. 6. 7)[関口安義編,『芥川竜

품으로 거론한 것, 미시마 유키오가 「남경의 기독 외 7편(南京の基督他七編)」에서 '이것을 권두에 둔 것은 아쿠타가와의 작품 중에 가장 완성된 콩트라고 믿기 때문이다'[52]라고 말한 것을 들 수 있다. 그에 대해 부정적인 평가로서는 기리 우마오(斬馬生)의

> 이 작품은 결코 잘 된 것이라고 생각하지 않는다. 주인공의 성격이 완전히 엉망이다. 그리고 또한 학생의 죽음에 대해 들었을 때, 더구나 그 미망인 어머니 앞에서 취하는 태도는 너무 어리석을 정도이다. 첫째로 무엇을 쓰려고 한 것인지 잡다하여 알 수 없다. 그리고 그 손수건이 결국은 원고의 주제로 변신해 버린 우스운 작품이다.[53]

라는 혹평을 들 수 있다. 다야마 가타이(田山花袋) 역시 '중앙공론에서는 아쿠타가와 류노스케씨의 「손수건」을 읽었다. 이런 작품의 재미를 나로서는 알 수 없다. 어디가 재미있다는 것인가 하는 기분이 든다'[54]라며 자연주의 입장에서 비판하고 있다. 이들 비판은 모두 주제가 애매하다는 데 있다는 사실은 일단 주의해 두어야 할 것이

之介全研究資料集成』第一巻(日本図書センター, 1993)], p.71.

52) 三島由紀夫, 「南京の基督他七編」(「角川文庫旧版解説」, 1956)[「文芸読本芥川竜之介」(河出書房新社, 1983), p.36.]

53) 斬馬生, 「十月の文壇」(「帝国文学」1916. 11)[関口安義編, 『芥川竜之介全研究資料集成』第一巻(日本図書センター, 1993)], p.50.
この作物は決して上出来だとは思はない。主人公の性格が少しもなつてゐない。そしてまた生徒の死を聞いた時の、しかもその未亡人の母の前での態度なぞは、あまりに愚かなほどである。第一に何を書かうとしたのか雑然としてわかつて来ない。そしてその手巾がたうたう原稿の主題に化けてしまつたといふ滑稽な作である。

54) 田山花袋, 「一枚板の机上-(十月の創作其他)-」(「文章世界」1916. 11)[関口安義編, 『芥川竜之介全研究資料集成』第一巻(日本図書センター, 1993), p.48]

다. 그러나 전반적으로는 우노 고지(宇野浩二)의 '호평이 날 때는 묘한 것이라 이것은 중앙공론에 났다고 하는 것만으로도 눈길을 끌었고'[55]라는 평가처럼 범작이라는 것이 평균적이다.

　이상과 같은 작품의 완성도를 둘러싼 다양한 의견은 '무사도'라는 모티브에 대한 선호도나, 그에 따른 등장인물의 파악 방법의 차이에서 생길 것이다. 그러나 본서에서는 같은 문화권의 동시대평을 떠나화자, 아니 아쿠타가와라는 작가의 시각에 담겨 있는 정치성, 즉 오리엔탈리즘 비평, 혹은 포스트콜로니얼 비평과 통하는 창작방법에 착목하여 작품을 분석해 보고자 한다. 그것은 동시대 평론가로서는 생각지도 못 한 비평방법일 것이다. 그러나 작품의 주제(의도)가 문명비판에 있다고 한다면 아쿠타가와는 일본문화를 상대화하여 파악하는 방법을 모색하고 있었던 것은 아닐까라는 가설을 세울 수 있기 때문이다. 그 방법으로서 오리엔탈리즘 비평, 혹은 포스트콜로니얼 비평과 통하는 상대화 방법의 획득에 대해서는 앞장에서 언급했으며, 그것은 아쿠타가와문학의 본령이라 할 수 있는 메이지시대의 일본문화비판에서 찾을 수 있다는 사실은 주목할 만한 것이다.

　작품의 모델인 니토베 이나조의 '무사도'라는 극히 일본적인 윤리도덕을 이문화적 입장에서 보면 어떻게 될까? 국제인으로 알려져 있는 니토베와 일본적 '무사도'의 배합에 작가 아쿠타가와는 일본문화의 이문화성을 새삼 자신의 과제로서 거리를 두고 바라보려 한 것은 아닐까? 이러한 문제의식 하에 본장에서는 「손수건」의 주요 등장인물인 하세가와 긴조(長谷川謹造)와 니시야마부인(西山夫人)이라

---

55) 宇野浩二, 『芥川竜之介』(文芸春秋社, 1953), p.327.

는 두 인물상을 분석하고, 그에 기초하여 작품의 주제를 재검토해 보기로 한다. 그러한 검토는 작가의 현실에 있어서의 문명 파악방식이나 미의식을 규명하는 작업이 될 것이다. 그리고 그것이 작가의 현실과 어떻게 관련되는가 하는 것은 다음 과제일 것이다.

제2절 『무사도(武士道)』의 저자, 니토베 이나조(新渡戸稲造)

작품의 주인공인 하세가와선생은 위에서 언급한 바와 같이, 니토베 이나조를 모델로 하여 조형된 인물이다. 아사노 요(浅野洋)는 이에 대해 다음과 같이 말하고 있다.

> 「손수건」의 원형이 적절하게도 「무사도」라는 제목으로 되어 있듯이, 아쿠타가와의 시선은 니토베 이나조라는 '인간'보다도 그의 대표작 「무사도」에 집중되어 있으며 그 <서적>을 필터로 하는 서적 속 세계의 재구성을 목표로 하고 있는 느낌이 든다.[56]

다시 말해, 작자는 사상가와 교육자로서의 니토베 이나조라는 인물을 그의 대표작『무사도(武士道)』를 중심으로 하세가와선생의 인물조형을 하고 있다는 것이다. 따라서 이 작품의 하세가와선생의 인물상을 고찰하기 위해서는 작품의 외부 정보로서『무사도』의 저자

---

56) 浅野洋,「「手巾」私注」(「立教大学日本文学」五一, 1983. 12), p.11.
   「手巾」の原型がいみじくも「武士道」と題されていたように、芥川の視線は、新渡戸稲造という '人間'よりも、彼の代表作「武士道」に注がれ、その '書物'をフィルターとする極めてブッキッシュな世界の再構成をめざしたように思われる。

니토베 이나조가 어떤 인물이었는지를 확인해 둘 필요가 있다.

니토베 이나조는 다이쇼(大正) 데모크라시57) 시대의 대표적인 리버럴리스트의 한 사람으로 젊었을 때 '태평양의 다리'가 되고자 뜻을 품고 한 평생을, 한편으로는 일본사상·사정을 외국에 전하고, 또 한편으로 외국사상·사정을 일본에 전하는 데에 바쳤다. 1875년에 도쿄영어학교에 입학하여 영어, 영문학 등을 배우고 16세 때 삿포로(札幌) 농업학교에 입학하여 윌리엄 클락(William S. Clark)이 남긴 「예수를 믿는 자의 계약」에 서명하고, 이듬 해 세례를 받아 크리스찬의 생애를 보내게 된다. 그리고 나서 1884년 23세로 미국에 건너가 존스 홉킨스대학에서 3년간 경제학, 역사학, 문학을 배우고 그 동안 나중에 부인이 되는 메리 엘킨튼과 만나 퀘커 교도가 된다. 1887년부터는 독일로 유학을 가 거기에서 엘킨튼과 결혼하고 같은 해 귀국하여 삿포로농업학교 교수가 된다. 그러나 뇌신경이 쇠약해져 요양을 하기 위해 미국에서 2년을 보낸다. 그 동안 영문으로 *Bushido : The Soul of Japan*"(필라델피아 출판, 1899년. 이하『무사도』)를 집필하고, 1899년 미국에서 출판, 국제인으로 명성을 높인다. 나중에 귀국하여 교토제국대학의 식민정책 강좌의 담당교수가 되고 이후 학자, 교육자로서의 그의 생애가 시작된다. 특히 1906년부터 7년 동안 제일고등학교의 교장에 취임하여 청년들과의 개인적, 인격적 접촉을 통해 많은 청년들에게 영향을 준다. 또한 니토베는 1911년에는 미일 교환교수로서 미국에서, 1918년에는 도쿄제국대학에서 미국 건국사

---

57) 러일전쟁 후에서 다이쇼시대 말기 사이에 각 방면에 나타난 민주주의적, 자유주의적 경향. 헌정옹호운동(憲政擁護運動), 보통선거운동, 요시노 사쿠조(吉野作造)의 민주주의운동, 일련의 자유주의·사회주의 사상의 고양이 있었으며, 종래의 제제도(諸制度)·제사상(諸思想)의 개혁이 시도되었다.

에 관한 특별 강의를 했다. 이렇게 행동반경이 넓은 그의 업적 전체를 관통하는 것은, 동양과 서양의 융화에 대한 신념과 그 실천이었다. 그리고 그 신념의 대표적 실천이라고 할 수 있는 것이 『무사도』였던 것이다.

이러한 『무사도』는 이듬 해 일본에서도 간행되고, 프랑스어, 독일어 등 7개 국어로 번역된다. 그 부제가 *The Soul of Japan*이라는 사실에서도 알 수 있듯이, 일본 정신의 정수는 무사도에 있다는 것이 저자의 중심생각이다. 즉 니토베는 무사계급의 도덕적 존재 양상을 규율지어 온 무사도를 '일본의 혼'으로 파악하고, 도덕체계로서의 무사도가 말하는 의(義)・용(勇)・감위견인(敢爲堅忍)의 정신・인(仁)・예(礼)・성(誠)・명예(名譽)・충의(忠義)・극기(克己) 등의 덕목은 단순히 무사계급에 머무르지 않고 널리 인간형성에 있어서의 보편적 규범이라고 하고 있다. 그렇게 생각하면 이 저서는 일본적 발상의 결과라고 할 수 있을 것이다. 그러나 저자는 제1판 서문에서 다음과 같이 기술한다.

> 이 저술 전체를 통하여 나는 자신이 논증하는 바를 유럽의 역사 및 문학에서 유사한 예를 들어 설명하려고 시도했다. (중략) 또한 나는 신이 모든 민족 및 국민의 사이에─이방인이든 유대인이든 기독교도든 이교도든을 막론하고─「구약」이라 일컬어진 계약을 맺었다는 사실을 믿는다.[58]

---

58) 新渡戸稲造, 「武士道」, 『新渡戸稲造全集』第一巻, 矢内原忠雄訳(教文館, 1969), p.18.
　この著述の全体を通じて、私は自分の論証する諸点をヨーロッパの歴史及び文学からの類例を引いて説明することを試みた。(中略)更に私は神がすべての民族及び国民との間に─異邦人たるとユダヤ人たると基督教徒たると異教徒た

여기서 우리는 저자의 세계관이 다분히 서구—특히 앵글로 색슨족 중심의 기독교—중심의 역사인식에 기초하고 있음을 알 수 있다. 따라서 니토베는 본문 도처에서 무사도의 덕목을 기독교의 그것과 비교하고 있다. 비교란 말할 것도 없이 융합에 의한 보편화를 목적으로 하는 것이다. 무사도의 특이한 덕목을 기독교의 윤리관으로 해석하고자 하는 것이다. 예를 들어 명예라는 장에서 무사도의 '비전투적 비저항적인' '유화(柔和)'성에 대해, 그는 '이런 말들은 나로 하여금 기독교 교훈을 상기시키며, 그래서 실천도덕에서 자연종교도 얼마나 깊이 계시종교에 접근할 수 있는지를 나에게 보여주는 것이다'59)라고 하고 있다. 이는 자연종교인 일본 무사도가 진리로서 정당성을 얻기 위해서는 계시종교로서의 기독교 정신에 부합해야 한다는 보편화 처리의 방법인 것이다. 이런 식으로 니토베는『무사도』도처에서 무사도를 설명하면서 서구 기독교 정신에 부합하는 점을 찾아내어 그 정당성을 주장하고 있다. 결과적으로『무사도』는 기독교 중심의 서구 세계관으로 일본의 정신을 해석하고, 특수와 보편을 변증법적으로 재번역함으로써 그 정당성을 서양인에게 묻는 담론이라고 할 수 있을 것이다.

이러한『무사도』의 저자 니토베의 자세는 에드워드 W. 사이드가 말하는 '원어민정보원(Native Informant)'이라는 개념으로 설명할 수 있다. 서장에서 간단히 언급한 바와 같이, 사이드는『오리엔탈리

るとを問はず—「旧約」と呼ばるべき契約を結び給うたことを信ずる。

59) 위의 책, p.73.
　之等の言は吾人をして基督教の教訓を想起せしめ、而して実践道徳に於ては自然宗教も如何に深く啓示宗教に接近し得るかを吾人に示すものである。

즘』에서 오리엔탈리즘(Orientalism)이란 서양에 의해 발견, 기록, 정의, 창조, 산출된 동양, 즉 서양인이 만들어낸 오리엔트 개념으로 원래부터 존재하는 오리엔트와는 상당히 동떨어진 것이며, 이러한 오리엔탈리즘이라고 하는 반복되는 타자의 이미지의 증폭이 얼마나 서양의 제국주의에 의한 억압과 착취의 구조를 고정화시켰는지를 고찰하며 폭로하고 있다. 그리고, '서양과 동양 사이의 관계는 권력관계, 지배관계, 그리고 다양한 헤게모니의 관계'이며, '오리엔탈리즘'이란 '오리엔트에 대한 유럽의 지배의 양식'이자 '자의적인 신화'라고 하고 있다.[60] 그리고 마지막으로, '동양인 학자는 오리엔탈리즘의 체계를 <조작>할 수 있게 되므로, 그들이 스스로 미국에서 받은 훈련 성과를 이용하여 자기 국민에 대한 우월감을 갖게 되는 것은 불가피한 일이라고 하고 있다. 그러나 유럽인 또는 미국인 오리엔탈리스트라고 하는, 자기보다 상위에 있는 인간관계로 말하자면, 그들은 단순히 <원어민정보원(Native Informant)>에 불과하다'[61]고 하고 있다. 기독교 중심의 서구 세계관으로 무사도 즉 일본의 정신을 해석하고, 특수와 보편을 변증법적으로 재번역함으로써 그 정당성을 서양인에게 묻는 니토베의 태도는 바로 '원어민정보원'의 그것이라 할 수 있을 것이다.

그렇다면 아쿠타가와는 그러한 니토베의 태도를 어떻게 인식하고 있었을까? 아쿠타가와의 제일고등학교 재학기간은 1910년 9월부터 1913년 7월까지이므로, 그는 니토베와 직접 접촉할 기회가 있었을

---

60) 그러한 오리엔탈리즘은 19세기 후반에서 시작되어 유럽의 오리엔트 식민지배 확대의 시대인 제2차세계대전 때 정점에 달했다고 한다.

61) Edward W. Said, 『오리엔탈리즘』, 박홍규 역(교보문고, 1991), pp.516~517.

것이다. 실제로 아쿠타가와는 「내일의 도덕(明日の道德)」(1924. 6)이
라는 강연에서 제일고등학교 재학시절 니토베의 윤리강의를 듣고
매우 분개했으며, 그것이 3, 4년이나 계속되었다는 이야기를 하고
있다. 이는 아쿠타가와 본인이 직접 니토베에 대한 감상을 표현한
것으로 매우 흥미롭다 할 수 있겠는데, 그렇다면 여기서 말하는 아
쿠타가와의 분개란 구체적으로 무엇을 의미하는 것일까?

　「내일의 도덕」이라는 강연은 1924년 6월 10일 제22회 전국교육자
협회에서 교원을 청중으로 이루어진 것이다. 아쿠타가와는 이 강연
에서 메이지 이전의 도덕은 봉건주의 도덕이었다는 언급으로 시작
한다. 그것은 '오늘날의 눈으로 보면 몹시 현실과 동떨어진, 매우 이
상적인 실천 곤란한 도덕'이며 '충신, 효자, 열녀와 같은 이상적인 인
물을 하나의 기준으로 삼아 그 전형적인 인물에 그것을 합치시키려
고 노력한다'[62]고 하고 있다. 그리고 그와 같은 봉건도덕을 보존시
킨 조건은 '비판정신의 결핍'이라고 역설하고 있다. 아쿠타가와가 생
각하는 '봉건주의 도덕'은 인간이 우선하는 인간중심주의가 아니라
비인간적이고 엄격한 덕목이 우선한다고 하는 인간소외의 도덕중심
주의에 그 특징이 있음을 알 수 있다. 그러한 전제 하에 그는 학생시
절에 들은 니토베의 강의내용에 대해 언급한다. 강의는 '인간은 여
러 가지 추한 속성을 가지고 있으므로 친구끼리라도 추한 것을 그대
로 드러내면 서로 정이 떨어져서 세상은 유지되지 않는다'라는 말로
시작되었다고 소개한 후, '우리 자신에게 아무리 추한 면이 있다 하
더라도 그것이 있는 것은 사실이다. 사실을 호도하는 것은 당치도

---

[62] 「明日の道德」, 『전집』 제12권, pp.4~5.

않다'[63])고 비판한다. 아쿠타가와가 사용하는 '사실'은 덕목에서 일탈하는 인간의 반윤리적 혹은 비윤리적 행위를 인정하는 하는 말이다. 그 '사실'을 강력히 주장한다는 것은 도덕 이전의 인간중심주의를 주장하는 것이다. 그것은 요컨대 '자아'나 '인간성'을 주장하는 것이라 할 수 있다.

　이상과 같이 생각하면 니토베에 대한 아쿠타가와의 분개는 각 개인의 '자아'나 '인간성'을 무시하고 봉건도덕을 그대로 올바른 일본의 정신이라 확신하며 서양에 소개하거나 청년들에게 강조하는 니토베의 엄격한 윤리관, 그리고 그 배후에 숨겨져 있는 '비판정신의 결핍'을 향하고 있는 것임을 알 수 있다. 그것은 반인간주의의 윤리에 대한 통렬한 비판으로 아쿠타가와의 비판의 배경에는 '서구중심주의'라는 이념이 옳고 일본의 정신을 억지로 그 이념에 끼워맞추려는 반인간주의에 대한 반성과 비판이 있었다고 할 수 있다. 그와 같은 아쿠타가와의 분개는 그대로 「손수건」의 하세가와선생의 인물조형에 반영된다.

제3절　하세가와선생(長谷川先生)의 인물조형
– 캐리컬처화되는 니토베 이나조 –

　먼저 하세가와선생의 인물상을 고찰하기 전에 작품의 내용을 살펴 보자. 도쿄제국대학 법과대학 교수인 하세가와선생은 어느 날 제자의 어머니, 니시야마부인(西山夫人)의 방문을 받는다. 그런데 자식

---

63) 위의 책, p.11.

의 죽음을 알리는 그녀는 냉정하고 절제된 태도를 보이며 심지어 입가에 미소를 띠기까지 한다. 그 태도를 의아스럽게 생각하던 선생은 떨어진 부채를 줍기 위해 엎드린 테이블 밑에서 손수건을 찢어질 듯 움켜쥐고 떨고 있는 그녀의 손을 보게 된다. 그와 같이 감정을 절제하는 니시야마부인의 모습에서 선생은 무사도의 구현을 보고 그 윤리적 발견에 만족을 느끼며 그 사실을 미국인 부인에게 이야기하고 자신의 글의 소재로 삼고자 한다. 그러나 스트린드 베르그(Johan August Strindberg, 1849~1912)[64]의 극작술을 읽고 나서는 얼굴로는 미소지으며 손수건을 찢는 이중의 연기는 '취미(臭味, 메츠헨)'[65]라 불러야 하며 배우의 상투수단인 '형(型, 마닐)'[66]의 하나라 하며 마음의 조화가 깨져버린다.

이상과 같은 하세가와선생의 인물조형은 니토베의 인물상의 반영이라 할 수 있다. 하세가와선생의 직업은 도쿄제국대학 법과대학 교수로 이름도 니토베 이나조를 연상케 하는 하세가와 긴조(長谷川謹造)이다. 전공은 식민정책의 연구이다. 학자로서뿐 아니라 교육가로서도 명망 있는 그는 '전공연구에 필요하지 않은 책이라도 그것이 어떤 의미에서든 현대 학생의 사상이나, 감정과 관계있는 것은 여가가 있는 한 반드시 우선은 읽어 두는'[67] 성격이다. 또한 그는 '교장

---

64) 스웨덴의 극작가, 소설가. 「영양 줄리」(1888), 「치인의 고백」(1888), 「다마스커스」(1898, 1890). 그의 희곡소설은 다이쇼시대를 중심으로 일본의 문단과 연극계에 큰 영향을 미쳤다. 「극작술(Dramaturgic)」은 배우이 연기방법을 짤막짤막 기록한 연극론.

65) '취미'는 '나쁜 냄새가 난다'는 뜻. '메츠헨'은 독일어의 'Mätzchen'으로 싫은 느낌.

66) '마닐'은 독일어 'Manier'로 예술상의 수법, 나쁜 의미로는 고정된 형, 작품의 버릇이라는 뜻.

을 겸하고 있는 어느 고등전문학교의 학생이 애독한다는 단지 그 이
유만으로 오스카 와일드(Oscar Fingal O'Flahertie Wills Wilde, 1854~
1900)68)의 프로폰디스라든가, 인텐션즈 같은 작품을 읽는 수고를 마
다 않았을'69) 정도이다. 그래서 선생은 유럽 근대의 희곡 및 배우를
논한 책도 읽었다. 이런 선생의 모습은 제일고등학교의 교장으로 취
임하여 청년들과의 개인적, 인격적 접촉을 통해 많은 청년들에게 영
향을 준 니토베의 인물상과 오버랩되면서 안이하고 낙관적인 사고
방식의 소유자로 느껴지게 한다. 이러한 안이한 사고의 소유자인 선
생은 결혼도 미국인과 하고 항상 '몸소 동서양 사이에 가로놓인 교
량이 되고자'70) 하는 자부심을 가지고 있다. '교량'은 하세가와선생
과 니토베를 이어주는 키워드이다.

그러나 선생이 꿈꾸는 동서의 조화는 어디까지나 서구를 중심으
로 하는 것이다. 그것은 선생 집의 베란다에 걸려 있는 '기후초롱(岐
阜提灯)'을 대하는 선생의 태도에 단적으로 나타나 있다.

특히 일본의 교묘한 미술 공예품은 적지 않게 부인 마음에 들었다.
그래서 기후초롱을 베란다에 매단 것도 선생의 취향이라기보다는 오
히려 부인의 일본 취미가 모습을 드러낸 것이라고 보아도 될 것이
다.71)

---

67) 「手巾」, 『전집』 제1권, p.265.
68) 영국의 시인, 극작가, 소설가. 세기말 문학, 유미파의 기수로 알려져 있다. 소설
「도리안 그레이의 초상」(1891), 희곡 「살로메」(1893) 등이 있다. 「드 프로폰디
스(De Profundis)」는 「옥중기」이고, 「인텐션즈(Intentions)」는 예술론집 「의
향」을 말한다.
69) 「手巾」, 앞의 책, p.265.
70) 위의 책, p.267.

기후초롱은 '일본문명'의 상징으로서 선생의 미국인 부인 마음에 들었다. 그래서 선생 집 베란다에 내걸릴 자격이 있는 것이다. 일본의 섬세한 미술 공예품은 미국인 부인의 취미라는 서구의 미적 기준에 부합하고 있기 때문에 비로소 그 미적 가치를 인정받는 것이다. 그것은 '일본의 정신적 문명'에 대한 다음 설명에서 좀 더 직설적이고 노골적인 형태로 언급된다.

선생이 믿는 바에 의하면, 일본의 문명은 최근 50년 동안 물질적 방면에서는 상당히 현저한 진보를 보이고 있다. 그러나 정신적으로는 거의 이렇다 할 진보를 찾아 볼 수도 없다. 아니, 오히려 어떤 의미에서는 타락했다. 그럼 현대 사상가의 급선무로서 이 타락을 구제할 방법을 강구하려면 어떻게 해야 좋을까? 선생은 이것을 일본 고유의 무사도에 의할 수밖에 없다고 판단했다. 무사도라는 것은 결코 편협한 섬나라의 도덕으로 다루어질 수 있는 것이 아니다. 도리어 그 안에는 구미 각국의 기독교적 정신과 일치할 만한 것이 있다. 이 무사도에 의해 현대 일본의 사조에 귀착점을 알릴 수 있다면, 그것은 비단 일본의 정신적 문명에 공헌하는 것만이 아니다. 나아가서는 구미 각 국민과 일본국민의 상호 이해를 용이하게 한다는 이점이 있다. 또는 국제간의 평화도 앞으로 촉진되는 바가 있을 것이다.72)

---

71) 위의 책, p.266.
　殊に、日本の巧緻な美術工芸品は、少なからず奥さんの気に入つてゐる。従つて、岐阜提灯をヴェランダにぶら下げたのも、先生の好みと云ふよりは、寧、奥さんの日本趣味が、一端を現したものと見て、然るべきであらう
72) 위의 책, pp.266~267.
　先生の信ずる所によると、日本の文明は、最近五十年間に、物質的方面では、可成顕著な進歩を示してゐる。が、精神的には、殆、これと云ふ程の進歩も認めることが出来ない。否、寧、或意味では、堕落してゐる。では、現代における思想家の急務として、この堕落を救済する途を講ずるのにはどうしたらいい

　여기서 우리가 알 수 있는 하세가와선생의 인식은, '일본의 정신적 문명'의 타락을 구제하는 일본 고유의 정신으로서의 무사도가 편협한 섬 국민의 도덕에 머무르지 않고, 구미 각 국민과 일본국민의 상호이해를 용이하게 하며, 국제간의 평화도 촉진하기 위해서는, 구미의 기독교적 정신과 일치할 수 있는 무언가가 없어서는 안 된다는 것이다. 그러나 이에는 논리의 허구가 있다. '무사도'가 일본의 특수임에도 불구하고 '현대일본의 사조'를 일관하고 있다고 하며 그렇기 때문에 세계적인 것으로 보편화될 수 있다고 하는 궤변이다. 무릇 보편과 특수는 본질적 차이를 바탕으로 하고 있는 것으로 안이하게 변환할 수 있는 것은 아니다. 이문화의 충돌이라는 현실이 학문적 과제가 되고 있음은 오늘날의 상식이다. 그러나 하세가와선생은 너무나 간단히 특수가 보편으로 전환될 수 있다고 생각하는 것이다. 그곳에 어둡게 도사리고 있는 것이 바로 다름 아닌 사이드가 말하는 오리엔탈리즘일 것이다.

　이와 같은 아폴리아의 존재에 대해 하세가와선생은 전혀 망설임이 없다. 그러한 그의 인간성에는 기독교 중심의 서구적 세계관에 의해 일본의 정신을 해석하는 것이 가능하다고 하는 『무사도』의 저자, 아니 그보다는 기독교도로서의 니토베의 인간상이 반영되어 있다고 할 수 있을 것이다. 그렇다면 하세가와선생은 사이드가 말하는

のであらうか。先生はこれを日本固有の武士道による外はないと論断した。武士道なるものは、決して偏狭なる島国民の道徳を以て、目せらるべきものでない。却つてその中には、欧米各国の基督教的精神と一致すべきものさへある。この武士道によつて、現代日本の思潮に帰趣を知らしめる事が出来るならば、それは、独り日本の精神的文明に貢献する所があるばかりではない。惹いては、欧米各国民と日本国民との相好の理解を容易にすると云ふ利点がある。或は国際間の平和も、これから促進されると云ふ事があるであらう。

'원어민정보원'으로서 서양과 동양 사이의 권력관계, 지배관계, 헤게
모니관계에 대해서는 무자각적이고 안이하며 낙관적으로 서양과 동
양 사이의 조화를 믿고 '태평양의 다리'로서 자부를 하고 있던 니토
베의 인물상을 반영한 조형이었던 것이다. 그 조형은 다름 아닌 캐
리컬처이며 그곳에는 말할 것도 없이 다이쇼시대의 비판정신을 가
지고 있는 아쿠타가와의 야유와 조소가 담겨 있다. 캐리컬처란 단순
한 수사가 아니라 아쿠타가와의 시대비판인 것이다.

제4절 니시야마부인(西山夫人)의 여성성 - 인내의 미덕 -

이상과 같은 하세가와선생은 니시야마부인의 행동에 관해서도 같
은 반응을 보인다. 그것의 의미를 생각하기 전에 먼저 생각해야 할
것은 이 작품에서 니시야마부인이 어떤 위치를 차지하는가 하는 문
제이다. 지금까지 고찰해 온 바대로 하세가와선생이 '원어민정보원'
조형이라 한다면 아쿠타가와가 말하는 '서(西)'는 하세가와의 미국인
부인이며 '동(東)'은 니시야마부인이다. 하세가와선생은 말하자면 그
'동'을 '서'에 소개하고 해석하는 역할을 하는 것이다.

따라서 선생에게 보여지는 존재인 니시야마부인이 어떻게 그려져
있는지를 검토해 봄으로써 하세가와선생의 니시야마부인의 행동에
대한 반응이 무엇을 의미하는지 알 수 있을 것이다. 그녀는 다음과
같이 묘사되어 있다.

　　　손님은 선생의 판단을 초월한 고급스런 청회색 홑옷을 입고 있었
　　는데, 그것을 검은 명주 하오리(羽織)가 가슴만 가늘게 남긴 부분에

시원한 삼각형 비취를 마름모 꼴로 드러나게 하고 있다. 머리를 마루마게(丸髷)로 묶고 있는 것은 그런 자잘한 일에 둔한 선생도 금방 알 수 있었다. 일본인 특유의 둥근 얼굴의 호박색 피부를 한 현모다운 부인이다.73)

한마디로, 너무도 평범한 일본의 중년 여성의 전형적인 모습이라서 특별히 개성을 느낄 수 없지만, 선생은 그런 그녀에게서 현모다움을 느끼고 있다. 그러나 아들의 죽음을 알리는 그녀의 인상은 매우 강렬하다.

그 때, 선생의 눈에는 우연히 부인의 무릎이 보였다. 무릎 위에는 손수건을 든 손이 놓여 있다. 물론 이뿐이라면 발견이랄 것도 뭣도 아니다. 떨면서 그것이 감정의 격동을 억지로 참으려고 한 탓인지 무릎 위의 손수건을 양손으로, 찢어질 만큼 꼭 쥐고 있는 것을 알아차렸다. 그렇게 해서 결국 주름투성이가 된 비단 손수건이 고운 손가락 사이에서 마치 미풍에 흔들리듯이 자수가 들어간 가장자리가 흔들리고 있음을 알 수 있었다. – 부인은 얼굴로는 웃고 있었지만 사실은 아까부터 온몸으로 울고 있었다.74)

---

73) 위의 책, pp.269~279.
客は、先生の判別を超越した、上品な鉄御納戸の単衣を着て、それを黒の絽の羽織が、胸だけ細く剰した所に、帯止めの翡翠を、涼しい菱の形にうき上がらせてゐる。髪が、丸髷に結つてある事は、かう云ふ些事に無頓着な先生にも、すぐわかつた。日本人に特有な、丸顔の、琥珀色の皮膚をした、賢母らしい夫人である。

74) 위의 책, pp.274~275.
その時、先生の眼には、偶然、夫人の膝が見えた。膝の上には、手巾を持つた手が、のつてゐる。勿論これだけでは、発見でも何でもない。ふるえながら、それが感情の激動を強いて抑へようとするせいか、膝の上の手巾を、両手で裂かないばかりに緊く、握つてゐるのに気がついた。さうして、最後に、皺くちゃ

이곳에서 그려지는 니시야마부인의 인물상을 어떻게 파악하느냐에 따라 작품의 주제나 완성도는 크게 달라진다. 우선 그녀의 감정 표현의 방법에 대한 하세가와선생의 반응부터 검토해 보자. 선생은 그것을 일본의 정신인 무사도의 구현이라 생각하여, '겸허한 마음가짐'으로 '어떤 만족'을 느낀다. 그래서 선생은 '마음의 고통은 저처럼 아이 없는 사람도 잘 알 수 있다'며 자신도 니시야마부인의 슬픔을 공유하고 있음을 표명한다. 그러나 그것은 선생의 착각에 지나지 않는다. 하세가와선생에게는 니시야마부인의 슬픔 그 자체가 문제가 아니라 어디까지나 감정 표현의 형태나 방법, 양식만이 문제인 것이다. 그 '겸허한 마음가짐'과 '어떤 만족'은 '일본의 문명'의 대표인 기후초롱을 바라볼 때의 '만족'과 질적인 점에서 보아 아무런 차이가 없다.

그 증거는 선생의 다음 세 가지 행동에 드러난다. 첫째, 선생은 니시야마부인이 애쓰는 행동을 곧바로 미국인 부인에게 이야기하고 그녀의 '동정'을 얻자 더욱 '만족'을 느낀다. 그것은 기후초롱이 '일본 문명'의 대표로서 선생집의 베란다에 내걸리기 위해서는 미국인 부인의 마음에 들 필요가 있었던 것과 마찬가지이다. 그래서 둘째로 하세가와선생은 니시야마부인의 애쓰는 동작을 기후초롱과 등가로 취급하며 「현대의 청년에게 주는 책」의 재료로 삼으려 한다. 그렇게 되면 니시야마부인의 행동은 단순한 담론의 재료로서 그 안에 봉인되어 버린다. 하세가와선생에게 있어 니시야마부인의 행동은 일본

になつた絹の手巾が、しなやかな指の間で、さながら微風にでもふかれてゐるやうに、繡のある縁を動かしてゐるのに気がついた。　大人は、顔でこそ笑つてゐたが、実はさつきから、全身で泣いてゐたのである。

의 정신문명의 타락을 구제하는 일본 고유의 정신인 무사도의 구현
으로서 해석과 연구의 대상에 지나지 않는 것이다. 선생은 마치 서
구인이 동양을 자신들과는 다른 존재로서 타자화하는 것과 같은 행
동을 한다. 오리엔탈리즘의 재생산이라고 할 수 있는데 이는 또한
아쿠타가와문학에 있어 중요한 과제가 된다. 그 과정에서 니시야마
부인의 행동은 그 절실함이 사라지고 선생에게는 그 슬픔이 공유할
수 없는 것으로 되어 버린다. 아이러니하게도 하세가와선생은 그 노
력 때문에 오히려 일본인과 문화의 내부에서 생동하는 정신으로부
터 소외되어 간다. 그래서 셋째로 선생의 '평온한 조화'는 일시적인
것에 지나지 않게 된다. 다음을 보면 그것을 알 수 있다.

　　－내가 젊었을 때, 어떤 사람이 하이베르크 부인의, 아마 파리에서
　있었던 것 같은 손수건 이야기를 했다. 그것은 얼굴에는 미소를 띠면
　서도 손으로는 손수건을 둘로 찢는다는 이중연기였다. 그것을 우리는
　지금 악취(臭味)라고 이름 붙인다.－75)

이는 스트린트 베르크의 극작법의 한 구절인데, 선생은 이 구절을
읽고 배우의 연기를 떠올린다. 그러나 자식의 죽음이라는 절실한 상
황에서 취하는 니시야마부인의 행동은 연출법으로서 하이베르크 부
인의 행동과 외견상으로는 같아도 그 긴박성에서는 전혀 다르다. 물
론 선생도 '스트린트 베르크가 지탄한 연출법과 실천 도덕상의 문제

---

75) 위의 책, p.277.
　　－私は若い時分、人はハイベルク夫人の、多分巴里から出たものらしい、手
　巾のことを話した。それは、顔は微笑してゐながら、手は手巾を二つに裂くと
　云ふ、二重の演技であつた。それを我等は今、臭味と名づける。－

는' 다르다는 것은 알고 있다. 그럼에도 불구하고 선생은 니시야마 부인의 행동을 하이베르크 부인의 행동과 중첩시켜 생각함으로써 '무사도'의 '형(型)'으로 파악하고 '마음가짐을 흩뜨리는' 것이다. 그러한 선생의 인식이야말로 스트린트 베르크가 지탄한 '시의(時宜)에 적합'한지 아닌지를 분간하지 않고 쉽사리 반복하기 때문에 '형(型)'에 빠져 버린 '이중연기'와 동질적인 것이다.

그러나 그런 니시야마부인의 인물상의 파악 방법은 하세가와선생 차원의 그것이다. 그것을 작가론의 레벨에서 보면, 작자의 지평은 그보다도 더 높은 곳에서 하세가와선생을 이야기하는 화자와 같은 곳에 있다. 화자에게 니시야마부인의 행동은 하세가와선생의 그것처럼 해석이나 연구대상도 아니고, 연출법을 비교함으로써 그 감동이 상실되어 버리는 성질의 것도 아니다. 그것은 무사도의 구현이라는 명명에 의해 타자화되기 이전에 그 자체로서 감동적이며 아름다운 것이다.

그러면 왜 화자의 시점은 니시야마부인의 내면을 포착한 것일까? 그것은 지금까지 언급해 왔듯이 하세가와선생의 낙관적인 국제교류관에 작가＝화자가 비판적 태도로 거리를 두는 자세로 일관했기 때문이다. 그것이 하세가와선생의 시점과는 다른 시점을 갖게 하는 것이며 니시야마부인의 행동의 '형'에 구애받는 하세가와선생과 달리 '형'을 간파하여 내면의 슬픔을 주시하게 할 수 있었던 것이다. 그것이 결과적으로 입체적인 시점과 시선에 의한 니시야마부인상을 조형하게 한 것이다. 하세가와선생을 단순한 원어민정보원으로 조형하여 비판하기 위해서는 화자 자신이 일본문화의 전통을 담당하는 존재로서 '형'＝감정의 문화를 적절히 표현할 필요가 있었다. 그것이

예리하면 할 수록 하세가와선생의 캐리컬처성은 더 부각되는 것이
다.

제5절 주제와 작품의 평가를 둘러싼 문제

하세가와선생은 일본의 현실을 서양인(자신의 미국인 아내)을 대상
으로 발신하기 위해 그들과 같은 시선과 방법, 가치관으로 타자화하
려 했다. 반면 그러한 시선에 의해 니시야마부인은 일본 정신의 정
수인 무사도의 구현체로서 타자화되는 존재이다. 그 과정에서 니시
야마부인의 슬픔의 표현은 기후초롱과 똑같이 일본의 미를 상징하
는 소도구로 취급되며, '무사도'의 '전형(典型)'으로서 파악된다.76) 그
러나 선생은 그에 대해 무자각적이며 '스스로 동서양 간에 가로 놓
인 가교가 되리라'고 자부하고 있는 것이다.

따라서, 작품의 주제는 선생의 그와 같은 이념—혹은 선생의 '지'
—과 현실의 괴리라는 오리엔탈리즘을 일본인이 재생산하는 자세와
그것을 포스트콜로니얼 시각으로 비판하는데 있었다고 생각한다.
그리고 이런 점을 고려하면, 이 작품의 완성도라든가 등장인물, 주
제를 둘러싼 다양한 의견에 대한 하나의 해답을 제시할 수 있을 것
이다. 우선 작품의 주제를 '형(型)이 되어버린 인생 태도의 거절'과

---

76) 예를 들면 미시마 유키오는 '그러나 「손수건」에서는 좀 다르다. (중략) 여기에
는 작자 자신이 말하는 <형(型)>의 미가 있다. 그리고 인생과 연기가 서로 관
련이 되는 부분에 대해서 극도로 결벽한 자의식가인 작자는 「손수건」에서는 무
의식 중에 니시야마부인의 스테레오타입한 인생 연기를 하나의 정지된 형태로
'형'의 미로 인정하고 있었다'(三島由紀夫, 「南京の基督他七編」(角川文庫旧版
解説, 1956), p.36)고 하고 있다.

'근대의 자각에 의한 무사도 비판'77)이나 '무사도 내지 그것을 둘러
싼 봉건적 관념에 대한 야유'78)와 같이, 봉건적 사상인 무사도에 대
한 비판이라고 하는 것은 재고의 여지가 있음을 알 수 있다. 주제는
무사도가 대표하는 일본의 정신을 타자화하려는 하세가와선생의 일
본인론이 오리엔탈리즘의 재생산에 빠져버리는 것에 대한 비판에
있는 것이지 무사도 그 자체에 대한 비판에 있는 것은 아닌 것이다.
그럼에도 불구하고 지금까지 「손수건」론에서는 주제를 무사도의 비
판으로 보는 것이 일반적이었다.79)

따라서 위에서 언급한 미시마 유키오의 논처럼 니시야마부인이
행동에서 '형'의 미만을 보는 것은, 작품의 중심인물은 어디까지나
하세가와선생이며, 니시야마부인의 행동은 기후초롱과 같은 소재에
지나지 않는 존재라는 점을 간과한 해석이라 할 수 있다. 또한 에비
이 에이지는, 미시마 유키오의 견해를 '실인생을 연극으로 환원해
버린 차원에서 이루어진 자의적인 논'이라고 부정하고, 아쿠타가와
의 '젊은 다이쇼의 정신이 메이지형(型) 코스모폴리탄에 대해 가한
비판'80)이라며 작품의 주제를 하세가와선생의 비판에 있다고 주장
하고 있다. 그것은 본서에서 지금까지 검토해 온 하세가와선생의 모

---

77) 三好行雄, 『芥川竜之介論』(筑摩書房, 1983), p.22.
78) 吉田精一, 『芥川竜之介論』(桜楓社, 1979), p.87.
79) 상기와 같이 주제를 무사도 비판으로 보는 「손수건」론에는 이외에도, 아사노
   요(浅野洋)의 「「손수건」사주(「手巾」私注)」(「立教大学日本文学」五 ,
   1983), 오쿠노 마사모토(奧野政元)의 『아쿠타가와 류노스케론(芥川竜之介論)』
   (翰林書房, 1993), 이소가이 히데오(磯貝英夫)의 「작품론 「손수건」(作品論「手
   巾」)」(「国文学」1972. 12) 등이 있다.
80) 海老井英次, 『芥川竜之介論考−自己覚醒から解体へ−』(桜楓社, 1988), pp.128
   ~133.

델인 니토베의 안이한 태도에 대한 비판이라는 면에서는 타당한 지적이라 할 수 있다. 그러나 니시야마부인의 행동은 작자의 차원에서는 여전히 아름다운 것을 생각한다면 미시마 유키오의 견해를 반드시 '자의적인 논'으로서 부정할 수만은 없다. 그것은 미요시 유키오도 미시마 유키오의 설을 긍정하여 '근대의 비판정신에 의해 <형>으로 배척을 당했다 해도 그녀는 여전히 미 그 자체이다'81)라고 긍정하고 있는 데서도 알 수 있다. 그러나 아쿠타가와가 '근대의 비판정신'으로 니시야마부인의 행동을 '형'으로 배척한 것은 아니므로 미요시의 설도 옳다고 할 수만은 없다. 다시 한번 반복하지만 작자=화자에게 있어 니시야마부인의 행동은 아름다운 것이다. 가사이 아키오(笹井秋生)는 '니시야마부인의 태도'는 '무사도가 아니라 무사도의 <형>이다. 무사도의 표면적인 모방에 지나지 않는다'고 하고 작자의 의도는 '무사도의 <형>을 무사도로 믿고 있는 하세가와선생을 풍자'82)하는데 있다고 하고 있다. 이는 주제를 하세가와선생에 대한 비판으로 보는 점에서는 옳다고 할 수 있지만 그 내용에 있어 '니시야마부인의 태도'를 무사도의 '형'으로 보는 점에서는 주제에서 벗어난 작품읽기라 할 수 있다. 왜냐하면 이미 반복했듯이 작품의 주제는 니시야마 부인의 아름다움을 무사도라는 '형'의 개념으로 해석하고 타자화하는 하세가와선생의 태도에 대한 비판에 있지 니시야마부인의 행동을 비판하는 것은 아니기 때문이다.

그러면 이와 같은 작품의 주제를 둘러싼 혼란은 왜 일어나는 것일

---

81) 三好行雄, 『芥川竜之介論』(筑摩書房, 1958), p.22.
82) 笹井秋生, 「芥川竜之介「手巾」について」(『日本近代文学』30, 1983. 10), p.66.

까? 그것은 '머리로는 서를 가슴으로는 동을 지향'한 작가 아쿠타가와의 미의식과 관련된 문제일 것이다. 이 점에 대해서 미요시 유키오는 아쿠타가와에게 '<동과 서>는 사상과 논리의 문제에 있기 보다는 보다 많은 감수성과 미의식 상의 모티브인 것이다', 그 '모티브'가 '때로는 소설적 구조의 기저에 잠재하여 작자의 의도를 움직이는 경우', '가을의 초목을 그린 우아한 초롱의 불빛은 소설의 전체를 관통하며 사라지지 않는다. 관념의 붕괴를 미의식이 지탱한 것이다'[83]라고 하고 있다. 즉 작자는 사상이나 논리로는 하세가와선생에 대한 비판을 지향하면서도 감수성과 미의식 방면에서는 니시야마부인의 행동의 미에 강하게 이끌리고 있기 때문에, 니시야마부인의 미는 작품의 주인공인 하세가와선생보다 훨씬 강렬한 인상을 준다고 하는 것이다. 이러한 니시야마부인과 하세가와선생의 무게 역전이 작품 읽기에 많은 혼란을 일으키는 것이라 볼 수 있다.

그러나 그 점에 주의해서 읽어도 니시야마부인의 모습에서 생동감은 느껴지지 않는다. 그것은 작가가 그녀를 이상적인 여성표상으로 만들어내고 있을 뿐 그 미를 뒷받침하는 그녀의 실생활에는 관심을 기울이지 않았기 때문일 것이다. 본서는 그러한 점에서 작품의 시선에 숨겨진 정치성, 이데올로기성을 읽고자 한다. 즉 이 작품에서 다루어지고 있는 니시야마부인은 주 뢰(周蕾)가 말하는 '이중으로 타자화'되는 여성존재라고 할 수 있다. 주 뢰는 『디아스포라(Diaspora)의 지식인』[84]에서, 전술한 바 있는 사이드의 '원어민정보원'론을 전제로 동양에서도 주연적 존재인 여성들은 남성 원어민정보원에 의

---

83) 三好行雄, 『芥川竜之介論』(筑摩書房, 1958), p.22.

84) レイ・チョウ(周蕾), 『ディアスポラの知識人』, 高橋哲也訳(青土社, 1998).

해 '이중으로 타자화'되고 있음을 강조하고 있다. 즉 니시야마부인은 원어민정보원인 하세가와선생에 의해 일본인의 전형으로 서구에 보고할 대상이 되고 있고, 또 그것을 비판하고 있는 아쿠타가와라는 남성작가에 의해 문학작품의 미를 형상화하는 소재로 텍스트화되고 있을 뿐, 그 슬픔을 진정으로 이해받지 못 하고 이중으로 타자화되고 있다. 니시야마부인은 하세가와선생에 의해, 그리고 그것을 비판하는 아쿠타가와라는 남성작가에 의해 이중, 삼중으로 타자화되고 있는 것이다.

제6절 맺음말

이상과 같이 아쿠타가와의 초기의 단편소설「손수건」은 작가 아쿠타가와가 전시대인 메이지시대 지식인의 근대국가론을 바탕으로 하는 '서구중심주의'를 통렬하게 비판한 것이라 할 수 있다. 그 아쿠타가와 고유의 방법이 서구백인의 오리엔탈리즘을 서구의 지식을 습득하고 돌아온 지식인이 재생산하고 있음을 폭로하는 형태를 취하고 있다. 그 때 '동'의 전통문화의 깊은 이해는 포스트콜로니얼 비평의 근거와 극히 유사하다. 그와 같은 의미에서도 아쿠타가와는 다이쇼시대의 작가였다. 그러나 그와 같은 작품의 주제가 작자의 무의식적인 여성의 미의식에 압도되어 한계를 노정시켰다는 의미에서는 실패작이었다고 할 수 있다. 즉 아쿠타가와의 서구중심주의에 대한 비판정신에도 불구하고 남성중심주의적 논리로부터는 자유롭지 못한 여성인식이라는 한계가 드러나 있다는 점에서는 다른 작품과 동일선상에 있다고 할 수 있다. 그러나 작품의 구조가 화자와 작중인물과 거리를 두게 함으로써 화자＝작자는 자기(＝개성)의 시선(시점)을 확보하고 있었다. 그 점에서 작가의 문학정신이 늘 시적 정신의 추구에 있었음을 생각하면 이는 작가의 개성을 잘 드러낸 성공작이라 생각된다.

제5장
메이지시대의 일본인 · 일본문화의 운명
-「히나(雛)」에 보이는 양의적(兩義的) 여성성 -

제1절 들어가며 -「히나」와 「메이지(明治)」-

　「히나(雛)」는 1923년 3월 1일 발행된 「중앙공론」 제38년 제3호에 게재되었고, 그에는 초고 「메이지(明治)」(1916년으로 추측) 및 별고 (『芥川龍之介未定稿』에 수록)가 있다. 이러한 「히나」는 메이지라는 앞 선 시대의 현실에 대해 바로 다음 세대인의 입장에서 상대화시켜 볼 때 드러나는 문제점을, 과거에 대한 향수와 결부시켜 시적으로 매우 자연스럽게 그려낸 작품이라는 점에서 아쿠타가와의 개화물의 어느 작품보다 중요한 작품이라 할 수 있다. 즉 메이지라는 시대와 일본인 · 일본전통문화의 운명에 대한 작가의 인식이 '히나'라고 하는 소도구를 둘러싼 한 가족의 갈등을 통해 서정적으로 그려진 작품이다. 위에서 언급했듯이 「히나」에 「메이지」라는 제목의 초고가 있는 것만 보더라도 본 작품에서 메이지라는 시대 인식이 작가에게 있어 얼마나 중요한 문제였는지를 짐작할 수 있을 것이다. 즉, 쇼시 다쓰야(圧土達也)가 '<근대>의 새로운 물결이 만들어낸 <근대> 그 자체의 한 현실의 모습'85)이라고 하듯이, 「히나」는 아쿠타가와의 문명 비판이라는 문학정신이 잘 구현된 작품이라 할 수 있다. 동시에 「히나」에는 등장인물들 간의 갈등구조가 젠더간의 갈등구조를 취함으로써 메이지시대에 공교육을 통해 정착되었던 여성표상의 문제가 전형적으로 드러나고 있다는 점에서도 주목할 만하다.

그런 의미에서 본서에서는, 우선 메이지시대에 '히나' 인형은 무엇이었는지, 그리고 그 '히나' 인형이 각 등장인물에게는 어떠한 의미를 지니고 있는지를 검토해 보고자 한다. 그런 후에 갈등의 구조와 등장인물의 성격을 주제와 결부시켜 고찰해 봄으로써 일본의 개화기에 해당하는 메이지시대에 있어 일본인·일본전통문화의 운명과 여성표상의 특징을 생각해 보기로 한다.

제2절 메이지시대와 '히나'의 의미

'히나(雛)'란 '히나인형(雛人形)'을 말하는 것으로, 여자 아이들이 가지고 노는 종이나 흙으로 만든 작은 인형을 말한다. 헤이안 시대(平安時代, 794~1192)부터 있었으며, 근세 이후에는 3월 3일의 '히나마쓰리(雛祭)'에 장식으로 사용된다. 도쿠가와 막부(德川幕府, 1603~1867) 붕괴 이후에는 우키요에(浮世絵)86)와 같은 전통적인 미술품과

---

85) 庄司達也, 「「雛」論」, 関口安義編, 『アプロ　チ芥川龍之介』(明治書院, 1998), p.149.

86) 에도시대에 발달한 민중적인 풍속화의 한 양식. 육필화(肉筆画)도 행해졌고, 특히 판화 분야에서 독자적인 미의 경지를 구축했다. 모모야마 시대(桃山時代)부터 에도시대 초기에 유행한 육필 풍속화, 미인화를 모태로 한다. 17세기 후반 히시가와 모로노부(菱川師宣)에 의해 판본삽화(版本挿絵)로서 기초가 다져졌

함께 '히나'도 대량으로 해외에 유출되었다. 그것이 본 작품에서는 문명개화의 물결이라는 시대의 추이와 구가의 몰락을 상징하는 소품으로 등장하고 있다. 그러한 '히나'에 얽힌 에피소드는 초고「메이지」말미의 '그 때의 여동생이 올해 60(한 글자 결락)의 봄을 맞이하였다. 나의 어머니가 바로 그 분이다'[87]라는 내용으로 봐서, 작자의 양어머니 도모(儔)의 실화임을 알 수 있다. 그 만큼 개화의 문제는 작가의 주변에 밀접하게 관련된 절실한 문제였음을 추측할 수 있다.

실제로 작품 안에서의 시대를 살펴 보자. 미야사카 사토루는 시대적 배경을 '메이지 5, 6년(1872, 1873년)으로 추정하는 것도 가능하다'[88]고 하고 있는데, 그렇게 보면 아직 문명개화라는 현실을 일반인들이 아무 저항감 없이 수용할 만큼 정착된 시기라고는 할 수 없을 것이다. 그리고 작품의 무대가 되고 있는 12대 기노쿠니야(紀の国屋)의 이베에(伊兵衛) 즉 오쓰루(鶴)의 아버지의 집안은 메이지 유신까지는 다이묘(大名)들에게 거금을 대출해 주었던 호상이었다. 그러나 메이지 유신에 따른 혼란과 변혁기에 대부분의 돈을 떼인 결과 폐업을 하기에 이르렀고, 그 후에 운영한 우산가게도 실패하여, 지금은 임시방편으로 조그만 약방을 운영하고 있다. 그리고 몇 년 전에는 화재를 만나 가옥을 잃었기 때문에 타고 남은 토광에서 임시 거주하는 생활을 하고 있다. 그들은 유신과 근대화의 물결에 밀려난

으며, 1765년에는 스즈키 하루노부(鈴木春信)에 의해 다색쇄판화(多色刷版画)가 창시되어 황금시대를 맞이하였다. 주제는 유곽이나 연극의 정경, 미녀, 배우, 역사(力士) 등의 초상화를 중심으로 하며, 역사화나 풍경, 화조(花鳥)에까지 이르렀다. 19세기 후반에는 유럽의 미술에도 영향을 미쳤다.

87) 「雛」草稿, 『전집』제21권, p.348.

88) 宮坂覚, 「『雛』-重層的<語り>の構造から醸し出される<語られていないこと>-」(「国文学解釈と鑑賞」至文堂, 1999. 11), p.103.

사람들이다. 그들은 생계를 위해 딸의 '히나' 인형까지 요코하마(横浜)의 어느 미국인에게 30엔에 팔아 넘겨야 할 만큼 몰락했다. 30엔은 당시로서는 상당한 거금으로, 이렇게 팔려 가는 '히나' 인형은 경제원리에 의해 서구인에게 넘어가는 일본의 전통, 혹은 근대화의 물결에 제대로 편승하지 못 하고 주변으로 밀려난 메이지인들의 운명을 상징하고 있다고 할 수 있다. 그들의 비참한 운명은 마지막의 부기를 보면 잘 알 수 있다.

> 「히나」를 쓰기 시작한 것은 몇 년 전의 일이다. 그것을 지금 마저 쓰게 된 것은 다쓰다씨의 권유 때문만은 아니다. 또한 동시에 4, 5일 전 요코하마의 어느 영국인의 거실에 낡은 '히나' 인형의 머리를 가지고 노는 백인 여자 아이를 만났기 때문이다. 지금은 이 이야기에 나오는 '히나'인형도 아연병대랑 고무인형과 같은 장난감 상자에 던져져서 똑같이 불운을 맞이하고 있을 지도 모른다.[89]

즉, 백인 여자아이가 가지고 놀고 있는 '히니' 인형온 근대화 즉 서구화의 물결 속에서 오빠인 에이키치(英吉)에 의해 대표되는 일본인이 무시하고 부정하고 잊으려 했던 것이며, 그것은 이국취향에 의해 외국인의 손에 넘어가기는 했지만, 결국 장난감 상자 속에 던져져 버리는 운명에 처했던 것이다. 그렇게 생각하면 졸속주의로 근대

---

89) 「雛」, 『전집』 제10권, p.23.
  「雛」の話を書きかけたのは何年か前のことである．それを今書き上げたのは龍田氏の勧めによるのみではない．同時に又四五日前、横浜の或英吉利人の客間に、古雛の首を玩具にしてゐる紅毛の童女に遇つたからである．今はこの話に出て來る雛も、鉛の兵隊やゴムの人形と一つ玩具箱に投げこまれながら、同じ憂き目を見てゐるのかも知れない．

화 즉 서구화의 길을 걸은 일본사회 그 자체가 '히나'인형과 '아연병
대', '고무인형' 등이 잡거하는 장난감상자라고 할 수 있다. 바로 작
가의 집필동기는 그러한 '히나'의 발견에 있었다 할 수 있고, 그러한
'히나'인형의 운명에 드러난 일본인과 일본의 전통을 쓰고자 했던 것
이라 할 수 있다. 그렇다면 히나'인형의 운명에 드러난 일본인과 일
본의 전통문화의 운명이란 어떠한 것이었을까? 그것은 이러한 자신
들의 운명을 각 등장인물들이 어떻게 받아들이고 있는지를 검토해
봄으로써 알 수 있을 것이다.

제3절 부자 · 모녀의 개화에 대한 반응

1) 부자(父子)에게 있어 개화의 의미

「히나」에는 '히나' 인형뿐만이 아니라 여러 가지로 개화와 전통을
상징하는 소품들이 등장하고 있다. 예를 들어 무진등(無盡灯)[90]과
신식 램프[91]의 대비나 영어 책과 잔기리(散切り)[92]와 같은 헤어 스
타일의 등장이 그것이다. 이와 같은 개화문명을 받아들이는 아버지
와 오빠의 태도를 살펴 보면, 그들이 '히나'로 상징되는 메이지인들
의 운명에 대해 어떻게 인식하고 있는지를 알 수 있다.

---

90) 기름접시의 기름이 줄어들면 저절로 기름이 흘러 계속해서 불이 켜지는 등잔.
　　본 작품에서는 구식 램프로서 '히나'가 있는 방에 놓여져 있다.
91) 1873년 도쿄부(東京府)의 램프 취급령이 발포되었을 무렵 민간에 보급되기 시
　　작했다.
92) 남자 헤어 스타일의 하나. 머리를 칼라 부근에서 자른 것. 메이지 4(1871)년 8월
　　9일의 단발령 시행으로 시작되었는데, 처음에는 그에 대한 반발이 적지 않았다.

우선 램프와 무진등은 1873년 도쿄부의 램프 단속령이 나왔을 무렵부터 민간에 보급되기 시작했는데, 이에 대해 아버지는 무진등을 폐기하고 램프를 채용하는 것을 긍정적으로 받아들이고 있다. 그러나 그것은 아버지가 적극적으로 선택한 삶의 방법은 아니다. 즉, '그것도 이제는 물러날 때가 된 게지'라고 하는 아버지의 어투에서, 그가 개화를 어쩔 수 없는 시대의 현실로 직시해야만 하는 운명으로 받아들이고 있음을 알 수 있다. 이와 같은 개화에 대한 소극적인 태도는 '겨우(밑줄 인용자) 잔기리를 한 아버지'라고 하는 표현으로도 알 수 있다. 즉 그러한 표현은 적극적으로 개화를 받아들인 것이 아니라 소극적으로 어쩔 수 없이 시대의 흐름에 따라 개화를 받아들일 수밖에 없었던 아버지의 심정을 나타낸다고 할 수 있다. 아버지의 그러한 태도는 생활 때문에 서양인의 손에 넘어가려고 하는 '히나'에 대한 태도에 집약적으로 나타난다. 남의 손에 넘어갈 히나인형을 다시 한 번 봐 두고 싶다는 딸의 애원을, 아버지는 '선불을 받은 이상 <히나>는 어디에 있든지 남의 것이다. 남의 것은 만지면 안 된다'며 완강히 거절하고 있다. 그런데 그날 밤 '히나'인형에 대한 미련으로 괴로워하다 잠들었던 내가 문득 잠에서 깨어나서 본, 심야에 혼자서 '히나'를 꺼내 놓고 들여다보고 있는 아버지의 모습은 충격적인 것이었다. 오쓰루에게 '히나' 인형을 보지 못 하게 하는 것은 아버지 자신의 '히나'에 대한 애착심 때문이었던 것이다. 이에 몰락한 집안의 가장으로서 가난 때문에 외동딸의 '히나' 인형조차 팔아야 하는 아버지 이베의 가슴 속의 암울함과 갈등은 쉽게 짐작할 수 있다. 이와 같이 신식 램프의 수용, 잔기리, '히나'에 대한 태도를 보면 아버지는 개화를 인정하지만, 그것은 자신의 의지와는 상관없이 생존을 위해 어쩔 수 없이 수용하고 있음을 알 수 있다.

그렇다면 '오빠' 에이키치(英吉)는 개화를 어떻게 받아들이고 있을까? 메이지 유신 후의 근대화 정책은 곧 서구화 정책이었고 이에 필연적으로 영어를 중시하는 세태를 낳았다. 그러한 세태를 단적으로 나타내듯이 '오빠'는 영어독본을 떼 놓은 적이 없는 '개화인'으로, '히나'는 구폐스럽다고 하여 경멸하는 사람이었다. 이런 오빠는 아버지와 마찬가지로 램프로 상징되는 서양문명을 수용하는 점에 있어 공통의 현실인식을 보이고 있다. 그러나 아버지가 서구문명을 수용하는데 있어 소극적 태도를 보였다고 한다면 오빠의 서구문명 수용은 훨씬 더 적극적인 양상을 보이고 있다. 즉 오빠는 일본의 전통적인 것은 구폐스럽기 때문에 빨리빨리 없애야 하며, 대신 영어 책은 한시도 손에서 떼 놓지 않을 만큼 적극적으로 개화의 방향으로 나아가고자 하며, 일본적 신앙을 비과학적인 미신으로서 부정하고 있다.

2) 모녀(母女)에게 있어 개화의 의미

어머니의 개화에 대한 인식은 램프에 대한 반응에 집약되어 있다. 그녀는 방의 등이 무진등에서 램프로 바뀌는 것에 대해 '거의 불안에 가까운 빛'을 보이며, '왠지 이 석유 냄새가, ―구폐스런 사람이란 증거이지요'라고 하고 있다. 이와 같은 반응에서 그녀는 개화에 대해 신체적, 감정적으로 거부반응을 보이고 있음을 알 수 있다. 그녀는 작품 안에서 환자로 등장하고 급기야는 '히나'가 남의 손에 넘어가는 것의 충격에 의해 그 병이 더 심화되어 가고 있는데, 그것은 외부로 표출되지 못 하고 억압되어 있는 개화에 대한 거부반응이 초래

한 결과라 할 수 있다. 그 만큼 어머니에게 있어 개화는 온 몸으로
거부해야 하는 절실한 문제였다고 할 수 있다.

　마지막으로 오쓰루에게 있어 개화는 어린아이이며 여자인 그녀의
인식 밖의 문제였던 것으로 보인다. 어린 오쓰루의 인식능력은 오로
지 자신의 유희의 대상인 '히나'에만 집중되어 있다. 어린 오쓰루는
단지 '히나'가 남의 손에 넘어가는 것이 싫고 개화를 뽐내고 다니는
오빠를 가장 미워하며, 이미 남의 손에 넘어간 '히나'를 꼭 보고 싶
어 할 뿐이다. 그녀는 생활 때문에 어쩔 수 없이 외국인에게 팔려 넘
어가게 된 '히나' 인형을, 남의 손에 넘어가기 전에 한 번 더 보고 싶
음에도 불구하고 계약금을 받은 이상 이미 우리들의 것이 아니라고
하는 완고한 아버지가 허락하지 않자 울며 잠든다. 그런 그녀가 문
득 잠에서 깨어나 '히나' 인형을 보게 되면서 꿈이 현실로 이루어진
'찰라의 감동'을 맛본다. 특히 완고한 아버지가 자신과 똑같이 '히나'
를 바라보고 있는 모습은 노녀가 된 오쓰루에게도 여전히 남아 있을
만큼 강렬한 인상과 감동을 주는 것이었다.

　　꿈이런가 하는 것은, ― 아아 그것은 이미 전에 말씀드렸습니다. 그
　러나 그날 밤의 <히나>는 꿈이었던 것일까요? 너무나 <히나>를 보
　고 싶어 한 나머지, 나도 모르는 사이에 만들어낸 환영은 아니었을까
　요? 저는 아직까지도 어떠냐 하면, 제 자신에게조차 정말이었는지 아
　니었는지 대답을 할 수 없습니다. 그러나 저는 그날 깊은 밤에 혼자서
　<히나>를 바라보고 있는 나이든 아버지를 발견하였습니다. 그것만은
　확실합니다. 그렇다면 설령 꿈이라 해도 별로 억울하지 않습니다. 어
　쨌든 저는 눈 앞에서 저와 조금도 다름 없는 아버지를 본 것이니까요.
　연약한, ―그러면서도 엄숙한 아버지를 본 것이니까요.[93]

노녀가 된 오쓰루의 기억 속에는, 가족들 앞에서 자신의 감정을 억제해 온 새로운 아버지상의 발견에 대한 감동과 '히나'를 보고 싶 다는 강한 소망이 '히나'와 헤어지기 바로 전날 밤에 이루어진 것에 대한 감동만이 남아 있음을 알 수 있다. 그러한 소녀 시절의 오쓰루 의 체험은 전형적으로 감정적 문제라 할 수 있는 '찰라의 감동'[94]에 대한 것이라 할 수 있다.

제4절 갈등의 구조와 양의적(両義的) 여성성
- 유아성 · 인내 · 비합리 -

1) 갈등의 구조

이상에서 각 등장인물들이 개화에 대해 어떠한 인식 태도를 보이 고 있는지에 대해 살펴 보았다. 이와 같은 「히나」의 갈등구조에 대 해서는 아버지 · 어머니와 오빠라고 하는 세대 간의 갈등으로 보는

---

93)「雛」, 앞의 책, pp.22~23.

　夢かと思ふと申すのは、-ああ、それはもう前に申し上げました。が、ほんと うにあの晩の雛は夢だつたのでございませうか?一図に雛を見たがつた余り、知 らず識らず造り出した幻ではなかつたのでございませうか?わたしは未にどうか すると、わたし自身にもほんとうかどうか、返答に困るのでございます。

　しかしわたしはあの夜更けに、独り雛を眺めてゐる、年とつた父を見かけま した。これだけは確かでございます。さうすればたとひ夢にしても、別段悔し いとは思ひません。兎に角わたしは眼のあたりに、わたしと少しも変らない父 を見たのでございますから、女女しい、-その癖おごそかな父を見たのでござ いますから。

94) 이러한 '찰라의 감동'의 추구는 아쿠타가와문학의 특징을 이루는 중요한 모티 프로서 「신도의 죽음(奉公人の死)」의 로렌조나, 「무도회(舞踏会)」의 불꽃에 의해서도 구현되고 있다.

견해가 지배적이다. 예를 들어 쇼시 다쓰야는,

　　이베에나 어머니에게는 보다 구체적으로 보다 절박한 형태로 스스
　로를 위협하는 <개화>의 도래를 <집 안>으로 끌어들인 자인 에이키
　치의 존재가 있었던 것이다. 이 가족에게는 다름 아닌 에이키치가 소
　위 <구폐>스런 일가를 휩쓸어 가려고 하는 시대의 조류 그 자체의
　구상화된 모습이다. 그렇기 때문에 에이키치의 작품 내 역할은 시대
　의 조류에 몸을 맡긴 아버지나 어머니 각각의 모습을 선명하게 드러
　내는 역할을 담당한다.[95]

라고 하고 있다. 이는 작품의 구도를 이베에 부부와 그 아들인 에이
키치의 대립 즉 신세대와 구세대의 갈등으로 보는 견해라 할 수 있
다. 요시다 세이치 또한 '몰락하는 구가의 주인'이라는 '낡은 세대'와
'래디컬'하고 '성급하게 신기한 것을' 추구하는 '신시대인'인 에이키
치의 대립과 비극을 본다[96]라고 하며, 작품의 주제를 낡은 세대와
신시대의 대립이라는 세대 간의 갈등으로 보고 있다. 그러나 위에서
살펴 보았듯이 '히나'를 둘러싼 이베에 가족의 갈등의 구조에서 아버
지와 오빠의 대립은 단순히 소극적, 적극적이라는 방식의 차이에서

---

95) 庄司達也, 「「雛」論」(関口安義編, 『アプローチ芥川竜之介』 明治書院, 1998),
　　p.150.
　　　伊兵衛や母にとっては、より具体的に、より差し迫った形で、自らを脅かす
　　「開化」の到来をこの「家」に持ち込んだ者として英吉の存在があったのである。
　　この家族にとっては英吉こそがすなわち「旧弊」な一家を押し流そうとする「開
　　化」という時代の潮流そのものの具現化された姿なのである。それ故に英吉の
　　作品内での役割は、時代の潮流に身を賭した父や母のそれぞれの姿を鮮やかに
　　照らし出す働きを担う。
96) 吉田精一, 『芥川竜之介』, 近代文学注釈体系(有精堂, 1963. 5), p.346.

온 것에 불과하여, 분명한 것은 아니어서 신세대와 구세대의 갈등만
으로 볼 수는 없는 측면이 있다. 이와 관련하여 미야사카 사토루는
다음과 같이 말하고 있다.

> 이 확집을 종래는 대개 <개화인> 오빠와 <구폐인> 어머니와의
> 대립, 나아가서는 신세대와 전세대의 대립으로 파악해 왔다. 그러나
> <정애를 느끼>게 하는 일면도 그리고 있어서 에이키치상이 단일적
> 으로 떠오르지 않게 구성되어 있다.[97]

이는 에이키치를 반드시 신세대를 상징하는 인물상으로 파악할
수만은 없다는 의미이며, 결과적으로 갈등의 구조를 신세대와 구세
대의 갈등만으로 보기 어렵다는 것이다.

이상과 같이 갈등의 구조를 세대 간의 갈등으로 볼 수 없다면, 작
품의 구조를 어떻게 이해해야 할까? 위에서 살펴 본 등장인물의 성
격을 생각해 보면, '히나'에 대해, 남의 손에 넘긴 물건은 다시 보면
안 된다고 하는 아버지와 오빠, 그리고 한 번만 더 보고 싶어 하는
오쓰루와 그것을 보지 못 하게 하는 오빠와 말다툼을 하는 어머니라
고 하는 젠더 간의 갈등구조로 볼 수는 없을까? 구체적으로 설명하
자면, '히나'를 구폐스럽고 비실용적이라고 생각하며 개화문명을 적
극적으로든 소극적으로든 섭취하려는 아버지와 오빠라는 성인남성,

---

97) 宮坂覚,「『雛』－重層的<語り>の構造から醸し出される<語られていないこ
と>－」(「国文学解釈と鑑賞」至文堂, 1999. 11), p.104.
　　この確執を、従来おおむね<開化人>兄と<旧弊人>母との対立、ひいては、
新時代と前時代との対立と読み取って来た。が、<情あひを感じ>させる一面
も描き、英吉像を単一的には浮かび上がらないように仕組んである。

그리고 '히나'에 대해 애착을 보이며 개화문명을 거부하는 어머니와 딸이라는 어린 여성이라는 갈등구조로 볼 수도 있을 것이다.

그러나 이들 젠더 간의 갈등은 표면적인 레벨에서만 성립된다고 할 수 있다. 그들의 내면의 세계에는 모두 전통에 대한 애착과 가족에 대한 애정이 공통의 기반으로 자리 잡고 있다. 그들의 갈등의 원인은 전통이나 개화에 대한 입장의 차이가 아니라 구체적인 행동방식의 차이이다.

아버지가 딸의 '히나'인형을 팔아넘기려 하는 것은 전통에 대한 애착심의 결여나 딸에 대한 무정함에서 온 행동이라기보다는 가족의 생계를 책임져야 하는 가장으로서 선택한 냉정한 현실판단에서 온 것이다. 단지 그는 전통에 대한 애착과 근대를 살아가려는 의지를 동시에 갖추고 있으면서, 이성적이고 합리적으로 자신을 통제했을 뿐이다. 이는 에이키치에 대해서도 같은 말을 할 수 있다. 그 역시 전통에 대한 애착심이 없어서가 아니라, 가장인 아버지와 같은 레벨에서 자신을 통제하는 이성을 가지고 있었던 것이다. 그는 영어책을 손에서 놓아 본 적이 없는 정치를 좋아하는 청년이었고, 영락한 '기노구니야(紀の国屋)'를 아버지와 함께 필사적으로 지켜가고자 하는 굳은 의지의 소유자이다. 또한 그는 어머니가 '면정(面疔)'[98]으로 쓰러졌을 때는 의사 혼마(本間)를 불러오라는 아버지의 명에 '쏜살같이 거친 바람이 부는 가게 밖으로 뛰어나가'기도 하며, '어머니도 램프라면 기분이 조금은 좋아지겠지요'라고 말할 만큼 가족에 대

---

98) '정(疔)'이란 피부의 피지선 혹은 땀샘에서 화농균 특히 포도구균이 침입함으로써 피부의 심층부 및 피하결합조식 안에 생기는 염증인데, 그 중 특히 얼굴에 생기는 것을 '면정'이라 한다.

한 따뜻한 애정의 소유자이다. 그리고 그는

> 아버지가 보면 안 된다고 하는 것은 계약금을 받았기 때문만은 아
> 니야. 보면 모두에게 미련이 생길 것이라는, ─그 점도 생각하고 계시
> 는 거야.99)

라고 말할 만큼 깊은 마음의 소유자이기도 하다. 따라서 오빠와 싸
운 후, 외출을 한 곳에서 만난 '오빠'에게서 오쓰루가 '전에 없는 애
정'을 느끼는 것은 당연한 이치이다.

이러한 애정의 느낌에 대해, '어머니와의 심한 말다툼이나 행동과
일상적으로 볼 수 있는 에이키치의 동작의 '서술'코드에는 미묘한 위
화감이 있다'100)고 하는 지적이나, '강인한 오빠가 어머니의 말에 눈
물을 흘리는 것도 조금 뜻밖인 감이 있다'101)고 하는 지적이 있다.
그러나, 그것은 위와 같은 '오빠'의 내면세계를 간과하고 개화를 추
구하는 면에만 주목했을 때 생기는 오해라 할 수 있다. 즉 그가 개화
문명을 적극적으로 수용하려 한 것은, 그에게 전통에 대한 애착이
없다거나 전통을 경멸하는 마음이 있어서가 아니라, 이미 개화의 물
결에 말려든 자에게 있어 개화는 생존을 위해 거부할 수 없는 역사
의 필연적 현상이라는 자각을 가지고 자신을 이성적이고 합리적으
로 통제할 수 있었던 어른이었기 때문인 것이다. 그러나 그와 같은

---

99)「雛」, 앞의 책, p.19.
　　お父さんが見ちやいけないと云ふのは手付けをとつたばかりぢやあないぞ。
　　見りやあみんなに未練が出る、─其所も考へてゐるんだぞ。
100) 宮坂覚,「『雛』─重層的<語り>の構造から醸し出される<語られていないこ
　　と>─」(「国文学解釈と鑑賞」至文堂, 1999. 11), p.106.
101) 宮坂覚,「「雛」」(三好行雄編,『芥川竜之介必携』学燈社, 1987), p.120.

오빠는 후에 발광하여 죽어버린다. 그것은 현실을 좇으려는 그의 통제력이 힘을 잃고 마음 속 깊은 곳에 잠재되어 있던 전통에 대한 애착이나 가족에 대한 애정이 폭발하여 그의 이성을 파괴한 결과라 생각된다. 시대의 과도기에 있어 두 가치관의 충돌에 이성이 견디지 못 하는 인간은 나오기 마련이다. 에이키치는 불행하게도 그 중의 한 사람이었던 것이다.

요컨대, 아버지와 오빠는 모두 전통에 대한 애착이나 가족에 대한 애정을 가지고 있다는 점에서는 어머니와 오쓰루와 공통의 인식 기반에 서 있지만, 구체적인 행동방식에 있어서는 자신들의 감정을 최대한 절제하고 현실에 이성적이고 합리적으로 대응하는 어른 남성이었다. 그에 대해 어머니와 오쓰루는 현실적 여건은 무시하고 감정에 의해 대응하는 유아성을 보이고 있다. 그들 가족의 갈등의 근본원인은 이성적 남성에 대해 감정적으로 대응하는 어린 여성이라는 젠더의 차이에 있었던 것이다.

이와 같은 소설의 갈등구조는 초고 「메이지」외의 차이를 보면 좀 더 명확하게 드러난다. 우선 초고와 비교하여 「히나」에서 수정된 내용은 3인칭 객관묘사문체가 1인칭 문체로 된 점, '마루사(丸左)'라는 골동품상을 등장시킨 점, 부분적으로 다루어지고 있던 '히나'가 중심 소재로 된 점, 언니가 오빠가 된 점, 오쓰루의 나이의 변화 등인데, 본서에서 주목하고자 하는 것은 언니 즉 여성이, 오빠 즉 남성으로 바뀐 점과 오쓰루의 나이의 변화이다. 초고에서의 언니는 병든 어머니를 대신해서 아버지와 함께 가계를 꾸려 가는 믿음직스런 존재였다. 그것이 「히나」에서는 오빠로 바뀌었는데, 그것은 여자인 언니는 생계를 위해 '히나'를 팔아야만 하는 현실에 대한 인식을 아버지와

함께 공유하기에 적합하지 않은 인물이라는 작가의 판단에서 온 수
정이라 할 수 있을 것이다. 작가는 문화전통에 대한 생각에는 젠더
간에 차이가 있다고 고정적으로 믿고 있었던 것이라 생각된다.

두 번째로 주목해야 할 것은 오쓰루의 나이의 변화이다. 초고에서
의 여동생의 나이는 16세이지만, 「히나」에서 오쓰루의 나이는 15세
이다. 이는 이야기의 현실성을 높이기 위해 오쓰루가 아직 세상의
변화에 대해서 정확히 인식할 만한 판단력이 없고 정신적으로 미숙
하다는 사실을 강조하기 위해 필요했던 설정이라 볼 수 있다. 유아
성이 강화된 오쓰루의 인물상은 '열다섯 살이나 된 주제에 조금은
세상 물정을 알아야 될 것 아냐'라는 말을 들을 만큼 철부지로 그려
지고 있다. 작품 안에서 그녀에 대한 묘사를 살펴 보면, 그 인물상의
특징이 '죠쵸마게(蝶蝶髷)'102)가 어울리는 '아직 열다섯의 나' 혹은
'아무리 어린아이라고는 하더라도'와 같이 의식적으로 어른과 구분
되는 어린아이라는 점이 강조되고 있다. 이 점에 대해 쇼시 다쓰야
는, 오쓰루의 연령 대를 '아이와 어른의 경계 영역이라 할 수 있는
위치에 있다'103)라고 하고 있는데, 위와 같이 생각하면 그것은 경계
라기보다는 오히려 어린아이 쪽에 초점이 맞추어진 인물상으로 파
악하는 것이 타당하다고 생각된다. 물론 15세라는 나이는 당시의 일
반적 개념으로으로 봐서 어린이가 어른의 단계로 넘어가는 경계적
위치라고 할 수 있지만, '죠쵸마게'가 어울린다고 하는 표현과 개화

---

102) 소녀의 머리를 묶는 방법의 하나. 나비가 날개를 펼친 것처럼 좌우로 둥글게
   구부려 묶는다.
103) 庄司達也, 「「雛」論」(関口安義編, 『アプローチ芥川竜之介』明治書院, 1998),
   pp.154~155.

라고 하는 시대의 물결이나 가족들의 경제적인 곤란을 인식하지 않고 행동하는 것을 보면 어린아이 쪽에 더 초점이 맞추어져 있는 것으로 판단된다.

따라서 아버지나 오빠의 행동이 어린 오쓰루로서는 이해되지 않는 것은 당연하다. 적어도 '히나'건에 있어서 그것을 팔아넘기려는 그들 남성들은 오쓰루에게 증오의 대상이 되고 있을 뿐이다. 이에 대해 미야사카 사토루는 다음과 같이 말하고 있다.

> 오쓰루는 <개화를 뽐내는 오빠>라고 에이키치를 단정하고 있는 것 같다. 또한 중층적인 오빠의 모습을 이야기하면서 중요한 곳에서 <묘한 인간>이라고 하는 담론으로 그 중층성을 살짝 바꾸고 있다.104)

다시 말해 개화를 지향하는 아버지나 오빠는, 오쓰루의 인식 차원을 넘어선 곳에 있다는 것이다. 여기서 오쓰루의 인식 차원을 넘어선 세계란 화자인 노녀 오쓰루의 세계이며, 그런 노녀 오쓰루의 세계는 어른들의 그것이고, 그에는 남성작가인 아쿠타가와의 세계가 오버랩되어 있다고 할 수 있다. 오빠가 오쓰루에게 '심술궂은 <개화>주의자'105)인 것만은 아니며, 오쓰루가 오빠를 '묘한 인간'이라고 느끼거나 그에게서 여느 때와는 다른 애정을 느끼는 것은 바로 화자

---

104) 宮坂覚, 「『雛』－重層的<語り>の構造から醸し出される<語られていないこと>－」(「国文学解釈と鑑賞」至文堂, 1999. 11), p.105.
   鶴は<開化を鼻にかける兄>と英吉を決めつけているかのように見える。更に、重層的な兄の姿を語りながら、肝心な所で、<妙な人間>という言説で、其の重層性をするりと躱わしている。
105) 清水茂, 「芥川竜之介と「明治」」(「解釈と鑑賞」1969, 4)[石割透編, 『日本文学研究資料新集』(有精堂, 1987)], p.5.

차원의 인식에서 오고 있는 것으로, 그것은 바로 작가 아쿠타가와의 인식이라 할 수 있다.

따라서 이야기의 결말은 미숙하고 어린 여성들이 남성들의 이성적이고 합리적인 내면세계를 파악하는 '찰라의 감동'으로 응결되어 간다. 그리고 그러한 찰라의 감동은 노녀가 된 오쓰루의 성숙한 시각에서 볼 때, 잊을 수 없는 것이 되는 것이다.

2) 여성표상에 보이는 양의적 여성성

이상과 같은 인물상의 대립구도의 설정은 의식적이든 무의식적이든 평소의 작가의 여성관의 반영이라 할 수 있다. 아쿠타가와의 여성에 대한 인식은 제1부에서 고찰한 바와 같이, 다이쇼시대의 진보적인 새로운 여성상에 대해 관심을 보이면서도, 그에 동조하지 않고 오히려 메이지시대에 확립된 여성상을 무비판적으로 수용한 것이었다. 그는 남성과 여성의 생리적, 심리적 차이를 인정하는 여성해방운동에 대해 긍정하고 있으며, 결과적으로 여성의 역할을 가정 내에 한정시키고자 하는 이데올로기에 무비판적이었다. 따라서 그는 '신여성'에 대해서는 비판적이고 전통적인 여성상에 대해서는 긍정적인 태도를 보이고 있다.

즉「히나」의 여성상은 메이지 말부터 다이쇼 초기에 국민교육에 의해 일반화되어 있던 가부장적 가족주의가 강조하는 성적역할분담의 틀로 바라보는 시각에서 온 것이라 할 수 있다. 서장에서도 언급했듯이 메이지시대는 일본이 근대국가로서의 체재를 급속도로 갖추어 간 시대로서 위정자는 고양되는 내셔널리즘 속에서 처음으로 여성의 교육에 눈을 돌렸고, 그 가운데 현모양처 사상은 하나의 규범으로 여성의 권한을 가정 내에 한정시켰다. 그리고, 근대일본의 특히 메이지시대 후기부터 다이쇼시대라는 일본의 사회와 문화의 골격이 형성된 시기의 여성의 문화에 주목해 볼 때, 근대적인 국가체제가 확립되고 법제도가 정비되는 가운데, 여성에 대한 법적·경제적 차별이 제도화되었다. 그 중에서도 특히 메이지 민법은 가부장제적 가족제도를 국민 전체에 적용시켜 가정 내에서의 여성의 낮은 지위를 고정시켰다. 메이지 30년대 초에는 이러한 가족제도와 관련된 현모양처 사상에 기초하는 교육정책이 개시되었고, 여성을 어머니나 아내의 역할에 가두어 두려는 성적역할분담이 미화되고 강조되었다.106) 그리고 이러한 성적역할분담과 현모양처 사상은 의식적 무의식적으로 근대 일본인들을 지배하는 하나의 지식체계로 작용했다고 할 수 있다. 이러한 맥락에서 「히나」의 남녀의 대립구도에는 가부장적 가족제도에서 요구하는 남성상과 여성상의 특징이 그대로 드러나고 있음을 알 수 있다.

이와 같은 사회적 이데올로기적 배경에서 다시 어머니와 오쓰루라는 여성에 대해 생각해 보자. 그녀들은 아버지나 오빠와는 대조적인 성격을 부여받고 있다. 우선 어머니는 위에서 살펴 보았듯이, 개화에 대해 감정적 거부감을 가지고 있으면서도 막상 아버지에게 적극적으로 자기주장을 하지 못 하고 있다. 그녀는 이베에와 마루사가 주고 받는 '히나' 인형에 대한 거래 이야기를 '바늘을 움직이면서 내려감은 눈썹 속에 눈물을 가득 고이고'는 단지 듣고 있을 뿐이다. 그

---

106) 牟田和惠, 「「良妻賢母」思想の表裏」(『女の文化』, 近代日本文化論8, 岩波書店, 2000. 2)

녀는 '괴로운 아버지의 입장'을 생각해서 '히나' 인형을 팔아넘기는 데 대해 '그렇게는 강한 주장도 할 수 없었'다. 집안이 외부와 접촉할 때 가부장의 권한에 속해 있는 그녀는 말참견을 할 수 없었다. 가정의 평화를 위해 그저 사태를 바라보기만 할 뿐이다. 이와 같은 인종적(忍從的) 여성상은 「도적떼」에서 남편의 악행을 인내하고 남편을 구하지만 혼자서 쓸쓸한 최후를 맞이하는 할멈, 「손수건」에서 아들의 죽음을 선생에게 알리며 테이블 밑에서는 손수건이 찢어질 만큼 전율을 하면서도 얼굴에는 미소를 짓는 니시야마 부인(西山夫人)의 모습과 비슷하다. 그녀들의 모습에서 기존의 전통적 여성상이 부각되며 동시에 당시 교육제도로 공고해진 가부장적 가족제도의 원리가 요구하는 남성에 대한 복종과 인종을 구현하는 현모양처상을 볼 수 있다. 다음에 오쓰루에게서는 어리고 미숙한 여성상을 볼 수 있다. 즉 그녀는 어리고 미숙해서 주체적으로는 사물을 판단할 수 없는 불완전한 모습으로 그려지고 있고 순간적인 감동에 집착하는 존재이다. 이와 같은 오쓰루의 모습은 앞 장에서 검토한 「도적떼」의 아코기와 「무도회」의 아키코의 모습과 유사하다. 아코기는 선천적인 백치성 때문에 고통스런 삶을 살지만, '순진무구' 혹은 '모성의 구현'으로 어둠의 세계를 구제한다. 아키코는 일본 개화의 상징으로 일본 미의 구현체로 그려지고 있으나, 어리고 미숙해서 자신이 춤을 춘 사람이 누구인지도 모르며 불꽃의 순간적인 감동에 집착한다. 그녀들은 모두 어리고 미숙한 비이성적 존재로 그려지고 있는 것이다. 그렇다고 해서 그녀들이 부정적인 모습으로 그려지고 있다는 것은 아니다. 아쿠타가와는 오히려 그녀들의 미화를 통해 자신의 이상적인 여성상을 구체화하고 있다. 이는 남성작가로서의 아쿠타가와의 남성중심주의 이데올로기가 추구한 미화였다고 생각할 수 있을 것이다.

물론 작가의 집필 동기는 졸속주의로 근대화 즉 서구화의 길을 걸은 일본사회와 문화 그 자체를 '히나' 인형의 운명에 빗대어 그려내고자 하는 것이었다. 다만 거기에 소설의 클라이막스에 '찰라의 감동'을 준비하는 소설적 수법에 대한 충동이 있었음도 지적해 두어야 할 것이다. 따라서 그러한 과정에서 아쿠타가와라고 하는 남성작가의 손에 의해 남성은 합리적이고 현실적인 판단능력을 갖춘 주체로, 여성은 주체적으로 행동하지 못 하고 인내와 복종을 요구받는, 감정적이고 비합리적인 철부지 어린아이로서 타자화되고 있음은 확실하다. 그러나 그것도 소설의 클라이막스로서의 '찰라의 감동' 효과를 높이기 위한 의도적 젠더의 차이를 강조하고자 하는 장치였음을 간과해서는 안 될 것이다.

제5절 맺음말

이상에서 메이지시대에 있어 '히나' 인형은 무엇이었는지, 그리고 그 '히나' 인형이 각 등장인물에게는 어떠한 의미를 가지고 있는지를 살펴 보았다. 그런 후에 갈등의 구조와 여성상의 특징에 대해 고찰해 보았다. 그 결과 본 작품에서 '히나'는 문명개화의 물결이라는 시대의 추이와 구가의 몰락을 상징하는 소품으로 등장하고 있음을 알 수 있었다. 즉 유신과 근대화의 물결에 밀려난 이베에 가족은 생계를 위해 딸의 '히나' 인형까지 팔아 넘겨야 할 만큼 몰락했는데, 그렇게 팔려 가는 '히나'인형은 경제원리에 의해 서구인에게 넘어가는 일본의 전통문화, 혹은 근대화의 물결에 제대로 편승하지 못 하고 주변으로 밀려난 메이지인들의 운명을 상징하고 있다고 할 수 있다. 작가의 집필의도는 부기에 단적으로 드러나 있듯이, '히나'로 상징되는 일본인과 일본의 전통문화의 발견에 있다 할 수 있을 것이다.

그러나 이러한 '히나'로 상징되는 자신들의 운명에 대해 등장인물들은 각기 다른 태도를 보이고 있음도 알 수 있었다. 즉 개화의 소용돌이 속에서 남성은 합리적이고 현실적인 판단능력을 갖춘 주체로, 여성은 주체적으로 행동하지 못 하고 인내와 복종을 요구받는 현모양처나 감정적이고 비합리적인 철부지 어린아이로서 타자화되고 있는 것이다. 이러한 여성상은 아쿠타가와라는 남성작가의 손에 의해 조형된 것이고, 그것은 바로 당시 공교육을 통해 일반화되어 있던 가부장적 가족국가주의와 전통적인 남성중심주의 논리로부터 아쿠타가와가 자유롭지 못 했음을 입증하고 있는 것이라 할 수 있다.

제3부

일본중심주의와 아시아적 가치

-아쿠타가와의 탈중심화 방법론의 획득-

제6장
중국여행을 통한 사회의식의 성장
-『지나유기(支那游記)』를 중심으로 -

제1절 들어가며

아쿠타가와는 1919년 가마쿠라(鎌倉)의 해군기관학교 영어교사 생활을 하며, 창작을 병행하다가 본격적인 작가 생활에 전념하기 위하여, 우스다 슌스케(薄田淳介)의 주선으로 오사카매일신문사에 입사하여 생활의 안정을 취했다. 그리고 1921년 3월 하순부터 7월 중순까지 약 4개월 동안 신문사 해외시찰원으로 중국을 여행, 귀국 후 그 인상을 여행기로 정리하였다. 그 성과물이 「상해유기(上海游記)」(「大阪每日新聞」 1921. 8. 17~9. 12, 「東京日日新聞」 1921. 8. 20~9. 14), 「강남유기(江南游記)」(「大阪每日新聞」 1922. 1. 1~2. 13), 「장강유기(長江游記)」(「女性」 第6卷第3号, 1924. 9. 1), 「북경일기초(北京日記抄)」(「改造」 第7卷第6号, 1925. 6. 1), 「잡신일속(雜信一束)」(초출미상)이며, 이는 후에 단행본 『지나유기(支那游記)』(改造社, 1925. 11)로 출판되기에 이른다.

아쿠타가와는 이상과 같은 중국여행의 실행과 여행기 집필에서 지식을 뒷받침하는 체험을 얻을 수 있었으며, 그것은 동서고금의 문학에 두루 기반을 두고 있는 그의 문학과 의식세계에 적지 않은 영향을 주었고, 이후 그의 문학세계에 많은 변화를 초래하고 있다. 아쿠타가와 자신도 '『지나유기』한 권은 필경 하늘이 내게 베푼(혹은 내게 벌로 내린) Journalist적 재능의 산물이다'[1]라고 언급하며 중국여행과 여행기 집필에 상당한 자부를 표하고 있다. 그러나 지금까지의 연구사에서는 아쿠타가와의 중국여행의 의의에 관한 연구는 미미해서, 중국여행 후 건강의 상실이라는 측면과 격동기의 중국을 여행하면서도 정치나 사회에 깊이 들어가지 못 했던 점과 같은 부정적측면이 강조되고 있는데 불과하다. 물론 세키구치 야스요시는 최근의 『특파원 아쿠타가와 류노스케; 중국에서 무엇을 보았는가』에서 아쿠타가와의 중국여행을 재고하는 시도를 하고 있다.[2] 즉 그는 아쿠타가와와 중국여행에 관련된 논의에서 지금까지 기행문『지나유기』의 평가는 낮아서 부정적 측면만 강조되었다고 하며, 아쿠타가와는 중국여행 후 사회의식이 성장되었다고 강조하고 있다.

그러나 아쿠타가와의 중국여행은 그렇게 부정적, 혹은 긍정적 측면으로 나누어 생각할 수 있을 만큼 단순하지는 않다. '머리로는 서를 가슴으로는 동을 지향하며, 늘 동과 서로 찢겨 안주하지 못 하였'으며, 앞에서 고찰해 온 바와 같이 서구중심 문화에 이의를 제기하며 「손수건」이나 「무도회」, 「히나」처럼 백인들의 오리엔탈리즘에 대항하는 담론을 남긴 아쿠타가와는, 격동기 중국의 현실에 접하고

---

1) 「『지나유기』자서」, 『전집』제13권, p.105.
2) 関口安義, 『特派員芥川龍之介 中国でなにを視たのか』(毎日新聞社, 1997) 아울러 본서는 자료상으로 위 저서에서 많은 도움을 받고 있음을 밝혀 둔다.

복잡한 심경에 처했을 것이다. 본서에서는 그러한 의미에서 아쿠타가와가 중국에서 무엇을 보고, 무엇을 느꼈는지, 그것이 그의 의식세계에 어떠한 변화를 초래했는지, 그 한계는 무엇인지를 『지나유기』를 중심으로 그가 비판했던 피에르 로티의 『가을의 일본』과도 비교하며 고찰해 보겠다.

제2절 아쿠타가와에게 있어 중국여행의 의의

1) 아쿠타가와에게 있어 중국

아쿠타가와는 양가의 잇츄부시(一中節)[3]의 스승인 우지 시산(宇治紫山)의 아들 오노 간이치(大野勘一)에게 영어, 한문 습자를 배움으로써 일찍부터 한시·한문의 세계에 익숙하여, 이백, 두보를 비롯한 중국시인의 시를 애독하였다. 일본근대문학관의 『아쿠타가와 류노스케 한적 목록(芥川龍之介文庫目録)』의 개요에 그가 소장한 한문서적은 1888점, 1177책이라고 나와 있다. 이러한 아쿠타가와에게 있어 중국은 어떠한 의미를 지니고 있었을까? 다음은 아쿠타가와에게 중국은 무엇이었는지를 잘 나타내 준다.

어렸을 때의 애독서는 「서유기」가 제일이다. 이것들은 오늘날에도 나의 애독서이다. 비유담으로서 이 정도의 걸작은 서양에도 없을 것이라고 생각한다. 고명한 벤야민의 「천로역정」노 노서히 이 「서유

---

3) 조루리(浄瑠璃) 가락의 일종. 에도 시대 중기에 교토의 미야코잇추(都一節)가 창시했다. 곡풍은 수수하고 온화하여, 전통적으로 고상한 조루리로 여겨지고 있다.

기」의 경쟁 상대가 되지 못 한다. 그리고 「수호전」도 애독서 중의 하나이다. 이것도 아직도 애독하고 있다. 한 때는 「수호전」속의 백팔명의 호걸의 이름을 모두 외우고 있던 적이 있다.4)

아쿠타가와에게 중국은 오랫 동안 사랑해 온 한시나 중국화,『서유기』,『수호전』,『삼국지』의 무대로서 동경의 대상이 되고 있음을 알 수 있다. 따라서 그러한『서유기』나『수호전』을 비롯한 중국 고전과의 만남은 후년의 아쿠타가와의 문학에 짙게 투영되어, 그의 문학의 재원이 되고 있음은 주지의 사실이다. 예를 들면, 「주충(酒虫)」(第4次「新思潮」第1年第4号, 1916. 6), 「선인(仙人)」(「新思潮」第1年第6号, 1916. 8), 「목이 떨어진 이야기(首が落ちた話)」(「新潮」第28巻 第1号, 1918. 1)는『요재지이(聊斎志異)』가 재원이며, 「기우(奇遇)」(「中央公論」第36年第4号, 1921. 4)는 『전등신화(剪灯新化)』가 재원이다. 또한 중국을 무대로 삼고 있는 작품으로는 「남경의 기독(南京の基督)」(「中央公論」1920. 7), 당대(唐代)의 전기소설『두자춘전(杜子春伝)』을 전거로 하고 있는 「두자춘(杜子春)」(「赤い鳥」第5巻第7号, 1920. 7), 상해를 무대로 한 「아그니의 신(アグニの神)」(「赤い鳥」第6巻第1号, 1921. 1~2), '먼 옛날' '지나의 수도'를 무대로 한 미완성작 「흰 새끼 고양이 이야기(白い小猫のお伽噺)」(1920년 집필 추정) 등이 있다. 그리고 중국 회화를 소재로 한 소설 「추산도(秋山

---

4) 「愛読書の印象」,『전집』제6권, p.299.
　　子供の時の愛読書は「西游記」が第一である。これ等は今日でも僕の愛読書である。比喩談としてこれほどの傑作は、西洋には一つもないであらうと思ふ。高名いバンヤンの「天路歴程」なども到底この「西游記」の敵ではない。それから「水滸伝」も愛読書の一つである。これも今以て愛読してゐる。一時は「水滸伝」の中の一百八人の豪傑の名前を悉く暗記してゐたことがある。

図)」(「改造」第3卷第1号, 1921. 1)도 있다.

　이상과 같이 아쿠타가와는 중국고전의 풍토와 문화를 서적을 통해 알고, 그 자연과 인사에 대해 관심을 갖게 되어 문학세계의 재원으로 삼고 있다. 따라서 그의 중국여행 이전의 중국관은 서적을 통해 형성된 상상의 산물이었다 할 수 있다. 이와 같은 아쿠타가와에게 있어 중국여행은 그 이전에 다니자키 준이치로(谷崎潤一郞, 1886~1965)나 사토 하루오(佐藤春夫, 1892~1964)가 중국을 여행하고 그 성과를 작품으로 결실맺은 일도 있어 수년 동안의 숙원이었을 것이다.

2) 아쿠타가와의 중국여행 당시의 시대상황

　아쿠타가와가 중국을 방문했던 1920년대 중국의 시대적 상황을 살펴 보면, 한 마디로 대륙의 이권을 둘러싸고 제국주의 국가들의 경쟁이 심각했던 시기였다 할 수 있다. 청조(淸朝)의 중국은 19세기 말 영국과의 아편전쟁의 패배로 인해 남경조약(1842년)이라는 불평등조약을 체결, 문호를 개방한 이래 미국, 프랑스와 같은 열강에 의해 강제적으로 개국을 하게 된다. 이러한 굴욕적인 외교에 반기를 든 것이 태평천국의 난으로 이후 중국인의 자각은 고조되어 유럽문화를 받아들여 국력의 증강을 꾀하는 기운이 생기고 동치중흥(同治中興)이라는 안정기를 맞이하게 된다. 그러나 이런 안정기는 조선의 이권을 둘러싼 일본과의 전쟁(청일전쟁)에서 패함으로써, 충분한 성숙을 보지 못 한다. 이후 동아시아에는 제국주의의 식민지시대가 도래되고, 중국은 급속도로 국력을 상실하고 식민지화의 길을 걷게 된다.

　한편 그러한 청일전쟁의 승리로 비약적인 발전을 이룬 일본의 제국주의는 중국동북부의 이권을 둘러싸고 러시아와 충돌, 러일전쟁을 일으켜 압도적 승리를 거둔다. 이후 일본의 조선의 식민지화와 중국침략은 더욱 더 노골적으로 되어간다. 그리고 1919년에는 제1차대전 중 유럽열강의 세력이 중국에서 후퇴한 틈을 타 중국침략을 기도한데 대한 항의로, 5월 4일 일본 유학생들이 데모행진을 벌임으로써 전국적으로 반일운동이 전개된다. 이러한 학생운동은 민중의 항일운동으로 발전하고 일본상품 배척운동으로 이어진다. 그리고 1921년 7월 1일 중국공산당 창립대회가 상해에서 개최된다. 아쿠타가와가 중국을 방문한 것은 바로 이러한 시기였다.

이렇듯 아쿠타가와가 중국에 대한 큰 관심을 보이게 된 것은, 중국이 청일전쟁과 러일전쟁에서 승리를 거둔 일본의 제국주의적 침략으로 인해 급속도로 국력을 상실하고 식민지화의 길을 걷게 되면서, 전국적으로 반일운동과 일본상품 배척운동이 전개된 시기이다. 즉 열강의 제국주의적 침략에 의해 반식민지화된 중국에서 복권을 위한 저항운동이 고조된 시기라 할 수 있다.

3) 신문사 특파원으로 중국을 여행하는 것의 의미

이러한 시대상황에도 불구하고 아쿠타가와가 중국을 여행한 것은 개인적으로는 자신의 문학세계의 무대로서 동경의 대상인 중국을 직접 체험하는 것에 대한 기대를 실현하는 것이다. 그것은 오랜 세월의 기대의 실천이었을 것이다. 그러나 그것이 신문사 특파원 자격으로 중국에 파견된다는 것은 그 이상의 의미를 지닌다. 당시 제1차 세계대전 후 일본은 유럽이나 아시아 여러 국가와 관계를 더 강화하였고, 신문사에서는 해외통신란에 충실을 기했다. 그 기획의 일환으로 신문사에서는 저명한 작가를 해외에 특파원으로 파견하여 기행문을 쓰게 하고 그것을 특집기사로 연재하고 있었다. 당시 오사카매일신문사에서는 공고에 의해 10명의 사원을 해외 각지에 파견하였는데, 그 중 한 명으로 선발된 아쿠타가와는 해외출장을 허락하게 된다. 그리고 '신문사로부터는 정치, 풍속, 사상 전반에 걸친 인상기를 기대한 것 같으며, 아쿠타가와 자신도 그에 부응하고 있는데 자연히 시점은 중국 고래의 풍속이나 문화로 기울게 되어 도처에 독특한 재기를 발휘하여 흥미있는 기행을 할 수 있었던 것이다'5)라는 지적도 있듯이, 그에게 있어 중국여행은 서적의 세계에서 상상된 중국의 풍속이나 문화를 확인하는 기회이기도 했던 것이다. 그래서 신문사에서는 그러한 아쿠타가와의 중국시찰 견문록 혹은 보고에 대한 기대를 모아 「지나인상기 아쿠타가와 류노스케씨/신인의 눈에 비친 새로운 중국/근일 지상으로 보고 게재예정」이라는 제목의 기사로 대대적인 선전을 했다. 필자와 그 인상기의 내용소개는 다음과 같다.

아쿠타가와씨는 현대문단의 제일인자, 신흥문예의 대표적 작가임과 동시에 지나취향의 애호자로서도 역시 세간에 알려져 있다. 아쿠타가와씨는 지금 집필을 하며 상해에 체재하고 있으며, 강남 일대의 꽃을 두루 섭렵한 후에는, 드디어 봄을 찾아 북경에 올라가기 위해 자연의 풍물에 여정을 기울임과 동시에, 그 곳 현지의 신인들과 관계를 맺으며, 애써 지나의 면목을 관찰하려 하고 있다. 신인이 본 중국이 얼마나 새로운 모습과 새로운 생각으로 가득한 지는 오직 본편에 의해서만 알 수 있을 것이다.6)

---

5) 橋春雄, 『芥川龍之介事典』(明治書院, 1985), p.235.

이 광고를 보면 '현대문단의 제일인자, 신흥문예의 대표적 작가'로서 아쿠타가와의 견문기(레포트)가 상당한 기대를 모으고 있었으며, 그 만큼 그 내용에는 사회의 이목이 집중되어 있었고, 관헌의 언론통제를 받을 위험도 높았음은 충분히 예측할 수 있다. 그 증거로 우스다 슌스케는 아쿠타가와의 「입사의 말」이 '마침 정치계절로서, 재미도 없는 의회의 기사가 신문지상을 크게 떠들썩하게 하고 있을 무렵이었기 때문에, 그 문장은 쉽게 끼워 넣을 수가 없어'서, '미게재인 채로 철회'하였다고 하고 있다.[7] 우회적인 표현이기는 하지만 결국은 게재되지 못 했다고 하는 것으로 그 진짜 이유에 대해서는 우스다는 언급하려 하지 않는다. 그것은 당시의 현실로 생각하면 많은 일본 독자와 관헌의 눈에 노출된 신문이라는 매스 미디어를 통해 공표되는 만큼, 아쿠타가와의 여행기는 그 개인의 사상이나 사고를 표현하는데 있어 그러한 시선들로부터 자유롭지 못 했다고 하는 것이다.

---

6) 「大阪毎日新聞」1921. 3. 31.
　　芥川氏は現代文壇の第一人者、新興文芸の代表的作家であると共に、支那趣味の愛好者としても赤世間に知られて居る。氏は今筆を載せて上海に在り、江南一帯の花を狩り尽くした後は、やがて春をもとめて北京に上るべく、行々想を自然の風物に寄せると共に、交りを彼の地の新人に結びて、努めて若き支那の面目を観察しようとして居る。新人の観たる支那が、如何に新様と新意に饒なるものであるかは唯本編によってのみ見られよう。
7) 薄田淳介, 『艸木虫魚』(倉元社, 1935. 10), p.105.

제3절 중국여행 이후에 보이는 중국인식에 대한 변화

1) 격동기의 중국여행과 일본중심주의의 모순에 대한 자각

앞에서 살펴 보았듯이, 아쿠타가와가 방문했을 때의 중국은 민주주의 혁명운동이 종결을 향하고 있던 시기라고는 하지만, 여전히 각지에 군벌이 할거하고 노동자의 스트라이크가 빈발하는 상황에 있었다고 할 수 있다. 그것을 아쿠다가와가 직접 목격했음은 '지금 막지나 각지에 동란의 전조가 있음. 너무 꾸물거리다 보면 돌아가지 못할 염려가 있으므로'8)나, '내가 대동으로 가려는 참에 스트라이크가 발생하여 기차 불통되다'9)라는 그의 서간을 통해 확인할 수 있다. 또한 그는 천평산(天平山) 백운사(白雲寺)에서는 배일낙서를 접하고 그 중 몇 개를 기록하고 있다. 예를 들면 '諸君儞在快活之時(제군 쾌활할 때 있다) 不可忘了三七二十一条(3721조를 잊어서는 안 된다)', '犬与日奴不得題壁(개와 일본 놈 벽에 글을 붙일 수 없다)'10) 등과 같이 일본인으로서는 보고 싶지 않은 반일낙서에도 관심을 보이며 기록을 하고 있다. 이는 굴욕적인 대화21개조(対華21個条) 요구에 대한 중국민중의 분노이자 공공공원에 '중국인과 개 출입금지'라고 하는 간판을 빗대어 일본인들을 비판한 글들이다. 장사(長沙)에서 여자사범학교를 견학했을 때는 다음과 같이 더 심한 반일감정을 체험한다.

---

8)「芥川道章宛手紙, 1921. 6. 14」,『전집』제19권, p.180.
9)「芥川家宛絵葉書, 1921. 6. 24」,『전집』제19권, p.182.
10)「江南游記」,『전집』제18권, p.256.

고금에 드물게 뿌르퉁한 표정을 지은 연소한 교사가 안내를 해 준
다. 여학생은 모두 배일감정으로 연필 같은 것은 사용하지 않기 때문
에, 책상 위에 붓과 벼루를 준비해 두고는 기하나 대수를 공부하고 있
는 실정이다. 그 다음에 기숙사도 한 번 보고 싶어서 통역 소년에게
이야기를 하게 했더니, 교사 더 뿌르퉁한 표정을 짓고 말하기를, ‘그
것은 거절하겠습니다. 일전에도 이 기숙사에는 병졸이 대여섯 명 침
입하여, 강간사건을 야기한 후이니까요.’[11]

이러한 중국의 현실과 함께 그의 중국방문에서 중요한 것은 당시
중국의 역사적 흐름의 첨병에 서 있는 유명인사들과의 만남이다. 그
가 상해체재 중에 만난 사람들 중 「상해유기」에 기록되어 있는 사람
들 중에는 장 병린(章炳麟, 1869~1936), 정 효서(鄭孝胥, 1860~1938),
이 인걸(李人傑, 1890~미상) 등이 있으며, 그는 그들과 중국의 현실,
중일문제, 정치문제 등을 이야기하고 있다. 장 병린은 청조말기, 중
화민국 초기의 문헌고증학자이자 혁명가이다. 호는 태염(太炎)이며,
학자로서의 그는 청조말의 공양학(公洋学)에 대항하여 춘추좌씨전
(春秋左氏伝)으로 고학(古学)을 주장하고 고증학의 마지막 대가가 되
었다. 처음에 변법자강운동(変法自疆運動)에 공명하고 후에 중국동
맹회에 참가하였으며 「민보(民報)」의 주필이 되었다. 혁명 후 한 때
중화민국 정부의 관료가 되었다. 혁명가로서의 그는 손 문(孫文,

---

11) 「雑信一束」, 『전집』 제12권, p.223.
    古今に稀なる仏頂面をした年少の教師に案内して貰ふ。女学生は皆排日の為
    に鉛筆や何かを使はないから、机の上に筆硯を具へ、幾何や代数をやつてゐる
    始末だ。次手に寄宿舎も一見したいと思ひ、通訳の少年に掛け合つて貰ふと、
    教師愈仏頂面をして日、「それはお断り申します。先達もここの寄宿舎へは兵
    卒が五六人闖入し、強姦事件を惹き起した後ですから」

1866~1925)[12], 황 홍(黃興, 1874~1916)[13]과 함께 '혁명의 3존'이라 일
컬어졌다. 이와 같이 그는 중국과 일본을 왕래하면서 혁명에 진력하
는 한편, 국학연구와 교육도 계속하였다. 상해에서는 「소보(蘇報)」
라는 잡지를 발행하여 청조타도의 사상선전에 힘썼다. 그것이 신해
혁명으로 이어졌고 그 결과 중화민국이 출현한다. 그러나 제1차세계
대전 후 중화민국의 군벌이 언론통제와 탄압을 강화하자 시민이나
노동자들을 향해서는 사상과 문학으로 정치를 비판하기에 이르른다.
저서에 『국고론형(国故論衡)』『장씨총서(章氏叢書)』『장태염문록(章
太炎文錄)』이 있으며, 아쿠타가와는 그와의 직접적인 교우를 바탕으
로 하고 있는지 어쩐지는 확실하지 않지만, 『장태염문록』5권을 소
장하고 있다. 이와 같은 장 병린에 대해 아쿠타가와는 '장 병린씨의
화제는 철두철미, 현대의 지나를 중심으로 한 정치나 사회의 문제였
다'[14]라며, 장 병린과 당시 함께 중국의 현실과 중일문제에 대해 이
야기했음을 밝히고 있다. 3년 후 아쿠타가와는 이 때의 방문을 기억
하면서 다음과 같은 글을 남긴다.

---

12) 중국혁명의 지도자. 처음에는 의사였는데 후에 흥중회(興中会)를 조직하였고
   더 나아가 중국동맹회(中国同盟会)를 결성하여 혁명운동에 진력한다. 때때로
   일본에 망명한 적도 있다. 삼민주의(三民主義)를 주창하였으며, 1911년 신해혁
   명(辛亥革命) 때에 청조를 타고하고 중화민국을 수립했다. 그러나 곧 임시대통
   령을 원 세개(袁世凱)에게 넘기고 중국국민당을 조직하여 국공합작(国共合作)
   을 추진하고 혁명의 완성을 꾀하였다. 저서에 「삼민주의(三民主義)」, 「건국방
   략(建国方略)」 등이 있다.
13) 중국의 혁명가. 일본 유학 후, 중국혁명동맹회(中国革命同盟会)에 참가했다.
   신해혁명 후에는 남경임시정부의 육군총장을 역임했다. 제2혁명에 실패하여 미
   국으로 망명했다.
14) 「上海游記」, 『전집』 제8권, p.33.

그 때 선생이 한 말은 아직도 내 귀에 쟁쟁하다. ―'내가 가장 싫어
하는 일본인은 도깨비섬을 정벌한 모모타로이다. 모모타로를 사랑하
는 일본국민에게도 다소의 반감을 품지 않을 수가 없다.' 선생은 참으
로 현인이다. (중략) 그러나 아직 어떠한 일본통도 우리의 장태염선
생처럼, 복숭아에서 태어난 모모타로에게 일격을 가하는 것을 들어
본 적이 없다. 뿐만 아니라 이 선생의 일격은 어떠한 일본통의 웅변보
다도 훨씬 진리를 포함하고 있다.[15]

주지하는 바와 같이 모모타로(桃太郎) 전설은 복숭아에서 태어난
모모타로가 도깨비의 섬을 정벌하는 동화로 전쟁 전에는 초등학교
교과서에도 실려 있었으며, 전후에는 일본의 제국주의를 표상하는
담론으로 비판을 받았다. 아쿠타가와는 그와 같은 배경을 바탕으로
모모타로를 비판하는 장 병린의 말에는 침략자 일본의 제국주의에
대한 엄중한 비판이 들어 있다고 하는 것이다. 그리고 아쿠타가와는
직접 정치가를 매도하는 것보다 모모타로 전설에 빗대어 일본인 전
체를 비판하는 데 장 병린의 안목이 있다 하며 공감을 표현하는데,
장 병린의 언급의 직접적인 목적은 1910년의 한일합방, 1915년의 대
화21개조요구 등의 강경책을 추진하는 일본정부의 식민정책을 비판
하는데 있다고 생각된다.

아쿠타가와가 중국여행에서 만난 두 번째 인물, 정 효서는 청조의

---

15)「僻見」,『전집』제11권, pp.199~200.
　　その時先生の云つた言葉は末だに僕の耳に鳴り渡つてゐる。―「予の最も嫌
郡する日本人は鬼が島を征伐した桃太郎である。桃太郎を愛する日本国民にも
多少の反感を抱かざるを得ない。」先生はまことに賢人である。(中略)しかしま
だ如何なる日本通もわが章太炎先生のやうに、桃から生れた桃太郎へ一矢を加
へるのを聞いたことはない。のみならずこの先生の一矢はあらゆる日本通の雄
辯よりもはるかに真理を含んでゐる

유신이다. 복건민후(福建閩侯) 출신으로 1924년 퇴위한 청조의 선통제(宣統帝)의 교육을 담당했으며 청조의 재건을 꾀한 인물이다. 만주국 성립과 동시에 국무총리가 되었고 시문에도 뛰어났다. 아쿠타가와의 장서 중에는 그의 시집『해장루시(海藏楼詩)』가 있으며, 아쿠타가와는 중국에서 그를 두 번에 걸쳐 만난다. 다음의「상해일기」의「13 정 효서씨」는 그를 첫 번째 방문했을 때의 기록이다.

　　정 효서씨를 더한 우리들은 한 동안 지나문제를 서로 논했다. 신차곡단 성립 이후, 일본에 대한 지나의 여론과 같은 어울리지 않는 이야기를 해댔다. (중략) 누구든지 중국에 가 보면 알 것이다. 반드시 한 달 안에 정치를 논하고 싶은 심정이 될 것이다. (중략) 그리고 아무도 시키는 사람이 없어도 예술보다 훨씬 하등한 정치에 관해서만 생각하고 있었다.16)

　이 대화 내용 역시 예술보다도 정치에 관한 문제였고 이 문장으로부터도 격동하는 중국의 분위기는 아쿠타가와로 하여금 정치열의 포로가 되게 했음을 알 수 있다.

　이 인걸17)은 호북성(湖北省) 출신으로 중국공산당 창립 멤버 중의

---

16)「上海游記」, 앞의 책, pp.39~40.
　　氏を加へた我は、少時支那問題を談じ合つた。新借款団の成立以後、日本に対する支那の輿論はとか何とか、柄にもない事を弁じ立てた。(中略) 誰でも支那へ行つて見るが好い。必一月とゐる内に政治を論じたい気がして来る。(中略) さうして誰も頼まないのに、芸術なぞよりは数段下等な政治の事ばかり考へてゐた。

17) 아쿠타가와의 중국여행과 이 인걸과의 관계에 관한 연구는 아오야나기 다쓰오(青柳達雄)의「이 인걸에 대하여(李人傑について、芥川竜之介『支那游記』中の人物)」(「国文学 言語と文芸」第103号、1988. 9. 20)와 단 원조(単援朝)의「상해의 아쿠타가와 류노스케(上海の芥川竜之介－共産党代表者李人傑との

한 사람이다. 일본유학 시절에 공산주의에 관심을 갖고 귀국 후에는 민족해방운동에 관계한 인물이다. 그는 1920년 8월에 진 독수(陳独秀, 1880~1942)들과 함께 상해공산당을 결성했다. 그 때 그는 상해대표로서 참가한다. 아쿠타가와는 그를 '상해의『젊은 지나』를 대표할 수 있는 사람 중의 한 사람임'[18]이라고 하고 있으며, 그는 '이씨 또한 말한다. 사회혁명을 일으키려면 프로퍼갠더에 의해야 한다. 이런 연유로 우리들은 저술을 하는 것이라고'[19] 하며, 문학의 프로퍼갠더론(사회참여)을 역설하고 있다.

이와 같이 격동하는 중국 각지를 돌며 배일분위기를 접하고, 문인, 정치가들과 정치적 논의를 거듭하는 과정에서, 이전에는 의식하지 못 했던 일본제국주의의 모순을 자각하고 일본으로 돌아오자 그 체험이 사회의식을 성장시켰다고 할 수 있다. 아쿠타가와는 중국여행을 통해 일본사회를 '외부'로부터 상대화하는 눈을 획득하게 된 것이다. 이와 같은 사회의식의 성장과 일본사회를 상대화하는 시각의 획득에 중국여행의 체험의 영향이 컸음은 두말 할 나위 없겠지만, 그 시각은 제국주의 일본인의 그것이 아니라 아쿠타가와로서는 가능한 한 피식민자인 중국인의 시각과 동일화하려 한 것이었다. 그것은 동정이나 공감과는 다른 작가의 창작방법이라는 이지적 과제였다. 따라서 아쿠타가와에게 그것이 가능했는지 어떤지는 이후 발표한 그의 작품분석과 평가의 문제로 이어진다. 본서는 그 성패는 차치하고 작가 아쿠타가와의 시도는 포스트콜로니얼 방법론 그 자체라는 점

接触ー)」(「日本の文学」第8輯, 1990. 12. 5) 등이 있다.

18)「上海游記」, 앞의 책, p.53.

19) 위의 책, p.56.

에 주목한다.

2) 문학과 현실의 낙차

앞에서 살펴 본 바와 같이 아쿠타가와에게 있어, 중국은 한시나 중국화, 『서유기』, 『수호전』, 『삼국지』의 무대로서 동경의 대상이었다. 그러나 그것은 독서체험을 바탕으로 하는 상상의 산물에 불과한 것이었다. 중국여행에서 직접 체험하게 되는 현실의 중국은 아쿠타가와의 환상을 깨기에 충분할 만큼, 빈곤하고 초라한 '노대국(老大国)'에 지나지 않았다. 「강남유기」의 서호(西湖)를 방문했을 때의 감상을 보자.

> 원소오는 닭을 다 씻자, 식칼을 가지러 집안으로 들어갔다. '귀밑머리에 석류 꽃을 꽂고, 가슴에는 파란 맥을 꽂은', 저 사랑스런 원소칠은 아직도 헌 포자를 빨고 있다. 그 곳에 다가선 것은 (중략) 큰 바구니를 팔에 건 몹시도 산문적인 막과자 장수이다. 그는 우리들 옆에 오자 캐러멜인지 뭔지를 팔아달라고 한다. 이렇게 되어서는 이제 끝장이다. 나는 수호전의 세계에서 벼룩처럼 뛰쳐 나왔다.[20]

그 유명한 서호는 야만스런 장사와 가난한 장사꾼들이 달라붙는

---

20)「江南游記」, 앞의 책, p.237.
　　阮小五は鶏を沈つてしまふと、庖丁をとりに家の中へはいつた。「鬢には石榴の花を挿し、胸には青き豹を刺し」た、あの愛すべき阮小七は末に古布子を洗つてゐる。其処へのそのそ歩み寄つたのは、(中略) 大きい藍を腕にかけた、甚散文的な駄菓子売である。彼は我我の側へ来ると、キャラメルか何か売つてくれろと云ふ。かうなつてはもうおしまひである。私は水滸伝の世界から、蚤のやうに躍り出した

불쾌한 장소에 불과하며, 『수호전』에 대한 환상이 아쿠타가와의 뇌리에서 사라져 버렸음을 알 수 있다. 그곳은 수호전의 세계를 즐길수 있는 곳은 아니었다. 중국여행 1년 전에 발표한 「남경의 기독」의배경이 되고 있는 진회(秦淮)를 보았을 때의 감상도 역시 마찬가지이다. 아쿠타가와가 본 현실의 진회는 자신이 자란 혼죠(本所)의 다테가와(堅川)와 같은 '평범한 개천'에 지나지 않았으며, '속취 분분한버드나무 다리'21)였다. 당의 시인 두보가 읊은 '煙籠寒水月籠沙(연기는 한수를 머금고, 달은 모래를 머금는다)'22)라는 청량한 풍경은 없다.강가의 일류로 일컬어지는 식당에 들어가자 실내는 삭막한 풍경이다. 그는 '오늘날의 지나 요릿집은 미각 이상의 어떠한 것도 만족시키지 못 하는 장소인 것 같다'라는 불만을 터트린다. 항주(杭州)의서호에서와 마찬가지로 여기서도 작가는 책 속의 세계와 현실의 갭에 실망하고 있다. 「장강유기」에서 구강(九江)을 봤을 때의 인상도'그것은 어쨌든 풍류스런 느낌이 들었다. 그러나 다음 날 아침이 되어보자 심양강에서 여봐란듯이 뽐내고 있어도, 역시 벌겋고 탁한 개천이었다. 풍엽적화추금금(楓葉荻花秋瑟瑟)과 같은 세련된 취향은그 어디에도 없었'으며, 심양루에서는 『수호전』의 영웅이 나오기는커녕 눈 앞의 배에서는 궁둥이를 내밀고 '유유히 강에 똥을 누고 있는'23) 사람을 목격했을 뿐이다.

또한 「잡신일속(雜信一束)」에서는 한구(漢口)에서 황학루(黃鶴楼)를 보았을 때의 감개를 적고 있다. 한구는 유럽과 중국이 혼재하는

---

21) 위의 책, p.293.
22) 위의 책, p.294.
23) 「長江游記」, 전집 제11권, p.259.

도시이며, 황학루는 강남의 3대 명루로서 당 시인 이 백(李白, 701~762)이나 최 호(崔顥, 704~754)의 시로 잘 알려져 있다. 그러나 아쿠타가와는 그 명소에서도 아무런 감회를 느끼지 못 한다. 붉은 벽돌색 찻집이나 사진관 외에는 '아무 볼 것이 없다'고 하고 있다. 동정호 역시 마찬가지이다. 동정호는 중국을 대표하는 호수이다. 시문에 등장하는 일이 많아 유명한 호수이지만, 아쿠타가와는 그것이 실은 흐린 물웅덩이에 지나지 않음을 확인했을 뿐이다.

중국은 동경의 대상으로 그의 머리 속에는 웅대한 자연과 영웅호걸이 활보하는 세계가 있었다. 그러나 그것은 그의 상상 속의 세계에 지나지 않은 것으로, 그의 눈에 나타난 현실세계에는 가난한 중국의 인민이 있었고, 동정호조차 '진흙 연못'에 지나지 않았다. 이와 같은 상상의 세계와 현실세계와의 갭을 여행을 통해 확인하게 되었을 때, 그는 당연히 실망하게 되는 것이다.

3) 선진국 국민으로서의 우월감과 서구화된 중국에 대한 비판

앞에서 살펴 본 바와 같이, 아쿠타가와가 중국을 방문한 시기는, 청일전쟁과 러일전쟁의 압도적 승리로 인해 일본이 선진국으로서 우월감을 갖게 된 시기라 할 수 있다. 따라서 당시 일본인들의 대중국관은 중국을 전통적인 문화의 중심지에서 쇠퇴의 길을 걷는 '노대국'으로 파악하는 것이 일반적이었다. 이와 같은 중국인식은 서장의 사토미 돈의 진술에서 확인해 둔 바이다. 중국을 '노대국'으로 보는 일본지식인의 에토스는, 그대로 아쿠타가와의 중국관으로 이어진다. 1921년 3월 30일 그가 중국의 상해항에 도착하자, 항구에는 오사카

매일신문의 관계자들과 로이터통신사 상해지국 기자이면서 오랜 지
기인 토마스 존스(1890?~1923)[24]가 마중을 나와 있었다. 그 때의 인
상을 아쿠타가와는 다음과 같이 기록하고 있다.

> 우리들은 카페 밖으로 나왔다. 그 곳에는 변함없이 노란 마차가 몇
> 대 손님을 기다리고 있다. 그것이 우리들의 모습을 보자 앞 다투어 사
> 방에서 뛰어 왔다. 마차는 애초부터 필요 없었다. 그러나 이 때 나는
> 또 한 명의 귀찮은 사람이 따라온 것을 발견했다. 우리들 옆에는 어느
> 사이엔가 저 꽃장수 노파가 궁시렁궁시렁 뭔가 중얼거리며 거지처럼
> 손을 내밀고 있다. 노파는 은화를 받은 후에도 또 우리들의 지갑을 열
> 게 할 심산인 것 같다. 나는 이런 욕심쟁이가 파는 아름다운 장미가
> 가여워졌다. 이 뻔뻔한 노파와 낮에 탄 마차의 마부와 —이것은 뭐 꼭
> 상해에 대한 첫인상에 한한 일은 아니었다. 유감이지만 동시에 또한
> 확실히 지나에 대한 첫인상이었다.[25]

---

24) 1915년 영국에서 내일하여, 나가오카 히로무(長岡拡)의 집에 기숙하며 오쿠라
　　상업(大倉商業)에서 영어를 가르쳤다. 아쿠타가와와 나루세 세이치(成瀬正一)
　　등과 알게 되고, 로이터 통신사에 입사하여 상해지국으로 옮겨간다. 1921년 아
　　쿠타가와의 중국여행 때 상해에서 재회한다. 그 반 년 후에 상해에서 병사한다.
　　「그 제2(彼 第二)」의 모델이 된다.
25)「上海游記」, 앞의 책, p.16.
　　我我はカツフエの外に出た。其処には不相変黄包車が、何台か客を待つてゐ
　　る。それが我我の姿を見ると、我勝ちに四方から駆けつけて来た。車屋はもと
　　より不要である。が、この時私は彼等の外にも、もう一人別な厄介者がついて
　　来たのを発見した。我我の側には、何時の間にか、あの花売りの婆さんが、く
　　どくど何かしゃべりながら、乞食のやうに手を出してゐる。婆さんは銀貨を貰
　　つた上にも、また我我の財布の口を開けさせる心算でゐるらしい。私はこんな
　　慾張りに売られる、美しい薔薇が気の毒になつた。この図図しい婆さんと、昼
　　間乗つた馬車の馭者と、—これは何も上海の第一瞥に限つた事ぢゃない。残念
　　ながら同時に又、確に支那の第一瞥であつた。

아쿠타가와의 중국에 대한 첫인상은 그를 포위하는 제멋대로의 인력거꾼, 염치없는 뻔뻔스런 꽃장수 노파와 같이 무례하고 비굴하고 가난한 것이었다. 이 중국 인력거꾼은 '고력(苦力)'이라는 하층노동자이다. 이 '고력'을 아쿠타가와는 「장강유기」에서 다음과 같이 그리고 있다.

> 그 동안에 많은 인력거꾼들은 우리들의 마차를 준비하느라고 화가 날만큼 수선을 피우고 있다. 물론 인력거꾼 중에 제대로 된 인상을 가진 사람은 없다. 그러나 특히 험상궂은 것은 인력거꾼 중 우두머리의 얼굴이다. (중략) 나는 또한 이 마부의 얼굴에서 뱀같은 뭔가를 느낀 것이다. 지나는 점점 더 마음에 안 든다.[26]

중국의 인력거꾼은 아쿠타가와에 의해 뱀에 비유되며 정체를 알 수 없는 기분나쁜 존재로 그려지고 있음에 주의해야 할 것이다. 그 시선은 그야말로 사이드가 상정하는 오리엔탈리즘의 재생산으로 이어진다. 아쿠타가와는 왜 서구백인의 오리엔탈리즘을 재생산하는 것일까? 그의 인식을 더듬어 보자.

아쿠타가와는 열강의 조계지(租界地)가 되어있는 상해는 모순투성이라며 특히 서구화된 거리에 대해서는 다음과 같이 고백하고 있다.

> 아무래도 금후 10년이 지나면 호안에 늘어 선 서양관 안에 한 칸씩

---

26) 위의 책, p.9.
　その間に大勢の苦力どもは我我の駕籠の支度をするのに、腹の立つ程騒いでゐる。勿論苦力に緑な人相はない。しかし殊に獰猛なのは苦力の大将の顔である。（中略）私は又この苦力の顔に蛇らしい何を感じたのである。愈支那は気に食はない。

양키가 취해 있고, 또 그 서양관 앞에는 한 명 씩 양키가 서서 소변을 보고 있는, ―그런 일이 있을 것 같다. (중략) 그러나 나는 영사는커녕 절강(浙江)의 독군(督軍)에 임명되어도 이런 진흙 연못을 보고 있느니, 일본의 도쿄에 살고 싶다.[27]

여기에는 동아시아의 서구화라는 사태(현상)에서 추악함을 응시하는 아쿠타가와의 시선이 있다. 다이쇼시대의 지식인으로서 메이지시대의 '서구화주의'에 일정한 거리를 두고자 하는 자세를 엿볼 수 있듯이, '이런 진흙 연못을 보고 있느니, 일본의 도쿄에 살고 싶다'고 하는, 일본도 중국도 서구화 세례를 받고 있는 점에서는 질적으로 같지만 그 정도에 있어서는 일본쪽이 중국보다 앞서 있다는 인식이 있다. 그 어느쪽도 서구화를 증오하는 심정으로 일관하고 있으며 서구화가 지나치게 진전되었다는 인식에서는 노대국의 현실에 대한 조소적 태도를 볼 수 있다. 그러나 논리적으로 말하자면 이 조소는 어떤 의미에서 자기 자신에 대한 조소나 자기반성이라 할 수도 있다. 그와 같은 조소적 태도가 「상해유기」의 호심정(湖心亭)을 봤을 때는 다음과 같이 노골적인 형태로 표현된다.

호심정이라고 하면 훌륭할 것 같지만 실은 지금 당장이라도 무너질 것 같은 황폐하기 그지없는 찻집이다. 게다가 호심정 외의 연못을

---

27) 「江南游記」, 앞의 책, pp.231~232.
　どうも今後十年もたてば、湖岸に並び建つた西洋館の中に、一軒づつヤンキイどもが醉払つてゐて、その又西洋館の門の前は、一人づつヤンキイが立小便をしてゐる、―と云ふやうな事にもなりさうである。(中略) しかし私は領事どころか、浙江の督軍に任命されても、こんな泥池を見てゐるよりは、日本の東京に住んでゐたい。 ―

봐도 새파란 물때가 떠 있어 물색은 거의 보이지 않는다. 연못 주위에
는 돌로 쌓은 괴상한 난간이 있다. 우리들이 마침 그 곳에 갔을 때,
연두색 목면 옷을 입은 변발이 긴 지나인이 한 명 (중략) 유유히 연못
에 소변을 보고 있었다. (중략) 잔뜩 흐린 하늘가에 서 있는 지나풍의
정각과 병적인 녹색을 펼친 연못과 그 연못으로 비스듬히 쏟아지는
세찬 한 줄기 소변과―이것은 우울을 사랑해 마지 않는 풍경화만은
아니다. 동시에 우리 노대국의 신랄한 상징이다. 나는 이 중국인의 모
습을 한 동안 많은 감회를 느끼며 바라보았다.28)

　서구화에 의한 추악한 경관을 아무렇지도 않게 받아들이는 중국
인은 반대로 중국의 전통문화와 문명을 돌아볼 수 없기 때문에 더
한층 중국의 경관을 추악하게 하고 있다. 아쿠타가와의 시선은 황폐
한 전통문화와 문명에 격한 분노를 느끼고 있다. 이는 글자 그대로
노대국에 대한 신랄한 비판이 되고 있다. 그와 같은 노대국에 대한
비판은 만리장성의 경우에도 예외는 아니다.

　거용관문(居庸関), 장금협곡(弾琴峡) 등을 일견한 후 만리장성에
올라갔더니 거지 아이 하나가 우리 뒤를 따라와 창망한 산봉우리를
가르켜 '몽고! 몽고!'라고 했다. 그러나 그것이 거짓말인 것은 지도를

28)「上海游記」, 앞의 책, pp.19~20.
　湖心亭と云へば立派らしいが、実は今にも壊れ兼ねない、荒廃を極めた茶館
である。その上亭外の池を見ても、まつ蒼い水どろが浮んでゐるから、水の色
などは殆見えない。池のまはりには石を畳んだ、これも怪しげな欄干がある。
我我が丁度其処へ来た時、浅葱木棉の服を着た、辮子の長い支那人が一人、
（中略）悠悠と池へ小便をしてゐた。（中略）曇天にそば立つた支那風の亭と、
病的な緑色を拡げた池と、その池へ斜めに注がれた、隆隆たる一条の小便と、
―これは憂欝愛すべき風景画たるばかりぢやない。同時に又わが老大国の、辛
辣恐るべき象徴である。私はこの支那人の姿に、しみじみと少時眺め入つた。

펼쳐 보지 않아도 알 일이다. 동전 하나를 얻기 위해 우리들의 십팔사
략적 낭만주의를 이용함에 있어 참으로 노대국의 거지임을 부끄러워
하지 않으니 크게 감탄하는 바이다.[29]

중국인의 전통문화와 문명의 상징인 만리장성조차 경제적 빈곤
때문에 방치된 거지에게 정복당하고 있다. 그들에게는 전통문화나
문명에 대한 존경심은 눈꼽만큼도 없다. 그것이 경관을 더욱더 추악
하게 한다. 아쿠타가와가 중국을 표상할 때 '거지', '죄악', '매음' 등
과 같은 말을 함부로 사용하여 중국에 대한 혐오감을 노골적으로 드
러내는 것은 바로 위와 같은 그의 인식에서 비롯되는 것일 것이다.
예를 들어 「상해유기」의 '거지'에 대해서는 '지나의 거지에 대해 말
하자면, 알 수 없는 게 한두 가지가 아니다. 비가 오는 날 거리에서
누워 뒹굴거나 신문지 조각 밖에 입고 있지 않거나 석류처럼 살이
썩은 무릎을 날름날름 핥거나, ─예컨대 좀 무서울 만큼 낭만적으로
생겼다. 지나의 소설을 읽어 보면 어떤 도락가나 신선이 거지로 둔
갑하는 이야기가 많다'[30]고 언급하고 있으며, 이외에도 ≪죄악≫에
서는 인력거꾼이 노상강도로 돌변한다든가 인력차를 타고 있는 동
안 뒤에서 모자를 벗겨간다든가 혹은 여자의 귀거리를 훔치기 위해
귀를 베어간다는 식으로 중국인의 악행을 전경화시킨다. 이것이 전

---

29) 「雑信一束」, 앞의 책, p.225.
　　居庸関、弾琴峡等を一見せる後、万里の長城へ登り候ところ、乞食童子一
　人、我等の跡を追いつつ、蒼茫たる山巒をさして、「蒙古！蒙古！」と申し候。
　然れどもその偽なるは地図を按ずるまでも無之候。一片の銅銭を得んが為に我
　等の十八史略的ロマン主義を利用するところ、まことに老大国の乞食たるに愧
　じず、大いに敬服仕り候。
30) 「上海游記」, 앞의 책, p.21.

통문화와 문명을 소홀히 하는 추악한 중국의 표상임은 말할 필요도
없을 것이다. 따라서 그들의 표상은 새디스틱한 추악화에 집중된다.
그 전형이 '매음'이다. 「상해유기」에는,

　　물론 매음도 성행하고 있습니다. 청련각과 같은 찻집에 가면 꼭 어
　슴프레할 무렵부터 무수한 매춘부들이 모여들고 있습니다. (중략) 그
　것이 일본인의 모습을 보면 '아나타, 아나타'라고 하며 순식간에 주위
　에 모여듭니다. '아나타' 외에도 이렇게 말하는 무리들은 '사이고, 사
　이고'라는 말을 합니다. '사이고'란 어떤 뜻인가 하면 이것은 일본 군
　인들이 러일전쟁 출정 중 지나 여자를 붙들고는 근처의 고량 밭인가
　뭔가 하는 밭으로 '자 가자(사 이코)'라고 말한 것이 와전된 것일 거
　라는 것입니다.31)

라는 관찰보고가 기록되어 있다. 이는 중국여성이 생활을 유지하기
위해 아무렇지도 않게 자신의 성을 파는 모습을 매우 추악하게 묘사
하고 있는 것이다. 그곳에는 지금까지의 전통문화와 문명에 대한 존
경심의 결여를 전경화시킨 추악한 표현, 아니 그보다는 상해에 주둔
하고 있는 군사력을 배경으로 경제적으로 우위에 있는 일본인의 시
선이 느껴진다. 아쿠타가와의 오리엔탈리즘적 시선은 이와 같은 정

---

31) 「雜信一束」, 앞의 책, p.42.
　　勿論売淫も盛です。青蓮閣なぞと云ふ茶館へ行けば、彼是薄暮に近い頃か
　ら、無数の売笑婦が集まつてゐます。(中略) それが日本人なぞの姿を見ると、
　「アナタ、アナタ」と云ひながら、一度に周囲へ集まつて来ます。「アナタ」の外
　にもかう云ふ連中は、「サイゴ、サイゴ」と云ふ事を云ひます。「サイゴ」とは何
　の意味かと思ふと、これは日本の軍人たちが、日露戦争に出征中、支那の女を
　つかまへては、近所の高粱の畑か何かへ、「さあ行かう」と云つたのが、濫觴だ
　らうと云ふ事です。

치, 경제적 우위에 있는 일본인이라는 자각에서 오는 것이라 할 수
있을 것이다. 그와 같은 아쿠타가와의 중국관은 「장강유기」의 ≪무
호(蕪瑚)≫의 장에서 다음과 같이 집약적으로 표현되고 있다.

> 그 날 밤 당가화원의 발코니에서 니시무라와 함께 등나무 의자를
> 나란히 앉아 나는 우스꽝스러울 만큼 열심히 현대중국에 대한 험담을
> 했다. 현대의 중국에 무엇이 있는가? 정치, 학문, 경제, 예술, 모두 타
> 락하지 않았는가? 특히 예술을 말하자면 가경도광(嘉慶道光)[32] 이래
> 하나라도 자랑할 만한 작품이 있는가? 게다가 국민은 남녀노소를 불
> 문하고 태평한 소리만 하고 있다. 과연 젊은 국민들 중에는 다소의 활
> 력이 보일지 모른다. 그러나 그들의 목소리에도 전 국민의 가슴을 울
> 릴 만큼 큰 정열이 없는 것은 사실이다. 나는 중국을 사랑하지 않는
> 다. 사랑하고 싶어도 사랑할 수 없다. 이 국민적 부패를 목격한 후에
> 도 여전히 지나를 사랑할 수 있는 사람은 퇴폐가 극에 달한 감각주의
> 자나 천박한 지나 취향의 열광자일 것이다. 아니 지나인 자신도 제대
> 로 된 정신을 가지고 있다면 우리 일개 여행객보다 더 혐오감에 견디
> 지 못할 것이다.[33]

---

32) 청대(清代)의 2대에 걸친 연호 이름. 1796~1851년까지의 청대의 전성기.
33) 「長江游記」, 『전집』 제11권, p.254.
　その夜唐家花園のバルコンに、西村と藤椅子を並べてゐた時、私は莫迦莫迦
　しい程熱心に現代の支那の悪口を云つた。現代の支那に何があるか?政治、学
　問、経済、芸術、悉墜落してゐるのではないか?殊に芸術となつた日には、嘉
　慶道光の間以来、一つでも自慢になる作品があるか?しかも国民は老若を問は
　ず、太平楽ばかり唱へてゐる。成程若い国民の中には、多少の活力も見えるか
　も知れない。しかし彼等の声と雖へども、全国民の胸に響くべき、大いなる情
　熱のないのは事実である。私は支那を愛さない。愛したいにしても愛し得ない
　。この国民的腐敗を目撃した後も、なほ且支那を愛し得るものは、頽唐を極め
　たセンジュアリストか、浅薄なる支那趣味の悩悦者であらう。いや、支那人自
　身にしても、心さへ昏んでゐないとすれば、我我一介の旅客よりも、もつと嫌
　悪に堪へない苦である。―

여기에는 아쿠타가와의 중국 고전문화와 문명에 대한 동경이 빗나간 것에 대한 반동으로서의 중국현실에 대한 혐오감이 강하게 나타나고 있다. 그러한 혐오감 때문에 중국의 사람들과 경관을 더욱더 추악한 표현으로 장식한 것이라 생각된다. 아쿠타가와는 메이지시대의 '서구화주의'에 대해서도 그와 같은 회의를 품고 있었다. 그러한 그가 서구화로 치닫는 중국인들과 경관을 접했을 때, 서구적인 것의 존중이 전통문화의 가치관을 상실케 했다고 느끼고 그것을 '타락'이나 '부패'로 표현한 것일 것이다. 그것이 분노로 폭발된 새디즘적 표현은 전통문화와 문명의 파괴에 대한 절망을 바탕으로 하고 있다고 생각된다. 아쿠타가와는 서구화된 당시 중국의 정치, 학문, 경제, 예술 등 모든 분야에 대해서 비판적이라기 보다는 오히려 그것들을 혐오의 대상으로 생각했던 것 같다. 그에게 있어 중국은 불결하고 빈곤하며 비굴하고 무례한 노대국으로 전락한 것이다. 그 자세와 시선은 좋든 싫든 오리엔탈리즘을 재생산하는 포즈를 취한 것이라 할 수 있다.

제4절 맺음말 - 아쿠타가와의 중국여행의 의의 -

이상에서 살펴본 바와 같이 아쿠타가와의 중국여행은 일면적으로 긍정 혹은 부정할 수 없는 여러 가지 의미를 가지고 있다 할 수 있다.

그것은 첫째로 문학과 현실의 낙차를 통해 동아시아문화권의 붕괴를 눈 앞에 함으로써 '중심'과 '주변'의 가치전환을 초래하는 창작방법을 획득하게 되었다는 것이다. 그것은 오늘날의 문화비평이론

으로 보면 포스트콜로니얼 비평의 방법이라 할 수 있다. 독서체험을 통해 길러 온 중국은 중심문화, 일본은 주연문화라는 아쿠타가와의 가치인식은 격동기 중국의 현실을 접하고 유명 인사들과 대화함으로써 붕괴된 것이다. 그런 면에서는 긍정적인 변화를 초래했다고 할 수 있다. 그리고 여행의 결과 사회현실에 무관심했던 이전의 작품과는 달리 일본사회의 중심에서 자행되고 있는 제국주의나 침략주의에 대한 비판과 주연(周縁)의 가치를 적극적으로 주장하는「장군」(「改造」第4年第1号, 1922. 1),「슌칸(俊寛)」(「中央公論」第37年第1号, 1922. 1),「제4의 남편으로부터(第四の夫から)」(「サンデー毎日」第3年第15号, 1924. 4)「모모타로(桃太郎)」(「サンデー毎日」第3年第28号, 1924. 7),「고난의 부채(湖南の扇)」(「中央公論」第41年第1号, 1926. 1) 등의 작품을 발표하게 된다. 그 구체적인 양상은 장을 바꾸어 검토해 보기로 하겠다. 그와 같은 일련의 작품은 서구중심주의에 대해 일본문화의 가치를 주장하고 일본중심주의에 대해 아시아 주변국가의 문화의 가치를 주장하는 것이라 볼 수 있을 것이다. 탈중심화의 창조행위에 대한 의욕이라 할 수 있다. 격동기 중국의 현실과 그 현실의 중심에 서있는 유명인사들과의 만남과 대화를 통해 아쿠타가와는 주연적 존재의 가치를 깨닫게 된 것이다.

그러나 여행의 부정적인 측면도 지적해 두어야 할 것이다. 애초부터 아쿠타가와의 중국관이 서적을 통한 상상의 산물이었던 점, 당시 청일전쟁과 러일전쟁의 승리를 통한 국제적 지위의 향상에서 오는 우월감을 가지고 있었다는 점은, 아쿠타가와 자신이 비판적이었던 서구 백인들의 오리엔탈리즘이 동양의 민족, 문화를 이질적이고 기분 나쁘고 낯선 것으로 타자화시켰던 것처럼, 그 역시 중국의 현실을 빈곤하고 무례하고 불결한 것으로 타자화시키는 이율배반을 낳게 하였다. 이미 언급했듯이 아쿠타가와는 로티를 비롯한 서구백인들의 오리엔탈리즘에 대해 비판적이었고「손수건」이나「무도회」는 그러한 비판의식의 실천작이라 할 수 있다.「무도회」에서 아쿠타가와는 로티가 문화의 중심을 서구의 문화라고 생각하고 일본의 문화를 낯설고 기분 나쁜 것으로 타자화한, 오리엔탈리즘의 편향성을 드러내 보였다. 또한「손수건」에서는 하세가와선생을 통하여 모델이 된 니토베 이나조를 서구 백인에 대한 원어민정보원에 지나지 않는 존재로 비판하고 있다.

그런데 이번에는 반대로 아쿠타가와가, 로티가 일본에 대해 그렇게 한 것처럼, 중국을 낯설고 기분 나쁜 존재로 타자화하고 있다. 아쿠타가와의 중국의 첫인상에 대한 묘사는 피에르 로티가『가을의 일본』에서 묘사한 일본의 인상과 흡사한 오리엔탈리즘 담론이다. 예를 들어 피에르 로티는『가을의 일본』에서 '온 몸을 검은 색으로 차려 입은 낯선 한 무리'의 '인력거꾼'을 '인간 말(hommes-chevaux), 인간 질주자(hommes-coureurs)' 혹은 '까마귀 떼'에 비유하고 있다. 그와 마찬가지로 아쿠타가와는 '제대로 된 인상을 가진 사람은 없는' '험상궂은' '인력거꾼 중 우두머리의 얼굴'로부터 '뱀같은 뭔가를 느꼈다'고 기술하고 있다. 로티에게 일본의 인력거꾼들이 하등하고 우둔한 동물에 비유되고 있듯이 중국인 인력거꾼도 아쿠타가와에 의해 낯설고 기분나쁜 동물에 비유되고 있는 것이다. 그 뿐만 아니라 더욱 흥미로운 것은『지나유기』곳곳에서 아쿠타가와가 '나는 옛날에 피에르 로티가 아사쿠사(浅草)의 관음을 참배했을 때도 틀림없이 이런 기분이 들었을 것이라고 생각했다'[34]라고 하며, 로티에게 공감을 표시한다는 것이다. 그에 따라 로티가 일본이 서구화에 매진함으로써 구축한 근대화＝서구화를 유럽의 그것에 비해 아류라 규정하고 추악한 것으로 만들었듯이 아쿠타가와도 서구화된 중국 근대풍물의 추악한 면을 들추어내는 것이다.

그와 같은 그의 중국관은 청일전쟁, 러일전쟁의 승리에 의한 일본의 국제적 지위의 상승에서 온 우월감의 발로이며 현실의 중국에 대한 아쿠타가와의 실망이나 다이쇼시대의 에토스의 반영일 것이다. 그리고 또한 그것은 신문사특파원으로서 중국을 여행한 한데서 온 제약의 결과라 생각된다. 그 만큼 그의 문학은 한계와 굴절을 지닌 문학일 수 밖에 없었을 것이다.

---

34) 위의 책, p.251.

제7장
일본중심주의에 대한 비판
-「장군(將軍)」론 -

제1절 들어가며

　「장군(將軍)」은 앞에서 살펴 본 바와 같이, 아쿠타가와가 오사카 매일 신문사 해외시찰원으로서 중국을 여행하고 귀국한 가을에 집필하여 다음 해 「개조」(1922. 1)에 발표한 작품이다. 발표 당시 반전적(反戰的)이고 제국주의에 대한 비판적인 내용으로 인하여 관헌에 의해 15개 어구 이상 삭제되었으며, 긴 경우에는 21자가 삭제되었을 만큼, 작자의 당시대에 대한 비판의식이 잘 반영되어 있는 작품이라 할 수 있다. 또한 같은 해 3월 15일 신초샤(新潮社)에서 간행된 『<대표적 명작선집37>장군』의 표제작인 점을 고려하면 그 만큼 작자의 자부심을 느낄 수 있는 작품이라 할 수 있다. 그럼에도 불구하고, 작품에 대한 평가는 '너무나 모자이크적인 구성 때문에 장군이 비천한 소심함이나 좁은 인생이 제대로 그려져 있지 않다'[35]라는 평가처럼

---

35) 鈴木秀子,「いたましい遥けさ-漱石と龍之介の場合」(「世紀」269, 1972. 10), p.64.

한결 같이 부정적인 양상을 보이고 있다.36) 호의적으로 작품의 의의
를 평가하는 견해인 경우에도, '군신 <노기(乃木)>로 대표되는 노기
마레스키상(乃木希典像), 순사에 의해 현실을 초월해 버린 이미지,
메이지의 국가주의가 만들어낸 허상, 그런 것 없이 이 작품을 논하
는 것은 불가능할 것이다'37)라는 정도이며, N장군상에 보이는 작가
의 제국주의에 대한 비판이나 반전주의에 그 관심이 집중되어 있는
것이 특징이다.38) 즉 부정적인 평가든 호의적인 평가든 작품의 구성

---

36) 이 외에도 부정적이 평가를 들자면,
   1. 島田昭男,「将軍」(『批評と研究　芥川龍之介』芳賀書店, 1972. 11), p.265.
   '세상의 노기상을 전복시키기'에 이르지 않고, '세상(독자)의 노기상과의 거
   리가 불명확하며' '거기에 또 이 소설의 약점이 잠재되어' 있다.
   2. 片岡鉄兵,『芥川龍之介の文学』(『近代文学鑑賞講座』第11巻,　角川書店,
   1958. 6), p.283. '외부세계에 말을 거는 적극적인 힘으로서는 아무런 상징
   성도 가지지 못' 했다.
   3. 宮本顕治,「敗北の文学」(関口安義編,『芥川龍之介研究資料集成』第6巻,
   日本図書センター, 1993), pp.235~236. '아쿠타가와씨의 조소가 봉건적인
   것에 향해져 있을 때조차 소부르주아적인 절도를 벗어날 수가 없다'.
   4. 清水茂,「芥川龍之介と『明治』」(『芥川龍之介;作家とその時代』, 日本文
   学研究資料新集, 有精堂, 1987. 12), p.7~8.'반전소설'이지만 일면적이므로
   '더 복안적 천착'이 필요하다.
   5. 三島由紀夫,『手巾・南京の基督』(「文芸読本芥川龍之介」河出書房出版
   社, 1975), p.38. '노기장군은 우리들의 적이 아니라 우리들 자신 속에 있다'.
   6. 愛川弘文,「芥川龍之介『将軍』試論－オルガナイザーとしてのN将軍－」
   (「国文学論考」1982. 2), p.24. '아쿠타가와를 부정하기 위해서 이 작품을
   거론한다 해도 과언이 아닐 만큼 마이너스 재료로 취급되고 있다' 그 이유
   는 'N장군과 노기장군을 등신대의 존재로서 보려고 하는 읽기의 고정'에
   있다.
   등이 있다.
37) 海老井英次,「「将軍」」(三好行雄編,「芥川龍之介必携」学灯社, 1987. 11),
   p.115.
38) 이와 같은 호의적인 평가에는 그 외에도
   1. 進藤純孝,『伝記芥川龍之介』(六興出版, 1988 1), pp.467~468. '거짓이 범
   람하는 속에서 꾸밈없는 진실을 고하고', '허와 실 양극에서가 아니라' '장

상의 한계나 표현방법과 작품의 주제-N장군으로 대표되는 제국주의에 대한 비판-의 단일성에 그 관심이 집중되어 있다. 그러나 당시 문단의 주류로 등장하기 시작한 프롤레타리아문학에도 '시적 정신'39)과 '잘 단련된 솜씨'40)가 필요하다고 역설한 아쿠타가와가 과연 단순히 시대의 조류에 편승하여 사회주의 문학의 주요 테마인 제국주의에 대한 비판으로 일관했을까?

본장에서는 제국주의 비판이라는 인식에 도달한 아쿠타가와의 창작방법과 수법을 고찰해 보고자 한다. 그러기 위해 먼저 문학 텍스트와 동시대의 사조라는 콘텍스트의 상관을 파악할 필요가 있다고 생각한다. 그를 위해 「장군」 발표 당시의 문단의 분위기와 「장군」의 주제를 재검토하고 이를 통해 아쿠타가와의 사회인식의 의의와 한계를 규명해 보고자 한다.

제2절 중국여행 이후의 사회의식과 당시 문단의 분위기

1) 책으로 접하는 사회주의

아쿠타가와가 처음으로 사회주의 사상에 접하게 된 것은 중학교

군의 진실을 파악' 하려고 노력하고 있다
2. 江藤淳, 「芥川龍之介」(『江藤淳著作集 2 作家論集』 講談社, 1967. 10)
   문말의 소좌와 아들의 회화를 인용하여 단편 작가의 자질을 간파하고 있다.
3. 開高健, 「紙の中の戦争」 19 (「文学界」1971. 1), p.167.
   작중 인물의 이미지가 '모두 아름다운 조화 밖에 되지 않기 때문에 허무가 섬광을 낳고 있지 않다'
   등이 있다.
39) 「文芸雑談」, 『선집』 제14권, p.44.
40) 「文芸的な、余りに文芸的な」, 『전집』 제15권, p.194.

시절이다. 이 사실은 친가의 우유판매업소인 경목사(耕牧舍)에서 일
하던 히사이다 우노스케(久井田卯之介＝久板卯之助, 1877~1922)[41]라
는 무정부주의자로부터 '사회주의의 신조를 배웠다'[42]는 그의 회고
를 통해 확인할 수 있다. 그러나 '그것은 내 피와 살로는 행인지 불
행인지 스며들지 않았다'[43]고 하는 그의 진술에서 알 수 있듯이 아
직은 체화되지 않은 것이었고 그 만큼 그에게는 받아들이기 힘든 사
상이었음을 알 수 있다. 다만 그는 1916년 4월 졸업논문「윌리엄 모
리스 연구」[44]를 쓰고 도쿄제국대학 영문학과를 차석이라는 우수한
성적으로 졸업한다. 윌리엄 모리스(William Morriss, 1834~1896)[45]는
영국의 시인이며 사회혁명가로 만년에는 공상적 사회주의를 신봉한
작가이다. 마쓰자와 신유는 윌리엄 모리스에 대해 '영국 19세기 후
반의 유명한 시인(계관시인으로도 추천을 받음)이며, 저명한 공예가,
건축, 장식가임과 동시에 또한 영국 사회주의사에 이름을 남길 실천
적 사회주의자였다'고 밝히고 '아쿠타가와가 시인으로서의 모리스에
게 매력을 느끼고 영향을 받음과 동시에, 사회주의자로서의 모리스
의 사상과 문학에도 매력을 느끼며 영향을 받았을 것이다'[46]라며 아

---

41) 1916년 오스기 바에(大杉栄), 와다 히사타로(和田久太郎)와「노동신문(労働
    新聞)」을 발간. 1922년 1월 21일 이즈(伊豆) 천성산(天城山)에서 사생(写生)을
    하다 눈에 묻혀 동사함.

42)「追憶」,『전집』제13권, p.299.

43) 위의 책, 같은 쪽.

44) 마쓰자와 신유(松沢信祐)에 의하면 이 졸업논문은 관동대지진 때 소실되어 현
    재는 불명이다. 초고도 이와나미 서점에 존재했었는데 현재는 불명이라 한다.
    (『新時代の芥川龍之介』洋々社, 1999. 11)

45) 영국의 시인이며 사회혁명가로 라파엘로 전파에 속하며 만년에는 공상적 사회
    주의를 신봉한 했다. 작품에는 서사시「지상낙원」, 소설「유토피아 소식」등이
    있다.

쿠타가와의 사회주의에 대한 관심은 대학시절에 생긴 것이라고 지적하고 있다. 아쿠타가와는 사회주의를 받아들이지는 않았지만, 끊임없이 관심은 가지고 있었던 것이다.

이와 같은 그가 이후, 적극적으로 사회주의 문헌을 읽기 시작한 것은 해군기관학교 교관시절인 1917년에서 1918년으로 이는 당시 시대의 흐름에 의한 것이라 할 수 있다. 친구 쓰네토 교(恒藤恭)의 회상기인 『옛 친구 아쿠타가와 류노스케(旧友芥川龍之介)』에는 다음과 같은 글이 있다.

> 1918년이었던 것으로 생각되는데, 아쿠타가와가 교토에 가서 한 동안 기온(祇園)의 시모가와라(下河原) 근처의 여관에 체재한 일이 있었다. (중략) 그 때 '사회사상에 대해 알고 싶으니 적당한 책을 빌려 달라'고 하는 아쿠타가와의 의뢰에 따라, 몇 권인가 가지고 갔다. 그는 상당히 열심히 그것을 읽은 것 같다.[47]

이 증언에 의해서도 이 시기의 아쿠타가와의 사회주의 사상도 관념적인 지식의 형태로 그의 뇌리에 머물러 있음에 지나지 않았다는 사실을 확인할 수 있다. 따라서 숙독했다고 생각되는 사회주의 문헌의 독서체험이 작품으로 구현된 예는 보이지 않는다. 그보다는 오히려 1921년 무렵부터 일본사회에는 사상과 문화에 있어 큰 변화가 일

---

46) 松沢信祐『新時代の芥川龍之介』(洋々社, 1999. 11), pp.11~12.
47) 恒藤恭, 『旧友芥川龍之介』(『日本図書センター, 1984), p.169.
  大正7年のことであつたかと思ふが、芥川が入洛して、しばらく祇園の下河原のあたりの宿屋に滞在してゐたことがあつた。(中略) その折り『社会思想について知りたいから、手ごろの書物を貸して欲しい』といふ芥川の依頼に応じて、幾冊か持参した。彼はかなり熱心にそれを読んだらしい。

어나고 있었다는 사실을 고려해야 할 것이다. 즉 그 해 2월에 「씨뿌리는 사람들(種蒔く人)」[48]이 창간되어 일본 프로문학의 거점이 된다. 주지하는 바와 같이 다이쇼시대 말부터 쇼와시대 초기 즉 제1차 세계대전 후 기성문학과 동시에 사회정세의 변화를 배경으로 계급의식을 표방하는 프롤레타리아문학 혹은 종래의 문학의 혁신을 꾀하는 예술지상주의의 근대문학이 대두했다.

중국여행 후 아쿠타가와의 사회의식은 크게 변화했다. 그 변화의 실천작이라 할 수 있는 「장군」은 그와 같은 문화적 콘텍스트 안에서 발표된 작품으로 그것이 발표되었을 당시 문단의 분위기는 무엇보다도 그것이 처음 발표되었던 잡지 「개조」의 성격을 보면 잘 알 수 있다. 「개조」는 「씨뿌리는 사람들」이 창간된 다음해 1월 아리시마 다케오(有島武郎, 1878~1923)가 「선언하나(宣言一つ)」를 발표했던 잡지이다. 「선언하나」에서 아리시마는

> 최근에 가장 주목해야 할 일은 사회문제의, 문제로서의 그리고 해결로서의 운동이 소위 학자 혹은 사상가의 손을 떠나 노동자 그 자체의 손으로 옮겨가려고 하는 점이다.[49]

라고 주장하고 있다. 이 글은 당시 지식인들에게 문예와 노동자 계

---

48) 1924년 고마키 오미(小牧近江), 가네코 요분(金子洋文)들이 창간한 사회주의 문학의 출발을 알린 문예잡지.

49) 有島武郎, 「宣言一つ」(『有島武郎集』日本近代文学大系33, 角川書店, 1970. 3), p.446.
　最近に於いて、最も注意せらるべきものは、社会問題の、問題としてまた解決としての運動が、所謂学者若しくは思想家の手を離れて、労働者のそのものの手に移らうとしつゝある事だ。

급의 결합을 주장하는 것으로서 당시의 사회에 큰 반향을 불러 일으켰다.

또한「개조」의 성격을 알기 위해서 주요 집필자를 살펴 보면, 야마가와 히토시(山川均;1~15호매회), 사카이 도시히코(堺利彦; 1~12호매회), 무로후시 다카노부(室伏高信;1, 2, 4~12호), 가가와 도요히코(賀川豊彦;1, 2, 4~12호), 호리에 기이치(堀江帰一;1, 3, 5, 12호), 하세가와 뇨제칸(長谷川如是閑;1, 2, 4, 7, 9, 12호), 후쿠다 도쿠조(福田徳三; 5~11호), 야마가와 기쿠에(山川菊栄;1, 4, 6, 8, 12호), 스기모리 다카지로(杉森孝次郎;3, 5, 6, 8, 10~12호), 다카바타케 시로유키(高畠素之;1, 5, 6호), 오스기 사카에(大杉栄;7~12호), 이토 노에(伊藤野枝;2, 4, 6, 7 임시증간호), 버틀랜드 러셀(Bertrand Russel;1~4, 8~10호)과 같은 작가, 저널리스트, 사회주의자와 같은 저명인사들이 보인다. 특집기사의 제목을 보면「열국사회운동 및 혁명가 평전(列国社会運動及革命家評伝)」(1호),「여성참정・거혼동맹(婦人参政・拒婚同盟)」(2호),「군비철폐제한(軍備の撤廃制限)」(3호),「제3인터내셔널 비판(第三インターナショナル批判)」(5호~발금),「사회현상 비판(社会現象批判)」(7호),「노동운동의 좌경과 그 장래(労働運動の左傾とその将来)」(8호),「교육비용 삭감비판(教育費用削減批判)」(11호),「다카하시 내각 비판(高橋内閣批判)」(12호)[50] 등이 있다. 이와 같은 집필자와 특집기사의 제목을 보면, 도코모토 쓰네히토(床本常彦)의 '급진적인 사회주의적 색조가 농후하며 당연한 이야기지만, 국가의 군국주의적 확대를 비판하는 논이 많다'[51]고 하는 지적과 같이,「개조」는 당시 급진적인

---

50) 宋本常彦,「「将軍」論」(関口安義編,『アプローチ 芥川龍之介』, 明治書院, 1998. 2), p.136 참조.

지식인들이 논진을 펴고 사회주의 사상을 베이스로 군국주의와 제국주의에 대한 비판을 고조시켜간 거점이 된 잡지임을 알 수 있다.

위와 같은 「개조」를 중심으로 하는 분위기가 당시 문단상황을 대변하고 있었다고 할 수 있을 것이다. 따라서 당시 노기 마레스케(乃木希典, 1849~1912)[52] 장군에 대한 평가는 비록 진보적 지식인들 사이에서라고 하더라도 제국주의의 상징으로 이미 비판의 대상이 되고 있었다. 러일전쟁 때 제3군 사령관이 되어 여순공격에 가담하고, 전후에는 1912년 메이지 천황의 죽음을 맞이하여 부인 시즈코(静子)와 함께 순사함으로써 일본 국가주의의 구현체로 신격화되었던 노기장군이기는 하지만, 급진적 사회주의적 분위기 속에서는 비판의 대상이 되고 있었던 것이다. 그와 같은 사실은 작품 「장군」을 읽는 데 중요한 의미를 지닌다. 신격화라는 노기장군의 신화가 일본제국주의의 고양과 함께 구축되고 있는 분위기 속에서 「장군」의 주제를 장군비판에서 찾을 근거를 어디에 두어야 하는가 하는 문제와 관련이 되기 때문이다. 그 당시에는 이미 「개조」를 읽을 정도의 독자층이라면 노기장군에 대한 비판은 '그쯤이야 지금에 와서 새삼스럽게 말하지 않아도 뻔한'[53] 상식이 되어 있었던 것이다.

---

51) 위의 책, p.136.

52) 메이지시대의 육군 군인. 죠슈번(長州番)의 무사 출신. 막부 말 번의 신군(新軍)에 가담하여 막부의 죠슈 정벌이나 보신 전쟁(戊辰戦争)에 종군하였고, 메이지 유신 후에는 신정부의 육군에 들어갔다. 1875년에 고쿠라(小倉)의 보병 제15연대장 대리가 되었고, 하기의 난(萩の乱), 서남 전쟁(西南の役)에 참가하였다. 청일전쟁에서는 현역으로 복무, 보병 제1여단장, 제2사단장으로 종군하였고, 1896년 대만의 총독이 된다. 1901년에는 중장으로 다시 휴직하게 되고 러일전쟁 때는 제3군 사령관이 되어 여순공격에 가담한다. 전후에는 군사 참의관을 거쳐 1908년 학습원교장(学習院校長)이 되었고 1912년에는 메이지 천황의 죽음을 맞이하여 부인 시즈코(静子)와 순사했다.

이상과 같이 당시의 「개조」를 거점으로 하는 지식인의 담론들을 고려하면, 아쿠타가와의 「장군」의 N장군을 노기장군으로 보고 작가의 의도를 그에 대한 비판으로 보려는 해석은 작품의 주제를 극히 한정된 지식층으로 제한하는 셈이 되게 된다. 만약 그렇게 되면, 주제는 반전사상과 제국주의에 대한 비판으로 고정되어 작품을 단순화시키게 된다. 그러나 거듭 강조하지만 아쿠타가와와 같이 자의식이 강한 작가가 과연 시대의 흐름에 편승하여 제국주의나 군국주의 비판으로 일관했을까. 이하 그 문제를 고찰해 보기로 하겠다.

제3절 「장군」에 그려진 N장군상

1) 작품의 구성과 N장군의 인물상의 특징

「장군」은 모두 4장으로 구성되어 있다. ≪제1장 백거대(白襷隊)[54]≫에서는 러일전쟁 당시 적의 포대탈취를 위해 선발된 백거대 병사들의 출정식에 격려하러 온 N장군이 전쟁에 염증을 느끼고 있는 병사들과 악수를 하며 돌아다니는 모습이 '희극적인 감격의 모습'으로 그려지고 있다. ≪제2장 간첩(間諜)≫에서는 러시아 간첩의 비밀을 폭로시키고는 의기양양해 하는 장군의 모습과 러시아 간첩의 참수를 지켜보고 훌륭하다고 수긍하는 장군의 모습이 부각되고 있다. ≪제3

---

53) 宋本常彦, 앞의 책, p.137.
54) 1904년 여순(旅順)을 포함한 일본군은 제1, 2회의 정면공격에 실패. 11월 26일부터 시작된 제3회 총공격에 즈음하여 야간 백병전(白兵戰) 때 식별을 하기 위해 진원이 흰 멜빵을 멘 결사특별예비내를 두입했나. 이를 백서대(白襷隊)라 한다.

장 진영 중의 연극≫에서는 여흥으로 열린 연예회에서의 쌀가게 주인과 하녀의 씨름 장면을 '추태(醜態)'라고 하며 중지시키고, 권총강도를 체포하기 위해 순직하는 순사의 연극(演芸)에는 감탄해 마지않는 장군의 모습이 그려져 있다. ≪제4장 아버지와 아들≫에서는 N장군 밑에서 일한 적이 있는 나카무라소장(中村少将)과 그의 아들 사이에 장군에 대한 평가의 엇갈림이 세대차이의 문제로서 그려져 있다.

이렇게 제1장에서 제4장에 걸쳐 일관되게 등장하는 인물은 N장군으로 그의 언동이 비판적으로 그려져 있는 것은 사실이다. 그렇다면 그 비판은 누구의 시선을 통해 어떤 점에 초점이 맞추어져 있는 것일까. 그런 의미에서 N장군이 복수의 시점인물의 복수의 시선에 의해 응시되고 있는 사실에 주목해 보고자 한다. 그러나 그 복수성은 N장군 조형에 통일감을 주기 위해 입체적으로 구성되어 있는 것이 아니라, 오히려 각각의 시선의 배후에 있는 인간의 다양성에 의해 어찌 보면 일관성 없는 N장군의 모습을 포착하고 있다. 그 일관성 없는 시선을 통합시키는 것이 '비판'이라는 것임은 이미 지적해 두었다. 그러나 어찌 보면 일관성이 없어 보이는 것이 이 작품의 의도와 깊이 관련되어 있다고 생각한다. 이하 복수의 작중인물의 시선과 그 배후의 인간상에 주목해 보기로 하겠다. N장군은 첫째, 제국주의의 희생이 되어야만 했던 병사들의 시선을 통해 비판된다. 우선 ≪제1장 백거대≫부터 내용을 검토해 보자. 때는 1904(메이지 37)년 11월 26일 새벽, 백거대로 선발되어 출정하는 병사들을 장군들이 경례로 환송하는 장면이다. 장교들이 병사들에게 경례를 하는 것은 천황의 병사로서 사지(死地)로 향하는 병사들에 대한 마지막 존경의 표시이다. 그러나 그러한 장교들의 경례를 받아들이는 사병들의 반응은 제각각이다. 목수 출신의 호리오(堀尾)일등병은 그러한 장교들의 경례로는 술 한 잔도 살 수 없다며 불평한다. 그에게 있어 장교들의 경례는 제국주의가 만들어 낸 허상에 지나지 않는다. 그는 술기운만 있으면 빈정거린다. 그에게 있어 국가가 자신들에게 강요하는 이데올로기는 모두 '거짓부렁'이다. 따라서 그는 이러한 자신들의 운명에 대해 모멸감을 느끼며 스스로 육탄(肉弾)이 되기로 결심한다. 그러나 백거대로 출전하여 폭탄을 맞고 전사한 에기(江木)상등병의 시신을 보았을 때 그는 발광해 버리고 만다. 이상과 같이 호리오일등병은 제국주의의 허구성을 자각하고 있기 때문에 사지로 향하는 자신들의 운명에 대해 회의적이고 비판적이다.

한편 초등학교 교사 출신인 얌전한 성격의 에기상등병은 호리오일등병과 마찬가지로 자신들의 운명에 대해 자각적이긴 하지만, 그는 그러한 자신의 생각을 표출하지 않고 마음 속에 숨기고 있다. 그에게 있어 전쟁은 죄악이다. 아니 죄악보다 더 죄악이다. 죄악은 개인적인 문제로 끝나지만 전쟁은 그렇지 않다. 따라서 그러한 자신의 생각이 외부로부터 자극을 받았을 때나 표면화될 때는 심한 상처를 받으며 분노와 슬픔을 느낀다. 그는 제국주의 군인의 모범이라고 칭찬하는 N장군 앞에서 전신의 근육이 경화되고 직립부동의 자세를 취한다. 내면과 체제의 갈등에서 체제가 내면의 비판정신을 압도하고 있는 것이다.

두 번째로 N장군은 제2장에 등장하는 호즈미중좌(穗積中佐)의 시선을 통해 비판된다. 제2장에서는 로탐(露探)이라고 하는 러시아 간첩이 사람 좋은 다구치(田口)일등병에 의해 체포된다. 이들의 취조를 담당한 부관은 그들을 발가벗겨 가면서 취조하지만 그들이 간첩

이라는 물증을 확보하지 못 하여 난관에 봉착하고 만다. 마지막으로
남은 구두를 수색하려는 순간 N장군이 등장한다. 그 동안의 경과를
보고 받은 장군은 모노매니아적 불쾌감을 발하며 단번에 구두를 수
색할 것을 명령하여 그들이 간첩임을 밝혀 낸 후, 그들의 사형집행
을 확인하고는 기뻐한다. 그러한 장군의 모습에 장군의 참모인 호즈
미중좌는,

> 나는 훈장에 파묻힌 인간을 보면 저 만큼 훈장을 손에 넣기 위해서
> 는 얼마나 ××한 짓만 했는지 그것이 무척 신경 쓰인다.[55]

라고 중얼거린다. '××한 짓'이란 아마 '잔학한 짓'일 것이다. 호즈미
중좌는 장군의 훈장이 장군의 잔학한 행위의 결과임을 간파하고 그
것을 비판하고 있는 것인데, 그것은 N장군의 영광(신격화)을 지탱하
는 전쟁은 비인간적인 행위이며 군대 역시 비인간적인 존재라는 사
실에 자각적이기 때문이다.

세 번째로 N장군은 제3장에서 외국인장교(프랑스인, 미국인)들의
시각을 통해 비판된다. 제3장의 연예회에서, N장군은 쌀가게 주인과
하녀가 벌거벗은 모습으로 씨름을 하는 장면을 '추태'라며 질타하고
'천박'해서 외국인장교에게 보이면 체면이 손상된다며 공연을 금지
시킨다. 이에 대해 미국장교는 프랑스장교에게, '장군N도 편하지만
은 않구먼. 군사령관 겸 검열관 노릇을 해야 하니 말일세'[56]라며 비

---

55) 「将軍」, 『전집』 제8권, p.173.
　　私は勲章に埋つた人間を見ると、あれだけの勲章を手に入れるにはどの位×
　　×なことばかりしたか、それが気になつて仕方がない。
56) 위의 책, p.177.

웃는다. 이 논리에는 지금까지 보아온 메이지 이후의 근대화=서구화에 대한 아쿠타가와의 비판자세가 보인다. 단 추태=추악화로 파악하는 것은 그 연극을 보는 서구백인―중국여행기의 경우에는 이 역할은 일본인 아쿠타가와가 하게 된다―을 의식한 N장군의 시선이었다. 이미 거기에는 서구에 대한 사대주의를 바탕으로 하는 오리엔탈리즘의 재생산이 내재되어 있음을 알 수 있다.

네 번째로 N장군은 1918(다이쇼 7)년의 나카무라소좌의 아들에 의해 비판받는다. 그는 러일전쟁 당시 초등학생이었고 지금은 대학생이다. 그는 아버지의 서재에 있는 N장군의 액자를 서양의 초상화로 바꾸어 놓는다. 그런 그의 행동에는 이미 N장군의 신격화는 사라져 버렸음이 암시되어 있다. 그리고 나서 또 하나의 에피소드가 소개된다. 그것은 N장군의 부인이 소변 볼 자리를 찾기 위해 학생들 여럿이 서로 경쟁했다는 것이다. 아버지로부터 그 일화를 들은 아들은 '그것은 천진난만한 이야기군요. 하지만, 서양인에게 이야기할 수는 없죠'[57]라고 말한다. 여기에서도 서양인의 시각을 끊임없이 신경쓰는 오리엔탈리즘에 대한 의식을 엿볼 수 있다.

다섯 번째로 N장군은 화자에 의해 비판받는다. 이러한 화자의 비판은 병사들을 격려하는 N장군의 희극화와 병사들과 전장(戰場)의 우울한 분위기로 구체화된다. 우선 제2장에서 간첩을 취조하는, 중국가옥을 개조한 사령부의 슬픈 전쟁의 분위기는 '포석(鋪石)에 부딪히는 박차소리에서도, 테이블 위에 벗어 놓은 외투의 색깔에서도, 도처에서 엿볼 수 있는 것'이며, '먼지투성이의 흰 벽 위에 머리를

---

57) 위의 책, p.185.

묶어 올린 게이샤의 사진이 앞정으로 꼭 고정되어 있는 것은 우스꽝스럽기도 하고 비참하기도 했다'고 그려지고 있다. 이렇게 슬프고 우스꽝스러우며 비참한 어조는 화자의 반전적 태도의 표현이라 할 수 있다. 그리고 그 어조는 제3장의 1905(메이지 38)년 5월 4일 오후의 초혼제(招魂祭) 후의 연예회 분위기에도 잘 나타나 있다. 화자는 연극의 관객이 '비참한' 카키색 군복 차림이며, '그들의 얼굴에 떠도는 밝은 미소는 그들을 한층 더 가여운 느낌이 들게 한다'[58]고 하고 있는데 이에는 병사가 그 주체성을 완전히 국가에 맡기고 아무런 의심도 품지 않는 것에 대한 연민의 정이 나타나 있다. 이렇게 전쟁의 우울한 분위기를 강조함으로써 화자는 전쟁 그 자체에 대해 비판을 가하고 그것을 바탕으로 N장군의 신격화가 결코 밝고 화려한 것이 아니라 비인간적이고 잔혹한 행위와 희생을 기반으로 하고 있음을 폭로하고 있는 것이다.

그러한 화자의 비판태도는 병사들의 심리와 행동의 묘사에서도 찾아볼 수 있다. 다구치일등병은 단지 그가 체포하였다는 이유만으로 간첩사형의 집행자가 되는데, 그는 중국어를 모르면서도 '죽일 것이라는 사실은 알려주고 싶다'는 생각에서 '죽이겠다'고 말해줌으로써 최대한의 아량을 베풀고자 한다. 그 때 등장한 기병은 다구치에게 자신도 간첩을 한 명 죽이게 해달라고 부탁한다. 그러자 다구치일등병은 '아니 뭐, 두 명 드리지요'라고 말하고 잔인한 사형을 자신의 손으로 하지 않아도 된다는 사실에 안도의 한숨을 쉰다. 그 기병은 N장군 이상으로 살육을 기뻐하는 기색을 띠고 있었다. 이와 같

---

58) 위의 책, pp.173~174.

이 아무 죄의식 없이 국가의 의사를 체현할 만큼 단순한 기병의 행동은 사람을 죽이기 전에 주저하는 다구치의 순박한 인간성과는 대조적으로, 전쟁이라는 극한상황에서의 다구치의 인간성을 부각시킨다. 이렇게 생각해 보면 다구치라는 인물이 제1장 백거대에서 보여주는 순박한 행동은 그의 인간성의 이면에 존재하는 보편적 휴머니즘을 보여주는 것이라 할 수 있다. 지물포 출신인 다구치일등병은 국가가 자신들에게 강요한 이데올로기를 단순하게 아무 비판없이 굳게 믿는다. 그는 사지로 향하는 자신들의 운명을 전혀 자각하지 못 한다. 다구치는 오히려 그러한 자신의 운명을 큰 명예로 받아들인다. 그는 백거대 출정식에 참가한 N장군의 격려에 처녀처럼 수줍어하기까지 한다. 이와 같이 화자에 의해 긍정적으로 파악되는 다구치일등병이지만, 간첩의 사형집행 장면에서 보여주는 휴머니즘은 화자의 시선을 통해 이야기되고 있을 뿐 정작 그 자신은 의식하지 못 하고 있다. 그것은 아쿠다가와의 서술방법의 한 특징으로 독자로 하여금 화자를 한 단계 높은 곳에서 작자와 함께 내려다보게 하는 수법이라 할 수 있다. 이러한 수법은 N장군을 비롯한 등장인물을 역사적으로 상대화시키는 장치로 작용한다.

이와 같이 「장군」은 노기장군이라 여겨지는 N장군을, 비인간적이고 냉혹한 장군으로 조형하고 그것을 각각 그 피해 당사자인 전시하의 병사들, 외국인장교들, 피해 당사자로부터는 한 걸음 떨어져서 그를 바라 본 호즈미중좌, 나카무라소좌의 아들인 다이쇼시대의 청년, 그리고 작가와 지평을 같이 하는 화자의 시점과 시각을 통해 비판하는 다차원적인 구조를 취하고 있다. 지금까지의 선행연구에서는 그와 같은 다차원적(다양한) 구조를 간과하고, 제4장의 나카무라

소좌 즉 메이지시대의 사람과 그의 아들 즉 다이쇼시대의 청년의 N
장군 평가에 대한 견해 차이에만 주목해 왔다. 그리고 그것을 세대
차이에서 비롯된 것이라 전제하고 작가의 시각을 아들의 시각과 동
일시해 왔다. 그러나 이상에서 살펴 보았듯이, 나카무라소좌의 아들
의 시각과 화자로 대신하는 작가의 시각에는 분명한 차이가 있다고
할 수 있다. 그렇다면 작가 아쿠타가와는 이 작품을 통해 무엇을 이
야기하고자 했던 것이고 그와 같은 다차원적인 구조를 취한 이유는
무엇일까? 그것은 이상에서 논해 온 N장군을 비판하는 복수의 시선
의 주체의 성격을 규명해 보면 알 수 있을 것이라 생각한다.

2) N장군을 비판하는 복수의 시선의 주체

위에서 살펴 본 N장군에 대한 비판적 시각들 중 우선 첫 번째 경
우, 가해=피해 당사자 다구치일등병과 호리오일등병의 시각과 화자
=작가의 시각 사이에는 거리감이 존재하지 않는다. 작가의 이러한
생각은 퇴역군인들의 시위기사를 접했을 때의 그의 태도를 보면 알
수 있다. 그는 관헌의 충성강요를 허위로 파악하고, '천진난만한 것
은 관헌이다'[59]라고 하며, 전쟁에 직접 참가했던 당자자들에 대해서
는 동정을 표하고 있다. 다구치일등병 및 호리오일등병은 전쟁의 직
접적인 가해자=피해자 입장에서 술 한 홉도 살 수 없는 경례를 댓가
로 자신들의 목숨을 담보로 전장으로 향한다. 그것은 국가의 의지에
자기 자신을 매몰시키는, 어떤 의미에서는 순진한 행동이라 할 수도
있을 것이다. 그러나 작가는 그것에 암묵적이기는 하지만, 제국주의

---

59)「澄江堂雜記」3.将軍,『전집』제9권, p.92.

일본에 대해 비판을 가하고 있다. 그렇기 때문에 병사들의 감정은 작가로서도 충분히 공감할 수 있는 절실한 문제라 할 수 있다.

그러나 두 번째, 세 번째, 네 번째의 비판적 시각과 화자 사이에는 전쟁의 현장에 있었느냐 없었느냐에 따라 큰 거리감이 존재한다. 그들의 시선은 전쟁의 국외자로서 제국주의의 희생이 되고 있는 병사들의 현실과 그 희생에 의해 신격화된 N장군의 모습을 자신들의 고정관념으로 해석하고 있을 뿐이다. 그렇다면 그들의 고정관념이란 무엇인가? 먼저, 두 번째 비판자인 호즈미가, N장군이 간첩사형을 확인하고 기뻐하는 모습을 보고, '나는 훈장에 파묻힌 인간을 보면 저 정도의 훈장을 손에 넣기 위해서는 얼마나 ××한 짓만 했는지 그것이 몹시 신경 쓰인다'라며, 전쟁의 비참함과 장군의 영광 사이의 갭을 이야기하는데서 찾아볼 수 있다. 호즈미중좌의 그러한 인식은 다름 아닌 바로 그가 '한 때 애독한 스탕달의 말'에서 온, 즉 서구 백인의 사고를 기준으로 하는 비판이었다. 또한 세 번째 비판자인 프랑스, 미국 등의 외국인장교들의 가치관은 당연한 말이지만, 서구백인의 가치관 그 자체라 할 수 있다. 또한 마지막으로 네 번째 비판자인 나카무라소좌의 아들 역시 서구중심의 가치관의 소유자라 할 수 있다.

우선 그가 등장하는 ≪제4장 아버지와 아들≫의 시간적 배경은 다이쇼 7(1918)년 10월 어느 밤이다. 이 시기는 역사적으로 일본의 근대화=서구화가 안정기에 들어서 서구중심의 가치관이 아무 위화감없이 받아들여져 일본인의 사고방식으로 침투된 시기라고 할 수 있다. 그와 같은 배경으로서의 시대설정이 작가에게 의식적이었음은 작품의 공간적 배경인 나카무라소좌의 거실이 서양풍이라는 사실, 그리고 그가 서양풍 안락의자에 기대어 큐바산 시가인 '하바나' 를 피우고 있는 사실 등, 매우 서구적 분위기를 자아내고 있음을 강 조한 사실로 알 수 있다. 게다가 아들이 그 거실에 등장한 것은 아들 이 N장군의 초상화 대신 렘브란트의 초상을 걸어둔 것을 언짢게 생 각한 아버지가 그를 불러들였기 때문이다. 이들 공간묘사에서도 이 다이쇼시대라는 시대는 이미 일본의 사회나 일본인의 정신이 서구 중심의 가치관을 아무 저항없이 향수한 시대라고 할 수 있다. 특히 청일전쟁시에는 아직 초등학생이었던 나카무라소좌의 아들은 서구 중심의 가치관을 맹신하는 세대인 것이다. 그와 같은 그는 아버지로 부터 N장군의 일화를 듣고 '천진난만한 이야기'이지만, '외국인에게 는 들려줄 수 없는' 이야기라 반응한다.

　이 에피소드에서는 그가 어떤 사건에 직면했을 때 그것이 설득력 을 얻기 위해서는 그 정당성을 서구인의 시선을 향해 묻고나서 판단 해야 한다고 생각하고 있음을 알 수 있다. 이미 가치관은 서구의 정 신 쪽에 있는 것이다. 지성과 가치관에 있어 일본인은 서구인에게 종속되어 있었다고 할 수 있을 것이며, 이 구조야말로 오리엔탈리즘 그 자체임을 자각할 필요가 있다. 위와 같이 아들이 말하는 장면묘 사가 그 정신의 구조를 상징하고 있다. 벽에 N장군의 초상화 대신 렘브란트의 초상화를 걸어 두려는 것이 바로 그것이다. N장군의 신 격화가 전통적인 일본인의 인격적 신앙을 바탕으로 하는 심성이라 한다면, 그것을 너무나 간단히 서구인의 인물화로 바꿀 수 있다는 것은 이미 전통적인 일본인의 심성을 이 청년이 완전히 떨쳐버렸음 을 의미한다. 이 장면의 에피소드는 서구인의 가치관이 일본인의 심 성을 압도해 버린 현실에 대한 작가 아쿠타가와의 인식을 나타내고 있다고 할 수 있다.

　이와 같은 점에 주목해 보면, 아쿠타가와의 작가정신은 단순히 N
장군에 대한 비판에 그치지 않고, 역으로 N장군을 비판하는 주체들
의 비판정신의 허구성을 향하고 있음을 알 수 있다. 물론 아쿠타가
와도 제국주의의 가해자＝피해자인 다구치일등병이나 에기일등병이
장군을 비판하는 심정에는 충분히 공감한다. 그러나 그 이외의 비판
자들의 시선에는 다분히 서구의 논리를 빌린 자의적인 판단이 개입
되어 있는 것으로 그리고 있다. 동아시아 제국가를 오리엔탈리즘 시
선으로 파악하는 일본, 아니 극단적인 근대화＝서구화가 동아시아의
전통문화와 문명을 추악화시켰다고 하는 것이 아쿠타가와의 인식이
었음은 앞에서 고찰한 바이다. 그와 같은 아쿠타가와의 자세로 보면,
아쿠타가와의 그러한 비판은「장군」발표 당시의 사회적 분위기에
대한 비판으로 볼 수 있다.

　「장군」발표 당시에 이미 노기장군은 젊은 세대의 비판의 대상이
되고 있었고 특히 서구인들에 의해서도 그 모순이 지적되며 희화화
의 대상이 되어 있었다. 아쿠타가와는「조코도잡기(澄江堂雜記)」에
서 '사회주의는 옳고 그름의 문제가 아니다. 단지 하나의 필연이
다'[60]라며, 사회주의를 역사의 필연으로 생각하고 그런 입장의 문학
을 인정하며 후배 나카노 시게하루(中野重治,1902~1979)의[61] 시에서
'투철한 미'[62]를 발견한 작가이다. 그러한 그의 지성과 감성은 당시

---

60)「澄江堂雜記」11,『전집』제9권, p.97.
61) 소설가. 평론가. 시인. 프롤레타리아 문학과 전후민주주의 문학의 대표적 작가.
　　소설「노래의 이별(歌のわかれ)」「고향집(村の家)」등이 있다.
62)「文芸雜談」,『전집』제14권, p.44.

의 문단에서 노기장군을 비판하는 담론의 근간을 이루는 것은 서구
중심주의라는 사실을 간파했던 것이다.

제4절 맺음말

　본장에서는 지금까지 아쿠타가와의 사회인식의 변화과정,「장
군」발표 당시의 문단과 사회의 분위기를 검토한 후,「장군」의 주제
를 재검토해 보고 이를 통해 아쿠타가와의 사회인식을 규명해 보았
다. 그의 사회인식은 중학교 시절 서적을 통한 사회주의에 대한 관
심에서 출발하였고, 실생활에 있어 사회에 대한 관심은 중국여행을
통해 구체화되었다. 그리고「장군」의 창작은 그러한 사회인식의 변
화의 결과물이라 할 수 있다. 이러한「장군」발표 당시의 문단에서는
무엇보다도 그것이 발표되었던 잡지「개조」의 집필자와 특집기사의
제목을 보아 알 수 있듯이, 군국주의와 제국주의에 대한 사회수의
진영에서의 비판이 고조되어 있었다. 그리고 노기장군에 대한 평가
는 진보적 지식인들 사이에서 제국주의의 상징으로 비판의 대상이
되고 희화화의 대상이 되고 있었다. 만약 이「개조」의 구독자층을
이 작품의 독자로 상정한다면 노기장군에 대한 비판은 자명한 것이
었다.

　그러나 아쿠타가와는「장군」에서 N장군을 다양한 시점인물(주체)
에 의해 비판케 하는 다원적인 구조를 취했다. 그에 의해 작품은 단
순히 노기장군에 대한 비판에 그치는 것이 아니라, 노기장군 비판의
담론의 근간을 이루는 서구중심주의적 가치관을 바탕으로 하는 일

본인의 몰주체성에 대한 비판에까지 이르고 있음을 확인할 수 있었
다. 물론 아쿠타가와도˙제국주의에 의해 압살당하고 있는 다구치일
등병이나 에기상등병의 감정에는 충분히 공감하고 있다. 그러나 그
이외의 비판자들의 시각은 다분히 서구적 가치관에 의존하는 자의
적인 판단이 개입되어 있는 것으로 그려져 있다. 이는 「장군」 발표
당시의 사회적 분위기에 대한 아쿠타가와의 비판이며, 그와 같은 의
도에 이 작품의 의의가 있다고 할 수 있다.

　그러나 「장군」에서 그려지고 있는 전쟁의 비인도성은 천황의 병
사로서 제국주의의 희생이 되고 있는 병사들의 운명에만 그 초점이
맞추어져 있다는 한계를 노정시키고 있다. 러일전쟁은 중국과 조선
의 이권을 둘러싼 러시아와 일본의 전쟁이다. 그럼에도 불구하고 그
전쟁에서 가장 직접적인 피해자에 해당하는 중국인들이나 조선인들
에 대해서 작가는 무관심하다. N장군의 잔학성은 사지로 보내어지
는 병사들의 운명을 알면서도 그것을 격려한다는 점에서 잔인한 것
이며, 작품의 슬픈 분위기는 병사들의 인간성이 억압받고 있다는 데
서 오는 슬픔이다. 이 작품의 배경이 되고 있는 중국의 국민, 벌거벗
겨져 취조를 당하고 총살되는 중국 병사들의 슬픔은 전경화되지 않
고 있다. 정작 이 작품은 반전작품이라는 평가를 받고 있으면서도
전쟁의 가장 직접적인 피해자에 대해서는 아무것도 이야기하지 않
는다는 점에서 내셔널리즘의 틀내에 머물러 있다는 사실에 큰 불만
을 느낄 수 밖에 없는 것이다.

　이상과 같은 역사인식은 최근 '아시아의 2천만 사자에 대한 우리
들의 사죄가 동시에 3백만 일본의 사자, 특히 병사 사자들에 대한
진혼을 포함하는 것이 되기를 바라는 희망과 함께 논의 되지 않는

한'63) 완전한 사죄가 될 수 없다고 하며, 아시아 희생자를 애도하기 이전에 일본군 병사들에게 먼저 애도를 표해야 한다고 하는 가토오 노리히로(加藤典洋)의 그것과 맥을 함께 하는 것이라 생각한다.

아쿠다카와의 역사인식은 앞에서 살펴 본 바와 같이 자국의 병사가 일본군국주의의 희생이 되고 나아가서는 서구중심주의적 사고에 의해 그들의 희생이 진정으로 이해받지 못 하고 단순히 해석의 대상이 되고 있음에 불과하다는 모순을 간파했다는 점에서는 시대를 앞선 지식인으로서의 면모를 발휘했다고 생각된다. 그러나 전쟁의 피해자를 자국의 병사 위주로만 생각하는데 그치고 진정한 피해자가 누구인가에 대한 의식에까지는 이르지 못 하고 있다는 점에서 일본중심주의적 사고에 머물고 있음을 확인할 수 있었다.

---

63) 加藤典洋, 『敗戰後論』(講談社, 1997), p.61.

제8장
'주연(周緣)'의 가치의 발견
-「모모타로(桃太郎)」론 -

제1절 중국여행과 「모모타로」

「모모타로(桃太郎)」는 「선데이마이니치(サンデー每日)」(1924. 7. 1)
제3년 제28호(하계특별호)의 「창작」란에 게재되었으며, 1925년 12월
1일 순요도(春陽堂)에서 간행된 『백포도(白葡萄)』에 수록되었다. 이
에 대한 작품론은 나카무라 세이시(中村靑史)의 「「모모타로」론(「桃
太郎」論)」[64]뿐이며, 나머지는 작품집 해설이나 동화 모모타로론 등
에서 부분적으로 언급되고 있을 뿐이다. 작품에 대한 이네가키 다쓰
로(稻垣達郎)의 평가는 다음과 같다.

> 아쿠타가와에게는 「원숭이와 게의 싸움(猿蟹合戰)」(1923년), 「모
> 모타로」(1924년)와 같은 옛날이야기에 의한 풍자적인 작품이 있는데,
> 「주충」같은 작품은 성질로 말하자면 이것들과 비슷하다. 이러한 우
> 화는 시대적으로 확실히 신선미가 있음에 틀림이 없다. (중략) 그러
> 나, 이들은 작자의 생명으로 이야기하자면 결코 존중할 만한 가치가

---

64) 中村靑史, 「「桃太郎」論」(「方位」第4号-特集芥川竜之介, 三章文庫, 1982. 5)

없는 것일 것이다.[65]

다이쇼시대에 수없이 많이 창작된 우화의 관계로 보면 풍자적인 측면에서 신선미는 있지만, 많은 작품을 남긴 아쿠타가와 작품으로서는 그다지 존중할 만한 가치는 없다고 하는 부정적인 평가임을 알 수 있다. 미요시 유키오 역시 다음과 같이 언급하고 있다.

독자들이 숙지하고 있는 인물을, 그 조우를 그리면서 전혀 엉뚱한 이미지로 바꾸어 보인 셈으로, 일종의 지적 유희성이 강하다. 이 작가가 즐겨 반복한 수법이며 수기를 모방한 이색적인 문체와 함께, 전기의 작풍을 그대로 답습하고 있다. (중략) 모두 타성에 의해 쓰였다고 밖에 생각되지 않는 것으로 아쿠타가와의 매너리즘은 아무래도 바닥을 드러낸 것 같다.[66]

독자가 숙지하고 있는 인물을 희화화하는 방법을 자주 사용하는

65) 稲垣達郎, 「歴史小説家としての芥川竜之介」(大正文学研究会編, 『芥川竜之介研究』, 近代文学研究叢書1, 日本図書センター, 1983. 7), p.164.
龍之介には, 『猿蟹合戦』(大正十二年)『桃太郎』(大正十三年)等の昔話による風刺的な作品があるが, 『酒虫』的な作品は性質としては, これらと遠くないものであらう。かうした寓話は, 時代として確かに新鮮味のあつたものに相違ない。(中略)しかし, これらは, 作者の生命からすれば, 決して惜しむに値ひしないものであつたらう。
66) 三好行雄, 「芥川竜之介全集解説」第8巻(角川文庫, 1968)[中村青史, 「『桃太郎』論」(『方位』第4号, 三章文庫, 1982)], p.75.
読者の熟知した人物を, その遭遇をなぞりながら思いもよらぬイメージに染めかえてみせたわけで, 一種の知的遊戯性が強い。この作家が好んでくりかえした手法であり, 手記を模した異色の文体とともに, 前期の作風をそのまま踏襲している。(中略)いずれも惰性で書きつがれたとしか見えないのであって, 芥川のマンネリズムはどうやら底をついたようである。

아쿠타가와의 작가로서의 매너리즘이 그 바닥을 드러낸 작품이라 하며 부정적으로 평가하는 것은 이네가키 다쓰로와 같다. 단 이와 같은 부정적인 평가는 표현방법상의 문제이며, 최근 들어서는 그 내용을 중심으로 반전작품, 혹은 제국주의의 희화화라는 측면을 긍정적으로 평가하려는 경향이 나오고 있다. 예를 들어 진자이 기요시(神西清)는 다음과 같이 언급하고 있다.

> 오늘날 우리나라에 반전주의 논의가 전에 없이 활발하지만, 그 진영에서 이「모모타로」한 편에 필적할 만큼 예리한 풍자와 강력한 설득력을 겸비한 작품은 유감스럽지만 아마 아직 나타나지 않았다.[67]

「모모타로」를 반전주의 입장에서 '예리한 풍자와 강력한 설득력을 겸비한 작품'으로 높이 평가하고 있음을 알 수 있다. 위에서 언급한 나카무라 세이시도 부정적인 평가를 하면서도 '프롤레타리아문학과 관련된 발언을 그의 에세이가 아니라, 문예작품으로 보여 주고 있는「모모타로」는 아쿠타가와 작품 중에서 더 주목받아도 될 것이다'[68]라며 긍정적인 평가를 섞고 있다.[69] 이는「모모타로」를 계급문

---

67) 神西清, 『芥川龍之介文庫』(中央公論社, 1953. 12~1955. 1)解説4
　　今日のわが国に反戦主義の論議は未だ曾てなかったほどかまびすしいが、その陣営からこの「桃太郎」一編に匹敵するほどの犀利な諷刺と強力な説得力とを兼ね備えた作品は、遺憾ながらおそらくまだ現れていないのである。

68) 中村青史, 「「桃太郎」論」(「方位」第4号- 特集芥川龍之介, 三章文庫, 1982. 5), pp.94~85.

69) 이 외에도 이러한 논으로는
　1. 나메가와 미치오(滑川道夫)의 '아쿠타가와의 재필과 지적 요설로 문학적으로 치장되어 있다'(『桃太郎像の変容』(東京書籍, 1971. 3), p.260.)
　2. 세키구치 야스요시의 '1920년대 중반에 이와 같은 모모타로상이 새겨진 것

제를 우의화하고 있는 작품으로 읽음으로써, 아쿠타가와의 작품에 드물게도 당시 사회에 대한 비판의식이 담겨 있다고 평가한 것이라 할 수 있다. 이와 같이 「모모타로」는 그 표현방법에 주목하여 매너리즘을 보고 부정적으로 평가하려는 경향과, 그 풍자적이고 희화적인 내용에 주목하여 반전작품, 혹은 프롤레타리아 작품으로 우의를 파악할 수 있다는 점에서 긍정적으로 평가하려는 경향이 있다고 할수 있다. 그러나 평가 그 자체는 방법과 내용 어느쪽에 초점을 맞추는가에 따라 완전히 분열되어 있다. 본장에서는 그 내용에 주목하여 최근의 연구 경향과 궤를 같이 하면서, 「모모타로」에 그려진 모모타로상을 '외부'의 시선으로 본, 즉 모모타로를 상대화하는 시점이 포착하는 일본인 표상, 아쿠타가와의 방법론의 문제와 상대화된 시점의 시선으로 일본인을 파악하는 것의 의미를 검토해 보고자 한다.

제2절 모모타로상의 변천

오늘날 널리 알려진 모모타로이야기의 발생은 미상이다. 확인할 수 있는 것은 구전 모모타로가 성립된 시기를 무로마치시대(室町時代, 1550~1630) 말기 특히 전국시대(戦国時代, 1467~1568)에서 에도시대(江戸時代, 1603~1867) 초기에 걸쳐 있는 것으로 보는 것이 정설이며, 문자화된 것은 에도시대 초기라 한다.[70] 그런데 다른 민담이

은 특필할만하다'(『特派員芥川竜之介 - 中国で何を視たのか -』(毎日新聞社, 1997. 5), p.103.
등이 있다.
70) 각 시대별 모모타로상의 변화양상과 모모타로이야기의 발생 및 성립과정에 대

나 전설, 동화가 모두 그렇듯이, 모모타로 역시 각 이야기마다 배경
이 되는 사회동향과의 함수관계 속에서 주인공의 성격도 변용되어
간다. 시대가 오래된 모모타로일수록 신통력의 소유자로 그려지고
있으며, 메이지·다이쇼시대로 내려오면서 인간의 자리로 하강하게
된다. 에도시대에는 오락적 모모타로상을 보이고 있으며, 메이지기
는 교훈적 모모타로상을 보여준다. 오늘날 일반적으로 받아들여지
고 있는 모모타로는 일찍이 메이지시대의 활자인쇄와 근대국가의
학교교육이라고 하는 제도 속의 국정교과서를 통해 형성된 것이다.

　일본근대의 교육제도와 모모타로의 관계는 일찍이 국정교과서에
그것이 채록된데서 시작된다. 그런 의미에서 우선 교과서 문제를 언
급해 두겠다. '학제(学制)'(1872＝메이지5년)에 의한 '소학교칙(小学校
則)'에 의하면 표준적인 교과서로서는 해외 근대문화 소개서, 어린이
를 대상으로 하는 입문서, 재래의 교과서 등이 있었다. 교육제도와
그 내용에 있어서도 근대화＝서구화가 강조되는 가운데 전통적 일
본을 돌아보려는 동향이 나타나게 되자, 번역교과서가 비판을 받고,
1880(메이지 13)년, 문부성은 교과서 조사담당관을 두어 검열하고 부
적당한 교과서 사용을 금지시키는 등 국가주의를 바탕으로 하는 국
민교육을 확립하려는 동향을 보이며 교과서통제와 그 제도화를 진

해서는 나메카와 미치오(滑川道夫)의『모모타로상의 변용(桃太郎像の変容)』
(東京書籍, 1971. 3)에 잘 정리되어 있다. 나메카와는 과거에 모모타로이야기가
일본근대국가의 제국주의 고양이나 진의고취 등의 목적으로 쓰여지고, 읽혀지
고, 비판받는 것에 대해 이의를 제기하고 순수한 동화로서 읽혀지기를 바라는
염원에서, 모모타로이야기의 성립, 구성 요소, 문명개화 과정의 모모타로상, 국
어 교과서의 모모타로상, 문학에 나타난 모모타로상 등을 정리, 모모타로에 관
한 자료를 집내성하였다. 본서의 노보타도에 관한 자료상의 근거는『모모타로
상의 변용』을 참조했음을 밝혀 둔다.

행시킨다. 메이지 10년대 후반기에는 학년별 근대교과서가 편집되고 1886(메이지 19)년에는 교과서 인가제도에서 검정제도로 바뀐다. 그러한 과정의 일환으로 메이지 30년대에 들어서 마침내 국어교과서에서 교훈적인 '모모타로상'은 마침내 정착된다.

위와 같은 근대교육제도 속의 모모타로상 형성에 가장 결정적인 기여를 한 것은 이와야 사자나미(巖谷小波, 1870~1933)의 「모모타로」(1894. 7)라 할 수 있다. 이 「모모타로」는 '도깨비를 퇴치하여 화를 제거하고, 황국의 안녕을 꾀해야 한다'[71]와 같은 표현에서 알 수 있듯이, 에도시대에 발달한 국학계통의 황국주의적 이미지를 형성하게 되고, 제2차세계대전 중에는 '귀축영미(鬼畜英米)'를 토벌하는 모모타로상으로 발전한다. 이러한 이와야의 「모모타로」가 모모타로 동화의 정통파로서, 그 안에서 모모타로는 선이며 악한 도깨비들을 징벌하는 국민적 영웅이 된다. 선은 언제나 악에게 승리하고, 그것이 제대로 된 사회질서라 할 수 있다. 따라서 도깨비섬을 정벌하여 보물을 가지고 귀환한다고 하는 것은 선이 악을 이김으로써 큰 보수를 얻을 수 있다는 공리성을 드러내게 된다. 이것이 일반적으로 말하는 모모타로이야기이다.

고모리 요이치(小森陽一)는 이러한 이와야의 「모모타로」에 대하여 다음과 같이 말하고 있다.

이와야 사자나미에게는 『모모타로주의의 교육』(1919)이라는 교육평론이 있으며, 분명히 모모타로이야기는 침략적 내셔널리즘의 선전매체가 되었을 뿐만이 아니라 근대학교 교육을 통하여 나오게 된 <

---

71) 滑川道夫, 『桃太郎像の変容』(東京書籍, 1971. 3), p.65.

어린이>, 특히 남자 어린이인 <소년>들의 이데올로기적 지주가 되었다. 『모모타로』텍스트에는 그야말로 정치와 문학의 문제가 뚜렷이 부각되어 있으며, 문단을 중심으로 한 좁은 순문학의 세계와는 비교할 수 없을 만큼 광범위한 활자와 소리를 연동시킨 전파력으로 모모타로는 일본 전역에 퍼져간 것이다.[72]

이는 이와야의 「모모타로」가 단순히 '편협한 순문학'을 가치로 삼는 '문단'을 크게 벗어나 대중에게 확대되어 간 현상의 의미를 규정한 것으로 소설교재와 초등학생(소년) 독자에 의한 표현/향수의 관계가 근대 교육제도 속의 국정교과서라는 유리한 매개체를 통하여 정치적 국면으로 이어지게 되고 아시아 주변 제국가를 상대로 일본중심주의를 선전하는 내셔널리즘의 선전매체가 되었다는 사실을 지적한 것이라 할 수 있다. 이데올로기의 도구로서의 문학의 문제가 모모타로상과 관계를 갖게 된 역사적 경위를 고발한 문학의 네거티브한 기능에 대한 경고라 할 수 있다. 고모리는 이어서 다음과 같은 결론을 내리고 있다.

그렇기 때문에 개와 원숭이와 꿩이 모모타로로부터 자유로워질 수 있었는지 어떤지를 침략받은 도깨비들의 입장에서 되물어야 할 것이다.[73]

---

72) 小森陽一, 「桃太郎」(『読むための理論』世職書房, 1994. 10), p.282.
　　巌谷小波には『桃太郎主義の教育』(一九一五)なる教育評論があり、あきらかに桃太郎の物語は、侵略的ナショナリズムの宣伝媒体になっただけではなく、近代学校教育を通じて析出された「子供」、しかも男子であるところの「少年」たちのイデオロギー的支柱となった。『桃太郎』のテキストにこそ、政治と文学の問題がくっきりと浮かびあがっているのであり、文壇を中心にした狭い純文学の世界とは比べものにならないほどの広範な活字と声を連動させた伝播力をもって桃太郎は、日本中をかけめぐったのである。

이 결론은 짧은 문장이지만 선이라고 믿어 온 모모타로상에서 일탈함으로써 제국주의, 식민주의의 이데올로기를 어떻게 벗어날 수 있을까 하는 문제를 제언하고 있다. 그러기 위해서는 악으로 여겨져 온 도깨비들의 입장에서 모모타로가 표상하는 선한 세상을 재해석해야 한다는 것이다. 이는 오리엔탈리즘을 극복하는 논리, 즉 포스트콜로니얼 비평 더 나아가 탈중심화 방법의 전략적 사용에 대한 제언이라 할 수 있다.

본서에서 취급하는 아쿠타가와의 「모모타로」는 바로 고모리의 제언을 훨씬 이전에 실천한 작품이다. 즉 침략받은 도깨비들이 표상하는 아시아 민족의 입장에서 재구성한 최초의 모모타로 동화였던 것이다. 이 작품에 등장하는 도깨비들이 표상하는 것을 아시아 제민족으로 파악한다면, 이 소설에 의해 아쿠타가와는 탈중심화 방법으로서의 시점의 상대화를 창작에 살리고자 했던 것으로 생각할 수 있다. 본장에서는 그와 같은 틀을 설정함으로써 아쿠타가와는 이 작품을 통해 무엇을 이야기하고자 했고, 그 의의와 한계는 무엇이었는지를 생각해 보고자 한다. 그것을 규명하기 위해서는 먼저 이 작품이 어떤 배경에서 쓰여졌는지를 확인해 둘 필요가 있다.

제3절 「모모타로」의 집필배경

아쿠타가와의 「모모타로」의 집필배경을 생각할 경우 거기에는

---

73) 위의 책, p.282.
　だからこそ、犬と猿とキジが、桃太郎から自由になりえたかどうかを、侵略された鬼たちの側から、問いかえすべきなのである。

전기적 혹은 사회적 콘텍스트가 존재할 것이다. 이하에서는 그 배경을 전기적, 사회적 콘텍스트 로 나누어 생각해 보기로 하겠다.

1) 중국여행

제6장에서 고찰했듯이, 아쿠타가와는 1921년 3월 하순부터 7월 중순까지 약 4개월 동안 신문사 해외시찰원으로서 중국을 방문했다. 그가 방문했을 때의 중국은 민주주의 혁명운동이 종결을 향하고 있던 시기라고는 하지만, 여전히 각지에 군벌이 할거하고 노동자의 스트라이크가 빈발하는 상황에 있었다. 그것을 직접 목격하고 기록한 점과, 배일낙서를 접하고 그에 관심을 보이며 그 중 몇 개를 기록하고 있는 사실은 앞에서 살펴 본 바와 같다. 또한 이러한 중국의 현실과 함께 그의 중국방문에서 중요한 것은 당시 중국의 역사적 흐름의 첨병에 서있는 유명인사들과의 만남이었다는 사실도 앞에서 확인해 둔 바와 같다. 그 중에서 특히 「모모타로」의 집필계기에 직접적인 영향을 준 인물은 장 병린이라 할 수 있다. 아쿠타가와가 '장 병린씨의 화제는 철두철미 현대의 중국을 중심으로 한 정치나 사회문제였다'[74]라고 밝히고 있듯이, 장 병린과는 당시 중국의 현실과 중일문제에 대해 많은 이야기를 한다. 3년 후 아쿠타가와는 이 때의 방문을 기억하면서 다음과 같은 글을 남긴다.

> 그 때 선생이 한 말은 아직도 내 귀에서 울리고 있다. ―"내가 가장 혐오하는 일본인은 도깨비섬을 정벌한 모모타로이다. 모모타로를 사

---

74) 「上海游記」, 위의 책, p.33.

랑하는 일본인에게도 다소의 반감을 품지 않을 수 없다." 선생은 참
으로 현인이다. (중략) 그러나 아직 어떠한 일본통도 우리의 장태염
선생처럼 복숭아에서 태어난 모모타로에게 일격을 가하는 것을 들어
본 적이 없다. 뿐만 아니라 이 선생의 일격은 어떠한 일본통의 웅변보
다 훨씬 더 진리를 포함하고 있다.75)

여기서 장 병린이 비판하는 모모타로는 앞에서 살펴 본 이와야의
「모모타로」와 같이 침략적 제국주의 사상을 고취시켰던 존재라 할
수 있다. 모모타로를 비판하는 장 병린의 말에는 침략자 일본인에
대한 엄중한 비판과 일본제국주의에 대한 규탄이 들어 있다. 그것을
아쿠타가와는 직접 정치가를 매도하는 것보다 통렬한 비판이 되고
있다고 인식했던 것이다. 어린이를 대상으로 하는 동화가 실은 국가
의 이데올로기와 관련될 때 얼마나 큰 영향력을 갖게 되는지를 아쿠
타가와는 이 때 비로소 자각했을 것이다.

이러한 격동하는 중국 각지를 여행하는 과정에서 그의 사회의식
이 중심과 주연이라는 지정학적 관계에 미치게 된 것은 주목할 만하
며 그 문제도 제 6장에서 검토해 둔 바이다. 그리고 그러한 사회의
식의 성장과 문화에 대한 인식의 변화는 이후 작품세계에 반영되며,
귀국 후 발표하는 「모모타로」, 「장군」, 「고낭의 부채」, 「슌칸」, 「제

---

75)「僻見」,『전집』제11권, pp.199~200.
　　その時先生の云つた言葉は未だに僕の耳に鳴り渡つてゐる。—「予の最も嫌
　　郡する日本人は鬼が島を征伐した桃太郎である。桃太郎を愛する日本国民にも
　　多少の反感を抱かざるを得ない。」先生はまことに賢人である。(中略)しかしま
　　だ如何なる日本通もわが章太炎先生のやうに、桃から生れた桃太郎へ一矢を加
　　へるのを聞いたことはない。のみならずこの先生の一矢はあらゆる日本通の雄
　　辯よりもはるかに真理を含んでゐる。

4의 남편으로부터」 등의 집필계기로 작용했을 것이다. 그 중에서 특히 「모모타로」는 주연문화의 가치를 주장하는 첫 번째 작품라 할 수 있다.

2) 관동대지진(關東大地震)

주지하는 바와 같이 관동대지진 또한 아쿠타가와의 사회와 문화 인식에 큰 변화를 초래한 자연재해—아쿠타가와의 경우 그 후에 일어난 사회사건 쪽에 관심이 있었다—이다. 1923년 9월 1일, 관동 전 지역과 시즈오카현(靜岡県), 야마나시현(山梨県)의 일부를 포함하는 지역에 일어난 지진은 진도 7. 8~8. 2의 대지진이었다. 당시 지진의 피해가 얼마나 컸는지는, 최근 1997년에 있었던 한신대지진(阪神大地震)의 진도가 7이었는데, 사망자가 6000명에 이르렀고 일본인의 자부심의 상징이었던 신칸센(新幹線)까지 파괴되었던 사실을 생각하면 어느 정도였는지 상상할 수 있을 것이다. 실제로 아쿠타가와의 관동대지진에 대한 기록인 「대진일록(大震日録)」(「女性」第4巻第4号, 1923.10)을 보면, '도쿄전멸보도 있음. 또한 요코하마(横浜) 및 쇼난(湘南)지방 전멸 보도 있음'이라고 되어 있을 만큼 그 피해의 규모는 매우 커서 사회는 큰 혼란 속에 빠지게 되었다.

일본정부에서는 지진이 일어나기 전년 즉 1922년에 과격사회운동 단속법안의 제정을 위하여 심의를 완료했고, 1923년에는 공산당에 대한 제재의 일환으로 사카이 도시히코(堺利彦, 1870~1933)[76]를 비

---

76) 정치가. 고토쿠 슈스이(幸徳秋水)들과 함께 평민신문(平民新聞)을 창간. 사회주의를 신봉하고 비진론(非戰論)을 주장하여 몇 번이나 투옥되었다. 바이분샤(売文社)를 설립하고 일본공산당 초대위원장을 역임하였다. 후에는 노농파(労

롯한 사회주의자 11명을 검거하였다. 관동대지진은 일본정부가 민중운동의 대두에 대해 필요 이상으로 과민하게 반응하고 있던 때에 발발하였던 것이다. 사회 역시 프롤레타리아 노동운동이 사회를 혼란에 빠뜨리는 것은 아닌가 하고 과민해져 있었다. 따라서 일본정부는 이 대지진을 호기회로 삼아 지진 이틀째에는 조선인들이 선량한 일본국민들을 습격한다고 하는 유언비어를 유포시켜, 자경단(自警團)이라는 민간경비단체까지 만들게 하였다. 그것은 지진 다음 날에 경시청의 경보국장(警保局長)이 전국에 '발칙한 조선인 단속'을 타전하고, 3일째에는 발칙한 조선인으로부터 몸을 보호하기 위해 자위책을 마련하도록 지령을 내렸기 때문이다. 이리하여 자경단은 조선인이나 사회주의자들의 습격에 대한 자위책으로 결성되었고, 한 집안의 가장이나 그 대리인이 마을의 요소를 지키게 하였다. 그리고 사람들은 칼이나 죽창이나 쇠갈고리, 곤봉과 같은 무기로 조선인들을 박해했다. 말이 조금이라도 불명확하거나 행동이 수상하면 조선인으로 간주하게 되었고 그것은 조선인 대학살로 이어지게 되었다.

이러한 상황을 아쿠타가와가 어떻게 인식했는지는 지진에 대한 9월 2일자 기록에 나와 있는 그의 행동을 보면 짐작할 수 있다.

밤이 되자 발열 39도. 마침 ○○○○○○○○ 있음. 나는 머리가 무거워서 일어설 수도 없었다. 원월당(圓月堂)77), 내 대신 철야로 경계

農派)로 전신하였고, 일본대중당(日本大衆党)·전국대중노농당(全国大衆労農党)에 참가하였다.

77) 이와나미서점(岩派書店)의 『전집』 제24권의 인명색인을 보면 '원월당'은 '와타나베 구라스케(渡辺庫輔, 1901~1963)'임을 알 수 있다. 그는 향토사가(郷土史家)로서, 19세에 출생지인 나가사키를 방문중인 아쿠타가와와 알게 되어 사

에 임했다. 옆구리에 칼을 차고, 손에 목도를 늘어뜨린 채, 그 자신 그
야말로 ○○○○이었다.[78]

지쿠마쇼보판(筑摩書房版) 『아쿠타가와 류노스케 전집』 제4판 각
주에, 처음 8글자에는 '발칙한 조선인 폭동'이, 뒤의 4글자에는 '발칙
한 조선인'이 보충되어 있다. 위 인용에 대해 세키구치 야스요시는
다음과 같이 말하고 있다.

　　　이 문장의 마지막 두 부분의 ○○○○는 어떤 글자를 지운 것일까.
　　관동대지진에 관하여 조금이라도 지식이 있다면, 곧 조선인 습격이라
　　는 유언비어라는 사실을 상상할 수 있을 것이다.[79]

즉 삭제된 ○○○○에는 조선인 습격이라는 글자를 보충해서 읽
어야 한다는 것이다. 그러한 점에 근거하여 생각하면, 아쿠타가와는
지진 이틀째 39도의 고열에 시달리면서 와타나베 구라스케에게 자
경단 역할을 맡기고, 열이 나은 후에는 자신이 직접 자경단원으로서
경계에 임하고 있음을 알 수 있다. 조선인들이나 사회주의자들의 습
격이라는 유언비어를 그대로 진실이라고 믿고 무비판적으로 행동했

사하게 된다. 당시 다바타(田端)의 아쿠타가와가 근처에 하숙하고 있었다.
78) 「大震日録」, 『전집』 제10권, pp.150~151.
　　夜に入りて発熱三十九度。時に　○○○○○○○○　あり。僕は頭重うして立
　つ能はず。圓月堂、僕の代りに徹宵警戒の任に当る。脇差を横たへ、木刀を提
　げたる状、彼自身宛然たる○○○○なり。
79) 関口安義, 『芥川竜之介の復活』(洋々社, 1998), p.115.
　　この文章の終わりの方の○○○○はどのような文字を伏せたのであろうか。関
　東大震災に関して少しでも知識があるならばすぐこれは朝鮮人来襲の流言だと
　いうことが想像できよう。

던 것이다.

그러나 아쿠타가와의 자경단에 대한 생각은 기쿠치 간(菊池寬, 1888~1948)과의 대화에 의해 일변한다. 좀 길어지지만,「대진잡기」를 인용해 보겠다.

나는 선량한 시민이다. 그러나 내 소견에 의하면 기쿠치 간은 그 자격이 없다.

계엄령이 선포된 후에 나는 궐련을 입에 문 채 기쿠치와 잡담을 교환하고 있었다. 물론 잡담이라고는 하지만, 지진 이외에 다른 이야기를 한 것은 아니었다. 이야기를 하는 동안 나는 대화재가 난 원인은 ○○○○○○○이란다고 했다. 그러자 기쿠치는 눈썹을 치켜 올리며 "거짓말일세, 자네"라고 일갈했다. 물론 나는 그 말을 듣고는 "그럼, 거짓말이겠지"라고 하는 수밖에 없었다. 그러나 차츰 다시 한번 아무래도 ○○○○는 볼셰비키의 앞잡이란다고 했다. 기쿠치는 이번에도 눈썹을 치켜 올리고는 "거짓말일세, 자네. 그런 말은"라며 야단을 쳤다. 나는 또 "아니 그것도 거짓말이란 말인가"라고 곧 나의 설(?)을 철회했다.

다시 내 소견에 의하면, 선량한 시민이라고 하는 것은 볼셰비키와 ○○○○의 음모의 존재를 믿는 사람을 말하는 것이다. 만약 만의 하나 믿기지 않을 경우에는 적어도 믿는 척이라도 해야만 하는 것이다. 그러나 야만스런 기쿠치 간은 믿지도 않는가 하면, 믿는 흉내도 내지 않는다. 이는 완전히 선량한 시민의 자격을 포기한 것이라 봐야 할 것이다. 선량한 시민임과 동시에 용감한 자경단의 일원인 나는 기쿠치를 위해 애석해 하지 않을 수 없다.[80]

---

80)「大震雜記」,『전집』제10권, pp.145~146.
　　僕は善良なる市民である。しかし僕の所見によれば、菊池寬はこの資格に乏しい。

이 인용문의 '○○○○○○○○'에는 '발칙한 조선인의 폭동이다'
를, 그리고 '○○○○'에는 '발칙한 조선인'을 넣어 읽을 수 있을 것
이다. 이 문장에서 우리는 중견 작가로서 자부심이 강했던 아쿠타가
와가 기쿠치와의 대화에 의해 자신의 현실인식이 불철저하고 안이
했음을 깨닫고, 그러한 자신을 조소적으로 상대화시키고 있음을 알
수 있다. 세키구치 야스요시는 이 문장에 대해서도 아쿠타가와의
'믿는 척이라도 해야 한다'는 조소적인 어조를 근거로 들어 그가 기
쿠치 간에 의해 조선인과 볼세비키의 음모가 조작된 것이라는 사실
을 깨달은 것이 아니라, 단지 그것을 믿는 척하려 한 것이라고 하고
있다. 그러나 과연 39도의 고열에 시달리며 자기 대신 친구에게 자
경단의 역할을 맡기고 병이 낫자 자신이 직접 자경단 역할을 했던
그가 유언비어를 믿는 척 한 것이라고 할 수 있을까?

아쿠타가와의 어조는 자신이 실제로 그랬다는 것이 아니라, 오히
려 기쿠치와의 대화에 의해 새로 보이게 된 현실에 대한 비판의식에
서 온 표현으로 보는 것이 더 자연스럽다 할 수 있을 것이다. '선량

戒厳令が布かれた後、僕は巻煙草を銜へたまま、菊池と雑談を交換してゐ
た。尤も雑談とは云ふものの、地震以外の話の出た訣ではない。その内に僕は
大火の原因は○○○○○○○○さうだと云つた。すると菊池は眉を挙げながら、
「嘘だよ、君」と一喝した。僕は勿論さう云はれて見れば、「ぢや嘘だらう」と
云ふ外はなかつた。しかし次手にもう一度、何でも○○○○はボルシエヴイツ
キの手先だそうだと云つた。菊池は今度も眉を挙げると、「嘘さ、君、そんなこ
とは」と叱りつけた。僕は又「へええ、それも嘘か」と忽ち自説(?)を撤回した。
　再び僕の所見によれば、善良なる市民と云ふものはボルシエヴイツキと○○
○○の陰謀の存在を信ずるものである。もし万一信じられぬ場合は、少なくと
も信じてゐるらしい顔つきを装はねばならぬものである。けれども野蛮なる菊
池寛は信じもしなければ信じる真似もしない。これは完全に善良なる市民の資
格を放棄したと見えるべきである。善良なる市民たると同時に勇敢なる自警団
の一員たる僕は菊池の為に惜しまざるを得ない。

한 시민임과 동시에 <u>용감한</u> 자경단의 일원인 나'(밑줄 인용자)라는 표현도 자신의 무지에 대한 조소로 읽을 수 있을 것이다. 만약 처음부터 조선인과 볼셰비키의 음모가 날조된 것이라는 사실을 알았다면, 39도가 넘는 고열에 시달리면서 굳이 다른 사람을 자신을 대신하여 자경단에 참가하게 한다거나, 자신이 직접 자경단의 일원으로 참가하기까지는 하지 않았을 것이다. 물론 위에서 예로 든 아쿠타가와의 지진에 대한 기록에는 조선인들을 상대로 저질러진 잔혹행위에 대한 비판이 들어 있다. 그러나 그것은 어디까지나 기쿠치와의 대화에 의해 깨닫게 된 현실에 대한 새로운 인식에서 비롯된 것이라 할 수 있다. 아쿠타가와의 지진에 대한 기록 중 기쿠치와의 대화를 기록한 「대진잡기」가 발표순서로 보아서 가장 먼저 있는 것은 그러한 추측을 뒷받침해 준다. 아쿠타가와는 지진에 관한 기록을 많이 남기고 있는데 그것들의 발표순서는 세키구치 야스요시의 정리에 의하면 다음과 같다.

(1) 대진잡기「중앙공론」1923년 10월호, (제목「미증유의 대지진 · 대화재 참해기록(未曾有の大震 · 大火慘害記錄)」, 후에「백초(百艸)」에 수록)

(2) 대진전후(大震前後)「여성(女性)」1923년 10월호, (「백초」수록시,「대진일록(大震日錄)」으로 제목변경)

(3) 지진에 접하는 감상(地震に際する感想)「개조」1923년 10월호, (「백초」수록시,「대지진에 접하는 감상(大震に際する感想)」으로 제목변경)

(4) 감상 하나(感想一つ)「카메라(カメラ)」1923년 10월호, 대지진사진호(大震災寫眞号(「백초」수록시,「도쿄인(東京人)」으로 제목

변경)

(5) 폐허 도쿄(廃墟東京)「문장클럽(文章俱楽部)」1923년 10월호
    (「백초」에 수록)

(6) 고서의 소실을 애석해 하다(古書の焼失を惜しむ)「부인공론(婦
    人公論)」1923년 10월호(단행본 미수록)

(7) 앵무(鸚鵡)「선데이마이니치」1923년 10월호, 추계 특별호(단행
    본 미수록)

(8) 지진이 문예에 주는 영향(震災の文芸に与ふる影響), 초출미상
    (「백초」에 수록)

(9) 망문망답(妄問妄答)「개조」1923년 11월호(「백초」에 수록)

(10) 어느 자경단의 말(或自警団の言葉))(「주유의 말(侏儒の言
    葉)」란에 게재)「문예춘추(文芸春秋)」1923년 11월호(단행본 미
    수록)[81]

이상과 같은 발표순서를 보면「대진잡기」가 시기적으로 가장 빠
름을 알 수 있으며, 이는 아쿠타가와의 자경단에 대한 실체파악이
기쿠치간과의 대화에 의한 결과라는 사실을 방증해 준다. 그리고 그
러한 현실파악이 기쿠치간과의 대화에 의해 자각되었다는 사실은
중견작가로서의 자부심이 컸던 그였던 만큼 그에게는 충격적이었을
것이고 그 충격이 그로 하여금 지진에 대한 많은 기록을 남기게 한
것이라 추측할 수 있을 것이다.

아쿠타가와가 관동대지진을 통해 사회 현실을 새롭게 인식한 것
은 당연한 귀결이다. 그리고 그것은 중국여행을 통해 새롭게 인식한
현실인식과 더불어 일본제국주의나 침략주의의 모순을 자각하는 계

---

81) 関口安義,『芥川竜之介の復活』(洋々社, 1998), p.110.

기가 되고 그것은 일본사회를 상대화하는 시각의 획득으로 이어진다. 그에 따라 이후 그의 작품세계에서는 이전에는 다루지 않았던 일본사회의 현실을 바탕으로 하는 소재나 주제가 다루어지게 되고 그것은 만년의 문학정신으로 발전하게 된다. 그와 같은 문학정신이 처음으로 구현된 작품은 바로 관동대지진을 통해 경험하게 되는 일본인들의 잔학한 살육 행위에 대한 비판의식으로 나타난 「모모타로」라 생각된다.

제4절 아쿠타가와에 의한 모모타로상의 역전

아쿠타가와의 「모모타로」는 이상에서 언급한 메이지시대의 국가 이데올로기가 관여한 모모타로상에 대한 비판에서 출발했다고 할 수 있다. 그런 의미에서도 그는 다이쇼시대의 작가였다고 할 수 있다. 지금까지 검토해 온 바와 같이 일반적인 모모타로이야기에서는 도깨비는 악의 존재로 사회질서를 문란케 하는 징벌의 대상으로 그려졌다. 아쿠타가와의 「모모타로」는 그와 같은 모모타로이야기를 패러디하는 전략을 취하고 있다. 전체는 6장으로 이루어져 있으며 그 줄거리는 다음과 같다.

이야기는 '옛날, 옛날 어느 깊은 산 속에 커다란 복숭아나무가 한 그루 있었다'로 시작된다. 가지는 구름 위에 펼쳐져 있고 뿌리는 대지의 깊은 황천에까지 미치는 커다란 복숭아나무이다. '이 나무는 세상이 개벽한 이래 일만년에 한 번 꽃을 피우며 일만년에 한 번 열매를 맺는 것'이며, 그 열매는 씨앗이 있는 곳에 아이를 하나 품고 있다. 어느 날 한 마리의 야타가라스(八咫鴉)82)가 그 열매를 하나 계

곡에 떨어뜨렸다. 그 복숭아에서 태어난 모모타로가 도깨비섬을 정
벌할 생각을 한 것은 할아버지나 할머니처럼 산이나 들이나 밭에서
힘든 일을 하기 싫었기 때문이다. 이 말썽꾸러기 때문에 골치를 앓
고 있던 노인부부는 모모타로를 한 시라도 빨리 내쫓고 싶은 마음에
그가 말하는 대로 출정준비를 해 주었다. 의기양양하게 도깨비섬을
정벌하러 떠나는 모모타로는 도중에 반 개의 수수경단으로 개와 원
숭이와 꿩을 부하로 만든다. 그들이 도착한 도깨비섬은 세상에서 생
각하는 것처럼 바위투성이 섬은 아니다. 야자나무가 솟아있고 극락
조가 지저귀는 절해고도의 낙원이었다. 그러나 모모타로는 그 섬에
서 행복하게 살고 있는 아무 죄없는 도깨비들을 정벌한다. 소설은
에필로그에서 다시 인간이 모르는 깊은 산 속에서 무수한 열매를 달
고 있는 복숭아나무 이야기로 돌아가, '아아, 미래의 천재는 아직 그
열매 안에 수없이 잠들어 있다—'라고 맺어지고 있다.

　이와 같이 아쿠타가와의 「모모타로」는 나쁜 도깨비를 징벌하는
통쾌한 영웅으로 그려졌던 모모타로를 도깨비 입장에서 평화를 깨
는 침략자, 즉 악의 존재로 역전시키고 있다. '도깨비를 평화애호자
로 내세우고 모모타로를 침략자로 풍자한 것은 아쿠타가와가 최초
인 것같다'[83]고 하는 지적처럼, 아쿠타가와의 「모모타로」에서는 그
러한 선과 악의 관계가 역전되어 전통적인 모모타로상이 변용되고
있다.

---

82) 일본 고대신화에서 간무천황(神武天皇)이 동방을 정벌할 때 길을 안내했다는
　　거대한 까마귀.
83) 滑川道夫, 『桃太郎像の変容』(東京書籍, 1971. 3), p.260.

1) 이기적 인간·착취계급·침략적 제국주의의
   상징으로서의 모모타로상

앞에서 살펴 본 바와 같이, 아쿠타가와의 「모모타로」에서는 선과 악의 역전에 의해 모모타로상이 변용되고 있다. 이는 무엇을 의미하는 것일까? 본서에서는 작품의 세 가지 갈등구조를 검토함으로써 그것을 설명해 보고자 한다. 이 작품의 갈등은 첫째, 꿩, 원숭이, 개라는 세 동물간의 갈등, 두 번째로 모모타로와 세 마리 부하와의 갈등, 그리고 세 번째로 모모타로 및 세 마리의 동물 세계와 도깨비세계간의 갈등이라는 세 충위로 파악할 수 있다.

먼저 세 마리의 부하간의 갈등구조에 주목하여 미요시 유키오는 다음과 같이 말하고 있다.

독자들이 숙지하고 있는 인물을 그 조우를 덧칠하면서 생각지도 못 한 이미지로 바꾸어 염색해 보인 것으로, 일종의 유희성이 강하다. 이 작가가 즐겨 반복해서 사용한 수법이며, 수기를 모방한 이색적 문체와 함께, 전기의 작풍을 그대로 답습하고 있다. (중략) 어느 것 할 것 없이 타성적으로 쓰여졌다고 밖에 볼 수 없는 것으로, 아쿠타가와의 매너리즘은 아무래도 최악의 상태까지 온 것 같다.[84]

---

84) 三好行雄「芥川龍之介全集第八巻解説」(角川文庫, 1968)[中村青史「『桃太郎』論」(「方位」第4号, 三章文庫, 1982)], p.75.
　　読者の熟知した人物を、その遭遇をなぞりながら思いもよらぬイメージに染めかえてみせたわけで、一種の知的遊戯性が強い。この作家が好んでくりかえした手法であり、手記を模した異色の文体とともに、前期の作風をそのまま踏襲している。(中略)いずれも惰性で書きつがれたとしか見えないのであって、芥川のマンネリズムはどうやら底をついたようである。

미요시는 그 표현방법에 주목하여 아쿠타가와의 모모타로상을 그
가 '전기의 작풍'으로 자주 사용한, 널리 알려진 인물의 희화화로 이
해하고 있다. 그런 관점에서 모모타로를 보면 아쿠타가와문학의 원
점이 되고 있는 이기적 존재인 인간 자체의 모순이 부각된다. 물론
여기서 미요시가 지적하는 이기적 인간을 희화화하는 매너리즘은
모모타로를 향하고 있지만, 이기적 인간상을 좀 더 노골적으로 보여
주는 것은 세 마리 부하의 내부적 갈등이다.

> 그러나 그들은 유감스럽게도 별로 좋은 사이들은 아니었다. 튼튼한
> 이를 가진 개는 기개가 없는 원숭이를 무시한다. 수수경단 계산에 빠
> 른 원숭이는 거만한 꿩을 무시한다. 지진학에 밝은 꿩[85]은 머리가 우
> 둔한 개를 무시한다. ─이렇게 서로 으르렁거리고 있었기 때문에 그들
> 을 부하로 삼은 후에도 여간 골치가 아픈 것이 아니었다.[86]

세 마리의 부하는 서로 상대를 무시하며 으르렁거리는 것이다. 그
들의 마음 속 갈등은 '아무래도 수수경단 반 개로 도깨비섬 정벌에
동행하는 것은 생각해 볼 문제야'라며 불복하려는 원숭이에게 꿩과
개가 '주종의 도덕을 생각해서 모모타로를 따르라'라고 설득하는 모
습에서 찾아볼 수 있다. 모모타로는 그들의 갈등을 호기회로 삼아

---

85) 일본에서는 전통적으로 꿩은 지진을 예감하는 동물로서 알려져 있다.

86) 「桃太郎」, 『진집』 제11권, p.160.
　しかし彼等は残念ながら、あまり中の良い間がらではない。丈夫な牙を持つ
　た犬は意気地のない猿を莫迦にする。黍団子の勘定に素早い猿は尤もらしい雉
　を莫迦にする。地震学などにも通じた雉は頭の鈍い犬を莫迦にする。─こうい
　ふいがみ合ひを続けてゐたから、桃太郎は彼等を家来にした後も、一通り骨の
　折れることではなかつた。

자신에게 유리하게 이용한다.

> "알았어, 알았어. 그럼 동행하지 마. 그 대신 도깨비섬을 정벌해도
> 보물은 하나도 안 나누어 줄거야."
> 욕심 많은 원숭이는 눈이 휘둥그래졌다.
> "아니, 보물이라구요. 도깨비섬에 보물이 있나요?"
> "있다 뿐인가? 두들기면 무엇이든지 나오는 도깨비방망이라는 보
> 물도 있어."
> "그럼 그 도깨비방망이에서 다시 도깨비방망이가 나오면 한 번에
> 몇 개나 손에 넣을 수 있겠네요. 그것 참 솔깃한 이야기군요. 제발 저
> 도 데려가 주세요."
> 모모타로는 다시 한 번 그들을 동반하고는 도깨비섬 정벌길을 서
> 둘렀다.[87]

모모타로는 세 마리 부하의 내부분열의 틈을 타서 제각각이 된 부
하들 한 마리 한 마리를 공리적으로 종속시킴으로써 그들을 동행하
게 하는데 그것을 마치 그들의 편의를 봐주는 배려에서 온 것처럼
믿게 만든다. 원숭이는 다른 누구보다도 자신이 영리하다고 생각하

---

87) 위의 책, p.161.
　「よしよし、では伴をするな。その代わり鬼が島を征伐しても、宝物は一つも
　分けてやらないぞ。」
　欲の深い猿は円い目をした。
　「宝物？へええ、鬼が島には宝物があるのですか？」
　「あるどころではない。何でも好きなものゝ振り出せる打出の小槌といふ宝物
　さへある。」
　「ではその打出の小槌から、幾つも又打出の小槌を振り出せば、一度に何でも
　手にはいる訳ですね。それは耳よりな話です。どうかわたしもつれて行つてく
　ださい。」
　桃太郎はもう一度彼等を伴に、鬼が島征伐の途を急いだ。

며 자신의 이익을 주장한 줄로 알지만, 결국 그것은 모모타로에게
'그 대신 도깨비섬을 정벌해도 보물은 하나도 안 나누어 줄거야'라는
구실을 제공했을 뿐이었다. 이렇게 종속시킨 부하들에게 모모타로
는 도깨비섬에서 손에 넣은 도깨비방망이를 나누어 주었을까? 그것
은 부하들 간의 분쟁의 틈을 타서 자신의 편의에 맞게 이용하는데
능했던 모모타로였던 것을 생각하면 그렇지 않았을 것이라 생각된
다. 이와 같이 세 마리 부하들은 내부적으로 분열되어 서로 싸우고
있는 것이다. 그리고 그들은 동물이기는 하지만 그들이 보여주고 있
는 세계는 도깨비 입장에서 보면 모모타로와 같은 부류의 인간세계
의 그것이라 생각할 수 있다. 따라서 그들 모순과 상호간의 혐오는
도깨비 입장에서 보면 '인간의 끔찍함'이 된다. 그와 같은 '인간의 끔
찍함'은 다음에 집약적으로 나타나 있다.

> 남자든 여자든 똑같이 거짓말을 하고, 욕심도 많은 데다, 질투심도
> 많고, 자아도취에 빠지며, 동료들끼리 서로 죽이고, 방화를 하고, 도둑
> 질을 하고 참으로 손을 쓸 수 없는 짐승들이야.[88]

이와 같은 끔찍한 인간상은 당연히 모모타로상에 반영된다. 모모
타로는 이기적이고 모순투성이인 인간존재의 상징으로 읽을 수 있다.
두 번째로 프롤레타리아문학비평 입장에서 모모타로와 세 동물의
관계를 주목해서 주종관계의 모순을 보면, 자본주의 모순의 비판과

---

88) 위의 책, p.163.
　男でも女でも同じやうに、譃はいふし、慾は深いし、焼餅は焼くし、己惚は
強いし、仲間同志殺し合ふし、火はつけるし、泥棒はするし、手のつけやうの
ない毛だものなのだよ。

희화화로 읽을 수 있다. 먼저 모모타로가 도깨비섬을 정벌한 이유는 들에서 일하는 것이 싫었기 때문이다. 그는 게으름뱅이이며, 부모인 노부부도 한 시 바삐 쫓아내고 싶을 만큼 불효자이고, 부모가 만들어 준 수수경단으로 동물들의 노동력을 산다. 그와 같은 필치에서 그에게 착취계급의 속성을 부여하고자 하는 작의를 읽을 수 있다. 그러한 작의는 개의 성격에도 반영되어 있다. 생계를 위해 자신의 노동력을 제공해야 하는 개에게 피착취계급의 속성을 갖게 하려는 것이 그것이다. 이는 개뿐만이 아니라, 꿩과 원숭이의 경우도 마찬가지이다. 도깨비섬 정벌에 동행하는 조건인 경단을 둘러싼 협의는 모모타로의 의지대로 하나가 아니라 반 개만 주는 것으로 결정이 난다. 이는 프롤레타리아문예사조의 영향으로 '자본가와 노동자의 임금을 둘러싼 투쟁'[89)]에서 결국 노동자는 자본가에게 굴복할 수밖에 없다는 인식의 반영이라 할 수 있다. 이와 같이 모모타로와 세 동물의 관계에 주목하여 보면 모모타로는 자본가의 대표로서 착취계급을 상징한다고 할 수 있다.

세 번째로 모모타로 및 세 동물과 도깨비 종족들 간의 관계에 주목하여 보면, 제국주의의 침략적·폭력적 성격에 대한 비판으로 읽을 수 있다. 모모타로는 뚜렷한 이유 없이 도깨비 섬을 정벌하여 약탈하고, 세 부하는 그를 따라 살인과 능욕을 일삼는다. 모모타로가 일장기가 그려진 부채를 들고 등장하는 것은 모모타로상이 갖는 의미를 악의적으로 드러내기 위한 우의라 할 수 있다. 이 대목에서 모모타로는 그야말로 일본제국주의의 침략적 폭력성을 표상하며 세 마

---

89) 中村靑史, 「「桃太郎」論」(「方位」第4号-特集芥川龍之介, 三章文庫, 1982. 5), p.83.

리의 부하들은 그 제국주의를 추종하는 일본군대를 표상한다고 볼수 있을 것이다. 그에 대해 섬의 주민인 도깨비가 저항과 독립운동을 계획하는 장면은 '도깨비 젊은이가 대여섯 명 도깨비섬의 독립을계획하기 위해 야자나무 열매에 폭탄을 장치하고 있었다'고 그려지고 있다. 이 묘사는 청일전쟁 이후의 일본의 침략적 제국주의에 대항하여 저항하려던 아시아 제민족의 독립운동을 상기시킨다. 특히폭탄장치 운운하는 것은 구체적으로는 안중근(安重根, 1879~1910)의이토 히로부미(伊藤博文, 1841~1909) 저격사건을 떠오르게도 하며,이러한 표현은 관동대지진 체험을 통한 조선인 오해에 대한 반성으로 볼 수도 있을 것이다.

이와 같이 이 작품의 세 층위의 갈등구조에는 이기적 인간존재에대한 비판, 계급내부의 분열을 교묘히 이용하는 착취계급에 대한 비판, 침략적 제국주의에 대한 비판이 담겨져 있다고 읽을 수 있다. 그러나 작가의 의도는 거기에서 그치지 않는다. 이 작품에는 중심과주연의 가치전환을 역설하는 아쿠타가와익 탈중심 방법의 주장이담겨 있다는 것이다. 작품의 집필계기가 된 중국여행이나 관동대지진 체험으로 인한 아시아 주변국가의 민족이나 문화에 대한 작자의새로운 인식의 표현으로도 해석할 수 있다. 이하에서는 그 점을 구체적으로 고찰해 보도록 하겠다.

2) 주연문화로서의 도깨비문화

작자는, 본래 주연적 존재에 지나지 않는 도깨비이지만, 도깨비집단에도 나름대로의 고유의 생활과 문화가 있다고 인식한다. 그것은 다음과 같은 도깨비섬의 소개에 잘 나타나 있다.

> 도깨비섬은 절해의 고도였다. 그러나 세상에서 생각하는 것처럼 바
> 위투성이는 아니다. 실은 야자나무가 솟아 있고, 극락조가 지저귀기
> 도 하는 아름다운 천연의 낙토였다. <u>이러한 낙토에 생을 받은 도깨비</u>
> <u>는 물론 평화를 사랑하고 있었다.</u>(밑줄 인용자) 아니 도깨비라고 하
> 는 것은 원래 우리 인간들보다 형락적으로 생긴 종족인 것 같다.90)

여기에는 일반적인 모모타로이야기에서 서술되는, 도깨비는 악이
며, 그들이 살고 있는 땅은 불모지이고, 따라서 그들은 인간세계에
서 약탈을 해가는 존재라는 도식의 역전이 존재한다. 도깨비는 기후
도 좋고 풍요로운 낙토에 살고 있으며, 원래 싸움을 좋아하지 않는
평화롭고 선량한 존재이다. 이와 같이 묘사하는 배경에는 도깨비가
악한 존재이며, 도깨비 섬은 바위산투성이의 불모지라고 생각하는
것이 인간세계＝'세상'중심의 자의적인 가치판단이라는 주장이 숨겨
져 있다.

도깨비들의 입장에서 보면 인간은 '거짓말을 하고, 욕심도 많은
데다, 질투심도 많고, 자아도취에 빠지며, 동료들끼리 서로 죽이고,
방화를 하고, 도둑질을 하고 참으로 손을 쓸 수 없는 짐승'인 악한
존재이며, '이러한 죄없는 도깨비에게 건국 이래의 두려움을 준' 침
략자, 약탈자이다. 그렇다면 이 작품에서 말하는 '세상'이란 무엇을

---

90) 위의 책, p.162.
　　鬼が島は絶海の孤島だつた。が、世間の思つてゐるやうに岩山ばかりだつた
　　訣ではない。実は椰子の聳えたり、極楽鳥の囀つたりする、美しい天然の楽土
　　だつた。<u>かういふ楽土に生を享けた鬼は勿論平和を愛してゐた</u>。いや、鬼とい
　　ふものは元来我我人間よりも享楽的に出来上がつた種族らしい。

말하는 것일까? 그것을 '인간세계'로 간주하면 자연계에서의 인간중심주의에 대한 비판으로 도깨비의 생활과 도깨비문화가 표상하는 자연의 존재가치를 주장하는 셈이 된다. 그러나 '세상'을 '일본인들의 세계'로 보면 일본중심의 아시아인과 아시아 문화관을 비판하며 탈일본화된 곳에서 아시아 주변 제국가의 존재가치를 묻는 작가의 주장으로 해석할 수 있다.

작가의 의도를 이와 같이 주연문화의 존재가치를 적극적으로 주장하는 것으로 읽을 수 있는 근거는 비슷한 시기에 발표한 다른 작품들인 「고난의 부채」, 「슌칸」, 「제4의 남편으로부터」를 보면 명확해 진다. 이들 작품은 앞에서 살펴 본 바와 같이 중국여행 후 고양된 현실인식을 바탕으로 집필된 것들이며, 아쿠타가와는 이들 작품을 통하여 현대의 문화 혹은 문학비평이론과 같은 맥락의 중심과 주연의 구조주의의 틀을 인식함과 동시에 그것들이 포함하는 가치관을 역전시키는 탈중심화 방법에 의해 중심과 주연의 정치학을 역전시키고 있다. 그리고 그것은 중심에 대한 주연문화의 가치주장으로 나타나고 있다.

이상과 같은 아쿠타가와의 문학정신과 방법에 주목해 보면 그의 모모타로상 재구축에는 당시 일본의 침략적 제국주의에 대한 비판과 아시아 제국가의 민족과 문화의 가치주장이 담겨져 있음을 알 수 있다. 이와 같은 아쿠타가와의 방법론이 중요하고 의미가 있는 이유는 '아아, 미래의 천재는 아직 그들 씨앗 속에 수없이 잠들어 있다[91]는 마지막 부분에서 알 수 있듯이, 자기중심적, 침략적 제국주의는

---

91) 위의 책, p.166.

과거의 역사적 사건으로만 끝나지 않고 그 존재는 언제든지 다시 소생할 수 있는 씨앗으로 존재하고 있기 때문이다. 그에 대해서 나카무라 세이시는 '모모타로의 잔학행위는 그야말로 후의 중일전쟁기의 남경사건도 예언적으로 표현한 것이었다'[92]라고 지적하고 있다. 이는 아쿠타가와의 인식을 객관적으로 평가한 것으로 받아들여도 될 것이다. 일찍이 역사적으로 천황의 군대에서 가난한 농촌출신의 순박한 젊은이들이 전쟁에 직면하여 얼마나 용감무쌍한 병사로서 잔학행위를 저질렀는지를 생각해 볼 때, '굶주린 동물만큼 용감무쌍한 병졸의 자격을 갖추고 있는 것은 없을 것이다'[93]라는 아쿠타가와의 표현은 가히 예언적이며, 현대 일본의 세계에도 여전히 통용될 수 있는 엄중한 경고라 봐야 할 것이다.

제5절 맺음말 - 모모타로상의 역전의 의미 -

이상에서 아쿠타가와의 「모모타로」집필계기와 그에 관련된 작가의 문화인식을 고찰해 보았다. 메이지시대 국정교과서에 채록된 모모타로이야기는 이와야 사자나미에 의해 청일전쟁 직전에 쓰여진 것이다. 그 안에서 도깨비는 황국에 대해 적대적인 존재를 표상하고 모모타로에게 퇴치됨으로서 일본제국주의를 찬양・고무하는 교화교재가 되었다. 따라서 모모타로는 선이며 악한 도깨비들을 징벌하는 국민적 영웅이 된다. 아쿠타가와의 「모모타로」는 그러한 모모타로

---

92) 中村靑史, 앞의 책, p.84.
93) 「桃太郎」, 앞의 책, p.163.

상에 대한 비판의식에서 출발한 것이다. 그리고 그러한 모모타로상
에 대한 비판의식은 격동기의 중국방문 동안 저명인사의 침략적 일
본제국주의에 대한 규탄과 관동대지진 때 일본인들의 잔혹한 살육
행위에 선량한 시민으로서 무비판적으로 참가했던 체험이 계기가
된 것이다. 결벽에 가까울 만큼 민감한 감수성과 그에 대한 자성(自
省)을 지닌 아쿠타가와의 작가정신은 그러한 체험을 문학으로 구현
시키지 않을 수 없었을 것이고 바로 그러한 작가정신이 가장 먼저
구체화된 것이 「모모타로」였다고 할 수 있다.

따라서 일반적인 모모타로이야기에서 도깨비는 악의 존재로서 사
회질서를 혼란케 하는 징벌의 대상으로 그려지고 있지만, 아쿠타가
와의 「모모타로」에서는 선과 악의 관계가 역전되어 있다. 즉 여기서
는 모모타로가 악이고 도깨비가 선이다. 그 역전에 의해 모모타로는
이기적이며 모순투성이인 인간존재나 착취자 계급, 침략적 제국주
의의 상징이 되고 있다.

그러나 작가의 의식은 그러한 인간중심주의나, 일본중심주의를
비판하는 데서 그치지 않고, 주연문화의 존재가치를 적극적으로 주
장하는데까지 나아가고 있다. 즉, 「모모타로」는 '세상'을 '인간'으로
간주하면, 자연계에 있어 인간중심주의에 대한 비판으로, '세상'을
'일본인'으로 보면, 일본중심의 아시아인, 아시아 문화관을 비판하며
그것들의 존재가치를 주장하는 것으로 읽을 수 있다. 그리고 이러한
작가의 주장은 일본중심의 아시아인, 아시아 문화관인 일본적 오리
엔탈리즘에 대한 비판으로, 서구중심의 동양관인 오리엔탈리즘에
이의를 제기했던 아쿠타가와였던 것을 생각하면, 당연한 귀결이라
할 수 있을 것이다. 그리고 이러한 문화관의 주장을 보면 중심과 주

변의 경계가 희박해지고 전 지구적으로 글로벌라이제이션이 가속화되고 있는 오늘날의 독자로서는 작가의 선견성을 읽어낼 수 있는 것이다. 그러나 그러한, 시대를 앞서가는 아쿠타가와의 작가정신이 이후의 문학에 굴절이나 왜곡 없이 그대로 반영될 수 있었는지의 여부는 좀 더 검토해 봐야 할 과제이다.

제9장
일본의 외부(주연)세계의 가치의 발견과
그 주장, 그리고 좌절

제1절 들어가며

　이상에서 검토와 같이 관동대지진의 체험과 중국여행을 통해 아
쿠타가와는 현실에 대해 새로운 인식을 하고 그것은 일본의 제국주
의나 침략주의에 대한 비판의식으로 이어진다. 그러한 비판의식은
이후의 작품세계에 있어 탈중심화라는 세계관 내지는 문화관으로
발전하고 마침내는 주연문화의 존재가치의 주장으로까지 나아가게
된다. 그러한 문화관과 가치주장은 「모모타로」에서 정점을 이루고
「슌칸(俊寬)」(「中央公論」 第37年 第1号, 1922. 1. 1), 「제4의 남편으
로부터(第四の夫から)」(「サンデー每日」 第3年 第15号, 1924. 4. 1), 「호
남의 부채(湖南の扇)」(「中央公論」 第41年 第1号, 1926. 1) 등 공통적
으로 일본사회의 현실이나 문화를 일본의 '외부'세계의 눈으로 바라
보고 상대화하려는 작품군의 발표로 이어진다.

　그러나 새로운 방법과 주제를 획득한 그의 작가정신이 그 과정에
서 왜곡이나 굴절없이 실현가능했던 것일까? 본장에서는 탈중심적
문화관의 실천과 주연문화의 존재가치를 주장하는 일련의 작품군을

살펴 봄으로써 만년의 아쿠타가와의 문학의 방법과 작가정신을 규명해 보고자 한다.

제2절 본국(都)에 대한 동경과 섬생활에의 안주
-「슌칸(俊寛)」론 -

1) 작품의 제재와 그 평가

「슌칸」은 역사소설로서, 제재는『겐페이 성쇠기(源平盛衰記)』를 주재료로 하고, 가타리본계(語り本系)『헤이케모노가타리(平家物語)』, 지카마쓰 몬자에몬(近松門左衛門, 1653~1724)의 시대물조루리(時代物浄瑠璃)『헤이케뇨고시마(平家女護嶋)』 등을 부재료로 창작되었다는 것이 정설이다.[94] 또한 근대에 들어서서 구라타 햐쿠조(倉田百三, 1891~1943)의 희곡「슌칸」이 걸작이라는 평가를 받은 사실과 기쿠치 간의 소설「슌칸」이 나온 사실에 촉발되어 쓰여졌다는 사실도 정설이다. 형식은 역사상의 실존인물 슌칸(俊寛, ?~1179)[95]의 생애를 그의 하인이었던 아리오(有王)의 입을 빌려 들려주는 형식을 취하고 있다.

이야기는 '슌칸나리 말씀이십니까? 슌칸나리 이야기만큼 세상에

---

94) 이에 대한 근거는 '슌칸이 말하는 것은-신명(神明)임에 다름 아니다. 단지 우리들의 일념이다.-단지 불법을 수행하여 다음에는 생사를 넘어설 것이다. 겐페이성쇠기'라는 에피그램, 그리고「조코도잡기」의「슌칸」에 관한 기록에 있다.

95) 헤이안시대(平安時代) 말기의 승려. 1177년 시시가다니(鹿ヶ谷)의 산장에서 후지와라 나리치카(藤原成親)·나리쓰네(成経) 부자, 다이라노 야스요리(平康頼)들과 헤이시(平氏) 토벌을 도모했으나 미나모토 유키쓰나(源行綱)의 밀고에 의해 발각되어 귀신섬(鬼ヶ島)에 유배되어 그곳에서 삶을 마친다.

잘 못 전해진 것은 없을 것입니다'라는 말로 시작된다. 아리오가 슌
칸의 딸의 편지를 가지고 슌칸을 찾았을 때, 그가 본 슌칸의 모습은
세상에 알려진 것과는 상당히 달랐다. 여기서 세상에 알려졌다는 것
은 『헤이케 모노가타리』가 전하는 슌칸의 비극일 것이다. 따라서 그
것과는 상당히 다른 점을 규명하는 데서 아쿠타가와의 새로운 해석
이 시작된다. 그에 의하면 같은 유배자인 나리쓰네 소장(成経少将)이
나 야스요리(康賴)의 본국에 대한 강한 집착이나 진지해서 우습기까
지 한 기도생활에 비해, 슌칸은 아내의 잔소리를 듣지 않아도 되는
것이 기쁘다며 힘든 생활을 자연스럽게 받아들이며 초연히 살고 있
다. 딸의 편지에 조금은 동요하지만 감상을 물리치고 본국에 전해진
자신의 모습은 모두 오해라며 섬생활도 상당히 좋다고 하고 있다.
마침내 사면소식이 오지만 기요모리(清盛)의 공포심때문에 슌칸만
이 사면을 받지 못 한다. 귀경하게 된 사실에 미친듯이 기뻐하는 나
리쓰네와 야스요리 두 명 중 나리쓰네는 배가 출발할 때 섬에서 낳은
자식과 현지의 처가 매달리는 것을 매정하게 뿌리쳤고, 슌칸은 그
비정함에 화가 나서 발을 구르며 배를 돌리라고 손짓을 했는데, 그
것이 본국에는 그가 집착하는 모습으로 와전된 것이라고 한다. 그런
이야기를 하는 슌칸은 지금은 귀신섬에서 유유자적하며 살고 있다.

　작품에 대한 평가는 '원화 그 자체가 드라마틱하기 때문인지, 플
롯이 치밀하고 재미있는 작품이라고 생각하지만, 평가는 별로 높지
않은 소설이다. 작자가 생전에 단행본에 수록하지 않은 것은 스스로
실패작이라 인정한 때문일까?'[96]라는 쓰카고시 카즈오(塚越和夫)의

---

96) 塚越和夫「俊寛」『芥川龍之介事典』, p.253.

지적, '독창적'이며 '예술적 표현의 기법이 세련'되기는 했지만, 인물이 '작자의 꼭두각시'라서 생동감이 없고 '너무 작자가 자신의 인생관이나 사회에 대한 비평, 기타 작자의 여러 가지 감상을 노골적으로'[97] 나타내고 있다는 다케후지 나오지(武藤直治)의 지적처럼 실패작이라는 것이 공통의 견해이다. 단, 기요미즈 시게루(清水茂)는『헤이케모노가타리』에서『겐페이 성쇠기』, 더 나아가 근세의『헤이케뇨고시마』에 이르기까지의 슌칸상을 정리하고[98], '그 세계는 다이나믹한 생명감은 부족하지만 일괄적으로 부정하여 간단히 단절되거나 혹은 새로운 세대의 물결에 의해 초월할 수는 없는 것이다. 왜냐하면 거기에는 소외된 장소에서의 고독을 역으로 받아들여 시세와 대치하려는 자의 고고함과 자유로움이 부각되어 있기 때문이다'[99]라고 하며, 슌칸으로부터 '소외된 장소에서의 고독'을 통해 '고고함과 자유로움'을 부각시키고자 하는 아쿠타가와의 창작 의도를 높이 평가하고 있다. 요시다 세이치(吉田精一)도 '그가 그린 슌칸은 기지가

---

97) 武藤直治「嶋の俊寛を主題とした三つの作品」(「新潮」1922. 2) [関口安義編『芥川龍之介研究資料集成』第一巻, 日本図書センター, 1993], p.335

98) 각각의 슌칸상의 특징을 정리하면 다음과 같다.
　　『헤이케모노가타리』의 슌칸은 흥분하기 쉽고 완고하며 독선적이고 오만불손한 기질과 성격으로 비참한 말로를 걷는다. 타고난 기질에 의해 행동하는 비극의 주인공이다.『겐페이성쇠기』의 슌칸은『헤이케모노가타리』의 슌칸의 기질에 다수파에 논리를 내세워 대립하려 하는 고독하고 비타협적인 논쟁가적 풍모와 색을 밝히는 경향도 덧붙여져 약간 복잡한 지식인의 사상적 비극의 요소를 가지고 있다. 지카마쓰의 슌칸은 볼품없이 앙상하면서도 영원한 부성적 비장미를 띤 남자다운 영웅으로서 의리와 인정을 아는 인물이다. 구라타의 희곡은 꼬여서 다른 사람과 융화하지 못 하는 슌칸, 기쿠치의 소설은 망집(妄執)을 버리고 노동 속에 새로운 삶을 찾고자 하는 건강한 슌칸을 그리고 있다.

99) 清水茂「「俊寛」像の系譜－芥川龍之介と古典－」(『批評と研究芥川龍之介』芳賀書店, 1972.11), p.168.

풍부한 호색가이다. 그리고 문명도회의 번거로운 대인관계나 번거
로운 가정생활에서 해방되어 미개 자연의 섬생활에 안주를 발견한
고갱같은 인간이었다'100)라며, 미개지에 안주하려는 슌칸의 수완을
긍정적으로 평가하고 있다.

　이와 같은 작품의 평가를 둘러싼 논의를 정리해 보면, 작품에 작
가정신을 구현하고자 한 자세는 높이 평가하지만, 그 정신이 작품
안에서 결정화(結晶化)되는 데는 실패했다고 하는 것이다. 그러나
종래의 평가에서는 이 시기의 아쿠타가와가 획득한 창작의 방법과
탈중심이라는 작가정신은 무시되어 왔다고 생각한다. 만약 슌칸상
을 재해석한다면 기쿠치 간의 그것과 어느 정도의 차이가 있는지를
밝히는 데서부터 시작해야 할 것이다. 아쿠타가와의 창작의 계기는
탈중심이라는 작가정신의 실천에 있었을 것이다. 그렇다면 아쿠타
가와가 이 작품을 통해 구현하고자 한 작가정신은 무엇인가?

2) 본국에 대한 동경과 섬에서의 생활

　이 작품은 시시가다니사건(鹿ヶ谷事件)으로 본국에 유배당한 슌칸
의 하인 아리오가, 비파법사(琵琶法師)에 의해 전해진 슌칸의 섬에서
의 비참한 생활은 잘 못 전달되어 있어 자신이 직접 본 슌칸의 섬에
서의 생활을 들려준다는 형식을 취하고 있다. 여기서 아리오가 말하
는 비파법사에 의해 전해진 슌칸의 생활이란 구체적으로 말하자면,
아쿠타가와가 이 작품을 집필할 때 참고한『겐페이성쇠기』『헤이케
모노가타리』『헤이케 뇨고노시마』, 기쿠치 간의「슌칸」, 구라타 햐

---

100) 吉田精一『芥川龍之介』(日本図書センター, 1993), p.168.

쿠조의 「슌칸」 등에서 그려진 슌칸상이라 할 수 있다. 그 사실은 아
쿠타가와 자신의 다음과 같은 언급으로 확인할 수 있다. 조금 길지
만 아쿠타가와의 창작의도를 알기 위해 인용해 보겠다.

　　헤이케모노가타리나 겐페이성쇠기 이외에 슌칸의 새로운 해석을
시도한 것은 현대에 시작된 것은 아니다. 지카마쓰 몬자에몬의 슌칸
같은 것은 가장 저명한 것 중의 하나이다. (중략) 그러나 지카마쓰가
의도했던 것은 <괴로워하지 않는 슌칸>에만 있었던 것은 아니다. 그
의 슌칸은 「헤이케뇨고가시마」의 등장인물의 하나이다. 그러나 구라
타, 기쿠치 두 사람의 슌칸은 슌칸 만을 주제로 하고 있다. 귀신섬에
유배를 간 슌칸은 어떻게 생활하고 또 어떻게 죽음을 맞이했는가? -
이것이 두 사람의 문제이다. 이 문제는 특히 기쿠치씨의 경우 이런 형
식으로 바꿔 말할 수도 있을 것이다.-"우리들은 슌칸처럼 섬으로 유
배를 가게 된 경우에 처했을 때 어떤 생활을 영위할 것인가?" 지카마
쓰와 두 사람의 입장의 차이는 겐페이 성쇠기 기사의 개변모양에서도
엿볼 수 있을 것이다. 지카마쓰는 그 슌칸을 만들기 위해 슌칸의 비극
의 열쇠인 사면장 건조차 변경했다. 두 사람도 물론 지카마쓰 못지 않
게 겐페이성쇠기의 기사를 무시하고 있다. 그러나 두 사람 모두 지카
마쓰처럼 사면장 건은 바꾸지 않고 있다. 주어진 조건 내에서 슌칸의
해석을 시도하는 이상 그것만은 보존해야 했기 때문이다.
　　꼭 그 경우와 같이 구라타씨와 기쿠치의 입장의 차이도 역시 겐페
이성쇠기의 기사를 변경한 그 변경방법에 보일지 모른다. 구라타씨가
슌칸의 딸을 죽은 것으로 하거나 기쿠치씨가 섬을 비옥한 땅으로 하
거나-그것들은 두 사람의 슌칸,-<괴로워하는 슌칸>과 <괴로워 하
지 않는 슌칸>을 그려내기에 편리했기 때문일 것이다. 나의 슌칸도
이 점에서는 기쿠치씨의 슌칸의 뒤를 따르는 것이다. 단 기쿠치씨의
슌칸은 오히려 외부의 생활에서 안주의 요인을 발견하고 있지만 내

것은 꼭 그것만은 아니다.

　　그러나 요쿄쿠(謡曲)나 조루리(浄瑠璃)에 있는대로 불모의 고도 (孤島)에 남겨진 채 게다가 유유한 훌륭한 슌칸을 생각할 수 없는 것은 아니다.101)

이 술회에서 알 수 있듯이 아쿠타가와가 『헤이케모노가타리』와 『겐페이성쇠기』를 바탕으로 지카마쓰, 구라타, 기쿠치 세 작가의 서로 상이한 슌칸상을 염두에 두면서 독자적인 슌칸상을 그려내고자 했음을 확인할 수 있다. 그 중에서도 아쿠타가와가 가장 의식적

---

101)「澄江堂雑記」『전집』 제9권, pp.97~99.
　　平家物語や源平盛衰記以外に、俊寛の新解釈を試みたのは現代に始まつたのではない。近松門左衛門の俊寛の如きは、最も著名なものの一つである。(中略)しかし近松の目ざしたのは、「苦しまざる俊寛」にのみあつたのではない。彼の俊寛は「平家女護が島」の登場人物の一人である。が、倉田、菊池両氏の俊寛は、俊寛のみを主題としてゐる。鬼界が島に流された俊寛は如何に生活し、又如何に死を迎へたか？－これが両氏の問題である。この問題は殊に菊池氏の場合、かう云ふ形式にも換へられるであらう。－「我等は俊寛と同じやうに、島流しの境遇に陥つた時、どう云ふ生活を営むであらうか？」
　　近松と両氏の立場の相違は、盛衰記の記事の改めぶりにも、窺はれると云ふことを妨げない。近松はあの俊寛を作る為に、俊寛の悲劇の関鍵たる赦免状の件さへも変更した。両氏も勿論近松に劣らず、盛衰記の記事を無視してゐる。しかし両氏とも近松のやうに、赦免状の件は改めてゐない。与へられたる条件の内に、俊寛の解釈を試みる以上、これだけは保存せねばならぬからである。
　　丁度その場合と同じやうに、倉田氏と菊池氏との立場の相違も、やはり盛衰記の記事を変更した、その変更のし方に見えるかも知れぬ。倉田氏が俊寛の娘を死んだ事にしたり、菊池氏が島を豊沃の地にしたり、－それらは皆両氏の俊寛、－「苦しめる俊寛」と「苦しまざる俊寛」とを描出するに便だつた為であらう。僕の俊寛もこの点では、菊池氏の俊寛の蹤を追ふものである。唯菊池氏の俊寛は、寧ろ外部の生活に安住の因を見出してゐるが、僕のは必ずしもそればかりではない。
　　しかし謡や浄瑠璃にある通り、不毛の孤島に取り残された侭、しかもなほ悠々たる、偉い俊寛を考へられぬではない。

이었던 것은 슌칸을 초점화하고 있는 구라타와 기쿠치 두 작가의 슌
칸상이며, 특히 '귀신섬에 유배된 슌칸은 어떻게 생활하고 또 어떻
게 죽음을 맞이했는가? —이것이 두 사람의 문제이다. 이 문제는 특
히 기쿠치씨의 경우 이러한 형식으로도 바꿀 수 있을 것이다. —"우
리들은 슌칸과 마찬가지로 섬에 유배되는 처지에 놓이게 되었을 경
우 어떤 생활을 영위할 것인가?" '라는 언급에서 알 수 있듯이 기쿠
치의 슌칸상이 가장 큰 자극이 되고 있음을 알 수 있다.

그렇다면 기쿠치가 그리는 슌칸은 섬에서 어떤 생활을 하고 있었
길래, 아쿠타가와는 이의를 제기하고 있는 것일까? 기쿠치가 그리는
슌칸은 다케후지 나오지(武藤直治)가 '감정생활에 있어 매우 현대의
부르주아 계급의 청년과 비슷하다'[102]라고 지적하고 있듯이, 본국에
대한 애착자로 마지막까지 도시생활의 환영 속에 살고 새 아내와 자
식에게 본국의 말과 예절을 배우게 함으로써 감상적인 만족을 얻고
있다. 이와 같은 생활태도는 나리쓰네와 야스요리가 본국으로 돌아
간 후의 생활에서도 변함이 없다. 그런데 그는 하늘의 계시(天啓)를
받음으로써 지금까지 허약했던 몸이 갑자기 새로운 힘과 희망으로
가득차게 된다. 이와 같은 재생을 얻고 난 후의 귀신섬은 지상에 없
는 낙토가 된다. 땅은 황폐하지만 경작하기 좋은 옥토이다. 서로 빼
앗는 소유자가 없기 때문에 슌칸이 마음대로 점유할 수 있다. 그리
고 섬의 아름다운 소녀가 슌칸을 흠모하게 되는 바람에 섬의 젊은이
들에게 살해당할 뻔 하지만 살해당하지 않고 젊은이들과 화목하게
지내게 된다. 먹을 것은 넘쳐나고 건강은 회복되었으며 새 아내는

---

102) 武藤直治「嶋の俊寛を主題とした三つの作品」, 앞의 책, p.339.

건강 그 자체로 자식은 늘어간다. 그러나 순칸은 이와 같은 지상낙
토라 할 수 있는 섬에서의 생활에도 불구하고 과거 본국에서의 생활
을 잊지 못 하고 돌아갈 수 없는 본국의 추억에 잠기려 하며 조금이
라도 더 본국과 같은 생활을 향유하려 든다.

　이와 같이 기쿠치가 그리는 순칸은 지상의 낙토라 할 수 있는 섬
에서의 생활에 완전히 동화되지 못 하고 과거 본국에서의 영화를 동
경하고 있을 뿐이다. 아쿠타가와는 이와 같은 순칸의 섬에서의 생활
태도에 이의를 제기하고 있는 것이다. 본국의 동경에 대한 아쿠타가
와의 비판은 그것은 '본가의 조정신하들은 돌아가신 후에조차 도읍
을 그리워 하는 일념에 부엌의 참새가 되었다고 전하고 있지 않습니
까?'[103]라는 순칸의 말에서 엿볼 수 있다. 따라서 아쿠타가와가 그리
는 순칸은 섬생활에 만족하고 본국에서의 영화를 조금도 동경하지
않는다. 그저 섬생활을 있는 그대로 긍정하며 즐기고 있다. 그것은
아리오에게 식사를 대접하는 순칸의 모습에 단적으로 나타나 있다.

　　물론 섬에서의 일이므로 식초나 간장은 본국만큼 맛이 좋다고 생
　　각되지는 않습니다. 그러나 그 진귀한 음식은 국, 회, 조림, 과일ー이
　　름조차 확실히 알고 있는 것은 거의 하나도 없었을 정도입니다. 주인
　　은 제가 질린 듯이 젓가락도 대지 않는 것을 보시자, 기분좋은 듯이
　　웃으시면서 이렇게 권하셨습니다.
　　　"어떠냐, 그 맛은? 그것은 이 섬의 명물인 누리장나무라는 것이다.
　　이쪽의 생선도 먹어보면 맛이 좋을 것이다. 이것도 명물인 에라부장
　　어야. 저 접시에 있는 시로치도리(白地鳥)ー그래그래, 그 불고기말야.
　　ー그것도 본국에서는 본 적도 없을 게야. 시로치도리라는 것은 키가

---

103) 「俊寬」, 『전집』 제8권, p.132.

크고, 배가 하야며 형태는 학하고 똑같은 새야. 이 섬의 토박이들은
그 고기를 먹으면 습기를 물리칠 수 있다고 해서 높이 사고 있지. 그
감자도 생각보다 맛이 좋을 걸. 이름? 이름은 류큐감자야. 가지오(梶
王;슌칸을 모시고 있는 본국의 아이, 인용자 주)같은 아이는 밥 대신
매일 그 감자를 먹고 있지.104)

자랑스럽게 귀신섬의 음식을 소개하면서 권하는 슌칸의 태도에서
본국에 대한 동경이나 집착은 찾아 볼 수 없다. 섬의 음식을 그대로
인정하고 그 좋은 맛을 소개하느라 정신이 없다. 이 외에도 슌칸은
아리오가 정신을 못 차릴 정도로 섬의 음식을 열거해 간다. 슌칸은
섬에서의 생활을 그대로 받아들이고 만족하며 안주하고 있는 것이다.
이와 같은 장면에서 기쿠치가 그리는 슌칸상과의 차이가 부각된
다. 아쿠타가와가 그리는 슌칸상에는, 본국에는 본국의 가치가 있듯
이 섬에는 섬의 가치가 있다고 하는 중심과 주연 각각의 가치의 상
대성에 대한 주장이 담겨 있다. 그에 비해 기쿠치의 슌칸은 어디까
지나 중심과 주연이라는 기성의 가치에서 조금도 벗어나지 못 하고

---

104) 위의 책, pp.136~137.
　　勿論この島の事ですから、酢や醬油は都程、味が良いとは思はれませんが。
　が、その御馳走の珍しい事は、汁、鱠、煮つけ、果物、－名さへ確かに知つて
　ゐるのは、殆一つもなかつた位です。ご主人はわたしが呆れたやうに、箸もつ
　けないのをご覧になると、上機嫌に御笑ひになさりながら、かう御勧め下さい
　ました。
　　「どうぢや、その汁の味は？それはこの島の名産の、臭桐梧と云ふ物ぢやぞ。
　こちらの魚も食うて見るが好い。これも名産の永良部鰻ぢや。あの皿にある－
　さうさう、あの焼肉ぢや。－あれも都などでは見たことがあるまい。白地鳥と
　云ふ物は、背の高い、腹の白い、形は鸛にそつくりの鳥ぢや。この島の土人は
　あの肉を食ふと、湿気を払ふとか称へてゐる。その芋も存外味は好いぞ。名前
　か？名前は琉球芋ぢや。梶王などは飯の代わりに、毎日その芋を食うてゐる。

있다. 이와 같은 아쿠타가와의 작품의 주제는 '나리쓰네님이나 야스요리님이 말씀하신 바로는 이 섬의 토박이도 귀신처럼 정을 모른다고 생각했습니다만'이라는 아리오의 물음에 대해, '그런 소문을 내는 것은 자네와 같은 본국 사람이라네. 귀신섬 사람들 입장에서는 귀신은 본국사람일세. 그리고 보면 이것도 믿을 만한 것은 아니지'라고 슌칸이 대답하는데 단적으로 나타나 있다. 여기서 슌칸의 비판의 논리는 그야말로 중심과 주연의 경계를 애매화(상대화)시키는 발상으로 일관되고 있음을 알 수 있다.

지정학적 주제에 있어 다양한 문화의 인지에 의한 문화상대주의는 극히 중요한 문제의식이 되고 있다. 『헤이케모노가타리』에서의 섬은 다음과 같이 그려지고 있다. 이 역시 말할 것도 없이 중심인 귀족사회에 속하는 인물의 시각에 의한 것이라 할 수 있다.

> 섬에도 사람 드물다. 물론 사람은 있어도 이 세상 사람 같지 않아 색도 검고 소같다. 몸에는 털이 무성하며 말귀도 못 알아 듣는다. 남자들은 모자도 쓰지 않고 여자는 머리도 손질하지 않았다. 의상도 없으므로 이 세상 사람같지 않다. 먹을 것도 없으므로 그저 살생만을 우선 한다. 조용히 논밭을 경작하지도 않으므로 미곡류도 없고 뽕나무도 가꾸지 않으므로 비단류도 없다.[105]

---

105) 『平家物語』日本古典文学全集二九(小学館, 1973), p.166.
　　島にも人希なり。をのづから人はあれども、此土の人にも似ず、色黒うして牛の如し。身には頻りに毛おひつつ、云ふ詞も聞き知らず。男は烏帽子もせず、女は髪も下げざりけり。衣装無ければ土の人にも似ず。食する物もなければ、只殺生をのみ先とす。しづが山田を返さねば、米穀のるいもなく、園の桑もとらざれば、絹帛のたぐひもなかりけり。(巻第二、大納言死去)

섬사람은 말도 모르고 색깔도 검어서 소와 같으며 복장, 음식, 땅 모두가 본국의 그것에 비해 열등한 것, 무엇인가 부족한 것으로 취급되고 있다. 이와 같은 섬에서의 생활은 '문화가 다하는 멀리 떨어진 고도였음은 틀림없다. 특히 교토(京都)에 사는 귀족에게 있어 그 거리 감각은 현대의 그것과 비교가 되지 않으며 문화로부터의 소외감은 오늘날의 아프리카나 남미 아마존의 오지에 있는 것 보다 더 심한 것이었을 것이다'106)라는 지적처럼 소외된 지역 및 인간이라는 인식에 의한 것일 것이다. 그러나 아쿠타가와의 슌칸의 입장에서는 그것은 본국 사람인 나리쓰네와 야스요리가 본국의 가치를 기준으로 자의적으로 판단한 결과에 지나지 않는다. 이러한 슌칸의 생각은 작자 아쿠타가와의 다음과 같은 생각의 반영으로 봐도 될 것이다. 즉, 아쿠타가와는 「조코도잡기」에서 '또한 성쇠기의 귀신섬은 설령 타이티까지는 아니더라도 완전히 바위뿐만은 아닌 것 같다. 만약 그 성쇠기의 섬의 기사로부터 변방에 사는 도회인의 공포나 혐오를 제외하면 의외로 고풍토기에 있을 법한 사랑스런 섬이 될지도 모른다'107)라고 서술하고 있다. 타이티란 남태평양 중부의 Tahiti섬을 말하는 것으로 비옥한 풍토로 알려져 있다. 그와 같은 타이티까지는 아니더라도 변방에 대한 도회인의 공포나 혐오라는 자의적 판단만 없다면, 귀신섬도 각각의 특성을 있는 그대로 객관적으로 기술한 「풍토기(風土記)」중의 한 섬이 될 수 있다고 하는 것이다. 귀신섬에 대한 『겐페이성쇠기』의 시각에는 도시를 중심으로 하는 '도회인'의 근거없는 공포나 혐오가 포함되어 있다. 아쿠타가와에게 중심과 주

---

106) 長野嘗 ·, 『古典と近代作家 ─ 芥川龍之介』(有朋堂, 1967. 4), pp.317~318.
107) 「澄江堂雑記」, 『전집』 제9권, p.99.

연의 차이라는 것은 단순한 시각의 위치의 차이이며 그것은 우연에 불과하다는 것이다. 이와 같이 생각하면 생활과 문화의 미(美)의 기준도 다분히 상대적인 것이다. 나리쓰네의 여자를 보았을 때 아리오와 슌칸은 다음과 같은 대화를 나눈다.

> "역시 토박이의 슬픔은 아름다움을 모른다는 것이지요. 그럼 이 토박이들은 본국의 귀부인을 보여줘도 모두 보기 싫다고 비웃을까요?"
> "아니지, 아름다움을 이 섬의 토박이들도 모르지는 않는다네. 단지 취향이 다른 것이야. 그러나 취향이라는 것도 만대불변이라고는 할 수 없어. 그 증거로는 각 절의 부처님의 모습을 보면 알 수 있지. (중략) 부처님도 그럴진대 어떻든 이 미인이라는 것도 시대마다 역시 다를 터. 본국에서도 이 후 5백년 혹은 천년 어쨌든 그 취향이 바뀔 즈음에는 이 섬의 토박이의 여소(女所)나 남만북적의 여자처럼 끔찍한 얼굴이 유행할 지도 모른다네."
> "설마 그런 일은 없겠지요. 우리나라는 어느 시대나 우리나라 모습으로 있을 테니까요."
> "그런데 그 우리나라의 모습이라는 것도 때와 경우에 따라서는 믿을 게 못 되네. 예를들어 현재의 귀부인의 얼굴은 당나라 때의 부처님 모습 그대로 아닌가? 이는 본국인의 취향이 당나라 사람들을 따른 증거가 아니겠는가? 그러면 몇 대 후에는 푸른 눈을 가진 호인(胡人) 여자 얼굴에도 넋을 빼앗길 때가 없다고 할 수도 없네."[108]

---

108) 「俊寛」, 앞의 책, pp.134~135.
　「やはり土人の悲しさには、美しいと云ふ事を知らないのですね。さうするとこの島の土人たちは、都の上﨟を見せてやつても、皆醜いと笑ひますかしら？」
　「いや、美しいと云ふ事は、この島の土人も知らぬではない。唯好みが違つてゐるのぢや。しかし好みと云ふものも、万代不変とは請合はれぬ。その証拠には御寺々々の、御仏の御姿を拝むが好い。(中略)御仏でももしさうとすれば、如何か是美人と云ふ事も、時代毎にやはり違ふ筈ぢや。都でもこの後五百年か、或

아름다운 것을 추구하는 것은 어느 곳의 누구나 마찬가지이겠지만, 단 거기에는 '취향'이 있다. 그 취향이란 언제 어디서나 불변하는 절대적인 것이 아니라 시대와 장소에 따라 바뀌는 것이라는 것이다. 그야말로 중심과 주연의 애매화(상대화)가 시간으로까지 확대되고 있음을 알 수 있다. 이는 정치에 대해서도 그대로 말할 수 있다.

> 나는 단지 헤이케의 천하는 없느니만 못 하다고 말했을 뿐이라네. 겐페이, 후지, 다치바나 어느 천하도 결국 없느니만 못 하다네. 이 섬의 토박이를 보면 알 수 있지. 헤이케의 시대든 겐씨의 시대든 똑같이 감자를 먹고서는 똑같이 자식을 낳고 있어. 천하의 관리는 관리가 없으면 천하도 멸망할 것처럼 생각하지만, 그건 관리의 자아도취일 뿐이라네.[109]

아쿠타가와는 서론에서 언급한 중국여행과 관동대지진 체험을 통해 선과 미, 혹은 진실이라는 것이 보는 사람의 입장에 따라 얼마나

は又一千年か、兎に角その好みの変わる時には、この島の土人の女所か、南蛮北狄の女のやうに、凄まじい顔がはやるかも知れぬ。」
　「まさかそんな事もありますまい。我国ぶりは何時の世にも、我国ぶりでゐる筈ですから。」
　「所がその我国ぶりも時と場合では当てにならぬ。たとへば当世の上﨟の顔は、唐朝の御仏に活写しぢゃ。これは都人の顔の好みが、唐土になずんでゐる証拠ではないか？すると人皇何代かの後には、碧眼の胡人の女の顔にも、うつつをぬかす時がないとは云はれぬ。」
109) 위의 책, p.143.
　おれは唯平家の天下は、ないに若かぬと云つただけぢゃ。源平藤橘、どの天下も結局あるのはないに若かぬ。この島の土人を見るが好い。平家の代でも源氏の代でも、同じやうに芋を食うては、同じやうに子を生んでゐる。天下の役人は役人がゐぬと、天下も亡ぶやうに思つてゐるが、それは役人のうぬ惚れだけぢゃ。

바뀔 수 있는가, 따라서 절대적인 가치가 있다고 믿고 그것을 실행에 옮기려는 것이 얼마나 어리석고 위험한 것인지를 절감했다. 그와 같은 아쿠타가와의 체험이 슌칸의 말에 그대로 반영되고 있는 것이다. 탈중심화의 방법이 유감없이 발휘되고, 자기 및 일본인을 상대화함으로써 문화가치의 상대화의 논리가 획득되어 가는 과정을 볼 수 있다.

이상과 같이 아쿠타가와가 그리는 슌칸은, 본국의 문화가치나 논리로 섬사람의 '지(知)'나 '문화'를 해석하는 것이 아니라 섬의 사람, 섬의 음식, 생활 전반을 있는 그대로 받아들이고 만족하는 자세로 일관한다. 이는 지금까지의 어느 슌칸상과도 다른 아쿠타가와의 독창적인 슌칸상이라 할 수 있다. 중심과 탈중심, 주체와 타자의 개념이 애매화(상대화)된 문화의 다양성의 인식, 문화, 상대=다원주의의 주장이 되는 셈이다. 현대의 글로벌라이제이션에 따르는 다문화주의와도 통한다고 할 수 있다. 그것은 아마 일본제국주의·식민지 획득의 논리를 초극하려는 의도를 바탕으로 하고 있음은 두 말 할 필요가 없을 것이다.

그러나 어느 슌칸상보다 세계관·인생관에 있어 진보적인 슌칸이긴 하지만, 지금까지의 검토에서 알 수 있듯이 그는 힘겨운 현실을 살아가는 주인공은 아니다. 시대를 앞서가는 작가정신은 높이 평가하면서도 작품성에 대해서는 실패작으로 보려하는 지금까지의 평가는 이에 기인하는 것이라 생각한다.

제3절 국가·민족으로부터의 일탈자의 시선
-「제4의 남편으로부터(第四の夫から)」론 -

1) 작품의 시대배경과 '나(僕)'의 자기규정

「제4의 남편으로부터(第四の夫から)」(「サンデー毎日」第3年第15号,
1924. 4. 1)의 제재는 가와구치 에카이(河口慧海, 1866~1945)[110]의 『티
벳여행기(西藏旅行記)』이다. 형식은 티벳의 랏사에 살고 있는 '나'가
일본인 친구 '자네'에게 근황을 알리는 편지형식이다. '나'는 일부다
처제 사회인 티벳의 랏사에서 중국인으로 위장하고 '다아와'의 제4
의 남편으로서 살고 있다. '나'에게 있어 랏사는 마음에 드는 마을로
도쿄보다 살기 좋은 곳이다. 시민은 나태한 사람이 많고 늘 졸고 있
다. 아내 다아와는 근동에서 미인으로 소문났으며, '나'는 행상인, 불
교화가, 보병의 오장(伍長)과 함께 그녀를 공유하고 있다. 다아와는
한 번 실수를 저질렀지만, 티벳의 율법에 따라 원만하게 해결되어
지금은 아무 문제가 없다.

이와 같은 내용을 갖는 이 작품은 선행연구에서는 전혀 주목받지
못 했다. 이 작품에 관한 언급은 '아쿠타가와에게 있어서 서양과 동
양의 문제를 생각하는데 중요한 소설'[111]이라는 지적과 '금후의 연
구에 남겨진 과제는 크다'[112]라는 연구전망에 대한 지적이 있을 뿐
이다. 이는 사전을 편찬하면서 어쩔 수 없이 작품을 소개한 정도로

---

110) 선종(禪宗)의 불교학자이자 탐험가로 일본문학사, 사상사, 종교사에서 높은
    평가를 받고 있다. 티벳에서 그 인덕과 의술로 인기가 높아 결혼과 영주를 부탁
    받을 정도였으며 일본에 있어 티벳학의 선구자적인 존재이다.
111) 小林幸夫, 『芥川龍之介全作品事典』(2000, 勉誠出版), p.314.
112) 田村嘉勝, 『芥川龍之介大辞典』(2002, 勉誠出版), p.562.

본격적인 작품론이라고는 할 수 없다. 그러면 '아쿠타가와에게 있어서 서양과 동양의 문제를 생각하는데 중요한 소설'임에도 불구하고 왜 지금까지 무시되어 왔을까? 이하 작품의 성립배경과 화자의 성격을 작품의 주제와 관련시켜 고찰해 봄으로써 그 문제에 대한 견해를 제시해 보고자 한다.

『티벳여행기』는 가와구치의 티벳여행(1897~1903) 후, 구술에 의해「시사신보(時事新報)」「오사카매일신문」에 연재된 탐험기가 인기를 얻자, 단행본으로 출판된 것이다. 그가 처음으로 티벳을 향했던 1897년은 청일전쟁 2년 후이고 두 번째인 1904년은 러일전쟁이 개시된 해이다. 즉, 그의 티벳탐험은 청일, 러일전쟁 무렵으로 문명개화와 부국강병의 시대였으며, 제국주의가 전대륙으로 확산되던 시기였다. 이러한 제국주의의의 전세계적인 확대와 함께 열강들은 식민지배를 위한 정보수집을 목적으로 스파이를 피식민지 각국에 파견했기 때문에 티벳에서는 철저한 쇄국정책으로 그에 대항했다. 이러한 사정으로 외국인의 출입은 엄격히 통제되었고 스파이활동이 발각되거나 스파이로 인지되면 처참한 죽음을 맞이하게 된다.『티벳여행기』에는 '영국령 인도정부의 의뢰로' 티벳에 들어간 티벳학자 S. C. 더스라는 '국사탐정을 거주하게 하여 티벳의 기밀을 누설했다'는 이유로 잔인한 처형을 당한 티벳 고승의 에피소드가 기록되어 있다. 요컨대 당시 외국인으로서 티벳에 들어간다는 것은 목숨을 걸고 사지에 들어가는 결사행이었다. 이러한 사정으로 가와구치는 중국인으로 위장하여 티벳에 들어갔다. 그런 이유에서인지 이 무명의 용감한 선종승려의 탐험기는 당시 비밀의 나라로 베일에 싸여 있던 이국에 대한 민중의 엑조티시즘을 만족시켰고 문명개화와 부국강병의 국책에 편승하여 해외로 눈을 돌리기 시작한 시대의 일본에 매력적으로 받아들여졌다.

　이와 같은 『티벳여행기』의 집필배경은 아쿠타가와의 「제4의 남편」의 화자의 문제와 깊은 관련이 있다. '나'는 '원래 천하에 국적만큼 번거로운 짐은 없다. 단지 지나(支那)라는 국적은 그 유무를 가리지 않는 만큼 대단히 편리하다'고 하며, 어느 국적에도 속하지 않는 자유롭고 객관적인 입장을 취하려 한다. 이러한 태도는 자신과 국가 사이에 거리를 둠으로써, 국가라는 제도와 밀접한 문화를 바라봄에 있어 자신의 시각의 객관성, 투명성을 확보하고자 하는 전략이라 할 수 있다. 즉 '나'가 중국의 국적을 가지고 있는 것은 일본을 부정하고 중국을 긍정하는 것이 아니라, 단지 무사히 티벳에 들어가기 위해서라는 것이다. 이와 같은 '나'에게는 중국인으로 위장하고 티벳에 들어간 가와구치의 모습이 투영되어 있다고 할 수 있다.

　또한 창작의 방법론을 확보하기 위해 실존 모델의 경력을 빌려 우연히 어떤 국적을 선택했을 뿐으로 어느 나라에도 속하지 않는 자신을 '나'는 '방황하는 유대인으로 태어났다'고 주장하고 있다. '방황하는 유대인'이란 아쿠타가와의 다른 소설의 규정에 의하면 '예수 그리스도의 저주를 받아', '영원히 표류를 계속하고 있는' 사람을 일컫는 말이다. 그 말에서 '작자가 갖는 고뇌와 약간의 자부와 자신감'[113]을 발견하고 있는 고마샤쿠 기미(駒尺喜美)의 지적처럼 그것은 자각적인 지식인으로서의 아쿠타가와 자신의 비유이기도 할 것이다. 화자의 이와 같은 성격을 보면 제재가 된 여행기에서 티벳에서 수행하면

---

113) 駒尺喜美『芥川龍之介の世界』(法政大学出版局, 一九九二年), p.61.

서 일본의 불교교리를 기준으로 그들의 습관, 제도, 가치체계를 비교한 가와구치와는 비슷하면서도 차이가 있음을 알 수 있다. 즉 화자인 '나'는 승려의 몸으로 목숨을 걸고 티벳을 탐험한 가와구치의 모습에 아쿠타가와가 일본의 지식인인 자신의 모습을 투영한 존재로 볼 수 있다. 이와 같은 '나'의 자기규정은 일본의 관습, 제도, 가치체계 등을 객관적인 위치에서 바라보고 그것들을 일본이라는 국가의 제도와 연결시킨 특수한 것으로서 상대화시키는 장치인 것이다.

또 한 가지 주의해야 할 것은 이 작품이 편지형식을 띠고 있다는 점이다. 편지라는 형식은 그 수취인 즉 특정한 독자를 상정하고 쓰는 글이다. 여기서 그 수취인은 '자네'인데 그것이 누구라는 확실한 정보는 이 작품 안에는 없다. 단지, 티벳이라는 오지에 살고 있는 '나'의 편지를 읽어 줄 친구라는 정도의 추측은 가능하다. 더 나아가 그 내용으로 미루어 짐작할 수 있는 것은 '자네'는 '나'가 일본을 떠날 때 맹렬히 반대를 했던 일본인 친구 중의 한 명이라는 정도이다. 또한 당시 각 신문사에서는 앞다투어 가와구치의 탐험기를 게재하고 그것을 출판한 것을 고려하면 그 수취인은 『티벳여행기』에 흥미를 갖는 일본인 그 자체로 해석해도 될 것이다.

요컨대 '나'에 의해 기록되고 주장되는 내용은 국적이나 민족으로부터 자유로운 입장에 있는 '나'가 일본의 외부세계에 존재하는 가치나 문화, 생활의 가능성을 편지의 수취자인 일본인을 향해 묻는 것이라 할 수 있다.

2) 일본의 외부세계의 가치와 질서

그렇다면 '나'에 의해 주장되는 일본의 외부세계에 존재하는 티벳의 가치나 생활, 문화란 어떤 것일까? '나'는 '이 티벳의 랏사만큼은 매우 내 맘에 든다'고 밝히고 있다. 그 이유는 '실은 나태를 악덕으로 여기지 않는 미풍을 가지고 있기' 때문이라며 다음과 같이 '나태'의 미덕을 칭송하고 있다.

> 그러나 랏사는 반드시 식분아귀(食糞餓鬼)의 도시는 아니다. 도시는 오히려 도쿄보다 살기 편할 정도이다. 단 랏사 시민의 나태는 천국의 장관이라 해야 한다. 오늘도 아내는 변함없이 보릿짚이 흩어진 문 앞에서 멍하니 무릎을 끌어안은 채 조용히 오수(午睡)를 즐기고 있다. 이는 우리집만 그런 것이 아니다. 어느 집 문 앞에나 두세명씩은 반드시 누군가 졸고 있는, 이러한 평화로 가득찬 경치는 세계 어느 곳에도 없을 것이다.114)

'나'는 문명세계에서 일반적으로 악으로 여겨지는 '나태'를 선으로 긍정하고 있다. 이 점에 대해서 『티벳여행기』의 가와구치는 영국인 탐험가가 티벳을 불결한 도시로 그리고 있는 사실에 깊이 공감하며 티벳 사람들의 나태와 불결함에 맹비판하고 있다. 그것을 '나'는 역

---

114)「第四の夫から」『全集』第11卷, p.17.
　　しかしラッサは必ずしも食糞餓鬼の都ではない。町は寧ろ東京よりも住み心の好い位である。唯ラッサの市民の怠惰は天国の壮観といはなければならぬ。けふも妻は相不変ず麦葉の散らばつた門口にぢつと膝をかかへたまま静かに午睡を貪つてゐる。これは僕の家ばかりではない。どの家の門口にも二三人づつは必ず誰か居眠りをしてゐるかういふ平和に満ちた景色は世界の何処にも見られないであらう。

전시켜 '나태'를 '미풍', '천국의 장관', '평화'로 미화하고 있는 것이
다. 아쿠타가와의 작품이 『티벳여행기』와 다른 본질적인 차이는 여
기에 있다. 즉 이 작품은 여행기 그 자체가 아니라 여행기라는 형식
을 빌린 포스트콜로니얼비평의 실천이라는 것이다.

이와 같은 가치의 전도는 일부일처제에 대한 견해에 단적으로 드
러난다. 다른 세 남자와 한 아내를 공유하고 있는 '나'는 다음과 같
이 주장한다.

> 근엄한 자네는 나처럼 일처다부제에 눌러 앉은 것을 경멸하지 않
> 을 수 없을 것이다. 그러나 내 입장에서는 모든 결혼의 형식은 단지
> 편의에서 나오는 것이다. 일부일처의 기독교도가 반드시 이교도인 우
> 리들보다 도덕적으로 고매한 것은 아니다. 뿐만 아니라 사실상의 일
> 처다부와 함께 어떤 나라에도 있을 터이다. 실제로 또한 일부일처는
> 티벳에도 전혀 없는 것은 아니다. 단 룩 소 민즈의 이름 하에(룩 소
> 민즈는 파격(破格)이라는 뜻이다) 경멸당하고 있을 뿐이다. 마치 우
> 리들의 일처다부도 문명국의 경멸을 사고 있듯이.[115]

'나라'—아쿠타가와의 이 용어는 어쩌면 민족이라 해야 할 것이다
—의 생활에 있어서의 제도·종교·문화·풍습 등은 각 민족에 따

---

115) 위의 책, p.18.
　　謹厳なる君は僕のやうに、一妻多夫制に甘んずるものを軽蔑せずにはゐられ
　ないであらう。が、僕にいはせれば、あらゆる結婚の形式は唯便宜に拠つたも
　のである。一夫一妻の基督教教徒は必ずしも異教徒たる僕らよりも道徳の高い
　人間ではない。のみならず事実上の一妻多夫と共に、如何なる国にもある筈で
　ある。実際又一夫一妻はチベットにも全然ない訳ではない。唯ルクソオ・ミン
　ヅの名のもとに(ルクソオ・ミンヅは破格の意味である)軽蔑されてゐるだけであ
　る。丁度僕等の一妻多夫も文明国の軽蔑を買つてゐるやうに。

라 다양한 양태가 있다. 그 다양한 제도·문화는 모두 존중해야 한다. 반드시 기독교의 일부일처제만이 절대적인 것은 아니다. 일처다부, 일부다처 등 여러 가지 결혼제도가 있을 수 있듯이 상대적인 것이다. 이 작품에서의 아쿠타가와의 의도가 우의적으로 표현되고 있음을 알 수 있다. 서구의 문화·생활·가치관을 절대시하고 숭배하는 당시의 일본인의 성향에 대해 문화의 다양성, 문화상대주의＝문화다원주의를 강조하기 위해서였다. 그 제재로서 일처다부는 아주 적합한 것이었다. 그렇기 때문에 '나'가 보는 시선은 어떤 '나라'의 문화·생활·가치관에도 귀속되어서는 안 된다.

이 주장 역시 『티벳여행기』의 가와구치의 기술을 참고로 하는 것이 좋을 것이다. 가와구치는 티벳에서의 생활 중 현지여성으로부터 결혼신청을 받는다. 그러나 그는 승려로서 불법을 구현하는 몸이기 때문에 당치도 않은 음탕한 일이라며 자신의 신심에 대해 자부하는 에피소드가 소개된다. 이 작품의 플롯은 이 에피소드를 바탕으로 하고 있음은 확실하다. 아쿠타가와는 일처다부에 만족하고 있는 '나'의 입을 빌려 종교자의 결혼금지, 터부문제에서 있어 생활·문화·가치관에 평등한 가치를 인정해야 하며 서구 기독교의 윤리관에 바탕을 두는 일부일처제를 무비판적으로 절대적인 것으로서 믿고 있는 일본인의 완고한, 혹은 전통문화를 경멸하는 태도를 비판하고 있는 것이다. 그리고 '나'는 자신이 선택한 일처다부라는 결혼형태의 원만함을 증명이라도 하듯이, 네 남편을 가지고 있는 다아와를 미화한다.

나는 세 남편과 함께 한 아내를 공유하는 것에 조금도 불편을 느끼지 않는다. 다른 세 명도 역시 마찬가지일 것이다. 아내는 이 네 남편을 어느 누구나 과부족없이 사랑하고 있다. 나는 아직 일본에 있을 때 역시 세 남편과 함께 한 게이샤(芸者)를 공유한 적이 있었다. 그 게이샤에 비하면 다아와는 얼마나 여보살인가? 실제로 불교화가는 다아와를 연화부인이라 부르고 있다. 실제 강가에 가지를 늘어뜨린 버드나무 아래서 젖먹이를 안고 있는 아내의 모습엔 원광(圓光)이 빛나고 있다고 해야 할 것이다. 아이는 벌써 여섯 살을 위로 해서 젖먹이와 함께 셋이다. 물론 누가 어느 남편의 아이냐 하는 것은 따지지 않는다. 첫 번째 남편은 아버지가 되고 우리 셋은 모두 숙부가 되는 것이다.116)

무질서하고 비합리적으로 보이는 일처다부의 세계에도 그 나름의 질서가 존재하여 아무런 불편도 없다고 하는 것이다. 『티벳여행기』에서 소개되고 있는 티벳의 일처다부제는 아쿠타가와가 이 작품에서 그리고 있는 것과는 조금 달라서, 형제가 한 여성을 공유하는 형태인데 형제가 동시에 한 집에 거주하는 일은 드물다. 대부분은 그 중의 한 명이 집에 머물고 다른 형제는 장사를 하러 간다든가, 관리라면 공무로 집을 비운다든가 하는 여러가지 방법으로 밖에 나가 있다. 따라서 다와와를 음란하다고 비난할 수는 없는 것이다. 그리하

---

116) 위의 책, p.18.
　　僕は三人の夫と共に、一人の妻を共有することに少しも不便を感じてゐない。他の三人も亦同様であらう。妻はこの四人の夫をいづれも過不足なしに愛してゐる。僕はまだ日本にゐた時、やはり三人の旦那と共に、一人の芸者を共有したことがあつた。その芸者に比べれば、ダアワは何といふ女菩薩であらう。現に仏画師はダアワのことを蓮華夫人と渾名してゐる。実際川ばたの枝垂れ柳の下に乳のみ児を抱いてゐる妻の姿は円光を負つてゐるといはねばならぬ。子供はもう六才をかしらに、乳のみ児とも三人出来てゐる。無論誰はどの夫を父にするなどといふことはない。第一の夫はお父さんと呼ばれ、僕等三人は同じやうに皆叔父と呼ばれてゐる。

여 다아와를 '여보살', '연화부인'으로 떠받들고 있는 것이다. 더 나아가 일처다부 결혼제도를 생각할 때 예상되는 아이들의 양육문제도, 첫 번째 남편이 아버지가 되고 나머지는 삼촌이 되기 때문에 아무 문제가 없다는 것이다. 게다가 이 나라에도 율법이 있어 죄를 지으면 그에 상응하는 벌을 받게 되는데, 다아와 역시 남편들 몰래 '상인의 우두머리'와 바람을 피웠지만, 그 상대의 코를 벰으로써 해결을 보았다. 그것이 이 나라의 율법이다. 그 일화를 소개한 후 '나'는 '온화한 자네는 틀림없이 그 말의 잔혹함을 나무랄 것이다. 그러나 코를 베는 것은 이 나라의 사형(私刑) 중의 하나이다(예를들면 문명국의 신문공격처럼)'라고 주장하고 있다.

이와 같이 일본의 지정학적 인식으로는 변방으로 여겨지는 티벳에도 그 사회에 어울리는 생활·율법·문화 가치관이 있다는 것은 현실적으로는 비문명국으로 생각되는 티벳민족의 생활에도 인간의 지혜가 작용하고 있음을 주장하는 것이다. 그것을 음란하고, 무질서하고, 잔혹하다고 생각하는 것은 기독교문화권의 서구제국을 문명국으로 생각하고 그 이외의 세계를 비문명국이라 생각하는 차별적 인식에 의한 것이다.

오히려 어떤 의미에서는 일반적으로 문명국이라 여겨지는 일본의 문명이야말로 일본의 주연(외부)세계, 즉 티벳에서 보면 무질서하게 보인다. 그것은 이 편지가 '우리들은 이제부터 감옥 앞으로 사촌끼리 결혼을 한 불륜남녀의 효수를 구경하러 갈 생각이다'라는 구절로 끝나고 있는 데서 알 수 있다. 일본에서 일반적으로 허용되고 있는 사촌간의 결혼이 티벳에서는 효수가 될 만큼 중죄로 여겨진다. 일본인이 절대적으로 옳다고 믿고 있는 가치는 외부세계에서 보면 문화의 한 형태(변종·특수)에 지나지 않는다. 게다가 근대 이후의 문화라는 것은 근대화=서구화를 절대의 진실로 착각하는 하이브리드(변종, 혼종)가 되었다. 따라서 일처다부제를 그런 기독교 중심의 일부일처제와 비교하는 것은 도저히 무리이며, 티벳생활에 있어 일처다부제나 일부다처제는 윤리적으로 아무 문제가 없다는 것이다. 이는 오늘날의 문화인류학 혹은 글로버리즘으로 보면 문화다원주의의 주장이라 할 수도 있을 것이다. 아쿠타가와는 그것을 우의로서 모든 것을 상대화하여 서술하고자 한 것이다.

제4절 '인혈비스켓' 사건을 둘러싸고
-「호남의 부채(湖南の扇)」론 -

1) 작품의 평가를 둘러싼 논의

「호남의 부채(湖南の扇)」(「中央公論」 第4年第1号, 1926. 1. 1)는 기행문형식에 소설적 드라마성을 첨가한 작품이다. 이는 주지하는 바와 같이 전술한 아쿠타가와의 중국체험이 직접적인 배경이 된 작품으로『지나유기』외에 창작으로서는 유일한 중국여행의 산물이라 할 수 있다.

내용은 작자로 여겨지는 '나'가 호남의 중심도시 장사(長沙)를 여행하면서 목격한 사건을 허구화한 것이다. 1921년 5월 16일 '나'는 호남성의 성도 장사에 도착한다. 그리고 마중을 나온 담 영년(譚永年)117)의 권유로 악록(嶽麓)으로 가던 도중 일주일 전에 참수된 악당

---

117) 도쿄대학 의과대학 유학을 한 아쿠타가와의 중국 친구.

황 육일(黄六一)의 정부 옥란(玉蘭)을 만났는데, 그녀가 애인의 피로 만든 비스켓을 먹는다는 이야기이다.

작품의 평가를 둘러싸고는 발표당시부터 찬반양론으로 나뉘어 있었다. 먼저 작자는 발표직후 「연말의 오후(年末の午後)」(「新潮」第23号第1号, 1926. 1)와 비교하며 '불완전'[118]하다고 인정하고 있다. 이에 반해 우노 고지(宇野浩二)는 '사람들은 다소의 불만을 느껴도 "역시 좋다"고 할 것이다'[119]라고 하고 있고, 다야마 가타이(田山花袋)는 '필치가 현란하고 재능이 넘쳐 조금 다른 사람은 흉내낼 수 없는 점이 있다'[120]고 높이 평가하고 있다. 그러나 단지 그것은 동시대 작가들의 비평에 불과하며 이후에는 예를 들면 요시다 세이치(吉田精一)가 '소설로서보다도 여행기의 일절과 같은 담담한 맛이 있지만 고심에 비해 그 효과가 없다'[121]라고 평가한 이외에는 그에 필적할 만한 주목은 받지 못 했다. 그 점에 대해서는 다야마 가타이의 언급이 시사하는 바가 많다.

피에르 로티와는 물론 다르지만 외국을 재미있어 하며 그리고 있는 모습에는 어딘가 비슷한 면이 있다. 내 생각으로는 외국을 저런 식으로 재미있어 하며 채색해서 그리는 것도 나쁘지는 않지만, 좀 더 재미있어 하지 말고 담백하게 있는 그대로(라고 해도 그것은 정도의 문제지만) 그리는 것이 더 좋지 않을까. 뭔가를 말할 때 로티가 일본에 대해 쓰고 있는 것을 보면 너무 어이없이 재미있어 하므로 이상하다

---

118) 「大正一四年一二月三一日、斉藤茂吉宛書簡」, 『전집』 제20권, p.199.
119) 宇野浩二 『報知新聞』一九二六年二月[関口安義編 『芥川龍之介研究資料集成』 第2巻, 日本図書センター, 1992. 2], p.234.
120) 田山花袋 『読売新聞』一九二六年一月, 위의 책, p.234.
121) 吉田精一 『芥川龍之介』(日本図書センター, 1993), p.289.

고 하다가 마침내는 웃음을 터뜨리고 싶어진다.[122]

　다야마 가타이는 「호남의 부채」를 높이 평가하고 있으면서도, '담백하게 있는 그대로 그리는 것이 더 좋지 않을까'라고 비판하고, '너무 어이없이 재미있어 하므로', '마침내는 웃음을 터뜨리고 싶어지는' 피에르 로티를 떠올리고 있다. 그런데 이 피에르 로티에 대해서는 제3장에서 살펴본 바와 같이, 아쿠타가와가 「무도회」를 통해 그 오리엔탈리즘에 대한 대항의식을 표현한 바 있다. 즉 로티에 대해 아쿠타가와가 비판했던 그 요소가 바로 아쿠타가와 자신의 작품에 나타났다고 하는 아이러니라 할 수 있다.

　그렇다면 왜 동시대 작가들은 불만은 토로하거나 피에르 로티를 떠올리는 것일까? 우선은 외국인에 의한 기행문형식이라는 공통점이 그 원인이겠지만, 거기에는 본서에서 문제삼고 있는 탈중심적 문화관과 그 실천에 따른 작가의 시선의 문제가 내재되어 있다고 생각된다. 이하 그 문제를 검토해 보기로 한다.

2) '인혈비스켓' 사건과 아쿠타가와 류노스케

　전술한 바와 같이 이 작품은 아쿠타가와의 중국여행의 산물이다.

---

122) 田山花袋『読売新聞』一九二六年一月, 앞의 책, pp.235~236.
　　ピエル・ロチとは無論違つてゐるけれども, 外国のことを面白がつて描いてゐる形には何処か似たところがある。私などの考へにすると, 外国をあゝいふ風に面白がつて彩色して描くのもわるくはないが, しかももつと面白がらずに, 平淡に, そのまゝ(と言つてもそれは度数だが)に描くといふことの方が本当ではないかと思つてゐる。何かといふのに, ロチが日本のことを書いてゐるなどを見ると, あまりにばか々々しく面白がつてゐるので, 不思議だなァーと言つて終には噴き出したくなる。

그것은 다음과 같은 작품의 모두에서도 확인할 수 있다.

> 광동에서 태어난 손 일선 등을 제외하면 눈에 띠는 지나의 혁명가
> 는 -황 홍, 채 악, 상 교인 등은 모두 호남출신이다. 이는 물론 증 국
> 번이나 장 지동의 감화에 의한 것일 것이다. 그러나 그 감화를 설명하
> 기 위해서는 역시 호남사람 자체의 지기 싫어하는 강한 성격도 고려
> 해야 한다. 나는 호남을 여행했을 때 우연히 좀 소설같은 아래의 소사
> 건을 조우했다. 이 소사건도 어쩌면 정열로 가득찬 호남 사람들의 면
> 목을 나타내는 것일 지도 모르겠다.[123]

작가 아쿠타가와의 분신으로 생각되는 ‘나’는 중국여행 동안 관심
을 갖게 된 혁명가의 이름을 열거하며, 그들의 정열적인 모습에서
받은 감화력을 인혈비스켓 에피소드와 관련지어 소개하고 있다. 그
런데 여기서 주목해야 할 것은 인혈비스켓을 소개하는 ‘나’의 태도이
다. ‘나’는 사랑하는 사람의 피로 만든 비스켓을 먹는 옥란이나 야만
스런 습관이라고 여겨지는 인혈비스켓을 결코 비하하고 있지는 않
다. 오히려 그러한 그들의 습관에서 위 인용에서 예로 든 정열적인
혁명가의 면모를 떠올리며 긍정하고 있다. 그러나 ‘나’의 관심은 중
국혁명가에 대한 공감이 아니라 어디까지나 자신의 소설의 재료로
서 이국취향, 아니 오리엔탈리즘의 호기심을 자극하는 대상으로 보

---

123) 「湖南の扇」, 『전집』 제13권, p.136.
　　広東に生まれた孫逸仙等を除けば、目ぼしい支邦の革命家は、-黄興、蔡
鍔、床教仁等はいづれも湖南に生まれてゐる。これは勿論曾国蕃や張之洞の感
化によつたのであらう。しかしその感化を説明する為にはやはり湖南の民自身
の負けぬ気の強いことも考へなければならぬ。僕は湖南へ旅行した時、偶然ち
よつと小説じみた下の小事件に遭遇した。この小事件もことによると、情熱に
富んだ湖南の民の面目を示すことになるのかも知れない。

려는데 있다. 그 근거는 '나'의 장사방문의 목적이 무엇이었는지를
보면 알 수 있다.

> 잔뜩 흐린 하늘의 높은 산 앞에 흰 벽이랑 기와지붕을 쌓아올린 장
> 사는 예상 이상으로 초라해 보였다. 특히 답답한 부두 근처는 새 벽돌
> 의 서양가옥이랑 잎버들도 보이는 만큼 이이다 강가와 거의 다를 바
> 없었다. 나는 당시 장강변에 있는 도시에 환멸을 느끼고 있었기 때문
> 에 장사에도 물론 돼지 외에는 볼 것이 없을 것을 각오하고 있었다.
> 그러나 이러한 초라함은 역시 내게는 실망에 가까운 감정을 주었음에
> 틀림 없다.[124]

'나'의 눈에 비친 장사는 서양화된 중국 변종의 추악함을 노골적
으로 드러내는 것이었다. 붉은 벽돌의 서양가옥이 늘어선 초라한 경
치는 '나'에게 실망을 줄 뿐이다. 그래도 '나'는 단 3일간의 장사여행
에서 기대하는 것이 하나 있다. '나'가 '글쎄, 비적의 참수같은 것을
구경할 수 있다면 좀 각별하겠지만—'라고 말하자, 담 영년은 '참수
만큼은 일본에서는 볼 수 없다'고 하고 있다. 즉 '나'의 중국방문 목
적은 처음부터 중국인의 정열과 야만이라는 자신의 중국에 대한 지
식을 확인하는데 있었던 것이다. 결코 중국의 현실을 관찰하는 것이
아니라, 서적을 통해 형성된 자신의 중국에 대한 지식을 확인하는

---

124) 위의 책, p.136~137.
　　高い曇天の山の前に白壁や瓦屋根を積み上げた長沙は予想以上に見すばら
　　しかつた。殊に狭苦しい埠頭のあたりは新しい赤煉瓦の西洋家屋や葉柳なども
　　見えるだけにほとんど飯田河岸と変らなかつた。僕は当時長江に沿うた大抵の
　　都会に幻滅してゐたから、長沙にも勿論豚の外に見るものないことを覚悟して
　　ゐた。しかしかう言ふ見すばらしさはやはり僕には失望に近い感情を与へたの
　　に違ひなかつた。

것이었다. 따라서 참수의 처참함과 그 도적의 피를 마시는 행위에서
는『수호전』의 세계를 연상하며 자신의 소설의 소재를 찾는 기분을
느꼈을 것이다. 담 영년과 찾은 기관(妓館)의 게이샤의 이름을 들었
을 때는 '그들은 모두 여행자인 나에게는 중국소설의 여주인공에 어
울리는 이름뿐이었다'고 고백하는데서도 '나'의 중국에 대한 관심은
서적의 세계를 바탕으로 하고 있음을 알 수 있다.

　이와 같은 '나'의 기대에 부응하여 담 영년은 황육일이라는 비적
두목의 피가 들어 있는 비스켓이야기를 소개한다. 담 영년의 이야기
에 의하면 중국에서는 무병무탈에 효과가 있다 하여 피가 들어간 비
스켓을 먹는다고 한다. 그 에피소드를 들은 '나'는 '피냄새보다 로맨
틱한 색채가 풍부했다'고 하며 낭만을 느끼고 있다. 확실히 고전세
계에 대한 동경이 있다. 담 영년은 '나'의 여행의도를 알고 있었다는
듯이, 중국고전의 세계, 예를들어『수호전』등 악당들의 야만과 통
하는 이야기를 소개하고 있다. 또한 그는 그러한 중국의 현실과 결
부시켜 '이런 미신이야말로 국가적 수치'라며 비판하고 있다. 그러나
'나'는 '그것은 참수가 있기 때문일세. 뇌수를 태운 것을 일본에서도
먹고 있네'라며 인혈비스켓의 야만적인 측면도 다양한 문화의 한 측
면으로 긍정하고 있다. 그리고 애인의 피가 든 비스켓을 먹는 옥란
의 모습에서 '아름다운 이로 비스켓을 또 한 조각 물어뜯고 있었다'
라며 그로테스크와 미의 융합을 발견하려 하고있다.

　여기에서 아쿠타가와의 문화, 문명관이 단적으로 표명되고 있다.
서구화된 중국과 중국고전의 세계를 아직 남기고 있는 야만스런 풍
습에 나타난 '나'의 감흥이 그것이다. 전자에 대해서는 그 추악을 증
오하며 그 표현은 악의적이었다. 그에 비해 일견 추악해 보이는 옥

란의 행위는 고전세계의 낭만으로 연결지으며, 거기에서 중국의 문명과 전통문화의 가치를 발견하고 있다. 아쿠타가와는 그러한 양면적인 표현에 동양에 침투한 서구문화에 대한 자기류의 가치전환을 꾀하고 있다. 옥란의 야만을 미로 인식하는 표현이야말로 그러한 현실과 고전의 동아시아 문화상황을 양면적으로 파악하려는 아쿠타가와의 문명, 문화관의 강조였던 것이다.

제5절 맺음말 - 작가정신의 구현의 실패 -

지금까지 아쿠타가와의 「슌칸」 「제4의 남편으로부터」 「호남의 부채」 등 공통적으로 일본의 현실이나 문화를 일본외부의 세계에서 바라보고 상대화한 작품군을 중심으로 동아시아에 있어서의 아쿠타가와의 일본중심주의에 대한 비판과 주연문화의 존재가치를 검토해 보았다.

아쿠타가와는 「슌칸」에서 귀신섬의 문화의 가치를 있는 그대로 받아들이는 슌칸을 그림으로써 지금까지의 어느 슌칸상과도 다른 독창적인 슌칸상을 조형하고 있었다. 중심과 탈중심, 주체와 타자의 개념이 애매화(상대화)된 문화의 다양성의 인식, 문화상대=다원주의의 주장이 되는 셈이다. 현대의 글로벌라이제이션에 따르는 다문화주의와도 통한다고 할 수 있다. 그것은 아마 일본제국주의와 식민지 획득의 논리를 초극하려는 의도를 바탕으로 하고 있음은 두 말 할 필요가 없을 것이다. 그러나 그렇게 세계관·인생관에 있어 진보적인 슌칸이긴 하지만, 그는 힘겨운 현실을 살아가는 주인공은 아니며 그 모습에는 서재형인간으로서의 아쿠타가와의 모습이 오버랩되어 있다. 시대를 앞서 가는 작가정신은 높이 평가하면서도 작품성에 대해서는 실패작으로 보려는 지금까지의 평가는 이에 기인하는 것이라 생각한다.

「제4의 남편으로부터」는 법, 제도, 질서, 도덕 등 서구화된 일본문명은 일본의 외부세계, 혹은 전통적인 일본인의 지성이나 감성으로 보면, 문명의 한 형태에 불과한 것이며 그것을 중심이라고 믿고 주변 여러 민족에게 강요하려는 제국국주의적 발상은 잘못된 것이라는 아쿠타가와의 비판이라 할 수 있다. 그 배후에도 일본의 제국주의의 악을 의식한 문화의 다양성의 주장이 있다. 이와 같은 주장은 『티벳여행기』의 저자 가와구치에게 작가 아쿠타가와의 모습을 투영시킨 '나'의 입을 통해 이루어지고 있다. 그러나 이 작품 역시 '나'의 모습에서 목숨을 걸고 오지를 탐험한 결과를 기록하는 가와구치의 생명력은 느껴지지 않는다. '나'의 모습에서는, 대상과 늘 거리를 두어야만 하는 등장인물이 아쿠타가와의 분신으로서 그 지성을 표현하는데 지나지 않기 때문에 몸으로 획득한 경험에 의해 뒷받침되는 박진력이 느껴지지 않는다. 거기에는 그야말로 다이쇼시대의 지식인, 아쿠타가와의 나약한 면영이 그대로 드러나 있다. 시대를 앞서는 문학정신과 방법에도 불구하고 이 작품이 별로 주목을 받지 못한 것은 그 때문이 아닐까?

마지막으로 「호남의 부채」는 인혈비스켓의 야만적인 측면을 중국고전의 낭만적 세계와 통한다는 점에서 긍정해 간다. 그러나 인혈비스켓 에피소드의 그로테스크한 측면을 화자=아쿠타가와는 자신의 문명, 문화관에 의해 받아들이면서도, 그것은 어디까지나 중국인의 현실을 있는 그대로 인정하는 것이 아니라 어디까지나 서적의 세계를 통해 상상된 중국의 고대문명과 전통문화에 대한 기대와 호기심을 충족시키는 소재에 불과하다. 독자가 '나'의 태도에 반감을 느끼거나 다야마 가타이가 피에르 로티를 떠올리는 것은 바로 그와 같이 중국의 현실에 대해서는 눈을 감고 그 배후에 있는 고전세계를 환시하려는 아쿠타가와의 시선, 즉 중국의 현실을 타자화하려고 하는 '나'＝아쿠타가와의 태도에 기인하는 것이라 생각한다.

이러한 한계는 늘 현실세계에서 동떨어진 서적의 세계에서 지적인 조작에 의해 가공의 세계를 만들어내고자 했던 아쿠타가와의 창작태도와 인생관에 기인할 것이다. 그러나 한편으로 이들 작품은 서재형 작가라는 아쿠타가와에 대한 인상때문에, 그의 탈중심적 문화관이나 주연문화의 존재가치 주장이라고 하는 예리한 작가정신이 간과되어 온 결과라고도 생각된다.

제4부

탈중심화 방법론의 실현의 좌절

제10장
국가 · 사회의 모순과 계급
-「주유의 말(侏儒の言葉)」을 중심으로 -

제1절 들어가며 -「주유의 말」의 집필시기의 문단상황-

아쿠타가와가 문학과 계급의 문제를 처음으로 다루기 시작한 것은 「조코도잡기(澄江堂雜記)」(1922. 4)이고, 문학과 계급의 관계에 대해 자신의 문학관 및 인생관과 관련하여 폭 넓게 자신의 인식과 입장을 표명한 것은 「주유의 말(侏儒の言葉)」이다. 이러한 「주유의 말」은 「문예춘추」 창간호(1923. 1)에서 동지 제3년 제11호(1924. 11)에 걸쳐 발표되었으며, ≪변호≫이하 ≪우스운 것≫이 「문예춘추」 제5년 10호(1927. 10), ≪어떤 일본인의 말≫이 동지 제12호(1927. 12)에 「주유의 말(유고)」로 게재되었다.

이는 짤막한 글들을 모아 놓은 경구집으로 이에 대한 평가는 나카무라 신이치로(中村真一郎)의 '사회의 상식에 대한 격심한 비웃음이나 증오를 담은 역설'이며, '명쾌한 논리와 교묘한 비유와 풍부한 아이디어와 착상의 기발함은, 순수하게 문학적 견지에서 봐도 매우 가치가 높은 것'[1]이라는 절찬에 단적으로 나타나 있다. 즉 생활, 문화, 문명, 사상, 예술 등 전반에 걸친 만년의 작가의 고뇌가 잘 나타나 있는 작품으로 평가받고 있는 것이다. 집필시기는 세키구치 야스요시가 '1921년 중국여행 후 회복되지 않는 건강과 새로운 시대의 물결은 그로부터 손질을 필요로 하는 재미있는 내용의 단편소설을 쓸 수 있는 조건을 빼앗은' 시기였고, 「주유의 말」은 그러한 궁핍한 상황을 타파하기 위한 하나의 시도였다'고 지적하고 있듯이[2], 중국여행 이후 건강의 상실과 프롤레타리아문학의 성행이라는 시대상황에서 쓰여진 것이다. 이러한 집필시기와 관련하여 고토 구미코(後藤玖美子)는 '새로운 시대의 물결에 대해 저항하는 태도가 「주유의 말」을 게재하는데 있었던 것으로 생각된다'[3]고 하고 있다. 즉, 「주유의 말」에는 당시 사회현실에 대한 대항의식이 바탕에 있었던 것으로 간주된다.

그렇다면 나카무라 신이치로가 말하는 '사회의 상식'이나 세키구치 야스요시나 고토 구미코가 말하는 '새로운 시대의 물결'이란 무엇을 일컫는 것일까? 당시의 상황을 조금 더 자세히 보면 제1차세계대전을 계기로 전 세계는 사회기구나 경제에 큰 변동이 일어났다. 일본도 예외는 아니어서 다이쇼 데모크라시 풍조가 강해졌고, 산업입국 현상이라 할 수 있는 프롤레타리아의 증대에 의해 처우개선과 임금인상을 요구하는 스트라이크가 빈번해지고 계급대립이 격심해졌다. 이러한 노동자계급의 정치적 각성에 의한 시대전환의 움직임은 문학에도 그대로 반영되어 민중예술이나 제4계급의 문학, 노동문학

1) 中村真一郎, 『芥川龍之介の世界』(青木書店, 1968. 10), pp.167~168.
2) 関口安義, 『芥川龍之介 実像と虚像』(洋々社, 1988), p.187.
3) 後藤玖美子, 「芥川龍之介とラ・ロシュフコー 「侏儒の言葉」を中心に」(富田仁編, 『比較文学研究 芥川龍之介』, 朝日出版社, 1978. 11), p.475.

이 제창되었고, 실제로 노동자작가가 등장하기도 했다. 특히 노동자적 사고의 세계적 연계를 강조하는 잡지인 「씨뿌리는 사람들(種蒔く人)」이 1921년 고마키 오우미(小牧近江, 1894~1978)[4]를 중심으로 창간되고, 아리시마 다케오의 「선언하나(宣言一つ)」(「改造」1922. 1)가 발표됨으로써 문단에서는 문예와 계급의 문제가 클로즈업되게 되었다. 「선언하나」는 아리시마가 지식인들에게 당시사회에 대한 문제를 제기한 것으로 모두(冒頭)에서 그는

　　최근에 가장 주의해야 할 것은 사회문제의, 문제로서의 그리고 해결로서의 운동이 소위 학자 혹은 사상가의 손을 떠나 노동자 그 자체의 손으로 옮겨가려고 하는 점이다.[5]

라고 하며 문예와 계급의 문제에 있어 노동자의 주체적 역할을 강조하고 있다. 이 문예와 계급의 문제는 사회적 관심을 강하게 끌게 되어, 1922년 3월에는 「개조」에서 「문예와 계급의식」의 특집호가 나왔다. 에구치 기요시(江口渙)는 그 내용을 다음과 같이 개관하고 있다.

　　사회적 계급과 문학은 과연 관계가 있을까 없을까? 문학은 늘 계급

---

4) 불문학자. 크라르테 운동에 심취하여 귀국 후 「씨뿌리는 사람들」을 창간하고 제3인터내셔널을 소개했으며, 프롤레타리아문학 운동의 선구적 역할을 한다. 소설 『이국의 전쟁(異国の戦争)』(1930)과 『어떤 현대사(ある現代史)』(1965)가 있다.

5) 有島武郎, 「宣言一つ」(『有島武郎集』, 日本近代文学大系33, 角川書店, 1970. 3), p.446.
　　最近に於いて、最も注意せらるべきものは、社会問題の、問題としてまた解決としての運動が、所謂学者若しくは思想家の手を離れて、労働者のそのものの手に移らうとしつゝある事だ。

과 아무런 관계없이 존재할 수 있을까? 혹은 문학 또한 다른 모든 문화와 마찬가지로 어디까지나 계급에 의존하는 것일까? 올 1월 아리시마 다케오씨가 「선언하나」와 기타 논문으로 던진 문제제기는 오랫동안 타성에 젖어 있던 우리 문예평론 논단에 의외의 파란을 일으켜 도처에서 찬반논쟁을 야기했다.6)

아리시마 다케오의 「선언하나」가 당시 문단에 얼마나 큰 영향을 미쳤는지, 그에 따라 결과적으로 문학과 계급에 관한 문제가 얼마나 큰 논의를 불러 일으켰는지를 알 수 있게 하는 글이다. 아쿠타가와가 「조코도잡기」와 「주유의 말」에서 문예와 계급의 관계를 논한 것은 위와 같은 문단상황에서였다. 즉 「주유의 말」은 당시 급부상한 사회주의와 프롤레타리아 문학이론을 의식한 작가의 계급과 문예에 대한 입장의 표명이었다.

본장에서는 아쿠타가와의 「주유의 말」을 중심으로 아쿠타가와가 당시의 사회나 문단의 정세를 어떻게 인식하고, 문예와 계급의 관계에 대해 어떤 입장을 취했는지를 검토해 보고자 한다. 그리고 더 나아가서는 아쿠타가와의 그와 같은 시대인식과 입장에는 어떤 의의와 한계가 있는지를 검토해 보겠다.

---

6) 江口渙, 「階級と文学との関係を論ず」(「新潮」 1922. 5), p.44.
　社会的階級と文学とは、果たして関係があるかないか。文学は恒に階級とは何らの関係なくして存在し得るか。或は文学も亦他のもろもろの文化と同じく飽くまで階級に依存するものであるか。この一月、有島武郎氏が「一つの宣言」その他の論文に依つて投げた礫は、長らく惰眠をむさぼつてゐた我文芸評論壇に意外の波乱を起こさせて、到る処に賛否の議論を惹起させた。

제2절 일본의 군국주의 및 제국주의의 허구성과 폭력성

　본절에서는 아쿠타가와의 국가, 사회, 이데올로기에 대한 자세가 어떠한 것이었는가 하는 문제부터 검토해 보기로 한다. 이 문제에 대해서는 전술한 바 있는 중국여행 이후의 사회의식의 변화와 관동대지진시의 자경단 체험이 큰 영향을 미치고 있다고 생각한다. 제3부에서 「모모타로」의 집필배경으로 언급한 바와 같이 아쿠타가와는 관동대지진 시 자경단에 참가한 적이 있다. 그러나 관동대지진은 일본정부가 민중운동의 대두에 대해 필요이상으로 과민하게 대응하고 있던 시기에 발발했고, 따라서 정부는 이 대지진을 호기회로 조선인들이 선량한 일본국민을 습격한다고 하는 유언비어를 유포하여 자경단이라는 민간경비단체가 만들어진 것이었다. 그와 같은 소문을 그대로 믿고 '선량한 시민'으로서 자경단에 참가한 아쿠타가와는 기쿠치 간과의 대화에 의해 자신의 현실인식의 불철저함을 깨닫는다. 그와 같은 사실은 중견작가로서 자부심이 강했던 그에게는 큰 충격이었다. 이 때의 아쿠타가와의 충격은 《어떤 자경단의 말》에도 잘 나타나 있다.

　　　자연은 단지 냉정하게 우리들의 고통을 바라보고 있다. 우리들은 서로를 불쌍히 여겨야 한다. 하물며 살육을 기뻐하다니,－물론 상대를 목졸라 죽이는 것은 논쟁에서 이기는 것보다 간단하다.[7]

---

7) 「侏儒の言葉」, 『전집』 제13권, p.46.
　　自然は唯冷然と我我の苦痛を眺めている。我我は互いに憐まなければならぬ。況や殺戮を喜ぶとは、－尤も相手を絞め殺すことは議論に勝つよりも手軽である。

자경단에 들어갔을 때의 집단심리 상태의 이상함에 아쿠타가와 자신 공포를 느낀 것이다. 그러나 그 체험을 통하여 자신과 민족의 행복을 지키기 위해 살육을 저지르는 일조차 서슴치 않는, 인간의 배타적인 이기성을 깨닫는 계기가 되었고 자연재해, 사회의 불안심리, 관헌의 이데올로기 조작, 집단폭력의 정당화와 같은 인간 본성에 잠재하는 광기와 폭력성을 자각하게 된다. 그럼으로써 마침내 아쿠타가와는 관헌의 여론조작의 배후에 국가의사로서의 제국주의와 군국주의의 이데올로기의 잔인한 폭력성이 존재함을 깨닫고 그것을 경계하게 된다. 아쿠타가와에게 현실적으로 그와 같은 국가폭력의 메카니즘의 발동을 알린 것은 관동대지진 때의 자경단 활동이었던 것이다. 그것은 일본의 제국주의가 허위정보를 조작함으로써 그 폭력성으로 일본이외의 민족에 대해 잔학한 행위를 범한 전형적인 사건이었기 때문이다.

이와 같은 사정으로 「주유의 말」의 아쿠타가와의 담론은 일본사회의 가장 큰 모순으로서 군국주의와 제국주의를 거론하는데서부터 시작한다. 그것은 그야말로 사회, 국가, 민중심리의 관계가 격심한 배타적 폭력을 폭발시키는 것에 대한 아쿠타가와의 강한 위기의식에 바탕을 두는 것이었다. 그 자세에는 문예와 계급의 문제를 일본이라는 국가가 갖는 의사주체의 역사적 위치와 관련시키려는 의도가 있었다. 그것을 언급하는데 있어 아쿠타가와는 다음과 같은 비유로 시작하고 있다.

지구가 둥글다고 하는 것조차 실제로 알고 있는 사람은 소수이다. 대다수는 언젠가 배운 대로 둥글다고 굳게 믿고 있는 것에 불과하다.[8]

이 비유가 무엇을 말하는지는 막연하다. 단 우리들이 자명한 것으로 믿고 있는 진리는 실은 이성에 근거한 것이 아니라, 자신도 모르는 사이에 교육을 받은 결과에 지나지 않는다는 것이다. 이에는 정치가(엘리트「소수자」)와 민중(「대다수」), 그리고 정보의 독점과 맹신이라는 국가와 민중의 관계가 지배와 관리의 위험으로 이어진다는 사실이 의식되어 있다.

이후 아쿠타가와의 담론은 국가의 민중지배의 위기를 이야기해 간다. 예를들어, '정의(正義)'라는 것은, '선동가의 웅변'에 지나지 않는 것이다. 이 비유론은 당시의 프롤레타리아 운동을 반영하여 계급의 개념을 매개로 국가와 반(제국주의)국가론자라고도 할 수 있는 사회주의자의 긴장된 대립관계로 확대되어 간다. 대립관계가 당연히 폭력에 의한 한 쪽의 억압, 혹은 압살로 귀결됨은 아쿠타가와에게 있어서는 자명한 것이었다. '장검'은 국가주의의 권력＝폭력, '곤봉'은 사회주의자의 폭력적 혁명의 비유인데, 이는 그야말로 비유로 그 의미내용은 절대적인 것이 아니라 후천적으로 교육받은 신념에 불과하다고 하는 것이다. 이와 같은 비유관계에서 '정치적 천재'란 자신의 의지를 민중의 의지인 것처럼 만드는 자로서 그들은 민중을 지배하기 위해 '대의(大義)'라는 가면을 빌리기도 하는 카리스마적 독재자를 말한다. 독재국가, 제국주의, 군국주의와 같은 국가체제의 매카니즘이 이와 같은 비유의 관계에 불과하다면, 마르크시즘이 믿는 '지상낙원' 또한 비유인 이상 바보들에게나 있을 수 있는 유토피아이

8) 위의 책, p.35.
　地球は円いと云ふことさへ、ほんたうに知つてゐるものは少数である。大多数は何時か教へられたやうに、円いと一図に信じてゐるのに過ぎない。

며, '완전하게 행복해 질 수 있는 것은 백치에게만 주어진 특권'인
것이다.

따라서 '선인들은 민중을 바보처럼 다루는 것을 치국의 대도(大
道)로 가르쳤던' 것이다. 아쿠타가와는 「주유의 말」에서 이와 같이
고래의 전제적 위정자가 이상으로 여겨온 우민정책에 대한 경구를
반복하여 주장하고 있다. 주의해야 할 것은 여기서의 아쿠타가와는
한편으로 군국주의와 제국주의와 같은 국가체제의 메카니즘이 민중
을 지배하기 위해 만든 비유의 구조에 불과한 허구의 이데올로기라
고 경고하는 한편, 사회주의 운동, 노동자 운동이 정전으로 삼고 있
는 마르크스, 엥겔스의 공산주의 사상이나 이념에 보이는 무산계급
에 의한 이상적인 공산주의 국가라는 것도 허구의 이데올로기에 불
과하다는 것을 인식하고 있었던 것이다. 아쿠타가와의 시니시즘은
국가든 사회주의 노동운동이든 비유의 의미내용을 실체화하여 억압
혹은 해방을 위한 이데올로기로 전환시킨다는 비유의 논리에 자각
적이었다. 아쿠타가와는 그 제도적 억압 혹은 사상적 해방의 이데올
로기의 의미작용에 대해 강한 회의와 반발을 품고 있었다.

그러나 아쿠타가와는 거기에 해결불가능한 아폴리아가 준비되어
있음을 자각하지 못 했다. 즉 일본의 현실과 함께 미래의 희망(마르
크시즘)도 부정함으로써 그 자신 어떤 의미에서 니힐리즘에 빠지게
되는 것이었다. 그리고 그것은 아쿠타가와를 일본의 현실사회로부
터 자기소외시켜 가게 된다.

그러한 사실에 무자각적인 아쿠타가와의 위기의식은 일본의 파시
즘으로 향하게 된다. 그리하여 그는 일본의 군국주의나 제국주의는
일반민중, 혹은 다른 민족을 지배하기 위해 폭력에 의존하고 있다는

사실을 누누이 강조하고 있다. 아쿠타가와는 폭력에 대해 다음과 같이 말한다.

> 복잡한 인생을 간단히 하는 것은 폭력 외에 없다. 이런 연유로 왕왕 석기시대의 두뇌 밖에 가지고 있지 않은 문명인은 논쟁보다 살인을 사랑한다. 그러나 권력도 필경은 특허를 받은 폭력이다. 우리들 인간을 지배하기 위해서라도 폭력은 언제나 필요한 것 인이지도 모른다.[9]

권력은 인간을 지배하기 위해 폭력장치를 전유하고 행사한다는 이 주장은 확실히 일본의 제국주의=군군주의의 폭력성에 대한 비판이라 할 수 있다. 단 아쿠타가와의 논리는 결코 현대상황의 정치적 고발이라는 스타일을 취하는 것이 아니라 늘 역사주의 혹은 우의적 일반론의 '지'로 환원된다. 그것은 아쿠타가와의 '지'의 문제임과 동시에 당시의 검열제도와 관련 된다. 예를 들면 그는 일본군국주의 폭력성을 다음과 같이 왜구에 대한 다음 설명으로 끌고 간다.

> 왜구는 우리 일본인도 충분히 열강에 끼기에 족할 만큼 능력이 있음을 보여 준 것이다. 우리들은 도적, 살육, 강간 등에 있어서도 결코 '황금의 섬'을 찾아 온 스페인인, 포루투갈인, 네덜란드인, 영국인 못지 않았다.[10]

---

9) 위의 책, pp.47~48.
  複難な人生を簡単にするのは暴力より外にある苦はない。この故に任任石器
  時代の脳髄しか持たぬ文明人は論争より殺人を愛するのである。しかし亦権力
  も畢竟はパテントを得た暴力である。我我人間を支配する為にも、暴力は常に
  必要なのかも知れない。

10) 위의 책, p.89.
  倭寇は我我日本人も優に列強に伍するに足る能力のあることを示したのであ

　　역사적 실제로서의 아쿠타가와는 일본민족을 일컬어 '왜구'라는 말을 사용하고 있는데, 이 역시 비유의 방법론이라 할 수 있을 것이다. '왜구'란 『일본국어대사전』에 의하면, '일본의 도적. 일본의 도둑떼. 특히 가마쿠라시대 말기부터 무로마치시대에 걸쳐 조선반도, 중국대륙연안을 습격한 일본의 해적을 조선과 중국측에서 부른 호칭'이다. 그러나 아쿠타가와의 용법은 스페인, 포르투갈, 네덜란드, 영국의 해적과 등가로 이해하고 있는 점에 오히려 제국주의국가의 침략행위의 첨병인 무법자의 폭력집단으로 인식하고 있음을 알 수 있다. 이 말에 검열의 눈길이 미치지 못 하는 것은 그것이 이미 역사적으로 상대화된 개념이기 때문일 것이다. 관헌은 비유의 방법에 둔감했던 것이다. 아쿠타가와의 비유의 방법으로서의 '왜구'는 열도를 떠나 해상에서 일본의 경관을 바라본다는 그들의 눈을 상상하면 일본을 '외부'에서 바라보는 시각에 의해 일본이라는 국가를 상대화시키는 개념이다.

　　아쿠타가와는 '왜구'라는 말을 빌려 당시 일본군국주의나 제국주의가 아시아 각국에서 자행한 폭력행위에 대해 비판하는 것이고, 그만큼 당시 일본사회를 객관화시켜 해석하고 있음을 알 수 있다. 그러나 이와 같은 상대화방법에 의해 제국주의 국가에 속한 아쿠타가와가 자신의 책임을 벗어나는 면죄부를 얻어 양심에 괴로워하지 않아도 됐을까? 그 상대화라는 방법이 지금까지의 아쿠타가와의 정치적 자세를 양의적으로 보이게 하여 일면 예리한 비판방법으로 당시의 일본사회를 상대화시켜 보고 있기는 하지만 말이다. 그 방법론

　　る。我我は盗賊、殺戮、姦淫等に於ても、決して「黄金の島」を探しに来た西斑牙人、葡萄牙人、和欄人、英吉利人に劣らなかつた。

비판은 차치하고서라도 아쿠타가와의 논리를 따르자면, 아쿠타가와
는 군국주의의 폭력성에 대한 비판의식에서 군인을 다음과 같이 그
리고 있다.

> 군인은 어린아이에 가까운 법이다. 영웅다운 행동을 기뻐하거나 소
> 위 영광을 좋아하는 것은 여기서 새삼 거론할 필요가 없다. 기계적 훈
> 련을 좋아하거나 동물적 용기를 중시하는 것도 초등학교에서 만 볼
> 수 있는 현상이다. 살육을 아무렇지도 않게 생각하는 것은 더 한층 어
> 린아이와 다를 바가 없다. 특히 어린아이와 비슷한 것은 나팔이나 군
> 가로 고무되면, 무엇을 위해 싸우는지도 묻지 않고도 흔쾌히 적과 맞
> 서는 것이다.
>
> 이런 연유로 군인이 자랑스러워하는 것은 항상 어린아이의 장난감
> 과 비슷하다. 붉은 빛 가죽 끈으로 꿴 갑옷이나 괭이 모양의 투구는
> 성인들의 취향에 맞는 것은 아니다. 훈장도 – 내게는 실제로 이상하다.
> 어떻게 군인은 술에 취하지도 않았으면서 훈장을 달고 돌아다닐 수
> 있는 것일까?[11]

일반적으로 군인은 제국주의＝군국주의의 표상인데 이는 아쿠타
가와의 입장에서 보면 기계적이고 동물적으로 행동하고 살육을 아

---

11) 위의 책, p.37.
　　軍人は小児に近いものである。英雄らしい身振を喜んだり、所謂光栄を好ん
　だりするのは今更此処に云ふ必要はない。機械的訓練を貴んだり、動物的勇気
　を重んじたりするのも小学校にのみ見得る現象である。殺戮を何とも思はぬな
　どは一層小児と選ぶところはない。殊に小児と似てゐるのは喇叭や軍歌に鼓舞
　されれば、何の為に闘ふかも問はず、欣然と敵に当たることである。
　　この故に軍人の誇りとするものは必ず小児の玩具に似てゐる。緋縅の鎧や鍬
　形の兜は成人の趣味にかなつた者ではない。勲章も－わたしには実際不思議で
　ある。なぜ軍人は酒にも酔はずに、勲章を下げて歩かれるのであらう。

무렇지도 않게 생각하는 '소아'같은 존재인 것이다. '소아'란 이 역시 비유적 의미로 파악하자면, 자기의 주체성을 국가의사에 맡기고 국가의사를 자신의 신체의 '지'를 통해 실현하는 자를 말한다. 그들은 자신이 무엇을 위해 싸우는가, 그 목적은 무엇인가라는 목적의식도 없으며, 살육의 목적 이외에는 아무 소용도 없는 갑옷이나 투구를 자랑스러워 하거나 살육의 산물인 훈장을 달고 다니는 이상한 존재인 것이다. 아쿠타가와는 이와 같이 군국주의의 표상을 군인의 '소아'성으로 치환시킴으로써 오히려 국가의 유치성, 맹목적성을 매우 냉정한 태도로 바라보고 있다. 이는 일견 제국주의와 군국주의를 통렬하게 비판하고 있는 것처럼 보인다.

그러나 다음의 언급은 아쿠타가와에게 있어 같은 비판, 조소의 뉘앙스를 가지고 있는 것인지 모르겠지만, 객관성인 것처럼 보이게 하는 언급 자체는 사이드가 말하는 '타자' 표상이 되고 있음에 주의해야 할 것이다. 이상적인 병졸로 시작되는 다음의 언급을 보자.

> 병졸
> 이상적 병졸은 적어도 상관의 명령에는 절대적으로 복종해야만 한다. 절대로 복종하는 것은 절대로 비판을 가하지 않는다는 것이다. 즉 이상적 병졸은 우선 이성을 상실해야만 한다.
> 다시
> 이상적 병졸은 적어도 상관의 명령에는 절대적으로 복종해야만 한다. 절대로 복종해야 한다고 하는 것은 절대로 책임을 지지 않는다는 것이다. 즉 이상적인 병졸은 우선 무책임을 선호해야만 한다.[12]

---

12) 위의 책, p.87.
　兵卒

이상적인 병졸은 비이성적이고 무책임하여 맹목적으로 절대복종을 하는 존재들이라는 것이다. 이는 작가 아쿠타가와의 입장에서 보면 이상하고 공포스런 집단의 표상이다. 그러나 이 타자표상이야말로 작가 아쿠타가와를 일본의 현재상황으로부터 소외시켜 간다. 이와 같은 표현의 방법은 '영웅'이나 '살육'과 같은 단어로 묘사되는 「장군」의 노기장군이나 「모모타로」의 모모타로로 상징되는 제국주의에 대한 비판과 그 맥을 함께 하는 것으로 이해해도 될 것이다. 이상과 같은 아쿠타가와에게 있어 당시의 일본사회는 제국주의, 군국주의가 침략을 정당화하는 이데올로기와 폭력장치에 의해 유지되고 있는 것으로 인식되고 있다. 그러나 대부분의 국민(대중)은 그와 같은 제국주의, 군국주의의 허구성과 폭력성에 무감각한 바보들이라는 것이다. 그러나 만약 그렇다면 이러한 문장을 쓰는 아쿠타가와 한 사람이 각성자가 된다. 즉 아쿠타가와의 상대화 방법은 결국 자신을 자기소외로 몰아 넣게 되는 것이다.

이와 같은 인식으로 인해 아쿠타가와는 '사회주의는 옳고 그르고의 문제가 아니다. 단지 하나의 필연이다'라는 식으로, 국가와 사회의 변혁을 꾀하는 사회주의의 출현을 역사의 필연으로 생각하게 된다. 일본의 일면의 사실에서 아쿠타가와는 자기를 소외시켰지만 거기에서 바로 니힐리즘에 빠지지는 않았다. 또 하나의 사실로서 대두

理想的兵卒は苟くも上官の命令には絶対に服従しなければならない。絶対に服従することは絶対に批判を加へぬことである。即ち理想的兵卒はまず理性を失わなければならぬ。

又

理想的兵卒は苟くも上官の命令には絶対に服従しなければならない。絶対に服従することは絶対に責任を負はぬことである。即ち理想的兵卒はまず無責任を好まなければならぬ。

한 '사회주의'에 자기 자신의 존재를 걸고자 한다. 이 당시의 아쿠타가와는 사회주의를 무조건 위험시하는 것은 부당하며, 관동대지진 때에 사회주의자들이 부당하게 박해를 받았다고 주장하고 있다. 그 계기는 현실의 모순에 무자각적인 채로 참가한 자경단 체험에 대한 철저한 반성과 비판에서 온 것으로 그것은 「주유의 말」의 사회의식의 기저를 이루는 것이기도 하다.

제3절 중용을 희구하는 '주유'

앞에서 고찰했듯이 일본의 사회는 군국주의와 제국주의가 그에 어울리는 이데올로기와 폭력장치에 의해 바보인 대중을 지배하고 있다고 아쿠타가와는 기록했다. 그러나 그렇다고 해서 그는 다음에서 언급되는 '선택된 소수'가 되려고 하지 않는다. '선택된 소수'란 다음에서 인용하는 '혁명'과 연결됨으로써 사회주의 혁명가, 혹은 적어도 노동운동의 리더를 일컫는 말이다. 그는 결코 사회주의에 몸을 던지는 일은 하지 않았다. 어디까지나 '바보들' 중의 한 사람이다. 왜 일까? 작가정신이라고도 할 수 있는 지금까지의 살펴 본 그의 방법론이 자신을 현실—제국주의=군국주의로의 국가체제의 변모와 그에 저항하는 사회주의 운동—로부터 소외시켜 버렸다. 이리하여 작가 아쿠타가와는 어디까지나 현실의 일본과 맞서 싸우는 일 없이 '외부'에서 바라보려 하고 있다. 그렇다면 아쿠타가와에게 있어 일본의 현실사회는 어떠한 세계였을까?

　　혁명에 혁명을 거듭했다고 해도 우리들 인간의 생활은 '선택된 소
　　수'를 제외하면 언제나 암담할 것이다. 게다가 '선택된 소수'란 '바보
　　와 악당'의 다른 이름에 지나지 않는다.[13]

　그에게 있어 일본의 현실사회는 어떠한 '혁명'을 거듭해도 '바보와
악당'이라는 '선택된 소수'를 제외하면 아무런 희망도 없는 국가체제
이며 사회상황인 것이다. 여기서 '바보'란 제국주의=군국주의의 허
구성이나 모순 또는 사회주의 혁명의 달성을 믿어 의심치 않는 교조
주의에 무자각적이며 그렇기 때문에 아무런 비판력도 없이 영합하
는 군인을 일컫는 말이며, '악당'은 그와 같은 '바보'나 대중을 지배
하는 정치가, 혹은 노동운동의 엘리트를 일컫는 말일 것이다.
　그러면 왜 작가 아쿠타가와는 문학으로 맞서려 하지 않았을까?
이미 반복해서 언급했듯이 그의 작가로서의 자질은 독서체험에 의
한 지식적 세계의 구축에 의해서만 소설세계를 창작하는 데에 그 특
징이 있기 때문에, 그 지성적 작가정신이 사회참여(앙가쥬망)를 심리
적으로 어렵게 만든 것이라 할 수 있다. 따라서 그의 논리와 심리에
의하면 이와 같이 모순에 찬 사회상황에서는 '상식을 실행에 옮기고
자 하는' 것은 '위험 사상'이다. 예를들어 현대사회에는 여전히 노예
적 존재가 있지만, '노예'를 '노예'라 부르는 것은 위험한 것이다. 이
국가주의와 사회주의 혁명과 거리를 유지하는 것이 현재의 부정으
로 이어짐은 당연한 귀결이다. 관여의 계기가 없기 때문이다. 그 자

---

13) 위의 책, p.86.
　　革命に革命を重ねたとしても、我々人間の生活は「選ばれたる少数」を除き
　　さへすれば、いつも暗澹である筈である。しかも「選ばれたる少数」とは「阿呆
　　と悪党と」の異名に過ぎない。

세가 변혁(→혁명)의 사상을 '위험'하다고 인식하게 한 것이다. 따라서 '바보와 악당'이라는 '선택된 소수'로부터 스스로를 소외시켜 간 아쿠타가와는 제국주의와 사회주의 혁명의 허구성이나 폭력성을 알고는 있다. 그러나 그 모순의 해결을 추구하는 실천단계에서는 좌절하지 않을 수 없다.

이 집필시점에서의 아쿠타가와는 그와 같은 일본사회에서는 오히려 자신을 현실세계로부터 소외시킴으로써 고고함을 유지하려는 삶의 방법을 취하는 것이 낫다고 생각한 것이다. 또한 주의해야 할 것은 이미 언급했듯이 아쿠타가와가 대결한 일본사회의 현실이라고 할 경우, 그것은 단순히 일본제국주의=군국주의의 침략적 폭력에 대한 격심한 분노뿐만이 아니라 그에 저항하는 형태로 대두된 사회주의 노동운동의 비현실성에 대한 절망도 병행되어 있다는 사실이다. 그는 「주유의 말」의 모두의 ≪주유의 기도≫라는 항목에서 다음과 같이 기도하고 있는데 이는 그 양자에 대한 공포와 침윤을 말해주고 있다.

특히 제발 용감한 영웅이 되지 않게 해 주십시오. 저는 실로 때때로 오르기 힘든 산봉우리를 오르고, 넘기 힘든 바다의 파도를 건너며, ― 말하자면 불가능을 가능케 하는 꿈을 꾸는 일이 있습니다. 그러한 꿈을 꾸고 있을 때만큼 두려운 경우는 없습니다. 저는 용과 싸우듯이 이 꿈과 싸우느라 고생하고 있습니다. 부디 영웅이 되지 않도록 ― 영웅의 뜻을 일으키지 않도록 힘이 없는 저를 지켜 주시옵소서.14)

---

14) 위의 책, p.34.
とりわけどうか勇ましい英雄にしてくださいますな。わたしは現に時にすると、攀ぢがたい峰の頂を窮め、越え難い海の浪をわたり、ー云はば不可能を可

지금까지 검토해 온 일본의 군국주의와 제국주의가 유포시킨 허구적 신념, 그것은 하나는 '꿈'이며 또 하나는 '용'일 것이다. '용'이라는 괴물과 싸워 '영웅'이 되고자 하는 것은 '오르기 힘든 산봉우리를 오르고, 넘기 힘든 바다의 파도를 건너'고자 하는 것과 마찬가지로 불가능을 위해 싸우는 것과 마찬가지라는 것이다. 이에는 이미 사회의 현실에 대해 아무런 실천도 못 하고 오히려 괴물화되고 있는 아쿠타가와 자신이 있음을 알 수 있다. 그의 사회의식은 이미 약화되어 있다. 자기소외의 고고성과 자기를 무화시킨다고 하는 자살원망이 이 때부터 서로 싸우고 있는 것이다. 따라서 자신은 바보도 영웅도 아닌 평범한 인간이기를 원하고 있다. 이에 대해, 세키구치는 '한 때 <인공의 날개>를 가지고서라도 이 인생을 웅비하는 영웅이고자 했던' 아쿠타가와의 젊었을 때 모습은 보이지 않고, '아쿠타가와의 소시민성을 전형적으로 나타내는 말'이라고 하고 있다.[15] 그러나 아쿠타가와의 중용 회구가 그의 '소시민성'에서 비롯된 것이라 단정할 수 있을까? 왜냐하면, '소시민성'이라는 개념이 체제에 소심하게 순응하는 자세라는 의미라면 이 자세를 아쿠타가와의 자세라고는 결코 말할 수 없기 때문이다. 그것은 예를 들면, 요시다 세이치가 ≪나≫ 이하를 '경구가 아니라, 일종의 유서 같은 문장으로 되어 있는 점에 주의해야 한다'[16]라고 하였고, 실제로 얼마 후 자살을 한 사실을 생

能にする夢を見ることがございます。さういふ夢を見てゐる時程、空恐ろしいことはございません。わたしは龍と闘ふやうに、この夢と闘ふのに苦しんで居ります。どうか英雄とならぬやうに―英雄の志を起さぬやうに力のないわたしをお守り下さいまし。

15) 関口安義, 『芥川龍之介 実像と虚像』(洋々社, 1988), pp.199~200.
16) 吉田精一, 『芥川龍之介全集』, 日本近代文学大系38(角川書店, 1960. 1), p.260.

각해 보면 알 수 있다. 그리고 그것은 다음과 같은 언급을 보면 더 확실해 진다.

> 자유의지와 숙명에 관계없이 신과 악마, 미와 추, 용감과 비겁, 이 성과 신앙, -기타 모든 저울의 양끝에서는 이러한 태도를 취해야 한 다. 선인은 이러한 태도를 중용이라 불렀다. 중용이란 영어의 굿 센스 이다. 내가 믿는 바에 의하면, 굿 센스를 갖지 않는 한, 어떠한 행복도 얻을 수 없다.17)

지금까지의 언급에서는 확실히 '중용'은 행복을 얻기 위한 '굿 센 스'로서 긍정되고 있다. 그러나 국가와 사회에 대해 철저한 인식의 소유자인 아쿠타가와는 이어서 '가장 현명한 처세술은 사회적 인습 을 경멸하면서도 사회적 인습과 모순되지 않는 생활을 하는 것이 다'18)라고 하고 있다. 이는 '신과 악마' 이하의 서로 대립되는 가치를 그의 경우 '저울의 양끝'에 올려 놓는다고 하는 점에 주의해야 할 것 이다. '양끝'이란 거리를 의미한다. 서로 대립되는 가치를 양의적으 로 살아간다는 것을 의미하는 것은 아니다. 서로 대립되는 가치에서 각각 같은 거리를 두고 떨어져 있다는 말이다. 거기에는 이미 적극 적인 사회참가의 자세는 찾아볼 수 없다. '사회적 인습'을 경멸하면

---

17) 「侏儒の言葉」, 앞의 책, p.36.
　　自由意思と宿命に関らず、神と悪魔、美と醜、勇敢と怯懦、理性と信仰、-
　　その他あらゆる天秤の両端にはかう云ふ態度をとるべきである。古人はこの態
　　度を中庸と呼んだ。中庸とは英吉利語のgood senseである。わたしの信ずると
　　ころによれば、グッドセンスを持たない限り、如何なる幸福も得ることは出来
　　ない。
18) 위의 책, p.69.

서도 그에 모순되지 않는 생활태도를 유지한다고 하는 것은 달리 말하면, '중용'의 태도이다.

그러나 그것은 '현명한 처세술'에 불과한 것이며 이 때의 중용이란 미덕이 아니라 모순에 가득찬 현실을 애매한 자세로 살아가는 방법에 대한 야유의 말이다. '현명한 처세술'로서의 중용을 희구한다고 하는 사실은 현실로부터의 자기소외라는 관념레벨의 자세를 현실의 생활 속에서 실천할 때의 '기술'인 것이다. 그 삶의 방법은 아쿠타가와가 현실의 모순을 자각하면서도 그 문제의식을 작가로서, 또한 인간으로서 실천할 수 없음을 일컫는 말이다. 즉 중용에 대한 희구는 현실에 대한 모순에 자각적이면서도 실천단계에 있어서는 한계를 안고 있다고 하는 인간적 나약함을 자각하는 자신에 대한 조소적 표현으로 해석할 수 있다. '나는 양심을 가지고 있지 않다. 내가 가지고 있는 것은 신경뿐이다'[19]라고 하는 표현 역시 사회에 대한 자책에서 온 신경쇠약적이고 자학적인 표현이라 할 수 있다. 아쿠타가와는 그와 같은 자책의 마음을 담아 '주유'라 하며 이 작품의 제목으로 삼고 있는 것이다. 요시다 세이치는 '주유'의 의미에 대해, 다음과 같이 설명하고 있다.

주유는 난장이. 또한 견식이 없는 어리석은 사람이라는 의미도 있으며, 중국에서 난장이 곡예의 배우로 삼았기 때문에 배우(피에로, 광대)라는 의미도 있다. 나중에 『주유의 기도』항목이 있는 것처럼 여기서도 문예적 배우(가면을 쓴 작가)라는 의미가 강하며 또한 『갓파』중에 같은 유의 『바보의 말』이 있는 점으로 봐서 바보라는 의미로도

---

19) 「侏儒の言葉(遺稿)」, 『전집』 제16권, p.82.

생각할 수 있다. 요컨대 이들 모든 의미를 포함하여 작가 자신을 일컫는 말, 그리고 그 반어적 의미로도 사용되고 있다고 봐야 한다.[20]

아쿠타가와의 적극적인 인생관을 믿는다면 '주유'를 작가 자신에 대한 반어적 의미라고 해석할 수 있다. 또 세키구치 야스요시는 이에 대해, '주유'란 '난장이'의 삶의 방법을 시사하며, 혹은 같은 형식과 내용의 장이 「갓파(河童)」(「改造」 1927. 3)의 철학자 '맥'이 쓴 「바보의 일생(阿呆の一生)」에 있는 점, 또 「어느 바보의 일생 유고 (或阿呆の一生遺稿)」(「改造」 1927. 10)가 상기되는 점을 들어 '바보'의 의미로 읽고 있다. 그리고 '어느 쪽이든 자신을 경멸하여 부르는 말임에는 틀림이 없으며, 거기에는 이 일련의 문장 전체가 갖는 반어나 역설적 표현이 상징적으로 담겨 있다'[21]고 하고 있다. 세키구치도 아쿠타가와의 적극적인 인생관을 믿으며 '주유'는 아쿠타가와의 삶의 방법에 대한 아쿠타가와 자신의 반어나 역설적 표현이며 '바보'라고 해석하고 있는 것이다.

이와 같은 조소적 표현에서 적어도 아쿠타가와가 자기와 국가, 사회의 관계에 대해 자기를 조소적, 자학적으로 비판하고 있음을 알 수 있다. 따라서 거기에서 아쿠타가와의 '소시민성'을 읽는 것은 무

---

20) 吉田精一, 『芥川龍之介全集』, 日本近代文学大系38(角川書店, 1960. 1), p.260. 侏儒は小人 (こびと)。また、見識のない浅はかな人、という意味もあり、中国で小人軽業の俳優としたので俳優 (ピエロ、道化師) という意味もある。あとに『侏儒の祈り』の項があるごとく、ここでも文芸的俳優 (仮面をかぶった作家) という意味が強く、また、『河童』の中に同種の『阿呆の言葉』というのがあることから阿呆の意味も考えられ、要するに、これらすべての意味をふくみ、作者自身をさす語、しかもその反語的な意味でもちいられているというべきである。

21) 関口安義, 『芥川龍之介;実像と虚像』(洋々社, 1988), p.189.

리라고 생각한다. 오히려 일본의 현실사회의 인식에 있어 엄격한 작가 자세를 엿볼 수 있다.

그러나 그 실천단계에서 보이는 주저는 사회주의 노동운동의 비현실적 투쟁목표에 대한 절망에 의하는 것임을 간과해서는 안 된다. 사회주의에 대한 회의 때문에 실천단계에서 주저한다고 하는 것은 자기 자신에 대한 철저한 반성에서 자책하고 자조하고 있는 만큼, 지성작가로서 자부하고 있던 아쿠타가와로서는 무력감을 느꼈다는 것이다. 그는 그 지성의 무력감을 「조코도잡기」에서 문예와 계급을 설명하면서 다음과 같이 언급하고 있다.

> 문예와 계급의 관계는 머리와 대머리약의 관계와 비슷하다. 만약 머리카락이 제대로 있다면 대머리약을 바를 필요가 없다. 또한 만약 대머리라면 아마 약을 발라도 소용이 없을 것이다.[22]

여기서 말하는 '머리카락이 제대로 있는' 머리란 사회적으로 계급간의 갈등이 없어서 문예가 계급의 문제를 다룰 필요가 없는 사회를 말한다. '대머리'란 계급간의 갈등이 있어서 그 모순을 문예가 다루어서 해결을 해야 하는 상태의 사회를 말한다. 그러나 아쿠타가와는 원래 계급간의 갈등을 문예가 해결하는 것은 불가능함을 알고 있었다. 물론 여기서 말하는 문예란 프롤레타리아문학일 것이다. 요컨대 계급의 문제를 문예로 해결한다고 하는 프롤레타리아문학의 이상은

---

22) 「澄江堂雜記」『전집』 제9권, p.92.
　　文芸と階級との関係は、頭と毛生え薬との関係に似てゐる。もしちやんと毛が生えてゐれば、必ずしも塗る事を必要としない。又もし禿げ頭だつたとすれば、恐らくは塗つても利かないであらう。

현실세계에 있어서는 아무런 소용이 없다고 하는 것이다. 여기서 아쿠타가와의 절망적인 심정을 엿볼 수 있을 것이다. 아쿠타가와의 문예도 현실에 대해 문제를 제기하든가 비판을 가할 뿐, 대안을 제시하지는 못 하고 있는 것이다. 이와 같은 인식은 곧 지성의 무력의 통감에 다름 아니다.

제국주의＝군국주의, 혹은 사회주의 노동운동으로부터의 자기소외, 즉 사회의 현실로부터의 자기소외는 아쿠타가와에게 있어 '외부'가 비판의 거점이라는 적극적인 의미를 이미 상실했음을 의미한다. 그것이 '상대화'하는 자세, 탈중심화 방법이라는 그의 문학적 계기에 의하는 것이라 한다면, 요시모토 류메이(吉本隆明)가 말하는 의미와는 다르지만, 아쿠타가와의 자살은 그야말로 '문학적인 죽음'이었다고 할 수 있다.

제4절 출신계급에 대한 인식에서 오는 한계

아쿠타가와는 현실에 대한 투철한 인식의 소유자이면서도 실천단계에서는 한계를 느끼며 '중용'이라는 삶의 방법을 지향할 수 밖에 없었다. 그 한계가 아쿠타가와의 작가로서의 자질과 방법론에서 비롯되고 있음은 이미 보아 온 바와 같다. 그러면 아쿠타가와가 실천단계에서 느끼는 한계의 원인은 어디에 있었던 것일까? 이와 같은 문제를 새삼 거론할 때 그것은 지성과 교양이 풍부한 인물로서의 아쿠타가와의 자질이나 문학창작의 방법론, 거기에다 환경, 건강상태, 경제적 조건등으로 설명할 수 있을 것이다. 그러나 본서에서는 사회

주의 사상의 침투에 의한 계급개념을 아쿠타가와가 어떻게 파악하고 있었는지에 대해 주목하여, 그 자신이 의식적으로 밝히고 있는 '계급'과 관련지어 그 원인을 생각해 보기로 한다. 그것이 당시의 그에게 있어서는 최대의 원인으로 인식되었던 것이다. 아쿠타가와는 「다이도지 신스케의 반생(大導寺信輔の半生)」의 ≪빈곤≫에서 다음과 같이 고백하고 있다.

> 신스케의 가정은 가난했다. 물론 그들의 빈곤은 좁은 칸막이 방에서 잡거하는 하류계급의 빈곤은 아니었다. 그러나 체면을 차리기 위해서 고통을 받아야만 하는 중류하층계급의 빈곤이었다.[23]

이 문장에서 아쿠타가와는 자신의 출신계급을 '중류하층계급'으로 인식하고 있음을 알 수 있다. 이 계급을 '체면을 차리기 위해서 고통을 받아야만 하는' 계급으로 규정하면, 그 계급이 프롤레타리아 계급 보다 상위, 그러나 부르주아 계급보다 하위로 위치지어지는 중간적 존재이기 때문에, 그 양자로부터 질시와 멸시를 받고 있음을 여기서 말하고 있는 것이다. 이와 같은 중류하층계급으로서의 계급의식을 자각하고 있는 아쿠타가와는 부르주아에 대해 반감을 가질 자격이 있다고 생각한다.

---

23) 「大導寺信輔の半生」, 『전집』 제12권, p.44.
　　信輔の家庭は貧しかつた。尤も彼等の貧困は棟割り長屋に雑居する下流階級の貧困ではなかつた。が、体裁を繕ふ為により苦痛を受けなければならぬ中流下層階級の貧困だつた。
　　이와 관련하여 같은 장에 체면 때문에 유명한 「후게츠(風月)」라는 과자점 상자에 근처 과자 가세에서 산 과자를 친척에게 선물했나는 유념한 이야기도 나와 있다.

그러한 부르주아에 대한 반감은 「게사와 모리토(袈裟と盛遠)」에 대한 언급에 나타나 있다. 그는 게사와 모리토 사이에 정교(情交)가 있던 것은 「겐페이 성쇠기(源平盛衰記)」에 나와 있는 역사적 사실이라고 한다. 그것을 사람들은 '저 가련한 여주인공을 마치 대단한 열녀인 양 광고하고 있다'[24]고 지적하고 있다. 그러한 상황에 대해 비난받아야 할 것은 게사의 희생적 행위 그 자체가 아니라 멋대로 그 희생행위를 미화하는 내용으로 개조한 '부르주아' 계급이라고 하고 있다. '열녀'란 부르주아가 자신들의 계급유지를 위해 여성도덕의 화신이라고 할 수 있는 여성을 허구적으로 만들어내고 그 허구화된 여성을 허식적으로 미화한 것이라 할 수 있다. 자본주의의 모순으로서 부르주아에 대한 아쿠타가와의 비판의식은 다음에서는 좀 더 노골적인 형태를 띤다.

그는 빈곤을 벗어난 후에도 빈곤을 증오하지 않을 수 없었다. 동시에 또한 빈곤과 마찬가지로 호사도 증오하지 않을 수 없었다. 호사도, ─ 이 호사에 대한 증오는 중류하층계급의 빈곤이 주는 낙인이었다. 그는 오늘도 그 자신 안에서 이 증오를 느끼고 있다. 이 빈곤과 싸워야만 하는 소부르주아의 도덕적 공포를─[25]

---

24) 「袈裟と盛遠の情交」, 『전집』 제4권, p.73.
25) 「大導寺信輔の半生」, 위의 책, p.47.
    彼は貧困を脱した後も、貧困を憎まずにはゐられなかつた。同時に又貧困と同じやうに豪奢をも、憎まずにはゐられなかつた。豪奢をも、─この豪奢に対する憎悪は中流下層階級の貧困の与へる烙印だつた。彼は今日も彼自身の中にこの憎悪を感じてゐる。この貧困と闘はなければならぬPettyBourgeoisの道徳的恐怖を─

이 문장에는 프롤레타리아도 아니고 부르주아도 아닌 어중간한 중하층 계급에서 느끼는 불안감과 소부르주아로서의 도덕적 공포, 그리고 체면치레를 하기 위해 의식적으로 빈곤과 투쟁해야 하는 힘겨움에 대한 혐오감이 잘 나타나 있다고 할 수 있다. 말할 것도 없이 이러한 부정적인 감정은 상위의 계급(부르주아)이 그들을 경제적으로뿐만 아니라 심리적으로도 궁지에 몰아넣고 있는데서 오는 것이다.

이러한 불안, 공포, 혐오는 「그(彼)」(「女性」第11卷第1号, 1927. 1)라는 소설에서 당시의 사회를 풍미한 사회주의 사상의 계급이론과 관련하여 구체화된다. 이 「그」라는 작품에는 아쿠타가와의 도쿄부립제3중학교 동급생인 히라쓰카 이치로(平塚逸郎)가 모델인 '그'가 등장한다. '그'는 마르크스, 엥겔스 등 사회과학에 관심이 있었던 친구로서 옥중생활을 하다가 결핵에 걸려 사망한다. 이에 반해, 사회과학에 아무런 지식도 가지고 있지 않은 '나'는 '자본'이나 '착취' 같은 말에 '존경'과 '공포'를 느낀다. 그리고 작품은 다음과 같이 끝난다.

> "X가 죽고 나니 왠지 자네가 승리자 같은 느낌이 들지 않나?"
> 나는 잠시 망설였다. 그러자 K는 말을 끊듯이 그 자신의 물음에 대답을 했다.
> "적어도 나는 그런 느낌이 드네."
> 나는 그 이후 K를 만나는 것이 다소 불안해 졌다.[26]

---

26) 「彼」, 『전집』 제14권, p.17.
　　「Xが死んで見ると何か君は勝利者らしい心もちも起つて来はしないか。」
　　僕はちよつと逡巡した。するとKは打ち切るやうに彼自身の問に返事をした。
　　「少なくとも僕はそんな気がするね。」
　　僕はそれ以来Kに会ふことに多少の不安を感じるやうになつた。

여기에 나오는 '승리감'이나 '불안감'과 같은 격한 마음의 움직임은 바로 '그'처럼 사회주의나 프롤레타리아문학에 적극적으로 참여할 수 없는 '나'가 느끼는 이율배반적인 심정이라 할 수 있다. 사회주의 입장에서 보면 죽은 사회주의자인 '그'는 엘리트가 되며, '나'를 압도할 수 있다. 그렇기 때문에 '그'가 죽었다고 하는 것은 K의 생각에 의하면 '나'의 승리가 되는 것인지도 모른다. 그러나 우정관계조차 계급관계로 파악하려고 하는 K의 사고 자체가 '나'에게는 불안을 느끼게 하는 것이다. 그것은 그대로 작가 아쿠타가와의 심경이라 할 수 있다. 아쿠타가와는 사회의 인간관계의 모든 것을 계급관계로 환원시키는 사회주의에 강한 '불안'을 느끼고 있었음을 엿볼 수 있다. 인간의 다양성과 부조리를 단순화시켜 버리는 사회주의 사조가 아쿠타가와에게는 받아들여지지 않았던 것이다. 그 '불안'이 사회주의와 거리감을 갖게 한 셈인데, 이 작품에서는 그것이 그야말로 '계급'이라는 추상적인 개념으로 집약되고 있음을 알 수 있다.

그러나 그럼에도 불구하고 '계급'은 그를 사로잡는다. 바로 딜레마라 할 수 있다. 그것이 자신의 한계의 원인을 '우리들은 시대를 초월할 수 없다. 뿐만 아니라 계급을 초월할 수도 없다'[27]라며 계급에서 찾고 있는 자세에 확실히 드러나 있다. 그는 중류하층계급이라는 계급에 속하기 때문에 진정한 프롤레타리아문학을 실현할 수 없다고 토로하고 있는 것이다. 그리고 그 한계를 다음과 같이 고백하고 있다.

---

27) 「文芸的な、余りに文芸的な」, 『전집』 제15권, p.192.

중산계급이 혁명가를 여러 명 배출한 것은 확실한 사실이다. 그들
은 이론이나 실행상에서 그들의 사상을 표현했다. 그러나 그들의 혼
은 과연 중산계급을 초월했을까? (중략) 우리들은 우리들의 혼에 계
급의 각인을 새기고 있다.[28]

아쿠타가와에게 있어 '중산계급'과 프롤레타리아문학은 공존할 수
없는 것이다. '계급'이라는 리골리스틱한 사고가 그를 속박하고 있는
것이다. '중산계급'자는 하층의 프롤레타리아의 혁명의 정열을 결코
받아들일 수 없다. 이와 같은 '계급'에 대한 자기규정은 이 당시에
반복적으로 언급된다. 그것은 문학과 계급의 관계에 대한 그의 인식
의 표명이며 프롤레타리아문학을 실천할 수 없는 자신에 대한 일종
의 변명으로 해석할 수 있을 것이다.

제5절 맺음말 - 아쿠타가와에게 있어 국가와 계급의 의미 -

아쿠타가와가 「주유의 말」에서 문예와 국가, 혹은 문예와 계급의
관계를 논한 것은, 「씨뿌리는 사람들」의 창간과 아리시마의 「선언
하나」 등으로 인해 문단에서 문예와 계급의 문제가 부각되던 상황
에서였다. 그는 당시 사회현실에 대해, 일본군국주의나 제국주의가
거짓이데올로기를 민중에게 고취시킴으로써 폭력으로 민중을 통제
하고 다른 민족을 침략, 지배하고 있다고 인식했다. 이와 같은 현실

---

28) 「侏儒の言葉」, 앞의 책, p.192.
　　中産階級の革命家を何人も生んでゐるのは確かである。彼等は理論や実行の
　　上に彼等の思想を表現した。が、彼等の魂は果たして中産階級を超越してゐた
　　であらうか。(中略) 僕等は僕等の魂に階級の刻印を打れてゐる。

에 대한 회의와 절망감은 관동대지진 때의 자경단 체험과 그로 인한 현실에 대한 철저한 반성과 인식에서 비롯된 것이라 할 수 있다.

그러나 아쿠타가와는 이와 같은 현실에서 이데올로기의 허위성이나 국가적 폭력에 맞서 자신의 문학으로 대항하기보다는 바보도 영웅도 아닌 평범한 인간이기를 원하고 중용을 희구한다. 이러한 중용에 대한 희구는 국가, 사회에 대한 철저한 인식의 소유자인 그에게 미덕이 아니라, 모순에 찬 현실을 살아갈 수밖에 없는 사람의 '현명한 처세술'에 불과한 것이었다. 따라서 그러한 자신에 대한 인식은 '나는 양심을 가지고 있지 않다'고 하는 자책으로 이어졌고, 그는 그러한 자신의 모습을 경멸하여 '주유'라 부르고 있다. 국가, 사회의 부조리에 대해 알고 있으면서도 실천단계에서 한계를 느끼며 도피적이라 할 수 있는 중용적 삶의 태도를 지향할 수밖에 없었던 자신을 '주유'라 규정하고 있는 것이다.

아쿠타가와는 그러한 자신의 문학과 현실에 있어서의 한계의 원인을 중류계급이라는 자신의 소속계급에서 찾는다. 즉, 프롤레타리아도 아니고 부르주아도 아닌 중류계급에 속하는 그는 사회주의 사상에 대해 동조와 함께 불안감 내지는 책임감을 느꼈다. 그러나 아무런 실천도 할 수 없는 이상 '우리들은 시대를 초월할 수 없다. 뿐만 아니라 계급을 초월할 수도 없다'고 하며, 계급적 한계를 토로하는 수밖에 없었다.

이와 같이 「주유의 말」은 당시의 일본사회의 상황과 관련하여 문학과 계급의 관계를 논함에 있어 자신이 지향하는 문학을 실천할 수 없는 아쿠타가와 자신의 자화상임과 동시에 그에 대한 자기비판이라 할 수 있을 것이다.

제11장
문학의 예술성과 사회참여라는 이율배반
-「문예적인, 너무나 문예적인(文芸的な, 余りに文芸的な)」론 -

제1절 들어가며

「문예적인, 너무나 문예적인(文芸的な、余りに文芸的な)」은 1927년 4월부터 8월에 걸쳐 「개조」에 연재된 아쿠타가와의 마지막 평론이다.[29] 주지하는 바와 같이 아쿠타가와가 자살을 한 것은 이 해 7월 24일이었고, 이미 마음 속에서 자살을 결심하고 마지막 혼신의 힘을 다해 자신이 도달한 문학세계의 본질을 표명한 것이 바로 이 「문예적인, 너무나 문예적인」이라는 평론이다. 이에는 모두의 ≪'이야기'다운 이야기가 없는 소설≫에서 ≪문예상의 극북(極北)≫에 이르기까지, 40장에 걸쳐 동서고금의 문예에 대한 아쿠타가와의 생각이 잘 나타나 있다. 그런데 이 「문예적인, 너무나 문예적인」은 1927

---

29) 엄밀히게는 초출 1 깅부디 28깅까지가 「아울러 다니자키 군이지로씨에게 답한다(併せて谷崎潤一郎氏に答ふ)」의 부제로 「개조」(1927. 4), 21장부터 28장까지가 동지(1927. 5), 29장부터 33장이 동지(1927. 6), 34장에서 40장이 동지(1927. 8)에 각각 발표되었다. 또한 「문예춘추」(1927. 4. 7)에 「문예적인, 너무나 문예적인」으로 발표된 「속 문예적인, 너무나 문예석인」이 있다. 후에 모두 『주유의 말』(文芸春秋社, 1927. 12)에 수록된다.

년 2월 「신초(新潮)」 합평회에 출석한 아쿠타가와가 다니자키 준이
치로(谷崎潤一郎)의 창작과 관련하여, 소설에 있어 '줄거리의 재미'
에 대해 부정적인 견해를 피력한 것이 계기가 되고 있다. 그에 대해
다니자키가 「개조」에 「요설록(饒舌緑)」(「改造」, 1927. 2)을 발표함
으로써 반박한 데서 논쟁은 출발했다.

　이와 같은 집필계기와 그에서 전개된 문학론이라는 형식을 취하
고 있기 때문에, 지금까지 이에 대한 선행연구는 두 작가의 논쟁과
관련하여 <'이야기'다운 이야기가 없는 소설>의 의미를 규명하는데
치중되어 왔고, 결론은 '이야기'가 아쿠타가와에게는 문학의 '재료'인
데 반해 다니자키에게는 이야기의 '구조'이고 이러한 차이는 두 작가
의 체질의 차이에서 비롯되는 것이며, 다니자키의 의견이 논리적으
로 설득력이 있다는 것이 일반적 견해이다.30) 또한 논쟁의 성과에
대해서는, 논점이 명확하지 않으며 '각자의 취향이나 욕구를 힘겨루
기하고 있는데 불과'31)하다는 견해나, '문제를 어느 정도 추진하지도
않았고, 물론 무엇 하나 해결되지 않았다'32)고 하는 견해처럼 부정
적인 것이 일반적이다.

---

30) 이와 같이 두 작가의 논쟁을 둘러싸고 '이야기다운 이야기가 없는 소설'이나
　　'시적 정신'의 의미를 규명하는 연구로는 다카다 하시호(高田端穂)의 「문예적
　　인, 너무나 문예적인(文芸的な、余りに文芸的な)」(日本文学研究資料刊行会
　　編, 『芥川龍之介』I, 有精堂, 1980. 10), 기쿠치 히로시(菊地弘)의 「「소설의 줄
　　거리」논쟁(「小説の筋」論争)」(『芥川龍之介:意識と方法』明治書院, 1982), 나
　　가누마 미쓰히코(長沼光彦)의 「아쿠타가와의 「이야기」와 다니자키의 「구조」
　　(芥川の「話」と谷崎の「構造」)」(浅野洋編, 『芥川龍之介』, 日本文学研究論集
　　成33, 若草書房, 1999. 10) 등이 있다.

31) 武川重太郎, 「谷崎芥川氏の論争」(「不同調」1927. 6)[関口安義編, 『芥川龍之
　　介研究資料集成３』(日本図書研究センター, 1993. 9)], p.103.

32) 臼井吉見, 『近代文学論争』上(筑摩書房, 1956. 10), p.204.

이와 같이 선행연구가 다니자키와의 논쟁에 집중되어 있는데 비해 다카다 하시호(高田端穗)의 조사에 의하면,「문예적인, 너무나 문예적인」에서 논쟁에 직접적으로 관련된 부분은 전체 40장 중 5장에 불과하다.[33] 요시다 세이치도 논쟁이 '중요한 부분이 아닌지도 모른다. 분량으로 봐도 그것은 극히 일부에지 지나지 않으며, 대부분은 동서고금의 작가, 회화, 예술을 논하여 박식함을 보여주고 있다'[34]라고 하며, 연구가 논쟁에 초점이 맞추어 지고 있는데 대한 문제를 제기하고 있다. 또한 미야사카 사토루(宮坂覚)는 '만년의 그의 최대의 관심사가 무엇이었는가를 시사하고 있다'[35]고 하며, 위의 다카다가

---

33) 다카다 하시호는 「문예적인, 너무나 문예적인(文芸的な、余りに文芸的な)」 [日本文学研究資料刊行会編,『芥川龍之介』I(有精堂, 1980. 10)]에서 다음과 같이 그 내용을 분류하고 있다.
第1類 『「話」らしい話のない小説』をめぐっての谷崎潤一郎との論争
  一、「話」らしい話のない小説 二、谷崎潤一郎に答ふ 三、僕 四、大作家 五、志賀直哉氏 一二、詩的精神 二十九、再び谷崎潤一郎に答ふ 三十四、解嘲
第2類 論争の傍証と考えられる作家論・作品論
  九、両大家の作品 十、厭世主義 十三、森先生 十四、白柳秀湖氏 十七、夏目先生 一八、メリメエの書簡集 二十一、正宗白鳥氏の「ダンテ」 二十八、国木田独歩 四十、文芸上の極北
第3類 論争に多少の関連を示している文芸随想
  六、僕等の散文 七、詩人たちの散文 八、詩歌 十五、「文芸評論」 二十六、詩形 二十七、プロレタリア文芸 三十、「野生の呼び声」 三十一、「西洋の呼び声」 三十三、新感覚派 三十五、ヒステリイ
第4類 論争と直接の関連を示していない文芸随想
  十一、半ば忘れられた作家たち 十六、文学的未開地 十九、古典 二十、ジャアナリズム 二十二、近松左衛門 二十三、模倣 二十四、代作の弁護 二十五、川柳 三十二、批評時代 三十六、人生の従軍記者、三十七、古典 三十八、通俗小説 三十九、独創
34) 吉田精一,『芥川龍之介』(有精堂, 1942. 12), p.230.
35) 宮坂覚,「文芸的な、余りに文芸的な」(三好行雄編,『芥川龍之介必携』学灯社, 1987), p.139.

분류한 내용 중 논쟁과 직접 관련이 없는 세 부류에 대한 연구를 촉구하고 있다. 그 견해를 잇는 형태로 에비이 에이지는 다음과 같이 지적하고 있다.

> 당대 세계문학의 최첨단을 걷고 있던 새로운 유럽의 문학에 강한 관심을 갖고, 1920년대의 소련의 프롤레타리아 문화운동 및 그 기관지명인 「프로레트 컬트」를 알고 있고, 「아나톨 프랑스와의 대화」(1925년 간행)나 영화 「내가 만약 왕자라면」(1927년) 등을 읽고 감상하고 있으며, 서구의 문학이나 예술과 거의 동시대를 살고 있었으므로, 그러한 아쿠타가와의 담론으로서 「『이야기』다운 이야기가 없는 소설」도 재고하고 재평가해야 한다.36)

즉 아쿠타가와는 당시 세계문화(특히 소련의 프롤레타리아 문화운동)와 동시대 감각을 소유하고 있었고, 따라서 그런 측면에서 「문예적인, 너무나 문예적인」에 나타난 아쿠타가와의 문예와 사상과의 관계를 고찰할 필요가 있다는 것이다.

이와 같은 소수파라고만은 할 수 없는 상당수의 연구자가 「문예적인, 너무나 문예적인」의 프롤레타리아문학과의 관계에 대한 연구

---

36) 海老井英次,「文芸的な、余りに文芸的な」,「国文学解釈と鑑賞」(至文堂, 1999. 11), p.138.
　当代世界文学の最先端を進んでいた、新しいヨーロッパ文学に強い関心を抱き、一九二〇年代のソ連のプロレタリア文化運動及びその機関誌名である「プロレットカルト」を知っていたり、「アナトール・フランスとの対話」(一九二五刊行)や映画「我若し王者たりせば」(一九二七年)などを読んだり鑑賞したりしていたのであり、欧米の文学や芸術とほぼ同時代性を生きていたのであり、そうした芥川の言説として「『話』らしい話のない小説」も見直し、再評価されなければならないように思われる。

의 필요성을 지적한 견해가 있다. 그럼에도 불구하고 여전히 연구는 다니자키와의 논쟁에 치우쳐 있는 것이 실정이다. 실제로 후반부로 갈수록 ≪문예평론≫이나 ≪프롤레타리아문예≫, 마지막 장인 ≪문예상의 극북≫이 프롤레타리아문학을 직접적으로 거론하고 있는 점 등으로 미루어 볼 때, 프롤레타리아문학의 대두를 의식한 작가자신의 문학관의 표명으로 생각되는 내용이 상당히 많이 있음을 알 수 있다. 즉, 앞에서 살펴 본「주유의 말」이 문예와 계급에 대한 아쿠타가와의 입장의 표명이었다고 한다면, 「문예적인, 너무나 문예적인」은, 당시 문단의 주세력으로 등장하기 시작하기 시작한 프롤레타리아문학과 관련하여 자신의 고유의 문학관을 병행적으로 주장한 것으로 볼 수 있다. 그럼에도 불구하고 지금까지의 연구는 다니자키와의 논쟁에 치중하여, 프롤레타리아문학과의 관련에 대한 연구는 소홀했다고 할 수 있다.

이상과 같은 문제의식에 입각하여 본장에서는「문예적인, 너무나 문예적인」을 중심으로 만년의 아쿠타가와가 세계문학 및 일본의 기성 문단상황 속에서 프롤레타리아문학을 어떻게 인식하고 그에 대해 어떠한 문학적 태도를 취했는지를 비슷한 시기의 다른 평론을 참조하면서 살펴 보고, 그 의의와 문제점을 고찰해 보고자 한다. 그와 같은 검토는 아쿠타가와에게 있어 문학은 무엇이었는가 하는 문학의 본질을 묻는 것이기도 할 것이다.

제2절 「문예적인, 너무나 문예적인」 및 그 주변 담론에
나타난 프롤레타리아문학관

아쿠타가와가 프롤레타리아문학을 비롯한 당시의 문단상황을 어떻게 인식했는가 하는 문제를 검토하기 위해서는, 무엇보다 먼저 아쿠타가와에게 프롤레타리아문학이 무엇인가부터 문제삼아야 할 것이다. 그 문제를 검토하기 위해 「문예적인, 너무나 문예적인」의 '프롤레타리아문예'에 대한 언급을 살펴보자. 그것을 보면 첫째는 '프롤레타리아 문명 속에 핀 문예'라고 하며, 이것은 일본에는 아직 존재하지 않는 문학이라고 하고 있다. 두 번째는 '프롤레타리아를 위해 싸우는 문예'라고 하고 있다. 세 번째는 '코뮤니즘이나 아나키즘주의를 가지고 있지 않더라도 프롤레타리아적 혼을 근저로 한 문예'라고 한다. 이 세 가지 문제에 대해 검토해 보면, 첫 번째의 프롤레타리아문학은 일본에는 아직 존재하지 않는 문학이므로 아쿠타가와는 문제 삼지 않는다. 그에게 있어 문제가 되는 것은 두 번째의 프롤레타리아문학의 목적과 세 번째의 프롤레타리아문학의 예술성(혹은 그 기저를 이루는 것)이다. 이 중 두 번째의 프롤레타리아문학의 목적이란 일본의 문학적 환경에 그 담당자가 없는 이상 소위 프롤레타리아계급이 아닌 다른 계급에 속해 있는 문학자가 주체가 되어야 하는 문학으로, 그들은 프롤레타리아트를 대신하여 코뮤니즘이나 아나키즘이라는 사상성을 가지고 현실사회의 개혁을 위해 싸우고자 한다. 또한 세 번째의 프롤레타리아문학은 그와 같은 사상성과는 상관없이 '프롤레타리아 혼'을 근저로 하는 예술성을 추구한다는 것이다. 이 중에서 아쿠타가와가 가장 높이 평가하고 있는 것은 세 번째인 '프

롤레타리아 혼'을 근저로 한 예술로서의 프롤레타리아문학이며 이것
이 '새로운 시대'의 문예가 될 것이라고 예언까지 하고 있다. 그리고
그는 '새로운 시대'의 프롤레타리아문학의 예술성을 구현한 작가로
서 30세에 죽은 샤를 루이 필립(Charles Louis Philippe, 1874~1904)을
들고 있다.

> 코뮤니즘이나 아나키즘 사상을 작품 속에 가미하는 것은 꼭 어려
> 운 일은 아니다. 그러나 그 작품 안에 석탄처럼 검게 빛나는 시적 장
> 엄을 주는 것은 필경 프롤레타리아의 혼이다. 연소한 나이에 죽은 필
> 립은 그러한 혼의 소유자였다.[37]

아쿠타가와의 주장에 의하면 프롤레타리아문학에서 중요한 것은
코뮤니즘이나 아나키즘같은 정치사상의 실천이 아니라, '시적 장엄'
의 실현이라는 것이다. 여기서 '시적 장엄'이란 문학을 문학으로 성
립시키는 것. 즉, 프롤레타리아 시혼(詩魂)을 말한다. 그리고 그것을
실현한 그 예로 거론하고 있는 필립은 프랑스의 소설가로 하층 노동
자를 순수한 인간적 시점에서 그린 것으로 유명한 작가이다. 아쿠타
가와는 그를 이상적인 프롤레타리아 작가로 보고 있는 것이다.

이와 같이 이상적인 프롤레타리아문학은 프롤레타리아적 혼(에토
스)에 의해 '시적 장엄'을 구현한 문학이라고 인식하는 아쿠타가와는

---

37) 「文芸的な、余りに文芸的な」, 『전집』 제15권, p.194.
　　コムミユニズムやアナキズムの思想を作品の中に加へることは必ずしもむづ
　　かしいことではない。が、その作品の中に石炭のやうに黒光りのする詩的荘厳
　　を与へるものは畢竟プロレタリア的魂だけである。年少で死んだフイリツプは
　　正にかう云ふ魂の持主だつた。

당시 문단의 주류세력으로 급부상하고 있던 프롤레타리아문학에 대해 어떤 입장을 취하고 있었을까? 그가 동시대의 일본의 프롤레타리아문학을 어떻게 생각하고 있었는지는, 「소위 프롤레타리아문학과 그 작가」라는 제명 하에 '귀하의 인생관과 예술관에 비추어 프롤레타리아문학을 어떻게 보는가'라는 신초샤(新潮社)의 앙케이트에 대한 대답으로 알 수 있다. 그는 그 앙케이트에 대해 '당연히 존재해야 할 것이다'라고 대답했다.[38] 이는 앞에서 언급한 '사회주의는 옳고 그름을 따질 문제가 아니다. 단지 하나의 필연이다'라고 단언했던 사실과 결부시켜 생각하면, 아쿠타가와가 사회주의를 역사의 필연으로 여기고 있듯이, 프롤레타리아문학의 대두 역시 역사의 필연으로 인식하고 있음을 알 수 있게 한다. 그리고 그는 다음과 같이 프롤레타리아문학의 당위성을 강조하기도 한다.

> 문예는 세상에서 생각하는 것만큼, 정치와 연이 없는 것이 아니다. 오히려 문예의 특색은 정치하고도 연이 있을 수 있는데에 존재한다고 할 수도 있다. 프롤레타리아문예라고 하는 것이 요즘에 막 시작되었는데, 그것은 오히려 너무 늦은 감이 들 정도이다.[39]

아쿠타가와는 문예를 '정치'와 깊이 관계하는 문화행위로 간주하고 있다. 생각건대 이 인식은 지금까지 고찰해 온 아쿠타가와의 문

---

38) 「当に存在すべきものである」, 『전집』 제9권, p.278.
39) 「「改造」プロレタリア文芸の可否を問ふ」, 『전집』 제9권, p.275.
　　文芸は俗に思はるほど、政治と縁なきものにあらず。寧ろ文芸の特色は政治にも縁のあり得るところに存在すとも云ふを得べし。プロレタリアの文芸と云ふものこの頃やつと始まりしは、反つて遅すぎる位なり。

학적 방법, 즉 현실을 상대화하는 태도로 일본의 국가, 사회의 허구
적 이데올로기와 폭력장치에 의한 대중의 선동과 위압현상을 파악
할 때, 대중의 대부분을 차지하는 노동자계급의 각성 이외에는 이미
국가의 악의를 바꿀 수 없다는 기대의 지평에서 온 인식이라 할 수
있다. 그런 이유로 당시의 그는 프롤레타리아문학의 출현을 자명한
것으로 받아들이고 있는 것이다. 이 인식이 아쿠타가와의 국가, 사
회로부터의 자기소외의 자세와 모순됨에도 불구하고 문학의 사회참
여를 인정하고 프롤레타리아문학의 출현의 당위성을 주장하게 한
것이다.

이와 같이 프롤레타리아문학의 역사적 필연성을 인식하는 아쿠타
가와는 '나는 프롤레타리아 전사 제군이 예술을 무기로 선택하고 있
는데 대해 상당히 흥미를 느끼며 바라보고 있다. 제군은 늘 이 무기
를 자유자재로 휘두를 것이다'[40]라며 문학을 수단으로 사회주의 사
상이나 이상을 실현하고자 하는 프롤레타리아문학에 큰 흥미를 보이
고 있다. 그러나 중요한 것은 이 문장은 제삼자적 표현으로 아쿠타
가와 자신은 그 운동과는 확실한 거리를 두고 있다는 사실이다. 그렇
기 때문에 프롤레타리아문학이 미래의 문학의 주류가 될 것을 그 자
신이 기대하고 있었는지 어떤지는 위의 언급만으로는 알 수가 없다.
단지 그는 「현학산방(玄鶴山房)」(「中央公論」第42年第1号, 1927. 1)에
리프크네히트(Karl Liebknecht, 1871~1919)[41]를 읽는 청년을 등장시

---

40) 「文芸的な、余りに文芸的な」, 『전집』 제15권, p.228.
41) 독일의 사회주의자. 제1차세계대전이 일어나자 전시공채를 일찍부터 반대, 로
   저 룩셈부르크들과 스파르탁스단을 결성했고 1918년 독일의 2월혁명에서는 극
   좌익에서 활동했다. 1919년 1월 봉기 때 반혁명 세력에 의해 학살되었다. 저서
   에 「군국주의와 반군국주의」 등이 있다.

켜 전경화시키고 있다. 이것이 어쩌면 아쿠타가와의 기대의 지평을 시사하고 있을지도 모른다. 왜냐하면 그 청년은 리프크네히트로부터 신시대를 이끌 사상, 혹은 문예로서 사회주의와 프롤레타리아문학의 결합에서 희망을 추구하고 있기 때문이다. 또한「어떤 사회주의자(或社会主義者)」에서는 젊었을 때 정열적으로 활동했던 사회주의자가 결혼해서 가정을 가진 후에는 사회주의로부터 멀어지게 된 인물을 등장시키고 있는데, 그의 정열이 담긴「리프크네히트를 생각한다」라는 논문은 많은 청년을 사회주의자로 만들었다는 에피소드를 소개하고 있다. 이 역시 아쿠타가와의 프롤레타리아문학에 대한 기대의 지평을 나타낸다고 할 수 있다.

그러나 아쿠타가와는「문예적인 너무나 문예적인」이라는 똑같은 제목의 비평이 우노 고지(宇野浩二)에게도 있는 것에 대해 언급하면서, '프롤레타리아문예에 대한 공동전선을 펼치려는 것은 아니다'[42] 라고 단언하고 있다. 의식적으로 프롤레타리아문학과 자신의 문학을 구분하고 있는 것이다. 즉 그는 새로운 시대의 문학으로서 프롤레타리아문학에 강한 기대감을 보이면서도 그 자신이 창작에 참가할 의사는 전혀 없었던 것이다. 이에 대해서는 지금까지 언급해 온 바인데, 그렇다면 그가 프롤레타리아문학에 대한 어떤 의미에서는 양의적이라고 할 수도 있는 태도를 취한 원인은 어디에 있었던 것일까?

---

42)「文芸的な、余りに文芸的な」, 앞의 책, p.211.
　이상과 관련하여 우노 고지의「문예적인, 너무나 문예적인」의 내용은 미상이다.

제3절 아쿠타가와에게 있어 프롤레타리아문학

아쿠타가와는 프롤레타리아문학을 역사의 필연으로 생각하고, 새로운 시대의 문학으로 인정을 하고 있다. 그럼에도 불구하고 그 문학운동에 참가하지는 않고 자신의 문학과는 거리를 유지하려고 했다. 그것은 무엇을 의미하는 것일까?

그는 예술지상주의자 뿐만이 아니라 모든 지상주의자에게 존경과 호의를 갖는 예술가였다. 그러한 그에게 중요한 것은 '프롤레타리아든 부르주아든 정신의 자유를 잃지 않는 것'이다. 프롤레타리아문학은 사상성을 지나치게 강조한 나머지 '정신의 자유'를 잃어버린다는 것이다. 이는 앞에서 '계급'에 대한 아쿠타가와의 엄격한 규정 속에서 살펴 보았다. 본래 부조리하고 모순적인 인간성에 대한 응시가 아쿠타가와문학의 인간관이라 한다면 '계급'은 그에 속하는 모든 인간에게 일률적으로 규제를 두게 될 것이라는 의구심이 들게 된다. 그것을 계급관계가 인간의 우정도 회수해 버린다고 본 것이다. 그와 같은 의구심과 정신의 자유야말로 예술가의 지고지순한 가치라고 인식한 것이다.

그렇기 때문에 프롤레타리아문학 그 자체는 차치하고서라도 그 사조 혹은 운동을 담당하는 자들이 '프롤레타리아는 모두 선, 부르주아는 모두 악이라고 한다면, 천하는 참으로 간단할 것이다'[43]라고 하며, 프롤레타리아나 부르주아라는 구분에 의해 이분법적으로 사고하는 위험성에 대해서도 지적하고 있다. 또한 한편으로 그는 부르주아문예와 프롤레타리아의 구별은 '프롤레타리아 정신에 반대하느

---

43) 「「改造」プロレタリア文芸の可否を問ふ」, 『전집』 제9권, p.276.

냐 동조하느냐에 따라 갈린다'[44]고 하고 있다. 이 언급에서 아쿠타가와라는 인간의 부조리 혹은 모순을 표현하고 있다고 볼 수 있다면, 그는 자신의 문학관을 표명하고 있다고 파악해도 될 것이다. 이에 '예술지상주의자 아쿠타가와씨의 프롤레타리아문학관의 일단을 보여 준'[45] 것이라고 생각할 수 있다면, 그것은 아쿠타가와문학의 본질이라 할 수 있는 문학을 문학이게 하는 '시적 장엄'의 주장과 같은 맥락이라 할 수 있다. 즉, 프롤레타리아문학도 이 '시적 장엄'을 지고의 가치로 삼아야 한다는 것이다. 또한 그 문학도 다양한 문학의 한 종류에 불과하며, 따라서 부르주아문예와 프롤레타리아문예의 구별의 기준에 불과한 '프로정신'에 구애받을 필요가 없다. 문학의 가치를 결정짓는 것은 '문학을 문학이게 하는' '시적 정신'이기 때문에 그 지고한 가치의 추구에 있어서는 부르주아문예도 프롤레타리아문예도 평등한 것이다.

이러한 사회주의나 프롤레타리아문학에 대한 의구심과 불안에 대한 지적은 「게와 원숭이의 싸움(猿蟹合戦)」(「婦人公論」第8年第3号, 1923. 3)에 우의화되어 있다. 이 작품은 널리 알려진 게와 원숭이의 이야기[46]를 자본가와 프롤레타리아에 비유하여 게의 복수극 이후의

---

44) 「谷崎、芥川、三上、久米四氏の講演」(「文章倶楽部」1924. 11), p.78.

45) 위의 책, 같은 쪽.

46) 게와 원숭이 이야기는 일본의 전래동화로서 일본에서는 중세말기에 성립되었다고 보는데, 줄거리 후반부 이야기는 아시아, 유럽 등 광범위한 지역에 유포되어 있다. 줄거리는 다음과 같다. 눈앞의 이익에 눈이 어두운 원숭이는 자신이 주운 감의 씨앗을 게가 주운 주먹밥과 교환하여 주먹밥을 먹는다. 게는 그 씨앗을 심고 잘 키우고 성장한 나무에서 감이 열린다. 그러자 원숭이는 친절을 가장하여 감을 따 주겠다고 하고, 나무 위에 올라가 자신은 잘 익은 감을 먹고 게에게는 떫은 감을 던졌는데, 게는 그 감에 맞아 죽게 된다. 그 게의 아들은 분개하여 절구, 절구공이, 벌, 밤 등의 도움을 받아 부모의 원수를 갚는다. 아쿠타가와의

사태에 대해 이야기하는 후일담 형식을 취하고 있다. 그 후일담에 의하면 게의 복수극 이후 매스컴에서는 게의 행동을 사적인 원한에 의한 복수극으로 보고 게를 사형에 처한다. 그러나 사건은 거기서 끝나지 않는다. 세월이 흐르자 게의 장남은 마음을 가다듬고 자본주의의 상징인 주식업자의 종업원이 된다. 차남은 프롤레타리아문학의 소설가가 되어 사회에 대해 어중간한 비판을 가하고, 우둔한 셋째 아들은 아버지와 같은 생을 반복하고 있다. 그리고 게의 처는 매춘부가 되어 게의 가정은 파탄에 이른다. 그리고 마지막으로 작가는 '어쨌든 원숭이와 싸우게 되면 게는 반드시 천하를 위해 살해될 것만은 사실이다'[47]라고 하며, 사회주의자들이 꿈꾸는 이상이 현실적으로 얼마나 어려운 지를 역설적으로 비판하고 있다.

그리고 이 게의 우의에서 파생되는 에피소드는 「겨울과 편지와 (冬と手紙と)」에서 소개되고 있다. 이 작품에서 크로포토킨(Pyotr Alekseevich Kropotokin, 1842~1921)[48]은 다위니즘(생존경쟁)에 반대하여 생물계나 인간사회에 상호협력이 존재한다고 주장하며 상호부조를 진화의 법칙으로 보고 있다. 그 상호부조론대로라면 게가 동료를 끌고 가는 것은 그를 구하기 위해 끌고 가는 것일 것이다. 그러나 '어떤 사회주의자가 실례를 관찰한 바에 의하면 그것은 늘 다친 동료를 먹기 위해'[49]서라고 한다. 이는 사회주의자가 진실이라고 믿고

「게와 원숭이의 싸움」은 게의 복수극 후의 상황을 예상한 후일담에 해당한다.
47) 「猿蟹合戰」, 『전집』 제9권, p.284.
48) 러시아의 무정주의자. 공작. 1872년 국제노동자 협회에 가입했다. 상호부조를 진화의 법칙으로 보고 무정부주의를 학문적으로 체계화시키려 했다. 저서에 「혁명가의 추억」「상호부조론」「러시아문학의 이상과 현실」 등이 있다.
49) 「冬と手紙と」, 『전집』 제15권, p.129.

있는 사상이나 이론이 얼마나 많은 착오를 포함하고 있는 것인지를 보여 주는 예를 지적한 것이라 할 수 있다. 이와 같은 오류를 안고 있는 사회주의자들의 이상이 현실적으로 실현되기 어렵다는 사실을 다음과 같이 직접적으로 언급되어 있다.

　　나도 또한 마사무네 하쿠초씨처럼 어떠한 사회조직 하에서도 우리 들 인간은 고통에서 벗어날 수 없는 것이라고 믿고 있다. (중략) 생로 병사는 애별리고(愛別離苦)와 함께 반드시 우리들을 괴롭힐 것이다. 우리들은 확실히 작년 가을에 도스토예프스키의 아들인지 손자인지 가 아사했다는 전보를 읽었을 때, 특히 그렇게 생각하지 않을 수 없었 다. 이것은 물론 코뮤니스트 치하의 러시아에서 있었던 일이다. 그러 나 아나키스트의 세계가 되어도 필경 우리들 인간은 인간임으로 인해 도저히 행복으로 일관할 수는 없다.[50]

　여기서 아쿠타가와가 거론하고 있는 마사무네 하쿠초(正宗白鳥, 1879~1962)[51]와 아나톨 프랑스(Anatole France, 1844~1924)[52]는 모

---

50)「文芸的な、余りに文芸的な」, 앞의 책, p.165.
　　僕も亦正宗氏のやうに如何なる社会組織のもとにあつても、我々人間の苦し みは救ひ難いものと信じてゐる。(中略) 生老病死は哀別離苦と共に必ず僕等 を苦しめるであらう。僕等は確か去年の秋、ダスタエフスキイの子供か孫かの 餓死した電報を読んだ時、特にかう思わずにはゐられなかつた。これは勿論コ ムミユニスト治下のロシアにあつた話である。しかしアナアキストの世界とな つても、畢竟我々人間は我々人間であることにより、到底幸福に終始すること は出来ない。
51) 소설가, 극작가, 평론가. 생래의 자연주의자로서 회의적인 인생관에 바탕을 둔 독자적인 작풍을 고수했다. 소설 「어디에(何処へ)」 「미광(微光)」 「강어귀 근처 (入江のほとり)」, 희곡 「아즈치의 봄(安土の春)」, 평론 「작가론(作家論)」 등이 있다.
52) 프랑스 작가. 작품의 특색은 조소와 신랄한 풍자에 있다. 사상적으로는 회의적

두 사상적으로 회의주의자라는 점에서 공통되고 있으며, 그들은 어떤 사회조직이나 어떤 유토피아든 인간은 고통에서 벗어날 수 없으며 생로병사, 애별리고로부터 벗어날 수 없다는 인생관을 가지고 있다. 게다가 체제비판의 결사조직에 참가했다가 체포되고 유형을 경험하고 사회와 인간의 심층부를 들추어내 세기의 문호로 떠받들어졌던 도스토예프스키(Fedor M. Dostoevskii, 1821~1881)[53]도 결국은 그 자손이 굶어 죽는다. 그것도 프롤레타리아 혁명을 통해서 실현되는 이상세계, 코뮤니스트치하의 러시아에서 일어난 일이다.

이들 세 작가를 거론하는 아쿠타가와의 논지는 완벽한 행복은 불가능하다는 것이다. 인간과 사회의 관계에 있어 이상적인 상태(유토피아)가 있을 수 있는가 하는 문제에 있어 회의적이라고 하는 것은, 아쿠타가와가 현실의 국가, 사회에 대해 자기소외의 방향에 있는 것과 궤를 같이 한다. 공산주의 혹은 사회주의 공동체를 이상적인 상태의 '낙토'로 꿈꾸는 것은 아쿠타가와에게 있어서는 도저히 불가능한 일이었다. 그런 아쿠타가와에게 사회주의자들이 인생의 고통으로부터 인간을 구제한다는 이상을 실현한다고 하는 것은 불가능하다고 여겨졌다. 사회주의에 대한 회의는 그대로 프롤레타리아문학의 절대성에 대한 회의로 이어진다. 그것은 예를 들면 '귀족은 부르주아에게 자리를 내주었을 것이다. 부르주아도 또 조만간에 프롤레

합리주의였지만, 드레퓌즈 사건 이후 만년에는 사회주의를 지지했다. 작품에 소설 「실베스틀 보나르의 죄」 「타이스」 「뻘간 백합」 등이 있다. 노벨상 수상.

53) 러시아의 소설가. 「가난한 사람들」 「분신」으로 문단에 데뷔. 체제비판의 결사조직에 참가했다가 체포, 유형을 경험한다. 비밀결사조직 내부의 동지살해, 부친살해 등 이상한 제재에 의해 사회와 인간의 심부를 들추어 내어 20세기 문학에 큰 영향을 수었다. 대표작에 「죽음의 집의 기록」 「죄와 벌」 「백치」 「악령」 「카라마조프의 형제들」 등이 있다.

타리아에게 자리를 내줄 것이다'[54]라고 하면서도, '프롤레타리아문예 지상주의자는 프롤레타리아문예 이외에 인류의 진보에 도움이 되는 문예는 없다고 할지도 모른다'[55]라고 언급하고 있는 사실로부터도 확인할 수 있다. 프롤레타리아문학의 당위성은 인정한다. 그러나 중요한 것은 정신의 자유이다. 따라서 프롤레타리아문학도 문예의 여러 유파중의 일부이지 그것이 절대적 문예이거나 인류의 진보적 문예라고 할 수는 없는 이상, 역사의 진리로서 어떠한 문예도 역사라고 하는 시간의 추이에 노출되야만 하는 것은 당연한 사실이다.

단 아쿠타가와가 '정신의 자유'를 주장할 때, 그것을 문학에서 실현한다는 것은 제국주의 일본의 내부에서는 도저히 불가능한 일이었다. 탄압이나 투옥을 각오하지 않으면 '정신의 자유'를 실현하는 것은 불가능한 시대였던 것이다. 아쿠타가와가 '아나키스트의 세계'를 상정하는 것은 인간이 국가, 사회와 단절된 곳에서만 '시적 정신'을 향수할 수 있다고 하는 반조정이었다. 그러나 '우리들 인간은 인간이다', 즉 인간과 사회(집단)와는 불가분의 관계에 있다. 사회와 단절된다는 것은 미치든가 아니면 죽기를 바라는 것이다. 그렇다면 그가 자신을 국가나 사회로부터 소외시킨다는 관념은 관념의 레벨이 아니다. 그의 창작의 방법론인 '상대화'가 '정신의 자유'를 검열에서 빠져나가게 해 준다고 생각하는 것은 '지(知)'의 틀내에 있는 환상이었다고 할 수도 있을 것이다. 어쩌면 아쿠타가와 자신도 그 사실을 자각하고 있었을지도 모른다. 여기서 결론을 내릴 수는 없지만 이후 본장에서는 아쿠타가와와 프롤레타리아문학의 관계를 살펴 볼 것이

---

54)「文芸的な、余りに文芸的な」, 앞의 책, p.206.
55)「「改造」プロレタリア文芸の可否を問ふ」,『전집』제9권, p.277.

다. 그가 프롤레타리아문학을 비판하는 유일한 근거를 이 '정신의 자유'에서 추구한다고 하는 것은 이미 관념상의 조작에 불과하다는 사실을 명기해둘 필요가 있을 것이다. 사실 그의 '지'의 영위는 장대한 딜레마였다.

이와 같은 프롤레타리아문학의 상대화는「주유의 말」에서 검토한 계급적 한계 때문에 사회주의 사상이나 프롤레타리아문학에 적극적으로 참여할 수 없는 자신의 문학에 대한 입장의 표명과 맥락을 함께 한다고 볼 수 있을 것이다. 「주유의 말」에서 프롤레타리아문학의 정수가 프롤레타리아의 혼을 근저로 한 문학이지만, 자신은 부르주아도 아니고 프롤레타리아도 아닌 어중간한 입장이어서 그러한 문학을 실현시킬 수 없다고 표명한 일이 있다. 이는 지금까지 보아온 그의 계급성의 문제임과 동시에 '계급'으로부터의 일탈, 바꿔 말하면 '계급'을 상대화하는 전략이라고 할 수 있다. 이 절에서 고찰해온 그와 같은 자기 문학의 방법과 사회적, 혹은 자질적 문제를 포함하는 사회주의 문학으로부터의 일탈선언이었다. 거기에서 나오는 메시지성은 프롤레타리아문학이 다른 문학의 이념을 전혀 인정하지 않으려는 위험성을 포함하는 문학이기 때문에 자신은 프롤레타리아문학에 적극적으로 참가하지 않겠다고 하는 것이다.

이상과 같이 현실적으로 사회주의자나 프롤레타리아문학자들이 꿈꾸는 이상세계가 실현불가능하고 프롤레타리아문학이 절대적인 문학이 아니라고 주장하는 아쿠타가와는 그 이상을 예술에서 찾는다. 아쿠타가와는 주지하는 바와 같이, '나는 아나톨 프랑스의 <잔다르크>보다도 오히려 보들레르의 시 한 줄을 남기고 싶은 한 사람이다'[56]라고 하며 예술지상주의적 삶의 태도로 일관했던 사람이다.

즉 문학을 통해 사상이나 이상의 실천을 주장하는 아나톨 프랑스의 잔 다르크보다는 문예의 예술성을 추구하는 보들레르가 되고 싶다고 주장하는 것이다. 그것이 문예와 사회의 상관에 회의를 품고 있던 작가가 착목한 문학의 방향성일 것이다. 이러한 그의 태도는 「문예일반론(文芸一般論)」(「随筆」第2巻第8号, 1924. 9)에서 좀 더 체계화된 형태의 문학론으로 주장된다. 여기서 아쿠타가와는 문예는 언어의 의미와 언어의 음(音), 그리고 문자의 형태(形)로 구성되어 있고 언어의 의미와 음이 내용이 된다고 하고 있다. 거기에서 언어가 정신작용에 연결되어 그 내용은 인식적 방면과 정서적 방면으로 나타날 수 있는데, 문학은 이 두 요소 사이에 매우 다양한 스펙트럼으로 존재할 수 있다고 한다. 위에서 언급한 문학의 다양한 가치의 재확인이라 할 수 있는데, 언어의 표현이 개인의 사상과 감성에 호소한다고 하는 주장은 사회주의 문학에 대한 회의에서 이미 거기에서는 경제적 사회가 탈락되어, 경제적 사회가 개인을 규정한다는 사회인식을 문학의 영역 밖의 것으로 거부하고 있는 모습을 볼 수 있다. 따라서 프롤레타리아문학은 인식적 방면에서 사상적으로 '프로레트칼트의 사상을 가지고 있는 문예'라고 정의하고 있다. 그리고 마지막으로는,

> 역시 그 사상이 있는 것만으로는 경제학상의 문제는 몰라도 문예상의 문제는 되지 않을 것입니다. 또한 실제로 그것만으로는 예나 지금이나 어느 나라에서도 문예상의 문제로 삼은 일은 없으며, 만일 있다면 일본에서만 일 것입니다. 그것을 프롤레타리아칼트 사상이 없으

---

56)「文芸的な、余りに文芸的な」, 앞의 책, pp.291~292.

니까 그 작품은 별 볼 일 없다는 것은 물론 착각도 큰 착각입니다.[57)]

라고 결론짓고 있다. 프롤레타리아문학에서 중요시하고 있는 사상성은 문학 내용의 인식적 방면의 일부로, 문학의 효용성을 생각하는 '경제학상의 문제'는 될 수 있지만 그것이 문학의 가치를 결정하는 모든 것은 아니라는 주장이다. 그 이면에는 (경제적) 사회는 문학의 테마가 될 수 없다는 부정이 담겨져 있다. 그럼에도 불구하고 일본의 현재 문단에서는 '프롤레트 컬트'라는 문학의 사상성 유무에 의해 문학의 가치가 결정되고 있다는 것이며, 아쿠타가와는 그와 같은 상황을 비판하고 있는 것이다. 그 대신 그는 「문예잡담(文芸雑談)」 (「文芸春秋」 第5年第1号, 1927. 1)에서 다음과 같이 문학의 예술성을 강조하고 있다.

> 나는 이 아름다움 ― 시적 정신이 없는 곳에는 어떠한 문예상의 작품도 성립되지 않는다고까지 생각하고 있다.
> 나는 프롤레타리아문예에도 상당히 희망을 갖고 있다. 이는 반어도 무엇도 아니다. 지난 날의 프롤레타리아문예는 단지 작가가 사회적 의식이 있을 것을 유일무이의 조건으로 삼았다. 그러나 겐지모노가타리를 겐지모노가타리이게 하는 것은 작가가 귀부인이기 때문도 아니며, 소재가 궁중생활이기 때문도 아니다. 이는 말할 필요도 없을 것이

---

57) 「文芸一般論」, 『전집』 제11권, pp.291 - 292.
　やはりその思想のあると言ふだけでは経済学上の問題は兎も角も、文芸上の問題にはなり兼ねる筈であります。又実際それだけでは古往今来どこの国でも文芸上の問題にしたものはない、万一あるとすれば、日本だけでありましょう。それをプロレット・カルトの思想がないから、あの作品はつまらんと言ふのは勿論見当違ひも甚しいものであります。

다. 비평가들은 소위 프롤레타리아 작가들도 시적 정신을 가지라고 말하고 싶은 것이다.

나는 요즘 그런 희망이 쓸데없는 것이 아님을 느끼고 있다. 예를 들어 나카노 시게하루씨의 시는 지난날의 소위 프롤레타리아 작가의 작품처럼 정채가 없는 것이 아니다. 어딘가 지금까지 그 예를 찾아보기 힘들었던 발군의 미를 갖추고 있다.58)

이 글에서 아쿠타가와가 하려는 말은, 문학에 있어 중요한 것은 바로 '사회적 의식' 즉 사상보다는 '겐지모노가타리를 겐지모노가타리이게 하는 것' 다시 말해 문학을 문학이게 하는 것이다. 그것은 바로 '시적 정신'이라는 말로 집약되고 있으며, 프롤레타리아문학도 문학인 이상 예외일 수는 없어서 그 '시적 정신'을 갖추어야 온전한 문학이라고 하는 것이다. 그리고 아쿠타가와는 이러한 프롤레타리아문학의 이상을 나카노 시게하루의 '발군의 미'를 갖추고 있는 시에서 찾고 있는 것이다. 따라서 아쿠타가와는,

---

58)「文芸雑談」,『전집』 제14권, p.44.

僕はこの美しさ―詩的精神の無いところには、如何なる文芸上の作品も成り立たないとさへ思つて居る。

僕はプロレタリア文芸にもかなり、希望を持つてゐる。之は反語でも何でもない。昨日のプロレタリア文芸は、ただ作家が社会的意識のあることを、唯一無二の条件としてゐた。然し、源氏物語を源氏物語たらしめたるものは、作家が貴婦人たる為でもなければ、取材が宮廷生活たる為でもない。これは云ふまでもないことであらう。批評家達は所謂プロレタリア作家にも詩的精神をもてと云ひ度いのである。

僕は近頃、斯ういふ希望が徒ではなかつたことを感じてゐる。譬へば中野重治氏の詩などは昨日の所謂プロレタリア作家の作品の様に精彩を欠いたものではない、どこか今迄に類少ない、生ぬきの美を具へてゐる。

> 필립은 프롤레타리아적 혼 외에도 잘 단련된 솜씨를 갖추고 있다. 그렇다면 어떠한 예술가도 완성을 목표로 정진해야 한다. 모든 완성된 작품은 방해석처럼 결정된 채로 우리들 자손의 유산이 될 것이다. 설령 풍화작용을 받는다 하더라도.59)

라고 하고 있다. 즉 필립이 아쿠타가와 자신이 생각하는 이상적인 작가인 것은 그가 프롤레타리아적 혼을 가졌을 뿐만이 아니라, 문학을 문학이게 하는 '시적 정신'을 구현하는 '잘 단련된 솜씨'를 갖추고 있기 때문이라는 것이다. 그러나 일본에서 나카노 시게하루의 시와 같은 예외를 제외하고는, 아쿠타가와가 보기에 당시의 프롤레타리아문학은 그러한 시적 정신에 있어 완성도가 떨어지고 있다는 것이다. 다음을 보자.

> 내가 문단에서 프롤레타리아문학의 외침을 3, 4년 정도 전부터 듣고 있지만, 내가 보기에 우리들의 심금을 울리는 프롤레타리아문학은 아직 나타나지 않은 것 같으며, 또한 동시에 프롤레타리아문학은 어느 누구에 의해서도 아직 형태를 갖기에 이르지 못 한 처녀지와 같은 것이라고 생각한다. 현재의 우리 작가들의 대부분이 소위 부르주아적적이기 때문에 앞으로 새로운 문학을 수립하고자 하는 신인은 프롤레타리아문학의 처녀지를 많이 개척해야 한다고 생각한다. 좋은 것은 좋은 것이다. 프롤레타리아문학의 완성을 나는 크게 기대한다.60)

---

59) 「文芸的な、余りに文芸的な」, 앞의 책, p.194.
　　 フイリップはプロレタリア的魂の外にも鍛へこんだ手腕を具へてゐる。すると どう云ふ芸術家も完成を目ざして進まなければならぬ。あらゆる完成した作品は方解石のやうに結晶したまま、僕等の子孫の遺産になるのである。たとひ風化作用を受けるにしても。
60) 「プロレタリア文学論」, 『전집』 제12권, pp.32~33.

프롤레타리아문학에 대한 아쿠타가와의 기대감이 잘 나타나 있는 글이다. 그러나 한편으로는 현재의 일본의 프롤레타리아문학은 '시적 정신'의 구현이라는 측면에서는 신인이 새로 개척해야 하는 처녀지의 상태에 있다고 인식하는 것이다. 즉 '사회적 인식'과 '시적 정신'의, 소위 변증법적 결합, 융합이란 아쿠타가와가 생각하는 프롤레타리아문학의 방향성을 이미 일탈하고 있다. 그것은 극히 일반적인 보편적인 소설의 제시에 불과하다. 아쿠타가와에게 있어서는 프롤레타리아문학이 프롤레타리아문학인 특수한 정치성에 대해 감히 눈을 감는 곳에 프롤레타리아문학에 대한 거부가 작용하고 있었던 것이다.

이와 같은 시적 정신의 주장은 당시 구메 마사오(久米正雄, 1891~1952)를 중심으로 한 심경소설논쟁과 관련지어 생각해 볼 수 있다. 구메의 심경소설 주장이 우스이 요시미(臼井吉見)가 주장하는 것처럼 '프롤레타리아문학의 진출에 대응해서 나타난 현상'이고[61] 다니자키의 『요설록』이 그러한 심경소설과는 대조적인 문학관을 주장한 것이라면,「문예적인 너무나 문예적인」에서 일관되게 주장되고 있는 '이야기다운 이야기가 없는 소설'이라는 용어는 지금까지 아쿠타가와의 이야기의 스토리성을 중시하는 문학성으로 보면 매우 기묘

私が文壇においてプロレタリア文学の叫びは三四年来耳にするのであるが、私の目する所をもつてすれば私達の胸を打つプロレタリア文学なるものは未だ嘗て現れないやうであり、又同時にプロレタリア文学は誰の人によつても未だ形を持つに至らざる処女地のやうなものであると思ふ。私達今の作家の多くが所謂ブルヂョア的である故にこれから新しい文学を樹立せんとする新人は大いにプロレタリア文学の処女地を開拓すべきであらうと思ふ。いゝものはいゝのである。プロレタリア文学の完成を私は大いに期待するものである。

61) 臼井吉見,『近代文学論争』上(筑摩書房, 1956. 10), p.193.

한 것이 되는 배경을 알 수 있다. 그것이 마치 자신의 작가로서의 경력을 말소하는 말처럼 들릴 만큼 그것도 결국은 구메 마사오가 주장하는 심경소설과 맥을 같이 하는 것으로, 그것을 뒷받침하는 '시적 정신'의 추구에서 온 결과로 볼 수 있다. 그와 같이 생각하면 정치적 사상의 우위론을 주장하는 프롤레타리아문학관에 대항하는 측면이 있었을 것이라고 추론할 수 있다.[62] 히라노 켄(平野謙, 1907~1978)의 '아쿠타가와 류노스케와 다니자키 준이치로의 논쟁에 있어서 아쿠타가와의 순수소설론, 그 표식인 '시적 정신'도 역시 구메 마사오의 <심경>의 바리에이션이라 할 수 있다'[63]는 지적은 아쿠타가와의 그와 같은 '시적 정신'의 문학사적 문맥을 파악한 결과라 할 수 있다.

따라서 이 문학적 맥락에 비추어 보면 <'이야기'다운 이야기가 없는 소설>이라는 기묘한 용어도 '이야기'는 그 말대로 소설의 줄거리나 통속적 흥미를 가르킨다고 생각할 수도 있지만, 그것은 어디까지나 전략으로서의 프롤레타리아문학과 관련지어 생각해 보면, 프롤레타리아문학이 중시하는 사상내용을 가르킨다고 생각할 수도 있을 것이다. '어떤 문학의 가치를 결정하는 것은 결코 '이야기'의 장단이 아니다'[64]라는 주장도 프롤레타리아문학의 사상성을 중심으로 하는

---

62) 이와 관련하여 부연 설명하자면 다음과 같다. 구메는 진정한 의미의 '사소설 (私小説)'은 동시에 심경소설이고, 심경소설이야말로 예술의 본도이며 진수이고 그 외에는 모두 허구로서 예술을 통속적이게 하는 수단이자 방법이라고 하며, 『전쟁과 평화』나『죄와 벌』도 허구적인 통속소설이라고 하고 있다. 이에 대해 다니자키는 나는 '사실을 그대로 재료로 한 것이나, 그렇지 않더라도 사실적('与実的)인 것은 쓰고 싶지도 않고 읽고 싶지도 않다', 그리고 '솔직한 것보다도 비뚤어진 것, 순진무구한 것보다도 사악한 것, 가능한 한 공들인 복잡한 것'이 좋다고 하며 정반대 주장을 펴고 있다.

63) 平野謙「解説」(『現代日本文学論争史』上、未来社、1956. 7), p.412.

64)「文芸的な、余りに文芸的な」, 앞의 책, p.147.

'이야기'의 의미로 파악할 수 있으며, 그에 대한 자신의 문학관의 주
장으로 읽을 수 있을 것이다.

이와 같이 '시적 정신'이란 문학의 예술성, 문학을 문학이게 하는
바로 그것이라 할 수 있고, 아쿠타가와가 그러한 '시적 정신'을 프롤
레타리아문학에서도 주장하고 있는 것은 그의 관심이 오직 예술로
서의 프롤레타리아문학에 있었기 때문이다. 이는 문학적 전 생애에
걸쳐 기교와 형식과 같은 표현방법을 중시한 아쿠타가와로서는 당
연한 문학관이라 할 수 있다.

요컨대 「문예적인 너무나 문예적인」의 계기가 된 제1장에서 제28
장까지의 「아울러 다니자키 준이치로에게 답한다(併せて谷崎潤一郎
に答へる)」의 평론은 아쿠타가와가 프롤레타리아문학 영역의 외부
에서 그것의 저차원성을 넘어선 문학분야를 발견하려 한 것이었다.
그 가치로 주장한 것이 바로 문예의 '시적 정신'이며, 그 결과 프롤
레타리아문학에서도 '단련된 솜씨'가 필요하다고 역설하고 있는 것
이다. '시적 정신'이란 문예의 예술성, 즉 문학을 문학이게 하는 것이
라 볼 수 있으며, 아쿠타가와가 그와 같은 '시적 정신'을 하필이면
프롤레타리아문학에서 집요하게 추구하려 한 것은 당시로서는 도저
히 현실론으로 생각할 수 없는 '예술로서의 프롤레타리아문학'에 있
었기 때문이라 생각한다. 이는 문학적 전생애에 걸쳐 표현의 방법을
중시한 아쿠타가와에게 있어서는 당연한 귀결이었다고 할 수 있다.
그러나 그것은 실은 프롤레타리아문학을 아쿠타가와의 문학이념 속
에 끌어들이려 하는 헛된 영위에 불과했던 것이다.

제4절 아쿠타가와의 프롤레타리아문학관과 '시적 정신'의 추구

이상과 같이 아쿠타가와는 프롤레타리아문학에서도 '시적 정신'을 추구하며 그것에서 미래에 대한 기대를 하기는 하지만, 현재의 달성도로 봐서는 미완의 상태라고 비판하고 있다. 이는 아쿠타가와가 당시의 프롤레타리아문학과는 어느 정도 거리를 유지하려는 태도에서 기인하는 것으로 해석할 수 있다. 이러한 그의 태도는 다음에 단적으로 나타나 있다.

> 마사무네 하쿠초씨가 프롤레타리아 작가들과 입장을 달리하는 것은 당연하다. 나 또한 – 편의상 코뮤니스트나 그 비슷한 것이 될 지도 모른다. 그러나 본질적으로는 어디까지나 필경 저널리스트 겸 시인이다. 문예상의 작품도 언젠가는 틀림없이 멸망할 것이다. (중략) 그러나 한 줄의 시의 생명은 우리들의 생명보다 길다. 나는 오늘도 또 내일처럼 <게으른 날의 게으른 시인>, – 한 몽상가임을 부끄러워하지 않는다.[65]

여기서 말하는 '저널리스트 겸 시인' 이라는 말에 주의해야 할 것이다. 왜냐하면 아쿠타가와는 자신의 문학을 '저널리스트'적 시선과 '시인'적 정신으로 파악하고 있기 때문이다. '저널리스트'란 지금까지

---

65) 위의 책, p.166.
　　正宗白鳥氏がプロレタリアの作家たちと立場を異にするのは当然である。僕も亦、－僕は或は便宜上のコムミユニストか何かに変わるかも知れない。が、本質的にはどこまで行つても畢竟ジヤアナリスト兼詩人である。文芸上の作品もいつかは滅びるのに違ひない。(中略) しかし一行の詩の生命は僕等の生命よりも長いのである。僕は今日も亦明日のやうに「怠惰なる日の怠惰なる詩人」、－一人の夢想家であることを恥としない。

본서에서 추구해 온 '상대화'하는 시선을 말한다고 할 수 있다. 그 방법과 시적 정신의 결합을 아쿠타가와는 '몽상가'로서 꿈꾸었던 것이다. 설령 그것이 몽상에 불과한 것이라 하더라도 한 줄의 시의 예술적 생명력은 적어도 인간의 생명보다는 길기 때문이다. 예술가로서 철저하고자 하는 아쿠타가와의 면영을 느낄 수 있는 문장으로 문예에서 사회적 의식이나 사상성을 추구하는 프롤레타리아문학의 가치를 인정하고는 있지만, 그것은 어디까지나 예술로서의 문학의 범주 안에 한하는 것으로 생각하고 있다.

그러나 사회적 의식과 예술성(='시적 정신')을 동시에 한 편의 문학작품 속에서 실현하는 것이 얼마나 어려운지를 간파하고 있는 아쿠타가와의 입장에서는 만약 그것이 불가능하다면, '한 줄의 시'에 자신의 인생을 거는 시인=예술가이고 싶다고 하는 단호한 태도를 취하지 않을 수 없었다. 이 말에서는 절망적인 분위기가 느껴진다. 아쿠타가와의 풍부한 문학은 결국 겨우 이 정도의 '시적 정신' 안에 갇혀버렸다고 할 수 있다.

그것을 만약 아쿠타가와의 예술파 선언으로 본다면 이 문장은 새로운 시대의 문학(=프롤레타리아문학)과 자신의 문학을 구별하려는 선언도 되는 셈이다. 동시대의 문학자인 기쿠치 히로시(菊地弘)는 아쿠타가와가 자기규정하는 '저널리스트 겸 시인'이 갖는 본질을 파악하여 다음과 같은 언급을 하고 있다.

> 이미 새로운 시대가 도래한 가운데 새로운 이즘이나 입장에 적극성을 보는 대신, <저널리스트 겸 시인>으로 자기규정을 하는 것은 새로운 시대와 거리를 유지하는 방법이 될 것이다.66)

아쿠타가와의 선언은 단순히 프롤레타리아문학과의 관계에서 온 것이라기 보다는 그 '새로운 시대와는 거리'를 유지하고자 하는 태도가 아쿠타가와문학의 방법론이라는 것으로 그 본질이 갖는 '상대화', 즉 절대화의 부정이라는 방법을 정확히 지적한 문장이라 생각한다. 또한 아쿠타가와의 방법을 파악한 인물에 프롤레타리아 작가 아오노 스에키치(青野季吉, 1890~1961)가 있다. 그는 아쿠타가와를 '총명한 소부르주아 인테리겐차'[67]로 규정함에도 불구하고, 「현학산방(玄鶴山房)」의 리프크네히트를 읽는 청년의 등장은 새로운 시대의 도래를 상징하는 것이라며 다음과 같이 지적하고 있다.

그러한 세계도 열리고 있다고 하며 상당히 거리를 유지하는 심정으로 바라보고 있을 뿐이다. 새로운 시대에 비판을 가하거나 그것에 얄팍한 의혹을 품거나 페시미즘에 사로 잡혀 그것을 바라보는 것은 그의 총명함이 허락하지 않는 것이다.[68]

아오노는, '상당히 떨어진 마음'이라는 표현처럼, 대상으로서의 국가, 사회, 노동운동, 타자에 대해 어느 정도 거리를 유지하고자 하는

---

66) 菊地弘, 「「小説の筋」論争」, 『芥川龍之介；意識と方法』(明治書院, 1982), p.260.
　既に新時代が到来して来た中で新しいイズムや立場に積極性を見るかわりに、＜ジャアナリスト兼詩人＞と自己規定していることは、新時代とは距離を保つ方法をとることになろう。
67) 青野季吉「芥川龍之介と新時代」[関口安義編『芥川龍之介研究資料集成』第三巻(日本図書研究センター, 一九九三. 九)], p.106.
68) 위의 책, p.108.
　さう云ふ世界も開けつゝある、とかなり離れた心で眺めてゐるだけである。新時代に皮肉を浴せたり、それに浅薄な疑惑を投げかけたり、捉はれたペシミズムでそれを眺めるやうなことは、彼の聡明が許さないのである。

아쿠타가와의 태도를 예리하게 지적하여 긍정적으로 평가한 것이라
할 수 있다. 그러나 아쿠타가와의 절망은 너무나 깊다. 어차피 인생
이 현실적으로 영원한 행복을 추구할 수 없는 것이라면, '한 줄의 시'
에 자신을 걸겠다는 것이다.

　이와 같이 이상적인 문예의 실천이 얼마나 어려운지를 실감하고
있던 그는 「문예적인 너무나 문예적인」의 마지막 장 ≪41장 문예상
의 극북≫에서 다음과 같이 말하고 있다.

　　문예상의 극북은 ―혹은 가장 문예적인 문예는 우리들을 조용히
　시킬 뿐이다. 우리들은 그들 작품을 접할 때는 황홀해지는 수 밖에 없
　다. 문예는 ―혹은 예술은 거기에 굉장한 매력을 가지고 있다. 만약
　모든 인생의 실행적 측면을 주로한다고 하면, 어떠한 예술도 근저에
　는 다소 우리를 거세하는 힘을 가지고 있다고 할 수 있을 것이다. (중
　략) 모든 예술은 예술이 되면 될 수록 우리들의 정열(실행적인)을 조
　용히 시켜 버린다. 이 힘의 지배를 받는 순간부터 쉽게 마스(Mars)전
　사의 자식이 될 수는 없다. 거기에 안주할 수 있는 것은 ―순일무잡한
　예술가들은 물론 바보들도 역시 행복하다. (중략) 나는 프롤레타리아
　전사 제군이 예술을 무기로 선택한데 대해 상당히 흥미를 느끼고 있
　다. 제군은 언제나 이 무기를 자유자재로 휘두를 것이다. 그러나 또한
　이 무기는 어느 사이엔가 제군을 조용히 세울 지도 모른다. (중략) 이
　무기의 힘을 전신에 느끼고 있다. 따라서 제군이 이 무기를 휘두르는
　것도 남의 일처럼 바라보고 있지는 않다. 특히 내가 존경하고 있는 한
　사람은 이러한 예술의 거세력을 잊지 않고 이 무기를 휘두르면 좋겠
　다고 생각하고 있었다. (중략) 그러나 나는 어쨌든 남들처럼 노력을
　계속하면서 겨우 이 예술의 거세력이 크다는 사실을 알기 시작했다.
　따라서 단지 이 일만으로도 내게는 중대사다. 문예의 극북은 하이네

가 말한 것처럼 고대의 석인과 다름없다. 설령 미소는 포함하고 있어
도 언제나 냉정하고 조용하다.[69]

　문예는 예술성을 추구하면 할수록 인생의 실행적 측면은 거세되
고 현실적 전투는 할 수 없는 것이라고 한다. 이는 그야말로 아쿠타
가와 자신의 방법의 자각, 혹은 한계에 대한 냉철한 인식이다. 따라
서 아쿠타가와의 입장에서는 현실에 있어서의 사회혁명의 실천을
중요시하는 프롤레타리아문학자가 그 수단으로서 예술＝문예를 선
택한 것은 처음부터 모순에 가까운 것이다. 왜냐하면 문예상의 극북
즉 가장 문예적인 문예는 인간을 '조용히 시킬 뿐'이기 때문이다. 이
말은 행동・참가・투쟁 등과 같은 '인생의 실행적 측면'의 정반대쪽
에 그 가치가 있다는 말이다. 그러므로 '극북'이라고 하는 것이다. 이

---

69)「文芸的な、余りに文芸的な」, 앞의 책, pp.227～229.
　文芸上の極北は－或は最も文芸的な文芸は僕等を静かにするだけである。僕
等はそれ等の作品に接した時には恍惚となるより外に仕かたはない。文芸は－
或は芸術はそこに恐しい魅力を持つてゐる。若しあらゆる人生の実行的側面を
主とするとすれば、どう云ふ芸術も根底には多少僕等を去勢する力を持つてゐ
るとも言はれるであらう。（中略）あらゆる芸術は芸術になればなるほど、僕等
の情熱（実行的な）を静まらしてしまふ。この力の支配を受けたが最後、容易
にマルスの子になることは出来ない。そこに安住出来るものは一純一無雑の芸
術家たちは勿論、阿呆たちもやはり幸福である。（中略）僕はプロレタリアの戦
士諸君の芸術を武器に選んでゐるのに可也興味を持つてゐる。諸君はいつもこ
の武器を自由自在に揮ふであらう。しかし又この武器はいつの間にか諸君を静
かに立たせるかも知れない。（中略）僕はこの武器の力を全身に感じてゐる。従
つて諸君のこの武器を揮ふのも人ごとのやっには眺めてゐない。就中僕の尊敬
してゐる一人はかう云ふ芸術の去勢力を忘れずにこの武器を揮つて貰ひたいと
思つてゐた。（中略）しかし僕は兎も角も人並みに努力をつづけながら、やつと
この芸術の去勢力の大きいことに気づき出した。従つて唯これだけのことでも
僕にはやはり一大事である。文芸の極北はハイネの言つたやうに古代の石人と
変りはない。たとひ微笑は含んでゐても、いつも唯冷然として静かである。

와 같은 아쿠타가와의 인생과 문학에 대한 인식태도는 근본적으로
그의 인생태도에서 온 결과라 생각된다.「문예적인 너무나 문예적
인」의 ≪야성이 부르는 소리≫에서 다시 아쿠타가와문학의 가치인
식과 프롤레타리아문학의 관계에 대한 성찰을 결론지어 보자.

> 게다가 나는 르느와르에게 깊은 정을 가지고 있는 것처럼 문예상
> 의 작품에서도 우미한 것을 사랑하고 있다.「에피쿠르의 정원」을 걸
> 어 본 사람은 쉽게 그 매력을 잊을 수 없다. 특히 우리들 도회인은 그
> 점에서는 누구보다도 약하다. 프롤레타리아문예가 부르는 소리도 물
> 론 나를 움직이지 않는 것은 아니다. 그러나 그것보다도 이 문제는 근
> 본적으로 나를 움직이게 하는 것이다. (중략) 내가 작품을 쓰는 것은
> 내 자신의 인격을 완성하기 위해 쓰는 것이 아니다. 하물며 현세의 사
> 회조직을 일신하기 위해 쓰는 것은 아니다. 단지 내 안의 시인을 완성
> 하기 위해 쓰는 것이다.[70]

그가 문학을 하는 것은 어디까지나 자신 안에 있는 시인 즉 창작
욕구를 실현하고 미를 추구하는 것이지 프롤레타리아문학에서 중시
하는 현실개혁을 위한 것은 아니라는 것이다. 여기서 철저한 예술
지상주의자로서의 평소의 아쿠타가와의 인생관을 엿볼 수 있다. 그

---

70)「文芸的な、余りに文芸的な」, 앞의 책, p.203.
　　しかも僕はルノアルに恋々の情を持つてゐるやうに文芸上の作品にも優美な
　　ものを愛してゐる。「エピキユウルの園」を歩いたものは容易にその魅力を忘れ
　　ることは出来ない。殊に僕ら都会人はその点では誰よりも弱いのである。プロ
　　レタリア文芸の呼び声も勿論僕を動かさないのではない。が、それよりもこの問
　　題は根本的に僕を動かすのである(中略)僕の作品を作つてゐるのは僕自身の人
　　格を完成する為に作つてゐるのではない。況や現世の社会組織を一新する為に
　　作つてゐるのではない。唯僕の中の詩人を完成する為に作つてゐるのである。

것은 다음과 같은 인생에 대한 태도에서 비롯된 문학관이라 할 수 있다.

> 실제로 그는 인생을 알기 위해 거리의 행인을 바라보지 않았다. 오히려 행인을 바라보기 위해 책 속의 인생을 알려고 했다. 그것은 어쩌면 인생을 아는 우회책이었는지도 모른다. 그러나 거리의 행인은 그에게는 단지 행인이었다. 그는 그들을 알기 위해서는 책을 읽는 수밖에 없었다.71)

이는 아쿠타가와의 문학의 성격을 논할 때 자주 인용되는 문장으로, 아쿠타가와에게 인생은 살아가고 변화시켜 가야 하는 현실로서 인식되는 것이 아니라 자신이 책에서 배운 세계를 이해하고 해석하는 자료이자, 문학에 있어서는 시적 정신으로 표현해 내야 하는 소재에 불과한 것이었음을 알 수 있게 한다. 이 표현에는 지금까지 본서에서 파악해 온 아쿠타가와문학의 방법론이 응축되어 있다. 이와 같은 타자화시키는 자세로 국가, 사회, 그리고 인생을 파악하려 했던 아쿠타가와에게 있어 프롤레타리아문학 역시 진지하게 프롤레타리아의 삶의 고뇌나 갈등을 해결하기 위한 방법으로서가 아니라, 자신의 예술을 위해 지성에 의해 해석하고 재구성해야 하는 대상으로서 자신의 문학이념 속에 집어넣으려 하고 있는 것이다.

그와 같은 사실은 '우리들 문예상의 문제는 늘 결국 <이 사람을

---

71) 「大導寺信輔の半生」, 『전집』 제12권, p.53.
　実際彼は人生を知る為に街頭の行人を眺めなかつた。寧ろ行人を眺める為に本の中の人生を知らうとした。それは或は人生を知る迂遠の策だつたかも知れなかつた。が、街頭の行人は彼には只行人だつた。彼は彼等を知る為には本を読むより外はなかつた。

보라>가 아니다. 오히려 <이들 작품을 보라>이다'[72]라는 언급에 단적으로 나타나 있듯이, 아쿠타가와에게 인생은 지성이나 예술정신으로 해석해야 할 대상으로 타자화되고 있으며, 프롤레타리아의 삶역시 타자화되고 있음을 알 수 있게 해 준다. 그러나 그 타자화의 근거가 되고 있는 '시적 정신'이 아쿠타가와의 시대에 충분히 실현될 것이라고 생각한데에 아쿠타가와의 아포리아가 있었던 것이다.

그러나 그는 다른 누구보다도 일찍이 이상과 같은 자신의 문학의 한계에 대해 자각적이었다. 그것은 다음과 같은 고백에 잘 나타나 있다.

> 이 아나톨 프랑스의 설에 의하면 인생은 단지 의지하는 힘과 행위하는 힘 위에 안정되어 있다. (중략) 그것은 아무나 할 수 있는 것은 아니다. 특히 이지와 감수성의 저주를 받은 우리들에게는.[73]

여기서 아쿠타가와는 실천적 문학을 실현하려고 하지만 그보다 먼저 예술성을 추구하는 자신의 감수성 때문에 그것이 불가능하다고 하는 한계를 토로하고 있음을 알 수 있다. 또한 그는 「톱니바퀴(歯車)」에서도, '나는 예술적 양심을 비롯해 어떠한 양심도 가지고 있지 않다. 내가 가지고 있는 것은 오로지 신경뿐이다'[74]라며 지성과 감수성＝예술을 추구하는 감수성 사이에 끼여 괴로워하는 자신

---

72) 「文芸的な、余りに文芸的な」, 앞의 책, p.221.
73) 「続文芸的な、余りに文芸的な」, 『전집』 제15권, p.232.
　　このアナトオル・フランスの説によれば人生は唯意志する力と行為する力との上に安定してゐる。(中略) それは何びとにも出来ることではない。殊に理知と感受性との呪ひを受けた我々には。
74) 「歯車」, 『전집』 제15권, p.53.

의 심경을 토로하고 있다.

　자신의 문학의 한계에 민감하게 대응한 아쿠타가와는 '시적 정신'과 문학의 사회참여라는 딜레마를 빠져나오지 못 하고 문학대상의 '타자화'에서 자신의 '타자화'에 인생(육체)의 결론을 짓기 위해 자살에 의해 문학적 생애를 마감한다. 아쿠타가와가 프롤레타리아문학을 해석의 대상으로 삼았던 점, 또한 프롤레타리아문학에서도 집요하게 '시적 정신'을 추구했던 점에서는 그것들이 예술가로서의 그의 철저함에서 온 것으로 높이 평가해야 할 것이다. 단 프롤레타리아문학의 한계에 대해 엄격했던 아쿠타가와의 문학적 근거가 된 '시적 정신'은 아쿠타가와의 시대에 그것을 역사를 초월한 보편적이고 영원한 가치로 인정하기에는 너무나 낙관적인 자세였다고 할 수 있을 것이다. 예술의 취약성을 생각할 수 있을 것이다. 그가 말하는 '시적 정신'이 시대상황과 심각한 상극에 있었던 것이다.

결 장

    일본문학사에 있어서 다이쇼시대라는 시대는 메이지시대가 구축한 지의 체계를 토대로 하면서, 일본적 특수성으로서 화려하게 개화된 시기임과 동시에 그 모순과 한계를 노정시키면서 쇼와시대로 이어진 시대이기도 하다. 본서에서는 그와 같은 다이쇼시대를 대표하는 아쿠타가와 류노스케의 문학을 일본의 근대화와 관련시켜 '주체'와 '타자'라는 축을 설정하여 고찰해 왔다. 여기서 말하는 다이쇼시대란 청일전쟁과 러일전쟁 후 일본의 국제적 지위가 향상됨으로써 메이지시대의 지식인이 구축한 문화적, 문학적 배경을 그 토대로 삼으면서도 메이지시대의 지의 체계의 모순에 대한 반성과 비판이 지식이들 사이에서 내성화된 시대를 말한다. 그것을 좀 더 구체적으로 언급하자면, 첫째로 페미니즘 측면에서는 메이지시대에 공교육을 통해 일반화된 현모양처 사상에 비판을 가하며 여성을 사회적으로 자립된 주체적인 존재로 각성시키고자 한 시대, 둘째로 개화기의 일본의 모습을 희화화하여 부정적으로 그려내는 서구의 오리엔탈리즘 담론에 대항하여 일본의 민족이나 문화의 가치를 돌아보려 한 시대, 셋째로 일본의 제국주의적 내셔널리즘 안에서 중국을 노대국으로 인식하고 아시아 제국가에 대한 우월의식을 갖게 된 시대, 그리고 네 번째로 후반기에는 제1차세계대전 후 사회정세의 변화를 배경으로 계급의식이 대두된 시대로 파악하였다.

아쿠타가와의 문학이 다이쇼시대를 대표한다고 할 때는 이상과 같은 다이쇼시대의 사회, 문화적 특징이 그 안에 그대로 구현되어 있음을 의미한다. 즉 아쿠타가와문학의 특성을 파악하는데 있어 크게 변화하기 시작한 여성표상과 일본제국주의의 국책과 함께 확대되는 세계관에서 구하고 그것을 메이지시대가 구축한 현모양처적 여성관에 대한 비판, 서구 오리엔탈리즘에 대한 비판의식, 주변국가의 민족이나 문화의 가치의 주장, 더 나아가서는 계급의식을 내세우는 프롤레타리아문학에 대한 대항의식 등 실로 다양한 문제의식이 내재되어 있는 문학으로 인식했다. 이들은 모두 다이쇼시대에 강력하게 추진된 '근대국민국가'라는 이름 하의 메이지시대의 국가체제를 내부와 외부로부터 반성, 비판하는 시점을 포함하는, 소위 성찰의 문학이었다고 생각한다.

이상과 같은 아쿠타가와의 문학에 내재되어 있는 문제의식을 일관하고 있는 것은 현대문화비평이론으로 보면 서구, 남성, 일본, 지식인등과 같은 특권화된 '주체'로부터 '탈중심화'하려는 자세라 할 수 있다. 현대사회·문화의 비평이론은 언어 혹은 이데올로기에 종속됨으로써 비로소 성립된다고 하는 인간주체의 '탈중심화'라는 자기인식을 중시하고 주체가 소유하지 않는 모든 것, 주체가 아닌 무든 것을 일컫는 궁극적인 시니피에로서 '타자'의 문제를 포함하고 다. 물론 이와 같은 인간 '주체'의 '탈중심화'나 '타자'라는 용어 그 자체는 다이쇼시대의 아쿠타가와로서는 몰랐겠지만, 확실히 그의 문학을 일관하는 것은 '타자'의 입장에서 '주체'를 '탈중심화'하려는 자세라고 할 수 있다.

따라서 아쿠타가와문학을 논할 때는 그와 같은 시대의 특성으로서 내재되어 있는 문제의식을 다각적인 관점에서 조망할 필요가 있다. 이와 같은 문제의식에서 본서에서는 아쿠타가와의 아이덴터티를 중류계급의 일본남성·지식인으로 규정하고 인간주체의 탈중심화를 직시함으로써 상대화의 방법을 발견한 작가로 인식하여 그의 문학에 나타난 여성, 서구, 아시아, 계급을 둘러싼 '주체'와 '타자'의 문제를 고찰했다. 즉 아쿠타가와문학의 여성표상의 특징, 오리엔탈리즘에 대한 비판의식, 아시아 주변 제국가에 대한 대외관의 특징, 계급과 프롤레타리아문학에 대한 인식 등을 검토해 왔다.

제1부에서는 아쿠타가와문학 여성표상의 특징에 대해 검토해 보았다. 습작「청년과 죽음과」에 나타난 여성은 남성의 생에 방해가 되거나 그들을 적극적으로 악의 세계로 이끄는 존재이다. 이와 같은 여성표상의 특징은 「청년과 죽음과」의 집필 전후의 번역작품의 여성표상과 유사하며, 그것은 서구의 기독교적인 인간관에 입각한 원죄의 근원을 표상한다고 하는 공통점이 있다. 이러한 서구 기독교적 여성표상은 여성을 주체적인 존재가 아니라, 수동적이고 순종적일 것을 강요하는 남성중심주의에서 온 것이며, 서구에서 이러한 여성관은 근대국가 형성기에 여성을 국가인력의 재생산과 교육에 동원시키는 이데올로기로서 유포되고 이용되었던 것이다. 물론 아쿠타가와는 의식적으로는 다이쇼시대의 여성해방운동이 강조한 여성주체의 자립이라는 주장에는 동조적이었다. 그러나 메이지시대의 교육에 의해 확립된 가부장적 가족주의가 강조하는 수동적이고 순종

적인 여성관에는 무비판적이었음을 확인할 수 있었다. 이와 같은 여성관에 바탕을 두는 여성표상의 특징은 이후 아쿠다가와 문학의 여성표상을 일관하는 특징으로,「도적떼」에는 그러한 특징이 전형적으로 나타나 있다.「도적떼」에서는 주체적인 삶을 살고 약자를 배려할 할 줄 아는 샤킨은 '악의 근원'으로 조형되고 있으며, 남편의 악행을 인내하는 할멈은 자기희생을 강요받는 인종적인 여성상의 전형으로 그려져 있다. 그에 반해 천성적인 백치성으로 고통스런 삶을 살아야만 하는 아코기는 '순진무구'나 '모성'으로 미화되며 어둠의 세계를 구원하는 존재가 된다. 그러한 과정에서 여성의 삶 자체는 작품의 내부에서 구원이 대상이 되지 못 하고 있다는 한계를 노출시키고 있다. 이와 같은「도적떼」의 여성표상은 아쿠타가와라는 작가의 남성중심주의적 세계관, 인간관의 반영으로, 다른 작품들 속에서도 일관되게 등장하며 하나의 유형을 이루고 있음을 확인할 수 있었다.

두 번째로 일본인 남성작가로서의 서구 오리엔탈리즘에 대한 비판의식을 개화물을 중심으로 살펴 보았다. 아쿠타가와는「무도회」를 통해서 오리엔탈리스트 로티가『가을의 일본』에서 유럽의 문화·사람과 비교하여 폄하했던 일본의 문화·사람을, 일본의 서구화의 상징인 로쿠메이칸의 무도회, 아키코의 미화에 의해 대항하고 있다. 그러나 그것은 어디까지나 남성작가에 의한 글쓰기로 그 안에서조차 아키코는, 스스로 체험하고 판단할 수 있는 주체로서가 아니라, 미숙하고 지적 의식이 결여되어 있는 비이성적 객체로서 타자화되고 있다. 이와 같이 일본의 여성은 로티라는 오리엔탈리스트에 의해 타자화되고 있을 뿐만 아니라 아쿠타가와 류노스케라는 자국작가에 의해 이중, 삼중으로 타자화되고 있음을 확인할 수 있었다. 「손수건」에서는 일본의 사상이나 정신＝무사도를 서양인 대상으로 서양인의 가치기준에 의해 담론화하고 스스로 동서양의 다리로서 자부하고 있는 니토베 이나조의 안이한 인식태도를 하세가와선생이라는 인물조형을 통해 비판하고 있다. 즉 오리엔탈리스트들과 같은 방법으로 자국의 문화와 사람을 타자화하는 원어민정보원으로서의 하세가와선생을 비판하고 있다. 그러나 그러한 하세가와선생을 비판하는 작가 역시 니시야마부인의 자식을 잃은 슬픔보다는 그 행동의 미에 더 관심이 있고 거기서 전통적인 여성의 아름다움을 발견하려는 태도에서 벗어나지 못 하고 있다는 점에서는 하세가와선생과 다를 바가 없다. 니시야마부인은 원어민정보원인 하세가와선생에 의해, 또 그것을 비판하고 있는 아쿠타가와라는 남성작가에 의해, 그 슬픔을 진정으로 이해받지 못 하고 단순히 담론의 대상이 되고 있을 뿐이다. 「히나」는 메이지라는 앞선 시대의 현실에 대해 바로 다음 세대인의 입장에서 상대화시켜 볼 때 드러나는 문제점을 자연스럽게 그려낸 작품으로, 경제원리에 의해 서구인에게 넘어가는 일본의 전통, 혹은 근대화의 물결에 제대로 편승하지 못 하고 주변으로 밀려난 메이지인들의 운명을 잘 나타나고 있다. 그런데 그 안에서 남성은 합리적이고 현실적인 판단능력을 갖춘 주체로, 여성은 주체적으로 행동하지 못 하고 인내와 복종을 요구받는 현모양처나 감정적이고 비합리적인 철부지 어린아이인 비주체로 타자화되고 있다.

　세 번째로, 일본인으로서 아시아에 대한 대외관의 특징을 살펴 보았다. 아쿠타가와는 『지나유기』를 통해 볼 수 있듯이, 중국여행을 통해 문학과 의식세계에 많은 변화를 보이고 있다. 그는 격동기 중

국의 현실을 접하고 유명인사들과 대화함으로써 일본제국주의와 군
국주의의 모순을 깨닫는다. 그 결과 중심문화에 대한 주연문화로서
의 아시아문화의 가치를 인식하고, '탈중심화' 방법을 획득하게 된
다. 그러나 애초부터 아쿠타가와의 중국관이 서적을 통한 상상의 산
물이었던 점, 당시 청일전쟁과 러일전쟁의 승리를 통한 국제적 지위
의 향상에서 오는 우월감과 신문사 특파원으로 중국을 여행했다는
데서 오는 현실적 제약 등의 이유로 인해, 그는 자신의 인식을 적극
적으로 실천하지는 못 한다. 그러한 한계는 자신이 비판적이었던 서
구 백인들의 오리엔탈리즘이 동양의 민족, 문화를 이질적이고 낯선
것으로 타자화시켰던 것처럼, 자신 역시 중국의 현실을 빈곤하고 무
례하고 불결한 것으로 타자화시키는 결과를 낳는다., 그리고 주연문
화에 대한 가치인식과 '탈중심화' 방법의 획득은 귀국 후 발표하는
「장군」「모모타로」「호남의 부채」「슌칸」「제4의 남편으로부터」
등의 작품으로 구체화된다. 아쿠타가와는 「장군」에서 군국주의의
상징으로서 노기장군이나 군국주의를 비판하는 주체들의 부조리와
허구성=서구중심주의적 가치관을 맹신하는 태도에 대해서도 비판
한다. 그러한 아쿠타가와의 비판은 「장군」의 발표당시의 서구중심
의 가치관에 무비판적이었던 사회적 분위기에 대한 비판으로, 그 예
리함을 엿볼 수 있다. 그러나 아쿠다카와의 역사인식은 전쟁의 피해
자를 자국의 병사위주로만 생각하는데 그쳐, 그 진정한 피해자가 누
구인가에 대한 의식에까지는 이르지 못 하고 있다는 점에서 일본중
심주의적 사고에 머물고 있음을 알 수 있었다. 「모모타로」는 황국주
의사상을 나타내는 일반적인 모모타로상에 대한 비판의식에서 출발
한다. 그러한 비판의식은 관동대지진을 통해 경험하게 되는 일본인

들의 잔혹한 살육행위와 그러한 살육행위에 선량한 시민으로서 무
비판적으로 참가했던 체험에 의해 더 고조된 것이다. 따라서 아쿠타
가와의「모모타로」에서는 선과 악의 관계가 역전되어, 모모타로는
이기적이며 모순투성이인 인간존재나 착취자 계급, 침략적 제국주
의의 상징이 되고 있다. 그러한 작가의 의식은 인간중심주의나, 일
본중심주의를 비판하는 데서 그치지 않고, 주연문화의 존재가치를
적극적으로 주장하는데까지 나아가고 있다. 그러나 그와 같은 아쿠
타가와의 문학정신의 구현은 그의 생각대로 되지는 않았다.「슌칸」
「제4의 남편으로부터」「호남의 부채」는 공통적으로 일본의 현실
이나 문화를 외부세계에서 바라보고 상대화하며 일본중심문화에 대
한 비판과 주연문화의 존재가치를 주장하려 한 작품이다. 그러나 이
들 작품은 성공작이라기 보다는 실패작으로 평가되어 왔다.「슌칸」
의 화자의 모습에는 언제나 작자 아쿠타가와의 모습이 노골적으로
드러나 있고,「제4의 남편으로부터」의 화자에게서는 생명력이 느껴
지지 않는다. 또한「호남의 부채」의 '나'는 인혈비스켓 에피소드를
서적의 세계에서 상상한 중국인에 대한 기대와 호기심의 대상으로
서 취급하려 한다. 이와 같은 탈중심이라는 작가정신의 구현의 실패
는 그대로 작가의 만년의 고뇌와 좌절로 연결되며 이후 그는 자신의
문학정신과 그것을 실현시킬 수 없는 현실과의 낙차사이에서 갈등
하게 된다.

그리고 그와 같은 만년의 고뇌와 갈등은 당시 문단의 주류세력으
로 급부상한 프롤레타리아 문학과 계급의 문제로 이어진다. 그리하
여 제4부에서는 중류계급 지식인으로서의 아쿠타가와의 계급과 프
롤레타리아문학에 대한 인식을 검토해 보았다.「주유의 말」에서 아

쿠타가와는 당시의 일본사회가 군국주의나 제국주의의 폭력성과 이데올로기에 의해 지배당하고 있다는 사실을 그 특유의 야유와 자조를 섞어 강조하고 있다. 그와 같은 상황에서 자신은, 영웅이 되기 위해서는 불가능한 꿈을 위해 싸워야 하기 때문에 바보도 영웅도 아닌 평범한 인간이기를 원하는 즉 중용을 희구한다고 하고 있다. 그리고 이상과 같은 거짓된 이데올로기와 폭력에 의해 유지되고 있는 일본사회에서 좌절감은 느끼는 아쿠타가와는 그 원인을 중류계급이라는 계급적 한계에서 찾고 있다. 그는 프롤레타리아도 아니고, 부르주아도 아닌 어중간한 중류계급에서 막연한 불안감과 책임감을 느낄 뿐이다. 「문예적인, 너무나 문예적인」에서는 자신의 문학관에 비추어 프롤레타리아문학에 대한 자신의 인식을 표명한다. 아쿠타가와에게 있어 프롤레타리아문학은 역사의 필연으로 새로운 시대의 문학으로서 기대되는 바가 크지만, 아직은 예술의 한 장르로서 그 완성도가 떨어지고 있는 것으로 인식되고 있다. 시적 정신이나 시적 정열의 구현이라는 점에서 아직 부족하다는 것이다. 이러한 아쿠타가와에게 프롤레타리아문학은 실천운동이 아니라 예술적 완성의 대상이며, 그 안에서 그는 프롤레타리아의 삶은 개선의 대상이 아니라 자신의 문학의 소재로서 인식하고 있을 뿐이다. 이와 같은 자신의 문학에 대한 한계에 대해 매우 진지하고 민감하게 대응했던 아쿠타가와는 자살에 의해 문학적 생애를 마감한다. 그러나 아쿠타가와가 프롤레타리아문학에서 조차 끊임없이 '시적 정신'을 추구했다는 점은 일본 근대문학사에 있어 프롤레타리아문학의 예술성의 부족을 생각해 볼 때 높이 평가해야 할 것이다.

이상과 같이 아쿠타가와문학은 서구중심주의의 소산으로서 오리엔탈리즘에 대항하여 일본의 문화와 사람을 미화하는 한편, 일본중심주의에 대항하여 아시아 주변 제국가 문화의 존재가치를 주장하거나 사회주의나 프롤레타리아문학의 출현의 필연성을 역설했다. 이와 같은 아쿠타가와문학의 특성은 현대사회·문화비평이론에서 중시하는 주체의 탈중심화를 지향하며 타자의 입장에서 가치의 다양성을 주장했다고 하는 점에 있어서는 예리한 선견성을 발휘했다고 할 수 있다. 이에 시대적으로 공간적으로 멀리 떨어져 있는 오늘날의 독자, 혹은 외국인 독자에게도 변함없이 애독되는 아쿠타가와문학의 현재성과 의의가 존재한다고 생각된다. 이는 아쿠타가와문학을 시대의 현실에 대한 '반성·비판'의 문학으로 파악하고 시대와 관련시켜 일본의 외부세계에게 읽어내려 한 본서의 연구방법에 의해 드러나게 된 측면이라 할 수 있다. 이와 같은 아쿠타가와문학의 의의는 선행연구에서는 현실과의 관계에 있어 무관심한 방관자의 문학으로서 부정적으로 평가되어 왔던 측면이었다.

그럼에도 불구하고 아쿠타가와의 그러한 작가정신이 실천적 단계에서는 현실에서의 자기소외라는 형태의 한계와 문제점을 드러냈다 할 수 있다. 즉, 그는 메이지시대의 지식체계에 비판적이면서도 메이지시대의 공교육을 통해 일반화되어 있던 가부장적 가족국가주의로부터 자유롭지 못 했으며, 백인 남성작가에 의해 주변적 존재로 타자화되었던 일본여성을 다시 한번 타자화했다. 또한 서구중심의 세계관인 오리엔탈리즘과 일본중심주의에 의식적으로는 비판적이었음에도 불구하고, 서구중심주의가 아시아를 타자화했던 것처럼 자신 역시 주변국가와 민족을 타자화시키는 모순을 보이고 있다. 그리고 프롤레타리아문학에 대해서는 중류계급이라는 계급적 한계를 극복하지 못 하고 자살에 이르고 마는 한계를 보이고 있다.

　이러한 다이쇼시대의 중류계급의 일본인 남성작가 아쿠타가와의 문학과 그의 인생태도가 지니고 있는 의의와 한계는, 그가 다이쇼시대의 문학을 대표했던 작가였다는 점에서 근대일본문학, 혹은 더 나아가 근대일본의 문화현상의 단면을 보여준다고 할 수 있을 것이다. 또한 이러한 그의 문학관과 문화관, 인생태도의 특징은 일본적 오리엔탈리즘의 타자화의 대상이 되었고 아직도 교과서 문제로 대표되는 '건전한 내셔널리즘의 복권'에 의해 과거를 청산하지 못 하는 우리 입장에는 일본의 문학, 혹은 일본문화를 향유함에 있어 늘 염두에 두어야 할 점이라 생각한다.

참고문헌

I. 『전집』

芥川竜之介『芥川竜之介全集』、第一巻~第十巻、岩波書店、一九三四年~一九三五年

芥川竜之介, 『芥川竜之介全集』, 第1巻~第24巻, 岩波書店, 1995~1998.

関口安義編『芥川竜之介研究資料集成』、第一巻~第十一巻、日本図書センター、一九九三年

II. 단행본

1. 국문서적

가라타니 고진, 『일본근대문학의 기원』, 박유하 옮김, 민음사, 1997.

강상중 저, 『오리엔탈리즘을 넘어서』, 이경덕・임성모 공역, 이산, 1997.

고모리 요이치・다카하시 데츠야 엮음, 『내셔널 히스토리를 넘어서』, 이 규수 옮김, 삼인, 1999.

高陽柱, 「芥川竜之介の小説「薮の中」の真実」(「日本学報」5, 韓国日本学会, 1977, 145~162)

릴라 간디 저, 『포스트 식민주의란 무엇인가』, 이영욱 역, 현실문학연구, 2000.

미셸 푸코 저, 『성의 역사 제1권; 앎의 의지』, 이규현 역, 나남출판, 1999.

미셸 푸코 저, 『성의 역사 제2권; 쾌락이 활용』, 문경자・신은영 공역, 나남출판, 1999.

미셸 푸코 저, 『성의 역사 제3권; 자기에의 배려』, 이영목・이혜숙 공역, 나남출판, 1997.

Edward W.Said 저, 『오리엔탈리즘』, 박홍규 역, 교보문고, 1991.

王信英, 「ある人物像の系譜;芥川の『芋粥』を中心として」(「日本学報」34, 韓国日本学会, 1995. 5, 231~251)

王信英, 「芥川竜之介의 初期의 作品群;그 抒情性에 관하여」(「檀国大論文集」25, 檀国大学校, 1991. 6, 149~166)

王信英, 「『ひょっとこ』;<面>の持つ意味について」(「日語日文学研究」12, 韓国日語日文学会, 1988. 2, 83~101)

王信英, 「『舞踏会』における明子の人間像について」(「日語日文学研究」10, 韓国日語日文学会, 1987. 2, 163~182)

王信英, 「『老年』과 芥川竜之介」(「里門論叢」2, 韓国外大大学院, 1981. 5, 49~62)

尹貞玉, 「芥川竜之介의 生涯와 그의 芸術」(「国際大学論誌」4, 国際大学総学生会, 1966, 117~124)

李権基, 「「玄鶴山房」 論考」(「慶星大論文集」14, 慶星大学校, 1993. 9, 29~51)

李権基, 「『舞踏会』論考」(「慶星大学論文集」11~1, 慶星大学校, 1990. 3, 163~177)

鄭寅汶, 「芥川竜之介における「母」」(「釜山女子専門大論文集」7, 釜山女子専門大学, 1986)

曹沙玉, 「芥川竜之介の「或る阿ほの一生」考」(「日本学報」42, 韓国日本学会, 1999. 6, 281~294)

崔貞娥, 「아쿠타가와 류우노스케(芥川竜之介)「오가타 료오사이 상신서(尾形了斉覚え書)」;기적을 통하여 드러난 神의 특성을 중심으로」(「日語日文学研究」35, 韓国日語日文学会, 1999. 12, 265~290)

崔貞娥, 「아쿠타가와 류노스케(芥川竜之介)의 「쥬리아노・키치스케(じゆりあの・吉助)」論」(「日本学報」44, 韓国日本学会, 2000. 6, 471~486)

河泰厚, 「芥川竜之介의 二元対立的 思想」(「日本研究」7, 中央大日本研究所, 1992. 2, 125~151)

河泰厚, 「芥川竜之介의 自殺에 관한 小考」(「日語教育」6, 韓国日本語教育学会, 1990. 10, 113~137)

2. 일문서적

愛川弘文「芥川竜之介『将軍』試論－オルガナイザーとしてのＮ将軍－」「国文学論考」一九八二年二月

青野李吉「芥川竜之介に聯関して」「新潮」一九一七年九月

青野季吉「芥川竜之介と新時代」関口安義編『芥川竜之介研究資料集成』第三巻、日本図書研究センター、一九九三年九月

青柳達雄「李人傑について芥川竜之介『支那游記』中の人物」「国文学言語と文芸」第一〇三号、一九八八年九月二〇日

芥川文述、中野妙子記『追想芥川竜之介』筑波書房、一九七五年

「芥川竜之介氏の支那送別の会」「文章倶楽部」一九二一年四月

浅野洋「『手巾』私注」「立教大学日本文学」五一、一九八三年

浅野洋「『偸盗』論の前提」『作品論芥川竜之介』双文出版社、一九九〇年十二月

浅野洋編『芥川竜之介』日本文学研究論文集成三三、若草書房、一九九九年

浅野洋編『芥川竜之介作品論集成』第一巻、翰林書房、二〇〇〇年

荒木正純『ホモテキスチュアリス：二十世紀欧米文学批評理論の系譜』法政大学出版局、一九九七年

有島武郎『有島武郎集』日本近代文学大系三三、角川書店、一九七〇年

アリス・ベーコン『明治日本の女たち』矢口祐人・砂田恵理訳、みすず書房、二〇〇三年

石割透『芥川竜之介:初期作品の世界』有精堂、一九八五年

石割透『芥川竜之介:作家とその時代』有精堂、一九八七年

石割透『＜芥川＞と呼ばれた芸術家』有精堂、一九九二年

石割透編『芥川竜之介作品論集成』第三巻、翰林書房、一九九九年

磯貝英夫「作品論『手巾』」「国文学」一九七二年十二月

Ｅ・Ｗ・サイード『オリエンタリズム』今沢紀子訳、平凡社、一九九三年

一冊の講座編集部編著『芥川竜之介』有精堂、一九八二年

稲垣達郎「歴史小説家としての芥川竜之介」大正文学研究会編『芥川竜之介研究』近代文学研究叢書一、日本図書センター、一九八三年七月

井上良雄「芥川竜之介と志賀直哉」「磁場」一九三二年四月

岩井寛『芥川竜之介－芸術と病理－』金剛出版、一九六九年

臼井吉見『近代文学論争』上、筑摩書房、一九五六年

臼井吉見『大正文学史』筑摩書房、一九八四年

薄田淳介『艸木虫魚』倉元社、一九三五年十月

宇野浩二「報知新聞」一九二六年二月

宇野浩二『芥川竜之介』文芸春秋社、一九五三年

江口渙「芥川君の作品」「東京日日新聞」一九一七年六月七日

江口渙「階級と文学との関係を論ず」「新潮」一九二二年五月

江藤淳『芥川竜之介』江藤淳著作集二、講談社、一九六七年

江藤淳「芥川竜之介」『芥川竜之介必携』学灯社、一九八七年

海老井英次『芥川竜之介』現代日本文学鑑賞講座十一、角川書店、一九八一年

海老井英次「将軍」三好行雄編『芥川竜之介必携』学灯社、一九八七年十一月

海老井英次『芥川竜之介論究－自己覚醒から解体へ－』桜楓社、一九八九年

海老井英次「文芸的な、余りに文芸的な」「国文学解釈と鑑賞」至文堂、一九
　　九九年十一月

海老井英次編『芥川竜之介作品論集成』第二巻、翰林書房、一九九九年

海老井英次・宮坂覚編『作品論芥川竜之介』双文社出版、一九九〇年

奥野政元『芥川竜之介』翰林書房、一九九三年

オルコック著『日本における三年間』山沢種樹訳、一九四九年

開高健「紙の中の戦争」十九「文学界」一九七一年一月

片岡鉄兵「芥川竜之介の文学」『近代文学鑑賞講座』第十一巻、角川書店、
　　一九五八年

加藤典洋『敗戦後論』講談社、一九九七年

神西清「解説四」『芥川竜之介文庫』中央公論社、一九五三年十二月～一九
　　五五年一月

唐木順三「芥川竜之介の思想史上に於ける位置」「思想」一九二九年九月

唐木順三「芥川竜之介のおける人間の研究」「生活者」一九二九年十一月

柄谷行人『日本近代文学の起源』講談社、一九九六年

川口喬一/岡本晴正編『最新文学批評用語辞典』研究社出版、一九九八年

上村和美『文学作品にみる色彩表現分析:芥川竜之介作品への適用』双文社出
　　版、一九九九年

姜尚中『オリエンタリズムの彼方へ』岩波書店、一九九六年

菊地弘『芥川竜之介:意識と方法』明治書院、一九八二年

菊地弘『芥川竜之介:表現と存在』明治書院、一九九四年

菊地弘『日本文学研究大成:芥川竜之介Ⅰ』国書刊行会、一九九四年

菊池弘・久保田香芳太郎・関口安義『芥川竜之介』明治書院、一九八五年

斬馬生「十月の文壇」「帝国文学」一九一六年十一月

久米正雄『微苦笑随筆集』文芸春秋新社、一九五三年

後藤明生他『群像:芥川竜之介』小学館、一九九一年

後藤玖美子「芥川竜之介とラ・ロシュフコー「侏儒の言葉」を中心に」富田仁
　　編『比較文学研究:芥川竜之介』朝日出版社、一九七八年十一月

小林幸夫「第四の夫から」『芥川竜之介全作品事典』勉誠出版、二〇〇〇年

小林秀雄「芥川竜之介の美神と宿命」「大調和」一九二七年九月

小堀桂一郎「財源研究の意味－芥川竜之介・里見弴・その他－」『現代比較文
　　学の展望』研究社出版、一九七二年六月

駒尺喜美『芥川竜之介の世界』法政大学出版局、一九九二年

小森陽一「桃太郎」『読むための理論』世職書房、一九九四年十月

小森陽一・高橋哲哉編『ナショナル・ヒストリーを越えて』東京大学出版会、
　　一九九八年

小山静子『良妻賢母という規範』勁草書房、一九九一年

小山田義文『世紀末のエロスとデーモン』江出書房新社、一九九四年

『今昔物語集』日本古典文学大系二二、岩波書店、一九五九年

酒井英行『芥川竜之介:作品の迷路』有精堂、一九九三年

笹井秋生「芥川竜之介『手巾』について」「日本近代文学」三十、一九八三年
　　十月

笹井秋生「芥川竜之介の『舞踏会』の典拠と主題」「立教大学日本文学」 第四

七号、一九八八年十二月

佐藤春夫「芥川竜之介を哭す」「中央公論」一九二七年九月

佐山祐三『新訂文芸読本:芥川竜之介』右文書院、一九八〇年

沢村幸夫「芥川竜之介と大阪毎日新聞」『芥川竜之介全集月報』第六号、一
　　九三五年十月

塩田良平『芥川竜之介』学灯社、一九五四年三月

島田昭男「将軍」『批評と研究』芳賀書店、一九七二年十一月

清水茂「「俊寛」像の系譜－芥川竜之介と古典－」『批評と研究芥川竜之介』
　　芳賀書店、一九七二年十一月

清水茂「芥川竜之介と『明治』」「国文学解釈と鑑賞」一九六九年四月[石割透
　　編『日本文学研究資料新集』有精堂、一九八七年

清水康次『芥川竜之介:方法と世界』和泉書院、一九九四年

清水康次「芥川竜之介と太宰治－『雛』の語りと『哀蚊』の語り－」『太宰治研
　　究』四、一九九七年七月

清水康次編『芥川竜之介作品論集成』第四巻、翰林書房、一九九九年

志村有弘編『芥川竜之介大事典』勉誠出版、二〇〇二年

庄司達也「『雛』論」関口安義編『アプローチ芥川竜之介』明治書院、一九九
　　八年

「新思潮」第一年第八号「編輯の後に」平野清介編『雑誌集成芥川竜之介全
　　像』一、明治大正昭和新聞研究会、一九八三

進藤純孝『芥川竜之介』河出書房、一九六四年

進藤純孝「芥川竜之介における西と東」「国文学」学灯社、一九六八年

進藤純孝『伝記芥川竜之介』六興出版、一九七八年

鈴木敏子「『枯野抄』・『雛』の読み方」「日本文学」一九七六年四月

鈴木秀子「いたましい遥けさ－漱石と竜之介の場合」「世紀」一九七二年十月

滑川道夫『桃太郎像変容』東京書籍、一九七一年

関口安義『芥川竜之介:実像と虚像』洋洋社、一九八八年

関口安義『芥川竜之介の手紙』大修館書店、一九九二年

関口安義『特派員芥川竜之介:中国でなにを視たのか』毎日新聞社、一九九七年

関口安義『芥川竜之介の復活』洋洋社、一九九八年

関口安義『芥川竜之介実像と虚像』洋々社、一九九八年

関口安義編『アプローチ芥川竜之介』明治書院、一九九八年

関口安義編『芥川竜之介作品論集成』第五巻、翰林書房、一九九九年

関口安義編集『芥川竜之介』新潮日本文学アルバム一三、新潮社、一九八三年

関口安義外編『芥川竜之介:舞踏会』第二号、洋々社、一九九二年

大正文学研究会編『芥川竜之介研究』近代文学研究叢書一、日本図書セン
　　ター、一九八三年

高田端穂の「文芸的な、余りに文芸的な」日本文学研究資料刊行会編『芥川
　　竜之介』Ⅰ、有精堂、一九八〇年十月

高橋春雄『芥川竜之介事典』明治書院、一九八五年

高橋博史『芥川文学の達成と模索』至文堂、一九九七年

武川重太郎「谷崎芥川氏の論争」「不同調」一九二七年六月[関口安義編『芥
　　川竜之介研究資料集成』　第三巻、日本図書研究センター、一九九三年九
　　月]

武藤直治「嶋の俊寛を主題とした三つの作品－倉田百三、菊池寛、芥川竜之
　　介氏の『俊寛』を評す」「新潮」一九二二年二月

竹盛天雄『介山・直哉・竜之介』明治書院、一九九〇年

田村嘉勝「第四の夫から」『芥川竜之介大辞典』勉誠出版、二〇〇二年

田山花袋「一枚板の机上－（十月の創作其他）－」「文章世界」一九一六年十
　　一月

田山花袋「読売新聞」一九二六年一月

単援朝「上海の芥川竜之介－共産党代表者李人傑との接触－」「日本の文学」
　　第八集、一九九〇年十二月五月

単援朝「芥川竜之介の『支那游記』の世界」「国語と国文学」一九九一年九月

崔官「芥川竜之介の『金将軍』と朝鮮との関わり」「比較文学」　三五巻、日本
　　比較文学会、一九九二年

崔貞娥『芥川竜之介の基督教関連作品研究』奈良女子大学博士学位論文、一
　　九九七年三月

千葉亀雄「作品を通して見たる芥川竜之介」「太陽」一九二七年九月

曹紗玉「「西方の人」「続西方の人」における芥川竜之介とキリスト教」『論究』
　　三九、二松学舎大学、一九九三年十二月

曹紗玉『芥川竜之介のキリストに関する研究』二松学舎大学博士論文、一九
　　九五年三月

恒藤恭『旧友芥川竜之介』日本図書センター、一九八四年

徳田秋声・久米正雄・加能作次郎他「創作合評『雛』」「新潮」一九二三年

富田仁『比較文学研究芥川竜之介』朝日出版社、一九七八年

友田悦生『初期芥川竜之介論』翰林書房、一九九四年

友田悦生「『偸盗』の挫折と真理－沙金と阿濃の場所－」『芥川竜之介作品論
　　集成』第一巻、翰林書房、二〇〇〇年三月

永井荷風「ピエール・ロチイと日本の風景」名著復刊全集近代文学館『珊瑚集』
　　籾山書店、一九七一年

長沼光彦の「芥川の「話」と谷崎の「構造」」浅野洋編『芥川竜之介』日本文学
　　研究論集成三三、若草書房、一九九九年十月

長野嘗 ・『古典と近代作家－芥川竜之介』有朋堂、一九六七年四月

中村真一郎『芥川竜之介』青木書店、一九五六年一〇月

中村青史「『桃太郎』論」「方位」第四号、一九八二年

西田友美「女性論から何を読むか－『裂袋と盛遠』の展開」「国文学」一九九
　　六年四月

西原大輔『谷崎潤一郎とオリエンタリズム』中央叢書、二〇〇三年

新渡戸稲造『新渡戸稲造全集』第一巻、矢内原忠雄訳、教文館、一九六九年

日本文学研究資料刊行会編『芥川竜之介』Ⅰ、有精堂、一九八〇年

日本文学研究資料刊行会編『芥川竜之介』Ⅱ、有精堂、一九八一年

河泰厚「「西方の人」の考察」（上）『日本文学研究』三四、梅光女学院大学日
　　本文学会、一九九九年五月

河泰厚『芥川竜之介の基督教思想』翰林書房、一九九九年五月

原武史『大正天皇』朝日選書、二〇〇一年

平岡敏夫『芥川竜之介抒情の美学』大修館、一九八二年

平岡敏夫「芥川竜之介において＜明治＞」「国文学」一九八五年五月

ピエル・ロテイ著『秋の日本』村上菊一郎・吉永清訳、平凡社、一九六一年

平野謙「解説」『現代日本文学論争史』上、未来社、一九五六年七月

福田清人・笹井秋生『芥川竜之介:人と作品』清水書院、一九八八年

藤森淳三「三月文壇創作評」「時事新報」一九二三年三月

『平家物語』日本古典文学全集二九、小学館、一九七三年

ベネデイクト・アンダーソン著『想像の共同体』白石さや・白石隆訳、ＮＴＴ
　　出版、二〇〇〇年

堀辰雄「芥川竜之介論－芸術家としての彼を論ず」 東大卒業論文、一九二九
　　年

堀場清子編『「青鞜」女性解放論集』岩波書店、一九九九年

松尾章一『関東大震災と戒厳令』吉川弘文館、二〇〇三年

松尾正人編『明治維新と文明開化』吉川弘文館、二〇〇四年

松沢信祐『新時代の芥川竜之介』洋々社、一九九九年十一月

三島由紀夫「『手巾』『南京の基督』ほか」『文芸読本芥川竜之介』河出出版
　　社、一九七五年

三嶋譲「芥川竜之介研究はどこまで来たか」「国文学解釈と教材の研究」一九
　　二二年二月

水守亀之助「新春の創作を評す」「文章世界」第五巻第二号、一九二〇年二月

宮坂覚「文芸的な、余りに文芸的な」三好行雄編『芥川竜之介必携』学灯
　　社、一九八七年

宮坂覚「雛」三好行雄編「芥川竜之介必携」学灯社、一九八七年

宮坂覚『Spirit芥川竜之介:作家と作品』有精堂、一九九五年

宮坂覚「『舞踏会』試論－その構成の破綻をめぐって－」『芥川竜之介作品論
　　集成』第四巻、翰林書房、一九九九年六月

宮坂覚「『雛』－重層的＜語り＞の構造から醸し出される＜語られていないこと
　　＞－」「国文学解釈と鑑賞」至文堂、一九九九年十一月

宮坂覚編『芥川竜之介:理知と抒情』有精堂、一九九三年

宮坂覚編『芥川竜之介作品論集成』第六巻、翰林書房、一九九九年

宮坂覚編『芥川竜之介作品論集成』別巻、翰林書房、二〇〇一年

宮本顕治「敗北の文学」「改造」一九二九年八月

三好行雄「芥川竜之介における『実行と芸術』」「国文学解釈と鑑賞」一九五
　　八年八月

三好行雄「「舞踏会」について」「立教大学日本文学」第八号、一九六二年六
　　月

三好行雄「作品解説」『芥川竜之介全集』第八巻、角川文庫、一九六九年七月

三好行雄『芥川竜之介論』筑摩書房、一九七六年

三好行雄『芥川竜之介』筑波書房、一九八三年

三好行雄「青春の＜虚無＞－『舞踏会』の世界－」『芥川竜之介作品論集成』第
　　四巻、翰林書房、一九九九年

三好行雄編「芥川竜之介」至文堂、一九六七年

三好行雄編「芥川竜之介必携」学灯社、一九八七年

三好行雄編「別作国文学近代文学史必携」学灯社、一九八七年

牟田和恵「「良妻賢母」思想の表裏－近代日本の家庭文化とフェミニズム」
　　『女の文化』近代日本文化論八、岩波書店、二〇〇〇年

室生犀生『芥川竜之介の人と作』下、三笠書房、一九四三年

森崎光子の「芥川竜之介と戯曲－『青年と死と』を中心に」『論究日本文学』
　　一九八四年五月

森本修『新考芥川竜之介伝』北沢図書出版、一九七七年

山岸外史『芥川竜之介』ぐろりあ・そさえて、一九四〇年三月

山本郁夫「実践的自己破壊の芸術」「中央公論」一九二七年九月

山本有三「芥川君の戯曲」『文芸春秋芥川竜之介追悼号』第五年第九号、一九
　　二七年九月

養老猛司『身体の文学史』新潮社、一九九七年

吉田精一『近代文学注釈体系：芥川竜之介』有精堂、一九六三年

吉田精一『芥川竜之介』Ⅰ桜楓社、一九七九年

吉田精一『芥川竜之介』Ⅱ桜楓社、一九八一年

吉田清一『芥川竜之介』日本図書センター、一九九三年

吉田俊彦「『青年と死と』の夜明けと観念的認識志向」「岡大国文論稿」第九号、一九八一年三月

吉本隆明「芥川竜之介の死」「国文学解釈と鑑賞」一九五八年八月

吉本隆明「芥川竜之介における虚と実」「国文学」一九七七年三月

レイ・チョウ（周蕾）著『ディアスポラの知識人』高橋哲也訳、青土社、一九八八年

渡辺一民『〈他者〉としての朝鮮』岩波書店、二〇〇三年

渡辺澄子『青鞜の女・尾竹紅吉』不二出版、二〇〇一年

渡辺正彦『近代文学の分身像』角川書店、一九九八年二月。

3. 영문서적

Charles Mac Farnane, *JAPAN*, george routledge & co. 1852.

III. 논문

青野李吉、「芥川竜之介に聯関して」（「新潮」1917、9）

井上良雄、「芥川竜之介と志賀直哉」（「磁場」1932、4）

開高健、「紙の中の戦争」19、（「文学界」1971、1）

片岡鉄兵、「芥川竜之介の文学」『近代文学鑑賞講座第11巻』、角川書店、1958。

神西清、『芥川竜之介文庫解説4』、中央公論社、1953.　12〜1955.　1。

唐木順三、「芥川竜之介の思想史上に於ける位置」（「思想」1929、9）

唐木順三、「芥川竜之介のおける人間の研究」（「生活者」1929、11）

沢村幸夫、「芥川竜之介全集月報第6号」、1935。

島田昭男、「将軍」（「批評と研究:芥川竜之介」芳賀 書店、1972、11）

清水康次、「芥川竜之介と太宰治ー「雛」の語りと『哀蚊』の語りー」（「太宰治研究4」1997、7）

進藤純孝、「芥川竜之介における西と東」（「国文学」、学灯社、1968）

鈴木秀子、「いたましい遥けさー漱石と竜之介の場合」（「世紀」1972、10）

鈴木敏子、「『枯野抄』・『雛』の読み方」(「日本文学」1976、4)

千葉亀雄、「作品を通して見たる芥川竜之介」(「太陽」1927、9)

崔官、「芥川竜之介の『金将軍』と朝鮮との関わり」(「比較文学」35巻、日本
　　比較文学会、1992)

曹紗玉、「『西方の人』『続西方の人』における芥川竜之介とキリスト教」
　　(「論究」39、二松学舎大学、1993、12、51～78)

徳田秋声・久米正雄・加能作次郎他「創作合評［「雛」］」(「新潮」1923)

中村青史、『桃太郎』論(「方位」第4号、1982)

河泰厚、「『西方の人』の考察」(上)(「日本文学研究」34、梅光女学院大学日
　　本文学会、1999、5、75～88)

平岡敏夫、「芥川竜之介において<明治>」(「国文学」1985、5)

藤森淳三、「三月文壇創作評」(「時事新報」1923、3、8)

堀辰雄、「芥川竜之介論ー芸術家としての彼を論ず」、東大卒業論文, 1929。

三好行雄、「作品解説」(『トロッコ・一塊の土』、角川文庫、1969、7)

三好行雄、「作品解説」(『芥川竜之介全集第8巻』、角川文庫、1969、7)

牟田和恵、「「良妻賢母」思想の表裏ー近代日本の家庭文化とフェミニズム」
　　(『女の文化』, 近代日本文化論8, 岩波書店、2000)

IV. 잡지

「国文学 解釈と鑑賞:芥川竜之介と太宰治」(至文堂、1971、10)

「国文学 解釈と鑑賞:新しい芥川竜之介像」(至文堂、1974、8)

「国文学 解釈と鑑賞:芥川竜之介」(至文堂、1983)

「国文学 解釈と鑑賞:特集芥川竜之介作品の世界」(至文堂、1999、11)

「国文学 解釈と教材の研究:特集芥川竜之介への視覚」(学灯社、1970、11)

「国文学 解釈と教材の研究:芥川竜之介」(学灯社、1975、2)

「国文学 解釈と教材の研究:芥川竜之介追跡」(学灯社、1981、5)

「国文学 解釈と教材の研究:昭和文学再検討」(学灯社、1987、5)

「国文学解釈と教材の研究:生誕芥川竜之介特集」(学灯社、1992、2)

「国文学解釈と教材の研究:芥川竜之介、小説の読みはどう変わるか」（学灯社、1996、4）

「文芸読本芥川竜之介」（河出書房、1955、3)

「文芸読本芥川竜之介」（河出書房新社、1983)

三好行雄編「別作国文学近代文学史必携」（学灯社、1987)

초출일람

1. 제1장

   아쿠타가와 류노스케(芥川竜之介)의 「청년과 죽음과(青年と死と)」에 나타난
   여성표상의 맹아(한국일본학회 「일본학보」 제61집 제2권, 2004. 11)

2. 제2장

   아쿠타가와 류노스케(芥川竜之介) 문학의 여성표상의 유형성
   ─「도적떼(偸盗)」를 중심으로─(한국일본학회, 2005. 7. 8 발표)

3. 제3장

   「무도회(舞踏会)」소론(한국일본학회 「일본학보」 제45집, 2000. 12)

4. 제4장

   「手巾」に見える二重に他者化される女性像(明治大学 「日本文学」第28号,
   2001. 3)

5. 제5장

   메이지시대(明治時代)의 일본인・일본전통문화의 운명─아쿠타가와 류노스
   케(芥川竜之介)의 「히나(雛)」를 중심으로─(한국비교문학회 「비교문학」 제
   35집, 2005. 2)

6. 제6장

   아쿠타가와 류노스케(芥川竜之介)의 중심문화・주변문화 인식과 그 한계─
   중국여행기 「지나유기(支那游記)」를 중심으로─(한국일본근대학회 「일본근
   대학연구」 제2집, 2001. 5)

7. 제7장

「장군(将軍)」에 나타난 아쿠타가와 류노스케(芥川竜之介)의 사회인식(한국
일본학회,「일본학보」제53집, 2002. 12)

8. 제8장

아쿠타가와 류노스케(芥川竜之介)의「모모타로(桃太郎)」에 보이는 문화관
(한국비교문학회「비교문학」제28집, 2002. 6)

9. 제9장

아쿠타가와 류노스케(芥川竜之介)의 탈중심 문화관의 실천과 주연문화(周縁
文化)의 가치주장(한국일본학회, 2005. 2. 18 발표)

10. 제10장

아쿠타가와 류노스케(芥川竜之介)의 문예와 계급에 대한 인식-「주유의 말
(侏儒の言葉)」을 중심으로- (한국일본학회「일본학보」제63집, 2005. 5)

11. 제11장

아쿠타가와 류노스케(芥川竜之介)의 프롤레타리아문학에 대한 인식과 그 한
계 -「문예적인 너무나 문예적인(文芸的な、余りに文芸的な)」을 중심으로
-(한국일어일문학회「일어일문학연구」제53집, 2005. 5)

찾아보기

김효순(金孝順)

고려대학교 일어일문학과를 거쳐 동대학원에서 석박사학위를 취득한 후, 2005년 2월 한국의 신진 연구자로서는 최초로 쓰쿠바대학(筑波大学) 문예언어학과에서 논문박사 학위를 취득하였다. 메이지대학(明治大学) 일본문학연구과(1999. 4~2000. 3)에서 교환유학을 수료하였다. 현재 고려대학교, 서울보건대학, 경희대학교 등에서 강의하고 있으며, 고려대학교 일본연구센터 선임연구원(2002. 3~)으로도 연구활동을 하고 있다.

저서 및 논문
「아쿠타가와(芥川) 문학과 일본적 정서」(고려대학교, 1993)
「아쿠타가와 류노스케(芥川竜之介)의 문학에 나타난 타자에 대한 인식」(고려대학교, 2003)
「아쿠타가와 류노스케(芥川竜之介)의 문화관 - 여성·서구·아시아·계급을 둘러싸고 - 」(筑波大学, 2005)
『넷비지니스의 최전선 실리콘앨리』(영진biz.com, 2000)
『NTT도코모 급성장의 비밀』(영진biz.com, 2000)

일본의 근대화와 일본인의 문화관
- 여성·민족·계급 -

초판 1쇄 발행 2005년 8월 30일

지은이 _ 김효순
발행인 _ 김흥국
펴낸곳 _ 도서출판 보고사
등 록 _ 제6-0429
주 소 _ 서울시 성북구 보문동 7가 11번지 2층
전 화 _ 922-5120/1(편집) 922-2246(영업)
팩 스 _ 922-6990
메 일 _ kanapub3@chol.com
정 가 _ 20,000원
ISBN _ 89-8433-356-5